John Green
Margos Spuren

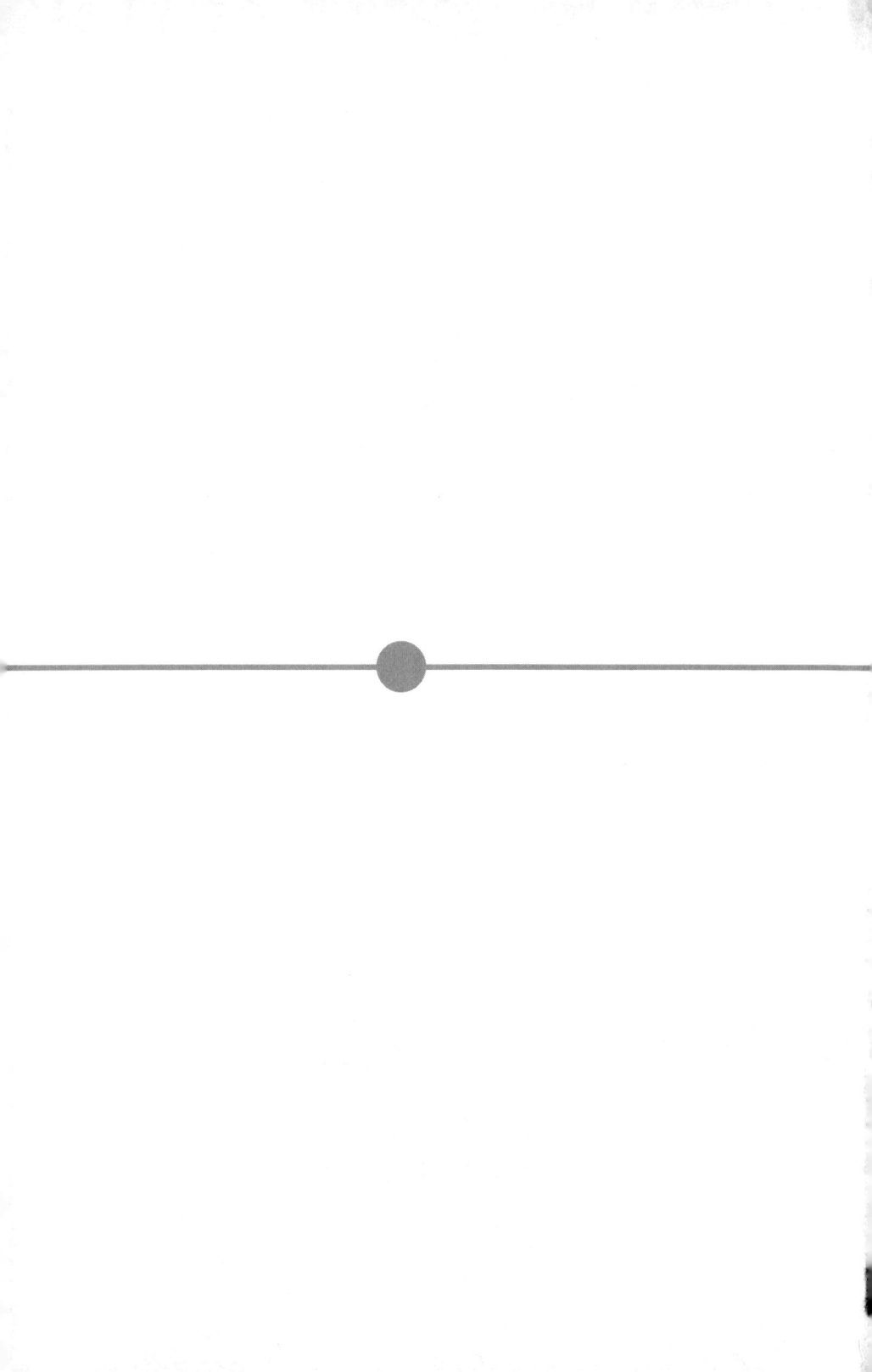

JOHN GREEN
MARGOS SPUREN

Aus dem Englischen
von Sophie Zeitz

Carl Hanser Verlag

Die Originalausgabe erschien 2008 unter dem Titel
Paper Towns bei Dutton Books, New York.

Published by arrangement with Dutton Children's Books,
a division of Penguin Young Readers Group,
a member of Penguin Group (USA) Inc.

1 2 3 4 5   19 18 17 16 15

ISBN 978-3-446-24954-7
© John Green 2008
Alle Rechte der deutschen Ausgabe:
© Carl Hanser Verlag München Wien 2010, 2015
Lektorat: Saskia Heintz
Umschlag: Maren von Stockhausen
Satz im Verlag: Nadine Wagner, München
Druck und Bindung: CPI Books GmbH, Leck
Printed in Germany

*Für Julia Strauss-Gabel,
ohne die nichts von allem
Wirklichkeit geworden wäre*

Und später, als wir vors Haus traten,
um ihren Kürbis von draußen zu bewundern,
sagte ich, ich fand es schön, wie ihr Licht
aus dem Gesicht schien, das im Dunkeln flackerte.
»Der Kürbis«, Katrina Vandenberg in Atlas

People say friends don't destroy one another.
What do they know about friends?
»Game Shows Touch Our Lives«, The Mountain Goats

VORWORT

Also, wie ich die Sache sehe, erlebt jeder irgendwann mal ein Wunder. Ich meine, es ist zwar unwahrscheinlich, dass ich vom Blitz getroffen werde oder einen Nobelpreis kriege, Diktator eines Inselstaats im Pazifik werde, an Ohrenkrebs sterbe oder mich spontan selbst entzünde. Aber wenn man alle unwahrscheinlichen Dinge, die passieren könnten, zusammennimmt, ist es wahrscheinlich, dass jedem von uns zumindest einmal etwas davon passiert. Ich hätte zum Beispiel Zeuge werden können, wie es Frösche regnet. Oder ich hätte den ersten Schritt auf dem Mars machen können. Oder von einem Wal verschluckt werden können. Ich hätte die Queen heiraten oder monatelang auf dem Ozean überleben können. Doch stattdessen erlebte ich ein anderes Wunder. Und zwar folgendes: Von all den Hunderttausenden von Häusern in den Tausenden von Neubausiedlungen in ganz Florida wohnte ich ausgerechnet in dem Haus neben Margo Roth Spiegelman.

Unsere Siedlung hieß Jefferson Park und war mal ein Marinestützpunkt. Dann brauchte die Navy den Stützpunkt nicht mehr und gab das Land an die Bürger von Orlando zurück, die beschlossen, eine riesige Neubausiedlung hochzuziehen, weil man das in Florida mit Land so machte. Und kaum waren die ersten Häuser gebaut, zogen meine Eltern und Margos Eltern ein, genau nebeneinander. Da waren Margo und ich zwei Jahre alt.

Bevor Jefferson Park ein Wohnviertel wurde und noch bevor es ein Marinestützpunkt war, hatte das Land mal einem Mann namens Jefferson gehört, Dr. Jefferson Jefferson, um genau zu sein. Dr. Jefferson Jefferson war eine bekannte Persönlichkeit in Orlando, Schulen und Wohltätigkeitsorganisationen waren nach ihm benannt, doch das Merkwürdige an ihm war, dass Dr. Jefferson Jefferson überhaupt kein Doktor war. Er hatte als einfacher Orangensaftverkäufer namens Jefferson Jefferson angefangen. Und als er reich und mächtig war, ging er zum Standesamt und ließ seinen Namen ändern. Er ließ sich einen zweiten Vornamen eintragen, den er seinem ersten voranstellte: »Dr.« Großes D. Kleines r. Punkt. In Amerika ist so was möglich.

Margo und ich waren inzwischen neun. Unsere Eltern hatten sich angefreundet, und wir spielten manchmal zusammen oder fuhren mit dem Rad durch unser verkehrsberuhigtes Viertel zum Jefferson-Park im Herzen der Siedlung.

Ich wurde immer ganz nervös, wenn Margo kam, denn immerhin war sie das schönste und tollste Wesen auf Gottes Erde. An jenem Morgen hatte sie weiße Shorts an und ein rosa T-Shirt mit einem grünen Drachen darauf, der glitzerndes orangenes Feuer spuckte. Es ist schwer zu beschreiben, wie toll ich Margos T-Shirt damals fand.

Wie immer radelte Margo im Stehen, mit verschränkten Armen, über den Lenker gebeugt, und ihre lila Turnschuhe drehten sich so schnell auf den Pedalen, dass sie aussahen wie eine lila Wolke. Es war ein drückend heißer Märztag. Der Himmel war blau, doch die Luft schmeckte säuerlich, als würde später ein Sturm aufziehen.

Ich wollte Erfinder werden, und als wir die Fahrräder abgeschlossen hatten und das kurze Stück zum Spielplatz liefen, erzählte ich Margo von meiner neuesten Idee, dem Ringolator.

Der Ringolator war eine riesige Kanone, mit der man riesige bunte Steine in eine niedrige Erdumlaufbahn schießen konnte, so dass die Erde Ringe bekam wie der Saturn. (Ich finde immer noch, dass es eine gute Idee ist, aber der Bau einer Kanone, die Felsbrocken in eine niedrige Umlaufbahn schießt, scheint relativ kompliziert zu sein.)

Ich war so oft in dem Park gewesen, dass ich eine präzise Landkarte davon im Kopf hatte, und so fiel mir schon nach wenigen Schritten auf, dass irgendwas nicht so war, wie es sein sollte, auch wenn ich nicht gleich wusste, was.

»Quentin«, sagte Margo ganz ruhig und leise.

Sie streckte den Zeigefinger aus. Und dann sah ich, was nicht stimmte.

Vor uns stand die dicke Eiche, knorrig und kraftstrotzend und uralt. Das war wie immer. Rechts von uns war der Spielplatz. Auch das war wie immer. Am Stamm der Eiche aber lehnte ein Mann, der einen Anzug trug. Und das war neu. Er bewegte sich nicht. Er saß in einer Blutlache. Aus seinem Mund quoll halb getrocknetes Blut. Der Mund stand offen, wie Münder eigentlich nicht offen stehen sollen. Fliegen saßen auf seiner bleichen Stirn.

»Er ist tot«, erklärte Margo, als wäre mir das nicht auch schon aufgefallen.

Ich wich zwei Schritte zurück. Ich erinnere mich, wie ich dachte, er würde aufwachen und über mich herfallen, falls ich ruckartige Bewegungen machte. Vielleicht war er ein Zombie. Ich wusste natürlich, dass es keine Zombies gab, aber er sah so aus, als könnte er doch einer sein.

Während ich zwei Schritte zurückwich, trat Margo zwei vorsichtige Schritte vor. »Seine Augen sind offen«, stellte sie fest.

»Wir müssen schnell heim«, sagte ich.

»Ich dachte, wenn man stirbt, macht man die Augen zu«, sagte sie.

»MargowirmüssennachHausedenElternBescheidsagen«, sagte ich.

Sie trat einen weiteren Schritt vor. Jetzt war sie so nah, dass sie seinen Fuß berühren konnte. »Was, glaubst du, ist mit ihm passiert?«, fragte sie. »Vielleicht hat er Drogen genommen oder so was?«

Ich wollte Margo nicht mit dem Toten allein lassen, der vielleicht ein Zombie war und über sie herfallen würde, aber ich hatte auch keine Lust, noch länger hier rumzuhängen und zu erörtern, was zu seinem verfrühten Ableben geführt haben könnte. Also nahm ich all meinen Mut zusammen, trat vor und griff nach ihrer Hand. »Margowirmüssenjetztgehen!«

»Ja, okay«, sagte sie. Und dann rannten wir endlich zu unseren Rädern zurück, und ich hatte ein Flattern im Bauch, das sich wie Aufregung anfühlte, aber keine Aufregung war. Wir stiegen auf, und ich ließ Margo vorfahren, weil ich weinte und nicht wollte, dass sie es sah. An den Sohlen ihrer Turnschuhe klebte Blut. Sein Blut. Das Blut des Toten.

Und dann waren wir zu Hause, jeder bei sich. Meine Eltern riefen die Polizei, und ich hörte die Sirenen in der Ferne und fragte, ob ich den Feuerwehrautos zusehen dürfte, aber meine Mutter sagte Nein. Und dann machte ich meinen Mittagsschlaf.

Meine Mutter und mein Vater sind beide Psychotherapeuten, was bedeutet, dass ich ein verdammt ausgeglichener Junge bin. Als ich nach dem Mittagsschlaf aufwachte, führte meine Mutter ein langes Gespräch mit mir über den Kreislauf des Lebens, darüber, dass der Tod Teil des Lebens ist, aber kein Teil, über den ich mir mit neun Jahren allzu viele Gedanken machen müsse, und danach ging es mir schon besser. Ehrlich gesagt habe ich mir nicht lange den Kopf über die Sache zerbrochen. Und das soll etwas heißen, denn ansonsten zerbreche ich mir über alles den Kopf.

Es war nun mal so: Ich hatte eine Leiche gefunden. Der süße kleine neunjährige Quentin hatte mit seiner noch süßeren, noch kleineren Spielkameradin einen Toten gefunden, dem Blut aus dem Mund lief, und dann, beim Nach-Hause-Radeln, klebte das Blut an ihren süßen kleinen Turnschuhen. Es war eine dramatische Erfahrung, aber andererseits – ich kannte den Kerl überhaupt nicht. Jeden Tag starben Leute, die ich nicht kannte. Wenn ich jedes Mal, wenn etwas Schlimmes auf der Welt passiert, einen Nervenzusammenbruch hätte, dann wäre ich längst ein Fall für die Klapse.

Abends um neun lag ich im Bett, weil neun Uhr meine Bettzeit war. Meine Mutter kam zu mir und sagte, dass sie mich lieb hatte, und ich sagte: »Bis morgen«, und sie sagte: »Bis morgen.« Dann machte sie das Licht aus und zog die Tür bis auf einen Spalt zu.

Als ich mich zur Seite drehte, stand Margo Roth Spiegelman vor dem Fenster und drückte das Gesicht gegen die Scheibe. Ich stieg aus dem Bett und machte das Fenster auf. Das Fliegengitter war zwischen uns und zerlegte sie in Pixel.

»Ich habe Nachforschungen angestellt«, erklärte sie mit kindlichem Ernst. Zwar zerteilte das Fliegengitter ihr Gesicht in Kästchen, doch ich konnte erkennen, dass sie ein Notizbuch und einen Bleistift mit angekautem Radiergummi dabeihatte. Sie warf einen Blick in ihre Aufzeichnungen. »Mrs. Feldman aus der Jefferson Court Street sagt, sein Name war Robert Joyner.

Sie hat mir erzählt, dass er auf der Jefferson Road gewohnt hat, in einer Wohnung über dem Supermarkt, also bin ich da hin, und da standen ein paar Polizisten rum, und einer hat mich gefragt, ob ich für die Schülerzeitung schreibe, aber ich hab gesagt, unsere Schule hat keine Schülerzeitung, und da meinte er, wenn ich keine Reporterin wäre, würde er meine Fragen beantworten. Er sagte, Robert Joyner war sechsunddreißig Jahre alt und Rechtsanwalt. Sie wollten mich nicht in seine Wohnung lassen, aber nebenan wohnt eine Frau namens Juanita Alvarez, und die hat mich reingelassen, weil ich sie gefragt habe, ob sie mir eine Tasse Zucker borgt, und dann hat sie mir erzählt, dass Robert Joyner sich erschossen hat. Ich habe gefragt, warum, und sie hat gesagt, er ist sehr traurig gewesen, weil seine Frau sich scheiden lassen wollte.«

Margo schwieg, und ich sah sie an, ihr Gesicht grau und vom Mond beschienen und durch das Fliegengitter in tausend kleine Kästchen zerlegt. Ihre großen runden Augen sahen von ihrem Notizbuch zu mir und wieder zurück. Ich sagte: »Viele Leute lassen sich scheiden, ohne sich deswegen umzubringen.«

»Genau«, antwortete sie aufgeregt. »Genau das habe ich auch zu Juanita Alvarez gesagt. Und da hat sie gesagt...« – Margo blätterte in ihrem Notizbuch – »sie sagte, Mr. Joyner hatte Probleme. Und als ich sie fragte, was sie damit meint, hat sie gesagt, wir sollen für ihn beten und ich sollte meiner Mutter jetzt den Zucker bringen, und da habe ich gesagt, vergessen Sie den Zucker, und bin gegangen.«

Ich schwieg. Ich wollte, dass sie weiterredete – ihre leise, aufgeregte Stimme, weil sie beinahe etwas rausgefunden hatte, gab mir das Gefühl, dass etwas Wichtiges in meinem Leben passierte.

»Ich glaube, ich weiß vielleicht, warum er es getan hat«, sagte sie.

»Warum?«

»Vielleicht sind alle Saiten in ihm gerissen.«

Während ich überlegte, was ich antworten sollte, schob ich den Riegel des Fliegengitters zurück und nahm es aus dem Fenster. Ich stellte das Gitter auf den Boden, aber sie wartete nicht ab, was ich zu sagen hatte. Bevor ich wieder saß, sah sie mich an und flüsterte: »Mach das Fenster zu.« Und ich gehorchte. Ich dachte, sie würde gehen, aber sie blieb einfach stehen und beobachtete mich durch die Scheibe. Ich winkte ihr zu und lächelte, doch ihr Blick war auf etwas hinter mir gerichtet, auf etwas Grauenhaftes, das ihr die Farbe aus dem Gesicht trieb, und ich bekam solche Angst, dass ich mich nicht umdrehen und nachsehen konnte. Aber da war natürlich nichts hinter mir. Höchstens vielleicht der Tote aus dem Park.

Ich hörte auf zu winken. Wir waren auf gleicher Höhe, als wir uns durch die Scheibe anstarrten. Ich weiß nicht mehr, was dann passiert ist – ob ich zuerst ins Bett ging oder sie. In meiner Erinnerung hört die Szene nicht auf. Wir stehen einfach nur da und sehen einander bis in alle Ewigkeit an.

Margo hat Rätsel immer geliebt. Und bei allem, was später passierte, wurde ich den Gedanken nicht los, dass sie Rätsel vielleicht so liebte, dass sie selbst zu einem wurde.

Teil 1

DIE SAITEN

EINS

Der längste Tag meines Lebens fing mit Verspätung an. Ich hatte verschlafen, trödelte unter der Dusche und musste schließlich unterwegs frühstücken, neben meiner Mutter im Auto, um 7:17 Uhr.

Normalerweise holte mein bester Freund mich ab, doch Ben war pünktlich und damit zu früh für mich. »Pünktlich« hieß bei uns dreißig Minuten vor dem Unterricht, weil der Höhepunkt unseres gesellschaftlichen Lebens sich in der halben Stunde vor dem ersten Klingeln abspielte: an der Seitentür zum Musikraum, wo wir uns täglich versammelten und quatschten. Die meisten meiner Freunde waren im Orchester, und die meiste meiner freien Zeit verbrachte ich in einem Radius von fünf Metern um den Musikraum. Nur ich selbst war nicht im Orchester, weil ich an einer Art Tontaubheit litt, die an völlige Taubheit grenzte.

Jetzt war ich zwanzig Minuten zu spät, was bedeutete, dass ich immer noch zehn Minuten zu früh zur Schule kam.

Auf der Fahrt fragte meine Mutter nach der Schule und den Prüfungen und dem Abschlussball.

»Ich bin kein Freund des Schulballs«, erinnerte ich sie, als wir um eine Ecke bogen und ich geschickt die Cornflakesschale balancierte, um die Fliehkräfte auszutricksen. Ich hatte Übung darin.

»Was ist dabei, wenn du einfach eine Freundin fragst? Cassie Hiney würde bestimmt mit dir hingehen.« Ich hätte Cassie Hiney wirklich fragen können. Sie war ein völlig nettes, angenehmes und hübsches Mädchen – trotz der Tatsache, dass sie einen ungemein dämlichen Nachnamen hatte.

»Es ist nicht nur so, dass ich den Schulball blöd finde. Ich finde auch die Leute blöd, die den Schulball gut finden«, erklärte ich, was streng genommen nicht stimmte. Ben wollte unbedingt zum Schulball gehen.

Wir erreichten das Schulgelände, und ich hielt die fast leere Cornflakesschale mit beiden Händen fest, als wir über die Schwellen zur Geschwindigkeitsbegrenzung rumpelten. Unbewusst scannte ich den Schülerparkplatz. Margo Roth Spiegelmans silberner Honda stand an seinem angestammten Platz. Als Mama vor dem Musikraum anhielt und mir einen Kuss auf die Wange drückte, sah ich Ben und die anderen im Halbkreis stehen.

Als ich auf sie zuging, öffnete sich der Kreis ganz automatisch um mich aufzunehmen. Sie redeten gerade von Suzie Chung, meiner Exfreundin, die Cello spielte und für Aufsehen sorgte, weil sie neuerdings mit Taddy Mac, einem Baseballspieler, zusammen war. Ich wusste nicht, ob das sein richtiger Name war. Jedenfalls hatte sich Suzie Chung dazu entschlossen, mit Taddy Mac zum Schulball zu gehen. Ein weiterer Verrat.

»Alter«, sagte Ben, der mir gegenüberstand. Er nickte mir zu und drehte sich um. Ich verstand den Wink und folgte ihm ins Schulgebäude. Ben Starling war ein schmächtiger Junge mit gelblicher Hautfarbe, der spät in die Pubertät und nie wieder herausgekommen war. Wir waren seit der fünften Klasse beste Freunde – als wir uns eingestanden hatten, dass wir beide keinen anderen besten Freund abbekommen würden. Außerdem legte er sich ins Zeug, und das gefiel mir, meistens wenigstens.

»Alles klar, Mann?«, fragte ich. Drinnen im Schulflur ging unser Gespräch im allgemeinen Lärm unter.

»Radar geht zum Schulball«, erklärte Ben finster. Radar war

der dritte Mann in unserem Trio. Wir nannten ihn Radar, weil er aussah wie der Knirps mit der Brille aus den alten M*A*S*H-Folgen, nur dass 1. der Radar im Fernsehen nicht schwarz war, und 2. unser Radar irgendwann nach seiner Benennung einen halben Meter gewachsen war und angefangen hatte Kontaktlinsen zu tragen, so dass er 3. überhaupt nicht mehr wie der M*A*S*H-Radar aussah, aber es 4. dreieinhalb Wochen vor Ablauf unserer Schulzeit zu spät war, ihm einen neuen Spitznamen zu geben.

»Mit Angela?«, fragte ich. Radar schwieg sich über sein Liebesleben aus, was uns nicht davon abhielt, wild darüber zu spekulieren.

Ben nickte. Dann sagte er: »Ich habe dir doch von meinem Plan erzählt, mit einer Neuntklässlerin zum Ball zu gehen, weil die aus der Neunten die Einzigen sind, die die Geschichte vom blutigen Ben nicht kennen?« Ich nickte.

»Na ja«, sagte Ben, »heute Morgen kommt so eine zuckersüße Schnuckelpuppe aus der Neunten auf mich zu und fragt mich, ob ich der blutige Ben bin. Der Plan fällt also flach. Sie ist kichernd weggerannt, bevor ich auch nur andeuten konnte, dass es eine Nierenentzündung war.«

Vor zwei Jahren wurde Ben mit einer Nierenentzündung ins Krankenhaus gebracht, doch Margos beste Freundin Becca Arrington streute das Gerücht, der wahre Grund, warum er Blut im Urin hatte, wäre, dass er zu viel masturbierte. Seitdem wurde Ben die Geschichte nicht mehr los – ganz abgesehen von der medizinischen Unsinnigkeit. »Schöner Mist«, sagte ich.

Ben fing an mir neue Strategien zu erklären, wie er an ein Date für den Ball kommen wollte, doch ich hörte nur halb zu, denn durch die dichter werdende Menge, die sich durch den Schulflur schob, konnte ich Margo Roth Spiegelman sehen. Sie stand vor ihrem Schließfach und unterhielt sich mit ihrem Freund Jason. Sie trug einen knielangen weißen Rock und ein blaues, bedrucktes T-Shirt. Ich konnte ihr Schlüsselbein sehen. Über irgendwas lachte sie hysterisch – ihre Schultern zuckten, Fältchen kräuselten sich um ihre großen Augen, und ihr Mund stand weit offen. Doch der Grund schien nicht das zu sein, was Jason sagte, denn sie sah von ihm weg durch den Flur zu der anderen Reihe Schließfächer. Ich folgte ihrem Blick, und da stand Becca Arrington, die an einem Baseballspieler hing wie Lametta an einem Weihnachtsbaum. Ich lächelte Margo zu, auch wenn ich wusste, dass sie mich nicht sah.

»Riskier es einfach, Alter«, sagte Ben. »Vergiss diesen Jason. Mann, sie ist echt eine Schnuckelpuppe.« Als wir weitergingen, warf ich durch die Menge immer wieder Blicke auf Margo, wie schnelle Schnappschüsse: Eine fotografische Serie mit dem Titel *Vollkommenheit steht still, während die Sterblichen vorüberziehen.* Ich dachte, vielleicht lacht sie gar nicht. Vielleicht ist sie überrascht, hat gerade ein Geschenk bekommen oder so was. Sie sah aus, als würde sie den Mund gar nicht mehr zukriegen.

»Ja«, sagte ich zu Ben, dem ich nicht zuhörte, weil ich immer noch versuchte so viel wie möglich von ihr zu sehen, ohne dass es zu auffällig wurde. Margo war nicht hübsch. Sie war der Hammer. Und dann waren Ben und ich zu weit weg, und zwischen ihr und mir waren zu viele Leute, und ich war nicht nahe genug an sie rangekommen, um mit ihr zu sprechen oder rauszufinden, was für eine Überraschung so wahnsinnig komisch war.

Ben schüttelte den Kopf. Er hatte mich tausend Mal beobachtet, wie ich Margo beobachtete, und kannte das Phänomen inzwischen. »Im Ernst, Mann, sie ist scharf, aber so scharf ist sie nun auch wieder nicht. Weißt du, wer ernsthaft scharf ist?«

»Wer?«, fragte ich.

»Lacey.« Lacey war Margos andere beste Freundin. »Und deine Mutter. Alter, als ich gesehen habe, wie deine Mutter dir heute Morgen den Kuss gegeben hat – tut mir leid, aber ich schwöre, ich habe gedacht, *Gott, ich wünschte, ich wäre Q. Und ich wünschte, ich hätte einen Pimmel im Gesicht.*« Ich gab ihm einen Stoß in die Rippen, aber ich dachte immer noch an Margo, weil Margo die einzige lebende Legende war, die genau bei mir im Nachbarhaus wohnte. Margo Roth Spiegelman, deren sechssilbiger Name meistens ehrfurchtsvoll in seiner vollen Gänze ausgesprochen wurde. Margo Roth Spiegelman, deren Geschichten über ihre heldenhaften Abenteuer durch die Schule fegten wie ein Sommersturm: Die Geschichte von dem alten Mann, der ihr in einer kleinen Hütte in Hot Coffee, Mississippi, Gitarrespielen beigebracht hatte. Die Geschichte von dem Zirkus, mit dem Margo Roth Spiegelman drei Tage lang gereist war, weil die Zirkusleute ihr Potenzial am Hochtrapez erkannten. Die Geschichte von den Mallionaires, mit denen Margo Roth Spiegelman nach einem Konzert in St. Louis hinter der Bühne Kräutertee trank, während die Bandmitglieder Whiskey kippten. Die Geschichte, wie Margo Roth Spiegelman in das Konzert reingekommen war, weil sie dem Türsteher erklärte, sie sei die Freundin des Bassisten, ob er sie nicht wiedererkannte – komm schon, Mann, im Ernst, ich bin's, Margo Roth Spiegelman, du kannst ihn ja holen, dann sagt er dir, dass ich seine Freundin bin oder dass er wünschte, ich wäre es, worauf der Türsteher nach hinten ging, und der Bassist sagte: »Ja, das ist meine Freundin, lass sie rein.« Und später, als er sie anmachen wollte, hatte Margo Roth Spiegelman *den Bassisten der Mallionaires abblitzen lassen.*

Die Geschichten, die über sie kursierten, endeten immer mit:

Unglaublich, Mann. Doch selbst wenn sie schwer zu glauben waren, am Ende waren sie immer wahr.

Und dann waren wir an unseren Schließfächern, wo Radar an Bens Schließfach lehnte und auf seinen Palmtop eintippte.

»Du gehst also zum Schulball«, sagte ich zu ihm. Er blickte auf, dann blickte er wieder auf den Bildschirm.

»Ich räume gerade den Omnictionary-Eintrag eines ehemaligen französischen Staatspräsidenten auf. Gestern Abend hat jemand den ganzen Artikel gelöscht und stattdessen ›Jacques Chirac ist schwül‹ hingeschrieben, was weder faktisch noch sprachlich korrekt ist.« Radar war der Superredakteur eines von Benutzern verfassten Online-Lexikons namens Omnictionary. Der Instandhaltung und dem Wohlergehen von Omnictionary widmete er sein ganzes Leben. Das war einer von mehreren Gründen, weshalb mich die Tatsache, dass er zum Schulball ging, überraschte.

»Du gehst also zum Schulball«, wiederholte ich.

»Tut mir leid«, sagte er, ohne aufzublicken. Es war allseits bekannt, dass ich ein Gegner des Schulballs war. Absolut nichts, was damit zu tun hatte, machte mich an – weder das langsame Schwofen noch das schnelle Discogehüpfe, weder die Kleider der Mädchen und erst recht nicht der Smoking vom Kostümverleih. Einen Smoking zu leihen schien mir der beste Weg, sich von seinem Vorbesitzer irgendeine widerliche Krankheit zuzuziehen, und ich hatte keine große Lust darauf, mir als Jungfrau Filzläuse zu holen.

»Alter«, sagte Ben zu Radar, »die Geschichte vom blutigen Ben ist bis zu den Schnuckelpuppen aus der Neunten durchgesickert.« Endlich steckte Radar den Palmtop ein und nickte mitfühlend. »Tja«, fuhr Ben fort, »jetzt habe ich nur noch zwei Alternativen. Entweder ich bestelle eine Tussi übers Internet oder ich fliege nach Missouri und kidnappe mir eine süße Freilandschnuckelpuppe frisch von der Farm.«

Ich hatte mehrfach versucht Ben zu erklären, dass die Bezeichnung »Schnuckelpuppe« nicht retro-cool, sondern sexistisch und doof war, aber er weigerte sich, seinen Sprachgebrauch zu ändern. Sogar seine eigene Mutter nannte er »Schnuckelpuppe«. Es war ihm einfach nicht zu helfen.

»Ich frage Angela, ob sie jemand kennt«, bot Radar an. »Auch wenn es leichter ist, aus Blei Gold zu machen, als dir ein Schulballdate zu besorgen.«

»Dir ein Schulballdate zu besorgen ist so schwer, dass allein die Idee eine Herde Elefanten aufwiegt«, sagte ich.

Radar schlug zweimal mit der Faust ans Schließfach um seine Anerkennung auszudrücken, dann setzte er noch eins drauf. »Ben, dir ein Schulballdate zu besorgen ist so schwer, dass nach Einschätzung der amerikanischen Regierung das Problem nicht mit Diplomatie, sondern nur durch Waffengewalt zu lösen ist.«

Ich bastelte gerade am nächsten Spruch, als wir den wandelnden Anabolika-Ballon Chuck Parson erblickten, der zielstrebig auf uns zugestampft kam. Chuck Parson trieb keinen Sport – Sport hätte ihn von seiner eigentlichen Bestimmung abgelenkt: eines Tages wegen Mordes verurteilt zu werden. »Hey, ihr Schwuchteln«, begrüßte er uns.

»Chuck«, antwortete ich, so nett ich konnte. In den letzten Jahren hatte Chuck uns mehr oder weniger in Ruhe gelassen – anscheinend hatte jemand im Reich der coolen Kids die Devise ausgegeben, dass wir unangetastet bleiben sollten. Deswegen war es ein bisschen ungewöhnlich, dass er überhaupt das Wort an uns richtete.

Vielleicht weil ich den Mund aufgemacht hatte, vielleicht auch nicht, rammte er die Hände rechts und links von mir gegen den Schrank und kam nahe genug, dass ich seine Zahnpastamarke erraten konnte. »Was weißt du über Margo und Jason?«

»Äh«, sagte ich. Ich dachte an alles, was ich über die beiden wusste: Jason war Margo Roth Spiegelmans erster und einziger ernsthafter Freund. Beide würden im nächsten Jahr an die University of Florida in Gainesville gehen. Jason bekam ein Baseballstipendium. Er war nie bei Margo zu Hause, außer um sie abzuholen. Sie verhielt sich nicht so, als würde sie ihn besonders mögen, aber andererseits verhielt sie sich nie so, als würde sie irgendjemanden mögen. »Gar nichts«, sagte ich schließlich.

»Verarsch mich nicht«, knurrte Chuck.

»Ich kenne sie kaum«, sagte ich, was mittlerweile stimmte.

Er musste eine Minute über meine Antwort nachdenken, und ich versuchte, so gut ich konnte, dem Blick seiner eng stehenden Augen standzuhalten. Dann nickte er kaum merklich, drückte sich von den Schließfächern ab und marschierte davon zu seiner ersten Unterrichtsstunde: Hege und Pflege der Brustmuskulatur. Es klingelte zum zweiten Mal. Noch eine Minute bis Unterrichtsbeginn. Radar und ich hatten zusammen Mathe; Ben war im Parallelkurs. Die Räume lagen direkt nebeneinander, und wir gingen gemeinsam hin, zu dritt in einer Reihe im Vertrauen darauf, dass das Meer unserer Klassenkameraden sich teilte, um uns durchzulassen, und so geschah es.

Ich sagte: »Für dich ein Schulballdate zu finden ist so unwahrscheinlich, dass selbst tausend Affen, die tausend Jahre lang an tausend Schreibmaschinen tippen, kein einziges Mal den Satz ›Ich gehe mit Ben zum Schulball‹ schreiben würden.«

Nicht mal Ben konnte der Versuchung widerstehen, sich

selbst fertig zu machen. »Meine Aussichten für den Schulball sind so düster, dass mich sogar Qs Oma abblitzen lässt. Sie will lieber abwarten, ob Radar sie fragt.«

Radar nickte bedächtig. »Stimmt, Q. Deine Oma steht auf uns Brüder.«

Es war so lächerlich einfach, die Sache mit Chuck zu vergessen und über den Schulball zu reden, auch wenn mir der Schulball vollkommen egal war. Aber so war das Leben an jenem Morgen: Nichts war wichtig, weder die guten noch die schlechten Dinge. Wir waren nur damit beschäftigt, Sprüche zu klopfen, uns gegenseitig zum Lachen zu bringen, und darin waren wir ganz gut.

Die nächsten drei Stunden verbrachte ich in verschiedenen Klassenzimmern und versuchte nicht auf die Uhr über den verschiedenen Tafeln zu starren, und dann sah ich doch hin und war jedes Mal erschüttert, wie wenig Zeit vergangen war, seit ich das letzte Mal zur Uhr gesehen hatte. Ich hatte fast vier Jahre Erfahrung darin, auf diese Uhren zu sehen, aber ihre Trägheit überraschte mich jedes Mal aufs Neue. Falls man mir je sagen sollte, ich hätte nur noch einen Tag zu leben, würde ich schnurstracks zurück in die geweihten Hallen der Winter-Park-Highschool gehen, wo ein Tag bekanntlich tausend Jahre dauerte.

Doch auch wenn es sich so anfühlte, als wollte Physik nie zu Ende gehen, klingelte es irgendwann, und dann saß ich mit Ben in der Cafeteria. Radar und die meisten unserer Freunde hatten eine Stunde später Mittagspause, deswegen aßen Ben und ich meistens allein, mit ein paar leeren Stühlen zwischen uns und einer Gruppe von Theaterleuten, die wir kannten. Heute standen Minipizzen mit Salami auf dem Menu.

»Gute Pizza«, sagte ich. Er nickte zerstreut. »Was ist los?«, fragte ich.

»Nffts«, sagte er mit vollem Mund. Er schluckte. »Ich weiß, du findest es bescheuert, aber ich will zum Schulball.«

»1. finde ich es tatsächlich bescheuert; 2. wenn du hinwillst, geh einfach; und 3. wenn ich mich nicht täusche, hast du bis jetzt noch überhaupt niemanden gefragt.«

»In Mathe habe ich Cassie Hiney gefragt. Ich habe ihr ein Briefchen geschrieben.« Fragend hob ich die Brauen. Ben zog einen mehrfach gefalteten Zettel aus der Hosentasche, den er mir hinschob. Ich faltete ihn auseinander:

Ben, ich wäre gern mit dir zum Ball gegangen, aber ich habe Frank schon zugesagt. Tut mir leid! – C.

Ich faltete den Zettel wieder zusammen und schob ihn über den Tisch zurück. Mir fiel ein, wie wir früher hier Papierfußball gespielt hatten. »Schöner Mist«, sagte ich.

»Ja. Was soll's.« Die Wände schienen die Ohren zu spitzen, und so schwiegen wir eine Weile, bis Ben mit todernster Miene zu mir sagte: »Im College lasse ich die Zuckerpuppen tanzen. Ich schwöre dir, ich komme ins Guinnessbuch der Rekorde. ›Größte Anzahl glücklicher Frauen auf kleinstem Raum.‹«

Ich lachte. Ich dachte gerade daran, dass Radars Eltern tatsächlich im Guinnessbuch der Rekorde standen, als ich das hübsche Mädchen mit den kurzen Dreadlocks bemerkte, das vor uns am Tisch stand. Es dauerte einen Moment, bis ich begriff, dass es Angela, Radars mutmaßliche Freundin, war.

»Hi«, sagte sie.

»Hallo«, sagte ich. Angela und ich hatten ein paar Kurse zusammen, daher kannten wir uns vom Sehen, aber wir grüßten uns nicht oder so was. Ich bot ihr einen Stuhl an, und sie rutschte ans Kopfende unseres Tischs.

»Ich schätze, ihr kennt Marcus besser als sonst jemand«, sagte sie, indem sie Radars richtigen Namen benutzte. Sie stützte die Ellbogen auf den Tisch.

»Ist ein Scheißjob, aber irgendwer muss ihn ja machen«, sagte Ben grinsend.

»Meint ihr, dass er ... also, dass er sich meinetwegen schämt?«

Ben lachte. »Was? Ach Quatsch«, sagte er.

»Eigentlich müsstest du dich seinetwegen schämen«, erklärte ich.

Lächelnd verdrehte sie die Augen. Ein Mädchen, das Komplimente gewohnt war. »Aber er nimmt mich nie mit, wenn er mit euch rumhängt oder so.«

»Ach sooo«, sagte ich. »Das ist, weil er sich *unseretwegen* schämt.«

Sie lachte. »Ich finde, ihr wirkt ganz nett.«

»Du hast noch nicht gesehen, wie Ben Sprite durch die Nase zieht und aus dem Mund wieder ausspuckt«, sagte ich.

»Springbrunnen mit Kohlensäure«, erklärte Ben.

»Aber mal im Ernst, findet ihr das nicht komisch? Wir sind seit fünf Wochen zusammen, und Marcus hat mich noch nie mit zu sich nach Hause genommen.«

Ben und ich wechselten einen vielsagenden Blick. Ich biss die Lippen zusammen, um nicht loszulachen.

»Was ist?«, fragte sie.

»Nichts«, sagte ich. »Ehrlich, Angela. Wenn er dich zwingen würde, mit uns rumzuhängen, und dich dauernd mit zu sich nach Hause nehmen würde, dann ...«

»... dann würde das eindeutig heißen, dass ihm nichts an dir liegt«, beendete Ben den Satz.

»Stimmt was mit seinen Eltern nicht?«

Ich überlegte, wie ich die Frage ehrlich beantworten sollte. »Äh, nein. Die sind in Ordnung. Sie sind nur etwas... überfürsorglich, würde ich sagen.«

»Ja, überfürsorglich«, bestätigte Ben ein bisschen zu schnell.

Doch sie lächelte, und dann stand sie auf und sagte, sie müsste noch jemandem Hallo sagen, bevor die nächste Stunde anfing. Ben wartete, bis sie weg war.

»Die Puppe ist der Hammer«, sagte er dann.

»Oberhammer«, sagte ich. »Meinst du, wir können statt mit Radar mit ihr befreundet sein?«

»Wahrscheinlich ist sie nicht so gut mit Computern. Wir brauchen jemanden, der gut mit Computern ist. Und ich wette, in Dark Resurrection ist sie eine Niete.« Dark Resurrection war unser Lieblingsvideospiel. »Nett gesagt, übrigens, dass Radars Leute überfürsorglich sind.«

»Ich bin nicht der, der ihr die Wahrheit sagen sollte«, verteidigte ich mich.

Ben lächelte. »Mal sehen, wie lange es dauert, bis sie das Team-Radar-Museum besichtigen darf.«

Die Mittagspause war fast um, und wir brachten unsere Tabletts zum Fließband. Das gleiche Fließband, auf das Chuck Parson mich in der neunten Klasse geworfen hatte, worauf ich in den Niederungen der Winter-Park-Highschool-Geschirrspülbrigade verschwunden war. Dann stellten wir uns vor Radars Schließfach und warteten, bis er kurz nach dem ersten Klingeln den Flur heraufgerannt kam.

»In Politik habe ich mir überlegt, dass ich wirklich buchstäblich Eseleier lutschen würde, wenn ich dafür den Rest des Schuljahrs Politik schwänzen dürfte«, sagte er.

»Von Eseleiern lernt man eine Menge über Politik«, sagte ich. »Wo wir gerade von Gründen reden, die fünfte Stunde freizuhaben, wir haben mit Angela zu Mittag gegessen.«

Ben zwinkerte Radar zu. »Ja, und sie wollte wissen, warum sie noch nie bei dir zu Hause war.«

Radar atmete hörbar aus, während er die Zahlenkombination in das Schloss eingab. Er atmete so lange aus, dass ich Angst bekam, er würde ohnmächtig werden. »Mist«, sagte er schließlich.

»Ist dir irgendwas peinlich?«, fragte ich grinsend.

»Halt die Klappe«, antwortete er und gab mir einen Stoß mit dem Ellbogen.

»Bei euch zu Hause ist es doch schön«, sagte ich.

»Im Ernst, Alter«, sagte Ben. »Sie ist echt ein nettes Mädchen. Ich verstehe nicht, warum du sie nicht deinen Eltern vorstellst und ihr die Radar-Villa zeigst.«

Radar warf seine Bücher in das Schließfach und schloss ab. Zufällig setzte der Lärm im Flur eine Sekunde aus, als Radar den Blick gen Himmel hob und rief: »ES IST NICHT MEINE SCHULD, DASS MEINE ELTERN DIE WELTGRÖSSTE SAMMLUNG SCHWARZER WEIHNACHTSMÄNNER HABEN!«

Ich hatte wahrscheinlich schon tausendmal gehört, wie Radar »weltgrößte Sammlung schwarzer Weihnachtsmänner« sagte, aber es war immer noch genauso lustig wie beim ersten Mal. Dabei war es kein Spaß. Ich erinnerte mich an meinen ersten Besuch bei ihm zu Hause. Ich war dreizehn. Es war Frühling, Weihnachten war mehrere Monate vorbei, und doch waren die Fensterbretter mit schwarzen Weihnachtsmännern dekoriert. Am

Treppengeländer hingen Scherenschnitte von schwarzen Weihnachtsmännern, schwarze Weihnachtsmannkerzen standen auf dem Esstisch, über dem Kamin hing das Ölbild eines schwarzen Weihnachtsmanns, und auf dem Sims darunter drängten sich zahlreiche kleine schwarze Weihnachtsmannfiguren. Aus Namibia hatten Radars Eltern einen schwarzen Weihnachtsmann-PEZ-Spender. Ein schwarzer Leucht-Weihnachtsmann aus Plastik, der von Thanksgiving bis Neujahr im Vorgarten stand, wachte den Rest des Jahres im Gästebad, wo sie mit Farbe und Schwämmen in Weihnachtsmannform eine schwarze Weihnachtsmanntapete selbst gemacht hatten. Außer Radars Zimmer war das ganze Haus von Unmengen schwarzer Weihnachtsmänner bevölkert – aus Gips und Plastik, Keramik und Marmor, Holz und Kunstharz, Gummi und Stoff. Radars Eltern besaßen insgesamt mehr als zwölfhundert schwarze Weihnachtsmänner der unterschiedlichsten Machart. Wie eine Plakette neben der Haustür verkündete, war Radars Zuhause von der Amerikanischen Weihnachtsgesellschaft offiziell zur Sehenswürdigkeit erklärt worden.

»Sag einfach die Wahrheit, Mann«, schlug ich vor. »Sag: ›Angela, ich mag dich wirklich, aber es gibt da was, was du wissen musst. Wenn wir zu mir gehen und uns die Kleider vom Leib reißen, dann sind zweitausendvierhundert Augen von zwölfhundert schwarzen Weihnachtsmännern auf uns gerichtet.‹«

Radar fuhr sich mit der Hand durch das kurz geschorene Haar und schüttelte den Kopf. »Ja, ja. Ich glaube nicht, dass ich genau die gleichen Worte benutze, aber ich kümmere mich darum.«

Ich musste zu meinem Politikkurs, Ben hatte als Wahlfach Videospieldesign. Und wieder beobachtete ich zwei Stunden lang die Uhrzeiger, bis endlich die Schule aus war und sich Erleichterung in mir ausbreitete – das letzte Klingeln an jedem Tag war wie die Generalprobe für den Schulabschluss in weniger als vier Wochen.

Ich ging nach Hause. Aß zwei Brote mit Erdnussbutter und Marmelade. Sah mir ein Pokerturnier im Fernsehen an. Um sechs kamen meine Eltern, umarmten einander, dann umarmten sie mich. Wir aßen Makkaroniauflauf zu Abend. Sie fragten mich nach der Schule. Sie fragten mich nach dem Schulball. Sie staunten, was für einen tollen Jungen sie großgezogen hatten. Sie erzählten mir von ihrem Tag, den sie damit verbracht hatten, sich um Leute zu kümmern, die weniger Glück beim Großziehen von Kindern hatten. Dann setzten sie sich vor den Fernseher. Ich ging in mein Zimmer um meine E-Mails zu lesen. Schrieb für Englisch eine halbe Seite über den *Großen Gatsby*. Las ein paar Artikel der amerikanischen Verfassung für Politik. Chattete mit Ben, dann klinkte sich auch Radar ein. Im Verlauf benutzte er viermal den Ausdruck »weltgrößte Sammlung schwarzer Weihnachtsmänner«, und ich musste jedes Mal lachen. Ich sagte ihm, ich freute mich für ihn, dass er eine Freundin hatte. Er sagte, wir hätten einen tollen Sommer vor uns. Ich stimmte zu. Es war der fünfte Mai, aber das Datum spielte keine Rolle. Meine Tage waren auf wunderbare Weise gleich. Und das gefiel mir: Ich mochte Routine. Ich mochte Langeweile. Ich wollte es nicht, aber so war es eben. Und deshalb war jener fünfte Mai genauso wie jeder andere Tag – bis kurz vor Mitternacht, als Margo Roth Spiegelman mein Schlafzimmerfenster aufschob, zum ersten Mal, seit sie vor neun Jahren gesagt hatte, ich solle es schließen.

ZWEI

Als ich hörte, wie das Fenster aufging, und auf dem Drehstuhl herumschwang, starrten mir Margos blaue Augen entgegen. Erst waren nur ihre Augen da, aber dann gewöhnte ich mich an die Dunkelheit und sah, dass sie sich das Gesicht schwarz angemalt hatte und eine schwarze Kapuze trug.

»Hast du gerade Cybersex?«, fragte sie.

»Ich chatte mit Ben Starling.«

»Das beantwortet nicht meine Frage.«

Ich lachte verlegen, dann stand ich auf und kam ans Fenster. Unsere Gesichter waren nur wenige Zentimeter voneinander entfernt. Es war mir ein vollkommenes Rätsel, was sie hier machte, an meinem Fenster, in dieser Aufmachung. »Was verschafft mir die Ehre?«, fragte ich. Theoretisch waren Margo und ich einander immer noch freundlich gesinnt, nahm ich an, aber ein nächtlicher Auftritt mit schwarzer Tarnfarbe im Gesicht war nicht an der Tagesordnung. Für so was hatte sie andere Freunde, da war ich sicher. Aber ich gehörte nicht dazu.

»Ich brauche dein Auto«, erklärte sie.

»Ich habe kein Auto«, sagte ich, was eine Art wunder Punkt für mich war.

»Dann brauche ich eben das Auto deiner Mutter.«

»Du hast doch selber ein Auto«, argumentierte ich.

Margo blies die Wangen auf und seufzte. »Richtig. Das Problem ist nur, dass meine Eltern meinen Autoschlüssel kassiert und in den Safe geschlossen haben, der unter ihrem Bett steht, und Myrna Mountweazel« – Margos Hund – »schläft bei ihnen im Schlafzimmer. Myrna Mountweazel kriegt einen hysterischen Anfall, wenn sie mich sieht. Ich meine, natürlich könnte ich mich ins Schlafzimmer schleichen, den Safe klauen, ihn knacken, meine Schlüssel rausholen und wegfahren, aber das Problem ist, ich brauche es gar nicht erst zu versuchen, weil Myrna Mountweazel wie eine Verrückte zu kläffen anfängt, wenn ich die Tür auch nur einen Spalt aufmache. Also brauche ich dein Auto. Außerdem brauche ich dich als Fahrer, weil ich heute Nacht elf Sachen zu erledigen habe, und bei wenigstens fünf davon brauche ich einen, der den Fluchtwagen fährt.«

Ich ließ die Lider sinken, so dass ihr Gesicht mit dem Hintergrund verschwamm und ihre Augen im Äther zu schweben schienen. Dann fokussierte ich wieder, sah den Umriss ihres Gesichts und die schwarze Farbe, die noch feucht war. Ihre Wangenknochen bildeten ein Dreieck mit dem Kinn, und ihre pechschwarzen Lippen bogen sich kaum merklich zu einem Lächeln.

»Ist irgendwas davon strafbar?«, fragte ich.

»Hm«, machte Margo. »Hilf mir auf die Sprünge – ist Einbruch strafbar?«

»Nein«, sagte ich entschlossen.

»Nein, Einbruch ist nicht strafbar, oder nein, du willst mir nicht helfen?«

»Nein, ich helfe dir nicht. Kannst du nicht eine deiner Assistentinnen abkommandieren?« Lacey und/oder Becca tanzten immer nach Margos Pfeife.

»De facto sind sie Teil des Problems«, sagte Margo.

»Was ist das Problem?«, fragte ich.

»Es gibt elf Probleme«, antwortete sie ungeduldig.

»Keine Straftaten«, sagte ich.

»Ich schwöre, dass ich dich nicht zu strafbaren Handlungen zwinge.«

Im gleichen Moment gingen drüben im Haus der Spiegelmans die Flutlichter an. In einer einzigen fließenden Bewegung machte Margo einen Purzelbaum durchs Fenster in mein Zimmer und rollte sich unters Bett. Sekunden später stand Margos Vater auf der Terrasse. »Margo!«, rief er. »Ich habe dich gesehen.«

Unter dem Bett hörte ich ein gedämpftes: »Mist.« Margo kroch wieder heraus, stand auf, ging ans Fenster und rief: »Komm schon, Papa. Ich wollte nur ein bisschen mit Quentin quatschen. Du sagst doch immer, wie gut sein Einfluss auf mich wäre und so.«

»Du unterhältst dich mit Quentin?«

»Ja.«

»Warum hast du schwarze Farbe im Gesicht?«

Sie zögerte nur einen Sekundenbruchteil. »Papa, um das zu erklären, müsste ich ellenlang ausholen, und das würde Stunden dauern, und du bist bestimmt müde, deshalb geh einfach wieder ins B−«

»Rein mit dir!«, donnerte er. »Jetzt sofort!«

Margo packte mich am Hemd und flüsterte mir ins Ohr: »Ich bin in einer Minute zurück.« Dann kletterte sie aus dem Fenster.

Kaum war sie fort, steckte ich meinen Autoschlüssel ein, der auf dem Tisch lag. Einen *Schlüssel* hatte ich, nur das Auto gehörte tragischerweise nicht mir.

Zu meinem sechzehnten Geburtstag hatten meine Eltern mir ein sehr kleines Geschenk überreicht, und in dem Moment, als ich es in der Hand hielt, wusste ich, dass es ein Autoschlüssel war. Ich hätte mir vor Freude fast in die Hose gemacht, weil sie mir vorher mehrfach gesagt hatten, sie könnten es sich nicht leisten, mir ein Auto zu schenken. Doch als ich die kleine, hübsch verpackte Schachtel in der Hand hielt, dachte ich, sie hätten geschwindelt und mir doch ein Auto gekauft. Ich riss das Papier auf und öffnete die Schachtel. Es lag wirklich ein Schlüssel darin.

Bei näherer Betrachtung entpuppte er sich als Chrysler-Schlüssel. Der Schlüssel zu einem Chrysler-Van. Dem Kleinbus meiner Mutter.

»Ihr schenkt mir einen Schlüssel zu deinem Auto?«, fragte ich.

»Tom«, sagte meine Mutter zu meinem Vater, »ich habe dir gesagt, er ist enttäuscht.«

»Mach mir keine Vorwürfe«, gab mein Vater zurück. »Damit sublimierst du nur deine Frustration über mein Einkommen.«

»Ist deine Blitzanalyse nicht ein bisschen passiv-aggressiv?«, erwiderte meine Mutter.

»Sind rhetorische Anschuldigungen passiv-aggressiven Verhaltens nicht grundsätzlich passiv-aggressiv?«, konterte mein Vater, und dann ging es eine Weile so weiter.

Kurz gesagt: Sie übertrugen mir das Nutzungsrecht für das Ungetüm, das Mamas Kleinbus darstellte, außer wenn meine Mutter es gerade benutzte. Und da sie jeden Morgen damit zur Arbeit fuhr, durfte ich den Wagen nur am Wochenende haben. Beziehungsweise am Wochenende und mitten in der Nacht.

Margo brauchte länger als die versprochene Minute, bis sie wieder da war, aber nicht viel länger. Allerdings war mein Entschluss, während sie weg war, ins Wanken geraten. »Ich habe morgen Schule«, sagte ich.

»Ja, ich weiß«, sagte Margo. »Morgen ist Schule, und am Tag danach auch, und wenn du zu lange darüber nachdenkst, kriegst du graue Haare. Ja, es stimmt, es ist mitten in der Woche. Deswegen sollten wir uns schleunigst auf den Weg machen, damit wir vor Morgengrauen wieder zu Hause sind.«

»Ich weiß nicht.«

»Q«, sagte sie. »Q. Schätzchen. Wie lange sind wir schon Freunde?«

»Wir sind keine Freunde. Wir sind Nachbarn.«

»Verdammt noch mal, Q. War ich nicht immer nett zu dir? Habe ich meinen Handlangern in der Schule nicht befohlen, nett zu dir zu sein?«

»Doch«, antwortete ich skeptisch, auch wenn ich immer geahnt hatte, dass es Margo war, die Chuck Parson und seiner Meute eingeschärft hatte, sich nicht an uns zu vergreifen.

Sie klimperte mit den Wimpern. Sogar ihre Lider waren schwarz. »Q«, sagte sie, »wir müssen los.«

Also ging ich mit. Ich kletterte aus dem Fenster, und dann schlichen wir an der Seite unseres Hauses entlang und öffneten mit eingezogenen Köpfen die Wagentüren. Margo flüsterte, wir sollten die Türen offen lassen – zu viel Lärm –, und ich legte bei offenen Türen den Leerlauf ein, drückte mich mit dem Fuß von der Einfahrt ab und ließ den Kleinbus auf die Straße rollen. Langsam rollten wir ein paar Häuser weiter, dann startete ich den Motor und machte das Licht an. Wir zogen die Wagentüren zu, und ich folgte den Serpentinenstraßen unserer endlosen Siedlung, wo die Häuser alle immer noch neu und wie aus Plastik aussahen, eine Spielzeugstadt, die von Tausenden von echten Menschen bewohnt wurde.

Margo fing zu reden an. »Eigentlich interessiert meine Eltern nicht die Bohne, was ich mache; es geht ihnen nur darum, was die Nachbarn denken. Weißt du, was er eben gesagt hat? Er hat gesagt: ›Ist mir egal, wenn du dein Leben wegwirfst, aber bring uns nicht vor den Jacobsens in Verlegenheit – sie sind unsere Freunde.‹ Dass ich nicht lache. Du hast keine Ahnung, wie schwer es neuerdings ist, aus dem blöden Haus rauszukommen. Schon mal gesehen, wie sie bei Gefängnisausbrüchen im Kino immer ein Kleiderbündel unter die Decke legen, damit es aussieht wie ein Mensch, der schläft?« Ich nickte. »Tja, meine Mutter hat ein verfluchtes Babyphon in meinem Zimmer installiert, damit sie mich nachts schnarchen hört. Ich musste Ruthie fünf Dollar geben, damit sie in meinem Zimmer schläft, und dann habe ich ein Kleiderbündel unter *ihre* Decke in *ihrem* Zimmer gelegt.« Ruthie war Margos kleine Schwester. »Es ist wie *Mission Impossible*. Früher konnte ich wie ein ganz normaler amerikanischer Teenager ausreißen – einfach aus dem Fenster klettern und vom Vordach springen. Heute lebe ich wie in einer gottverdammten faschistischen Diktatur.«

»Verrätst du mir irgendwann, wo wir hinfahren?«

»Zuerst fahren wir zum Publix-Supermarkt. Du musst ein paar Lebensmittel für mich einkaufen, den Grund erkläre ich dir später. Und dann müssen wir zu Wal-Mart.«

»Willst du eine Shoppingtour durch alle rund um die Uhr geöffneten Läden im Großraum Orlando machen?«, fragte ich.

»Heute Nacht, mein Lieber, werden wir einiges Unrecht gerade biegen. Und ein paar Kleinigkeiten krumm biegen. Das Erste tun wir zuletzt und das Letzte zuerst; selig sind die Sanftmütigen, denn sie bekommen die Erde. Aber bevor wir die Welt radikal verändern, brauchen wir eine Ausrüstung.« Dann waren wir auf dem Parkplatz des Supermarkts, der um diese Zeit fast leer war, und ich parkte den Wagen.

»Also«, sagte sie. »Wie viel Geld hast du dabei?«

»Null Dollar und null Cent.« Ich stellte den Motor ab und sah sie an. Sie zwängte die Hand in die Tasche ihrer engen, dunklen Jeans und pulte mehrere Hundertdollarscheine heraus. »Glücklicherweise hat der liebe Gott für uns vorgesorgt.«

»Woher hast du das?«, fragte ich erschrocken.

»Das ist mein Bat-Mitzwa-Geld, Mann. Ich darf zwar nicht an das Konto ran, aber ich kenne das Passwort meiner Eltern, weil sie immer ›MYRNA MOUNTW3AZ3L‹ nehmen. Ich habe mir einen Vorschuss genehmigt.«

Ich versuchte mir die Bewunderung nicht anmerken zu lassen, doch sie durchschaute mich und zwinkerte mir zu. »Eins verspreche ich dir«, sagte sie, »das wird die beste Nacht deines Lebens.«

DREI

Wenn ich mit Margo Roth Spiegelman zusammen war, überließ ich das Reden ihr, und falls sie mit Reden aufhörte, ermutigte ich sie weiterzureden. Die Gründe dafür waren, dass ich 1. wahnsinnig verliebt in sie war, 2. sie absolut in jeder Hinsicht einzigartig war, und 3. dass sie nie eine Frage an mich richtete, so dass die einzige Möglichkeit, unangenehme Pausen zu vermeiden, darin bestand, sie reden zu lassen.

Auf dem Parkplatz des Supermarkts sagte sie: »Also gut. Ich habe hier eine Einkaufsliste für dich. Falls du Fragen hast, ruf mich auf dem Handy an. Übrigens habe ich mir die Freiheit genommen, ein paar Vorräte in deinem Kofferraum zu bunkern.«

»Was, du meinst, bevor ich überhaupt eingewilligt habe mitzukommen?«

»Na ja. Streng genommen. Jedenfalls, ruf mich einfach an, wenn du Fragen hast. Und was die Vaseline angeht, du willst die große Packung, die, die größer ist als eine Faust. Es gibt die Baby-Größe und die Mama-Größe, und dann gibt es den dicken alten Großpapa der Vaseline-Packungen, und das ist die, die wir brauchen. Falls sie die nicht haben, kannst du auch drei Mamas nehmen.« Sie überreichte mir die Einkaufsliste und einen Hundertdollarschein und sagte: »Das sollte reichen.«

Margos Liste:

3 große Ganze schellfische, einzeln Verpackt
veet (das ist Zum beine rasieren nur Ohne rasierer;
steht bei Den mädchensachen in Der drogerieabteilung)
vaseline
1 Sechserpack mountain dew
1 dutzend tulpen
1 flasche Stilles wasser
Taschentücher
1 dose Blaue sprühfarbe

»Interessante Groß- und Kleinschreibung«, sagte ich.

»Ja. Ich bin eine große Verfechterin der spontanen Groß- und Kleinschreibung. Die gängigen Regeln der Groß- und Kleinschreibung sind unfair den kleinen Worten gegenüber.«

Ich war mir nicht sicher, was man zur Kassiererin sagt, wenn man nachts um halb eins mit sechs Kilo Schellfisch, einer Tube Enthaarungscreme, einer Großpapapackung Vaseline, einem Sechserpack Mountain Dew, einer Dose blauer Sprühfarbe und einem Dutzend Tulpen an der Kasse steht. Ich versuchte es mit: »Ist nicht so komisch, wie es aussieht.«

Die Frau räusperte sich, ohne aufzublicken. »Trotzdem komisch«, murmelte sie.

»Ich will wirklich keinen Ärger bekommen«, erklärte ich, als ich wieder im Wagen saß, während Margo sich mit dem Wasser und den Taschentüchern die schwarze Farbe aus dem Gesicht wischte. Anscheinend hatte sie die Schminke nur gebraucht, um aus dem Haus zu kommen. »In meiner Zulassung zur Duke University schreiben sie ausdrücklich, dass sie mich nur nehmen, wenn ich nicht vorbestraft bin.«

»Du bist ein sehr ängstlicher Mensch, Q.«

»Versprich mir bitte einfach, dass wir keinen Ärger kriegen«, beharrte ich. »Ich meine, es ist okay, wenn es nur Spaß ist, aber nicht auf Kosten meiner Zukunft oder so was.«

Sie sah zu mir auf, das Gesicht inzwischen weitgehend sauber, und lächelte ein winziges Lächeln. »Ich finde es erstaunlich, dass der ganze Mist dir tatsächlich so wichtig ist.«

»Wie bitte?«

»Das College: ob sie dich nehmen oder nicht. Ärger: ob du welchen kriegst oder nicht. Schule: gute oder schlechte Noten. Karriere: machen oder nicht machen. Haus: groß oder klein, mieten oder kaufen. Geld: haben oder nicht haben. Das ist doch alles so langweilig.«

Ich wollte darauf antworten, nämlich dass ihr offensichtlich auch irgendwas daran lag, denn sie hatte gute Noten und würde im Herbst mit einem Begabten-Stipendium an die University of Florida gehen, doch sie würgte mich ab: »Wal-Mart.«

Diesmal betraten wir den Laden gemeinsam und suchten nach dem Ding, das in der Werbung »Die Kralle« hieß und mit dem man das Lenkrad eines Wagens blockieren konnte. Als wir es gefunden hatten und durch die Spielzeugabteilung schlenderten, fragte ich Margo: »Wofür brauchen wir die Kralle?«

Doch Margo schaffte es, ihren gewohnten manischen Monolog fortzusetzen, ohne meine Frage zu beantworten. »Wusstest du, dass unsere Lebenserwartung in der gesamten Menschheitsgeschichte fast immer unter dreißig Jahren lag? Man hatte vielleicht zehn Jahre als Erwachsener zu erwarten, ja? Da hat man nicht für die Rente vorgesorgt. Da hat man keine Karriere geplant. *Planen* gab es nicht. Keine Zeit zum Planen. Keine Zeit für die Zukunft. Erst als die Lebenserwartung angestiegen ist und die Leute immer mehr Zukunft hatten, haben sie angefangen, auch immer mehr Zeit damit zu verschwenden, sich den Kopf darüber zu zerbrechen. Über die Zukunft. Und inzwischen besteht das ganze Leben nur aus Zukunft. Jeden Augenblick deines Lebens lebst du für die Zukunft – du machst deinen Schulabschluss, damit du aufs College gehen kannst, damit du einen guten Job kriegst, damit du dir ein schickes Haus kaufen kannst, damit du deinen Kindern die Ausbildung finanzieren kannst, damit sie einen guten Job kriegen, damit sie sich ein schickes Haus kaufen können, damit sie ihren Kindern eine gute Ausbildung finanzieren können.«

Weil ich das Gefühl hatte, Margo schweifte nur ab, um meine Frage nicht zu beantworten, wiederholte ich sie: »Wofür brauchen wir die Kralle?«

Margo tätschelte mir sanft den Rücken. »Ich glaube, du wirst alles rechtzeitig erfahren – bevor die Nacht zu Ende ist.« Und dann, beim Bootszubehör, fand Margo ein Signalhorn. Sie nahm es aus der Schachtel, hielt es in die Luft, und ich sagte: »Nein«, und sie sagte: »Was?«, und ich sagte: »Nein, probier es nicht aus«, doch als ich bei *pr–* von probieren war, hatte sie längst draufgedrückt und fabrizierte einen fürchterlich lauten Hupton, der sich anhörte wie das akustische Pendant zu einem Hirnschlag, und dann sagte sie: »Entschuldige, ich habe dich nicht gehört. Was hast du gesagt?« Und als ich sagte: »Nicht dr–«, drückte sie noch einmal drauf.

Im gleichen Moment tauchte ein Wal-Mart-Verkäufer im Gang auf, der kaum älter war als wir, und sagte: »Hey, das könnt ihr nicht hier drin benutzen«, und Margo sagte mit überzeugender Ehrlichkeit: »Oh, tut mir leid, das wusste ich nicht«, und der Typ sagte: »Schon okay. Mir ist es eigentlich egal.« Und dann schien die Unterhaltung vorbei zu sein, nur dass der Typ die Augen nicht von Margo lassen konnte, was ich ihm ehrlich gesagt nicht übel nehmen konnte, weil es mir genauso ging, und dann sagte er schließlich: »Was habt ihr heute noch so vor?«

Und Margo sagte: »Nicht viel, und du?«

Und er sagte: »Um eins ist meine Schicht zu Ende und dann gehe ich in die Bar auf der Orange Street, vielleicht hast du Lust vorbeizukommen? Du müsstest nur deinen kleinen Bruder vorher nach Hause bringen; die sind da ziemlich streng mit der Ausweiskontrolle.«

Ihren was?! »Ich bin nicht ihr Bruder!«, sagte ich mit einem bösen Blick auf seine Turnschuhe.

Doch Margo log weiter. »Er ist mein *Cousin*«, sagte sie. Und dann stellte sie sich neben mich, legte ihre Hand auf meine Hüfte, so dass ich jeden einzelnen ihrer Finger spürte, und erklärte: »Und mein *Liebhaber*.«

Der Typ verdrehte die Augen und ging davon, während Margo die Hand noch einen Moment auf meiner Hüfte liegen ließ und ich die Gelegenheit ergriff, den Arm um sie zu legen. »Du bist wirklich meine Lieblingscousine«, sagte ich.

Sie lächelte, gab mir einen Hüftstoß, und dann wand sie sich aus meiner Umarmung.

»Da wäre ich nie draufgekommen.«

VIER

Die Interstate 4 war angenehm leer, als ich Margos Wegbeschreibung folgte. Die Uhr auf dem Armaturenbrett zeigte 01:07.

»Ist das nicht schön?«, fragte sie. Sie blickte von mir weg aus dem Beifahrerfenster, so dass ich sie kaum sehen konnte. »Ich liebe es, im Schein der Straßenlichter dahinzurasen.«

»Licht«, sagte ich, »sichtbare Erinnerung an das unsichtbare Licht.«

»Das ist schön.«

»T. S. Eliot«, sagte ich. »Hast du auch gelesen. Englisch, elfte Klasse.« Ich hatte das ganze Gedicht, aus dem die Worte stammten, nie ganz gelesen, aber ein paar Zeilen hatten sich mir eingeprägt.

»Ach so, ein Zitat.« Sie klang ein bisschen enttäuscht. Ich sah ihre Hand auf der Mittelkonsole. Wenn ich meine Hand auf die Mittelkonsole gelegt hätte, wären unsere Hände zur selben Zeit am selben Ort gewesen. Doch ich tat es nicht. »Sag es noch mal«, sagte sie.

»Licht, sichtbare Erinnerung an das Unsichtbare Licht.«

»Mann, das ist gut. Damit machst du bei deiner Herzensdame sicher Punkte.«

»Ex-Herzensdame«, berichtigte ich sie.
»Suzie hat dich abserviert?«, fragte Margo.
»Woher willst du wissen, dass sie mich abserviert hat?«
»Oh, tut mir leid.«
»Na ja, es stimmt schon«, gab ich zu, und Margo lachte. Unsere Trennung war schon ein paar Monate her, aber ich nahm es Margo nicht übel, dass sie dem Liebesleben der kleinen Leute nicht allzu viel Beachtung schenkte. Was sich im Musikraum abspielte, blieb im Musikraum.

Margo legte die Füße aufs Armaturenbrett und wackelte im Rhythmus ihrer Sätze mit den Zehen. So sprach sie immer, mit dieser erkennbaren Melodie, als würde sie Gedichte vortragen. »Tut mir leid, das zu hören. Aber ich kann es dir nachfühlen. Mein schnuckeliger Freund der letzten Monate vögelt meine beste Freundin.«

Ich sah zu ihr rüber, aber die Haare hingen ihr ins Gesicht, und ich konnte nicht erkennen, ob sie nur Spaß machte. »Im Ernst?« Sie schwieg. »Heute Morgen habe ich euch noch zusammen lachen sehen.«

»Keine Ahnung, was du meinst. Ich habe es heute früh vor der Schule erfahren, und dann kam ich dazu, wie Jason und Becca miteinander geredet haben, und ich habe geschrien wie am Spieß, und dann ist Becca in die Arme von Clint Bauer gerannt, und Jason stand einfach nur da wie ein Spacko, dem der Kautabaksabber aus dem Mund läuft.«

Offenbar hatte ich die Szene im Schulflur vollkommen falsch interpretiert. »Das ist seltsam, weil Chuck Parson heute Morgen zu mir kam und wissen wollte, was ich über dich und Jason weiß.«

»Na ja, ich schätze, Chuck führt Jasons Befehle aus. Wahrscheinlich soll er rausfinden, wer alles Bescheid weiß.«

»Mann, warum lässt sich der Idiot mit Becca ein?«

»Tja, da sie weder für ihre außergewöhnliche Persönlichkeit noch für ihre Herzensgüte bekannt ist, schätze ich, weil sie einfach scharf ist.«

»Nicht so scharf wie du«, sagte ich, bevor ich es mir anders überlegen konnte.

»Ich habe nie verstanden, warum man mit jemand zusammen sein will, nur weil er gut aussieht. Das ist doch, als würdest du dir die Cornflakes nach der Farbe aussuchen und nicht nach dem Geschmack. Übrigens, wir müssen an der nächsten Ausfahrt raus. Ich bin nicht hübsch, jedenfalls nicht aus der Nähe. Meistens finden mich die Leute, je näher sie mir kommen, umso weniger attraktiv.«

»Das ist...«, begann ich.

»Vergiss es«, antwortete sie.

Ich fand es ziemlich unfair, dass ein Arschloch wie Jason Worthington sowohl Margo als auch Becca ins Bett kriegte, während vollkommen liebenswerte Personen wie meine Wenigkeit keine von beiden ins Bett kriegten – oder sonst ein Mädchen. Andererseits halte ich es mir zugute, dass ich nicht der Typ bin, der scharf auf Becca Arrington ist. Sie war vielleicht ganz hübsch, aber außerdem war sie 1. provozierend geistlos und 2. eine hundertprozentige stutenbissige Oberzicke. Diejenigen von uns, die im Musikraum verkehrten, hatten längst den Verdacht, dass Becca ihre hübsche Figur dadurch hielt, dass sie sich von den Seelen junger Kätzchen und den Träumen armer Kinder ernährte. »Becca ist sowieso eine blöde Ziege«, sagte ich, um die Unterhaltung irgendwie am Laufen zu halten.

»Ja«, antwortete sie, während sie aus dem Beifahrerfenster

starrte. Ihr Haar glänzte im Licht der Straßenlaternen. Einen Moment dachte ich, sie weinte, doch dann hatte sie sich wieder gefasst, zog sich die Kapuze über den Kopf und nahm die Kralle aus der Wal-Mart-Tüte. »Na ja, jedenfalls werden wir uns heute amüsieren«, sagte sie, als sie die Plastikverpackung aufriss.

»Darf ich schon fragen, wo es hingeht?«

»Zu Becca«, sagte sie.

»Oh-oh«, antwortete ich und blieb am nächsten Stoppschild stehen. Ich legte die Handbremse ein und versuchte Margo zu sagen, dass ich sie lieber nach Hause fahren würde.

»Keine Straftaten. Versprochen. Wir müssen Jasons Wagen finden. Becca wohnt da vorne rechts, aber er parkt bestimmt nicht vor dem Haus, wenn ihre Eltern da sind. Versuch es in der Parallelstraße. Das ist Teil eins.«

»Na gut«, sagte ich. »Aber dann fahren wir nach Hause.«

»Nein. Dann kommt Teil zwei von elf.«

»Margo, das ist keine gute Idee.«

»Fahr einfach«, sagte sie, und ich gehorchte. Wir fanden Jasons Lexus zwei Straßen weiter, am Ende der Stichstraße. Noch bevor ich zum Stehen kam, war Margo mit der Kralle in der Hand aus dem Kleinbus gesprungen. Sie öffnete die Fahrertür von Jasons Wagen, setzte sich auf den Sitz und begann die Kralle an Jasons Lenkrad anzubringen. Anschließend drückte sie leise die Tür hinter sich zu.

»Der Penner schließt seinen Wagen nie ab«, flüsterte sie, als sie wieder bei mir war. Den Schlüssel der Kralle steckte sie ein. Dann wuschelte sie mir durch die Haare. »Teil eins ist erledigt.«

Auf dem Weg zu Becca erklärte sie mir Teil zwei und drei.

»Das ist ziemlich brillant«, sagte ich, obwohl meine Nerven bis zum Anschlag prickelten.

Ich bog in Beccas Straße und parkte zwei Häuser vor der arringtonschen Neubauvilla. Margo kletterte auf die Rückbank und kam mit einem Fernglas und einer Digitalkamera zurück. Sie spähte zuerst durch das Fernglas, dann reichte sie es mir. Ich konnte Licht im Keller sehen, aber keine Bewegung. Hauptsächlich war ich überrascht, dass es überhaupt einen Keller gab. In weiten Teilen von Orlando konnte man nicht tief graben, sonst stieß man auf Wasser.

Ich kramte in meiner Hosentasche, zog das Handy raus und tippte die Nummer ein, die Margo mir diktierte. Es klingelte einmal, zweimal, dann meldete sich eine verschlafene Männerstimme. »Hallo?«

»Mr. Arrington?«, fragte ich. Margo ließ mich anrufen, weil er ihre Stimme kannte.

»Wer ist da? Herrgott noch mal, weißt du, wie spät es ist?«

»Sir, ich finde, Sie sollten wissen, dass Ihre Tochter gerade im Keller Ihres Hauses mit Jason Worthington im Bett ist.« Und dann legte ich auf. Teil zwei: accompli.

Margo und ich sprangen aus dem Wagen, rannten die Straße hinunter und warfen uns bäuchlings hinter die Hecke, die den Garten der Arringtons umgab. Margo reichte mir die Kamera. Wir sahen zu, wie im oberen Stockwerk die Lichter angingen, dann im Treppenhaus, dann in der Küche. Und schließlich das Licht an der Kellertreppe.

»Da kommt er«, flüsterte Margo, bevor ich wusste, was sie meinte, doch dann sah ich im Augenwinkel, wie sich ein entblößter Jason Worthington aus dem Kellerfenster quetschte. Im nächsten Moment sprintete er über den Rasen, nackt bis auf die Boxershorts, und während er näher kam, sprang ich auf und machte ein Foto von ihm, womit Teil drei erledigt war. Der Blitz überraschte uns beide, und einen grellweißen Moment blinzelte er mich durch die Dunkelheit an, bevor er in die Nacht davonstürzte.

Margo zupfte am Bein meiner Jeans; ich sah zu ihr runter, und sie grinste albern. Ich hielt ihr die Hand hin und half ihr auf, dann rannten wir zurück zum Wagen. Als ich den Schlüssel ins Zündschloss steckte, sagte sie: »Zeig mir das Bild.«

Zusammen warteten wir, bis sich das Bild auf dem Bildschirm aufbaute. Und unsere Köpfe berührten sich fast. Beim Anblick von Jason Worthingtons erschrockenem, bleichem Gesicht musste ich laut lachen.

»O Gott«, rief Margo und zeigte auf den Bildschirm. Jason hatte es in der Eile anscheinend nicht geschafft, den kleinen Jason in seinen Boxershorts zu verstauen, und da hing er, der kleine Schelm, digital für die Nachwelt eingefangen.

»Ein Penis wie der Staat Rhode Island«, sagte Margo, »auch seine bunte Geschichte macht ihn nicht größer.«

Als ich wieder zum Haus sah, war das Licht im Keller aus. Irgendwie tat mir Jason leid – es war nicht seine Schuld, dass er einen kleinen Pimmel und eine brillante, rachsüchtige Exfreundin hatte. Andererseits hatte Jason in der sechsten Klasse versprochen, mir nicht in den Bauch zu boxen, wenn ich einen lebendigen Regenwurm aß, und nachdem ich den lebendigen Regenwurm gegessen hatte, schlug er mir ins Gesicht. Mein Mitleid währte also nicht lange.

Margo beobachtete das Haus durch das Fernglas. »Wir müssen los«, sagte sie. »Wir müssen in den Keller.«

»Warum das denn?«

»Teil vier. Seine Kleider klauen für den Fall, dass er sich zurückschleichen will. Und Teil fünf. Becca einen Fisch hinterlassen.«

»Nein.«

»Doch. Jetzt«, sagte sie. »Im Moment ist Becca oben und lässt sich von ihren Eltern anschreien. Aber wie lange kann so eine Standpauke schon dauern? Was gibt es zu sagen außer: ›Du sollst nicht im Keller mit Margos Freund rumvögeln.‹ Das ist ein Satz. Wir müssen uns beeilen.«

Mit der Sprühfarbe in der einen und einem der Schellfische in der anderen Hand stieg sie aus.

»Das ist keine gute Idee«, flüsterte ich, aber ich folgte ihr, geduckt wie sie, bis wir vor dem offen stehenden Kellerfenster standen.

»Ich gehe vor«, sagte sie. Sie stieg mit den Füßen zuerst ein. Als sie auf Beccas Computertisch stand, halb im Haus und halb im Garten, fragte ich: »Kann ich nicht einfach Schmiere stehen?«

»Sieh zu, dass du deinen dürren Arsch hier reinkriegst«, zischte sie, und ich gehorchte. Eilig sammelte ich alle Jungssachen ein, die auf Beccas lila Teppichboden verstreut waren. Eine Jeans mit Ledergürtel, ein Paar Flipflops, eine Baseballkappe der Wildcats-Winter-Park-Highschool und ein hellblaues Polohemd. Ich sah Margo an, die mir den eingewickelten Schellfisch und einen von Beccas lila Glitzerstiften in die Hand drückte. Dann diktierte sie:

Eine Nachricht von Margo Roth Spiegelman:
Deine Freundschaft mit ihr – schläft bei den Fischen.

Margo legte den Fisch zwischen ein paar gefaltete Shorts in Beccas Schrank. Plötzlich hörte ich Schritte von oben. Ich tippte Margo auf die Schulter und sah sie mit weit aufgerissenen Augen an, doch sie lächelte nur und griff seelenruhig nach der Farbdose. Ich kletterte hastig aus dem Fenster und sah von draußen zu, wie Margo sich über den Schreibtisch beugte und ganz entspannt die Sprühdose schüttelte. Mit einer einzigen eleganten Handbewegung – die mich an chinesische Kalligraphie oder an Zorro erinnerte – sprayte sie den Buchstaben M quer über die Wand.

Dann streckte sie mir die Hände entgegen, und ich zog sie durchs Fenster. Sie stand gerade auf, als eine schrille Stimme hinter uns schrie: »DWIGHT!«

Ich packte die Klamotten, und wir rannten los, Margo hinter mir.

Ohne mich umzudrehen, hörte ich, wie die Haustür aufgerissen wurde, doch ich blieb nicht stehen – nicht, als eine donnernde Stimme »HALT!« rief, und auch nicht, als ich das unverwechselbare Geräusch eines Gewehrs hörte, das entsichert wurde.

Ich hörte, wie Margo »Schrotflinte« murmelte – nicht erschrocken, sondern eher wie eine Bestandsaufnahme –, und statt um die Hecke herumzulaufen, machte ich einen Hechtsprung darüber. Ich bin mir nicht sicher, wie ich die Landung geplant hatte – vielleicht als sportlichen Purzelbaum –, jedenfalls segelte ich mit vollem Schwung auf die Straße und krachte auf meine linke Schulter. Glücklicherweise kamen Jasons Klamotten vor mir am Boden auf und dämpften den Aufprall.

Ich fluchte, doch Margo zog mich auf die Füße, und dann saßen wir im Wagen, und ich fuhr ohne Scheinwerfer rückwärts, wobei ich beinahe den halb nackten Kapitän der Winter-Park-Wildcats überrollte. Jason rannte schnell, doch er schien kein Ziel zu haben. Wieder überkam mich ein Anflug von Mitleid, und ich ließ das Fenster runter und warf das Polohemd in seine

Richtung. Zum Glück konnte er weder Margo noch mich erkennen und auch den Kleinbus nicht, weil – und das soll nicht verbittert klingen – *ich nicht mit dem Wagen zur Schule fahren durfte.*

»Was zum Teufel soll das?«, fragte Margo, als ich die Scheinwerfer anstellte und – inzwischen im Vorwärtsgang – versuchte aus dem Labyrinth der Stichstraßen herauszufinden.

»Ich hatte Mitleid mit ihm.«

»Mitleid? Wieso? Weil er mich seit sechs Wochen betrügt? Weil er mir vielleicht eine Geschlechtskrankheit angehängt hat? Weil er ein widerlicher Vollidiot ist, der wahrscheinlich sein ganzes Leben in Reichtum und Glück verbringt und damit ein Beweis für die gnadenlose Ungerechtigkeit des Universums ist?«

»Er sah irgendwie verzweifelt aus«, sagte ich.

»Geschieht ihm recht. Und jetzt fahren wir zu Karin. Sie wohnt auf der Pennsylvania Avenue. Neben dem ABC-Schnapsladen.«

»Sei nicht sauer«, sagte ich. »Gerade hat jemand mit einer Schrotflinte auf mich gezielt, weil ich dir geholfen habe, also sei bloß nicht sauer auf mich.«

»ICH BIN NICHT SAUER AUF DICH!«, schrie Margo und schlug mit der Faust gegen das Armaturenbrett.

»Warum schreist du dann?«

»Ich dachte, vielleicht... Ich weiß auch nicht. Ich dachte, vielleicht stimmt es auch gar nicht.«

»Oh.«

»Karin hat es mir vor der Schule gesteckt. Ich schätze, die meisten haben es schon länger gewusst. Aber keiner hat es mir gesagt, bis Karin zu mir kam. Bis eben hatte ich gedacht, vielleicht wollte sie sich nur wichtig machen.«

»Das tut mir leid«, sagte ich.

»Ja. Na ja. Bescheuert, dass es mir überhaupt was ausmacht.«
»Mein Herz klopft wie wild«, sagte ich.
»Daran merkst du, dass du dich gut amüsierst«, sagte Margo.

Aber es fühlte sich nicht so an, als würde ich mich gut amüsieren; es fühlte sich an wie ein Herzinfarkt. Ich fuhr auf den Parkplatz eines Seven-Eleven-Supermarkts und legte den Finger auf meine Halsschlagader, während ich den Doppelpunkt der Digitaluhr anstarrte, der im Sekundentakt blinkte. Als ich zu Margo sah, verdrehte sie die Augen. »Mein Puls rast«, erklärte ich.

»Ich kann mich nicht mal erinnern, wann ich mich das letzte Mal wegen so was aufgeregt habe. Adrenalin im Hals und Lungen, die sich aufblähen.«

»Durch die Nase einatmen, durch den Mund ausatmen«, murmelte ich.

»Du mit deinen Neurosen. Du bist richtig...«

»Süß?«

»Sagt man das heutzutage, wenn man kindisch meint?« Margo lächelte.

Dann kletterte sie auf den Rücksitz und kam mit einer Handtasche zurück. *Was hat sie noch alles da hinten?*, fragte ich mich. Sie klappte die Handtasche auf und holte ein Fläschchen Nagellack heraus, so dunkelrot, dass er schon fast schwarz war.

»Während du dich abregst, lackiere ich mir die Fingernägel«, sagte sie und lächelte mich unter ihrem Pony an, »also lass dir ruhig Zeit.«

Und so saßen wir da, sie mit dem Nagellack, den sie auf dem Armaturenbrett abstellte, und ich mit einem zittrigen Finger an meinem Puls. Es war eine gute Nagellackfarbe, und Margo hatte schöne Finger, dünner und knochiger als der Rest von ihr, denn der war kurvig und hatte weichere Konturen. Sie hatte die Art von Fingern, in die man seine eigenen flechten will. Ich dachte daran, wie ihre Finger im Wal-Mart auf meinem Hüftknochen gelegen hatten, und es kam mir vor, als wäre es Tage her. Mein Herzschlag beruhigte sich. Und ich versuchte mir einzureden: Margo hat recht. Ich musste keine Angst haben, nicht in dieser kleinen Stadt in dieser ruhigen Nacht.

FÜNF

»Teil sechs«, sagte Margo, als wir wieder auf der Straße waren. Sie wedelte mit den Fingernägeln durch die Luft, als würde sie Klavier spielen. »Blumen mit Entschuldigungsbrief vor Karins Tür ablegen.«

»Was hast du ihr angetan?«

»Na ja, nachdem sie mir von Jason erzählt hat, habe ich sozusagen den Boten gekreuzigt.«

»Wie das?«

Wir hielten an einer roten Ampel, und ein paar Kids in einem Sportwagen neben uns ließen den Motor aufheulen. Als würde ich mir in Mamas Kleinbus ein Rennen liefern. Wenn ich zu fest aufs Gas trat, winselte er.

»Ich weiß nicht mehr genau, was ich alles zu ihr gesagt habe, aber so was wie: ›Dumme, feige, eiterpickelige, hasenzähnige, fettärschige Zicke mit der grässlichsten Frisur in Mittelflorida‹ – und das ist eine Leistung.«

»Ihre Frisur ist echt ziemlich albern«, sagte ich.

»Eben. Das war das einzig Wahre von allem, was ich gesagt habe. Aber wenn du jemanden beschimpfst, musst du drauf achten, dass du nie echte Schwächen erwähnst, denn die kannst du nie aufrichtig zurücknehmen, verstehst du? Ich meine, es gibt Strähnchen. Und es gibt Streifen. Und es gibt Zebrastreifen.«

Als wir bei Karin vorfuhren, verschwand Margo auf der Rückbank und kam mit den Tulpen zurück. An einem der Stängel klebte ein Zettel, den sie zu einem Briefumschlag gefaltet hatte. Sobald wir standen, überreichte sie mir den Strauß, und ich sprintete den Bürgersteig hinauf, legte die Blumen vor der Haustür ab und sprintete zurück.

»Teil sieben«, sagte sie, als ich wieder im Wagen saß. »Ein Fisch für den reizenden Mr. Worthington.«

»Ich gehe nicht davon aus, dass er schon zu Hause ist«, stellte ich mit einem leisen Anflug von Mitleid fest.

»Ich hoffe, die Bullen finden ihn in einer Woche barfuß, nackt und wirres Zeug redend irgendwo in einem Straßengraben«, sagte Margo ungerührt.

»Erinnere mich dran, mich nie mit Margo Roth Spiegelman anzulegen«, murmelte ich, und Margo lachte.

»Weh dir«, sagte sie. »Wir lassen Donner und verdammten Hagel über unsere Feinde niedergehen.«

»Deine Feinde«, berichtigte ich sie.

»Das werden wir sehen«, antwortete sie schnell, dann hob sie den Kopf und sagte: »Ach, und das hier regle ich allein. Das Problem bei den Worthingtons ist, dass sie eine verdammt gute Alarmanlage haben. Wir können keine zweite Panikattacke gebrauchen.«

»Hm«, machte ich.

Jason wohnte nicht weit von Karin, in einer superneureichen Neubausiedlung namens Casavilla. Alle Häuser in Casavilla waren im Hazienda-Stil gebaut, mit roten Ziegeln und dunklen Balken wie bei den alten Spaniern, nur dass sie nicht von den alten Spaniern gebaut worden waren. Sie waren von Jasons Vater gebaut worden, der einer der reichsten Bauunternehmer in Florida war. »Große hässliche Villen für große hässliche Menschen«, sagte ich zu Margo, als wir Casavilla erreichten.

»Du sagst es. Falls ich je wie diese Leute werde, die ein Kind und sieben Schlafzimmer haben, tu mir einen Gefallen und erschieß mich.«

Wir parkten vor dem Haus von Jasons Eltern, einer architektonischen Monstrosität, die im Großen und Ganzen wie eine übergroße spanische Hazienda aussah – bis auf die drei riesigen dorischen Säulen, die vom Eingang bis zum Dachfirst reichten. Margo nahm den zweiten Fisch vom Rücksitz, zog mit den Zähnen die Kappe von ihrem Kuli und kritzelte in einer Schrift, die nicht wie ihre eigene aussah, auf das Packpapier:

MS' liebe Zu dir: sie Schläft Mit den fischen.

»Hör zu: Du lässt den Motor an«, sagte sie und setzte sich Jasons Baseballkappe falsch rum auf.

»Okay«, sagte ich.

»Lass den Gang drin«, sagte sie.

»Okay«, sagte ich und spürte, wie mein Puls schneller wurde. *Durch die Nase einatmen, durch den Mund ausatmen.* Mit Fisch und Sprühfarbe ausgerüstet, riss Margo die Tür auf, joggte über den weitläufigen Rasen der Worthingtons und versteckte sich hinter einer Eiche. Sie winkte mir durch die Dunkelheit zu, und ich winkte zurück, und dann holte sie theatralisch Luft, blies die Wangen auf, drehte sich um und rannte los.

Schon nach zwei Schritten flammte die Villa auf wie ein öffentlicher Weihnachtsbaum, und eine Sirene begann zu heulen. Ich dachte kurz daran, Margo ihrem Schicksal zu überlassen, doch dann atmete ich tapfer durch die Nase ein und durch den Mund aus, während Margo auf das Haus zurannte. Sie holte aus und schleuderte den Fisch durch ein Fenster, doch die Sirene heulte so laut, dass das Klirren der Scheibe darin unterging. Und dann, weil sie Margo Roth Spiegelman war, nahm sie sich einen Augenblick Zeit und sprayte bedächtig ein wunderschönes M auf den Teil der Scheibe, der nicht zerbrochen war. Schließlich rannte sie zurück, und ich trat mit einem Fuß aufs Gas, während ich den anderen noch auf der Bremse hatte, und für einen Moment fühlte sich der Kleinbus wie ein vollblütiges Rennpferd an. Dann sprang sie auf den Beifahrersitz, und wir waren weg, bevor sie auch nur die Tür zugeschlagen hatte.

Am Ende der Straße war ein Stoppschild, an dem ich vorschriftsmäßig hielt. »Spinnst du? Fahr, fahr, fahr«, rief Margo, und ich sagte: »Ach ja, stimmt«, weil ich kurz vergessen hatte, dass ich alle Vorsicht über Bord geworfen hatte. Also ignorierte ich die nächsten drei Stoppschilder, und dann hatten wir Casavilla hinter uns und waren schon ein gutes Stück die Pennsylvania Avenue hinunter, bevor uns ein Polizeiwagen mit Blaulicht entgegenraste.

»Das war ganz schön krass«, sagte Margo. »Ich meine, sogar für mich. Um es mit Q auszudrücken: Mein Puls ist leicht erhöht.«

»Herrgott«, rief ich. »Hättest du das Ding nicht einfach in seinem Auto deponieren können? Oder vor der Haustür?«

»Wir bringen Donner und verdammten *Hagel*, Q. Keinen Nieselregen.«

»Bitte sag mir, dass Teil acht weniger nervenaufreibend ist.«

»Keine Sorge. Teil acht ist ein Kinderspiel. Wir fahren zurück nach Jefferson Park. Zu Lacey. Du weißt, wo sie wohnt, oder?«

Ich wusste es, obwohl Lacey Pemberton sich weiß Gott nie dazu herabgelassen hätte, mich zu sich nach Hause einzuladen. Sie wohnte auf der anderen Seite von Jefferson Park, nicht weit von uns, in einer netten Wohnung über einem Schreibwarenladen – an der gleichen Ecke, wo der Tote gewohnt hatte. Ich kannte das Haus, weil Freunde meiner Eltern im zweiten Stock wohnten. Bevor man überhaupt zu den Fluren mit Wohnungstüren kam, gab es zwei Sicherheitstüren. Ich schätzte, nicht einmal Margo Roth Spiegelman konnte dort einbrechen.

»War Lacey brav oder böse?«, fragte ich.

»Lacey war eindeutig böse«, antwortete Margo. Sie starrte wieder aus dem Beifahrerfenster und redete von mir weg, so dass ich sie kaum verstehen konnte. »Ich meine, wir waren seit dem Kindergarten Freundinnen.«

»Und?«

»Sie hat mir das von Jason verschwiegen. Und nicht nur das. Im Rückblick ist sie eine schreckliche Freundin gewesen. Findest du etwa, dass ich zu dick bin?«

»Natürlich nicht«, sagte ich. »Du bist...« Ich brach ab, bevor ich sagen konnte: *nicht dünn, aber das ist ja das Tolle; das Tolle an dir ist, dass du nicht wie ein Junge aussiehst.* »Du dürftest keinen Millimeter dünner sein.«

Sie lachte, wedelte mit der Hand und sagte: »Du stehst auf meinen großen Hintern.« Ich wandte den Blick eine Sekunde von der Straße ab und sah zu ihr rüber, was ich nicht hätte tun sollen, denn sie konnte in meinem Gesicht lesen, was ich dachte, und in meinem Gesicht stand: Er ist nicht groß, er ist großartig. Aber es war mehr als das. Man konnte Margo den Menschen nicht ohne Margo den Körper sehen. Das eine war vom anderen nicht zu trennen. Wenn man Margo in die Augen sah, sah man sowohl, dass ihre Augen blau waren, als auch, dass es Margos Augen waren. Deshalb konnte man nicht sagen, ob Margo Roth Spiegelman dick oder dünn war, genauso wenig, wie man sagen konnte, der Eiffelturm sei einsam oder nicht. Margos Schönheit war ein versiegeltes Gefäß der Vollkommenheit – ganzheitlich und nicht in seine Teile zu zerlegen.

»Jedenfalls macht sie ständig diese kleinen Kommentare«, fuhr Margo fort. »›Ich würde dir die Shorts leihen, aber ich glaube, sie sind dir zu klein.‹ Oder: ›Du bist so verrückt. Toll, dass die Jungs sich bei dir in deine Persönlichkeit verlieben.‹ Die ganze Zeit untergräbt sie mich. Ich glaube, sie hat noch nie einen Satz gesagt, mit dem sie mich nicht unterminimiert hat.«

»Unterminiert.«

»Danke, du nervtötender Superlinguistiker.«

»Linguist«, sagte ich.

»O Gott, ich bringe dich noch um.« Aber sie lachte.

Ich fuhr um Jefferson Park herum, damit wir nicht bei uns zu Hause vorbeimussten, nur für den Fall, dass unsere Eltern wach waren und uns vermissten. Wir kamen am See vorbei (Lake Jefferson), dann bogen wir in die Jefferson Court Street ein und passierten Jefferson Parks kulissenhaft wirkende Hauptstraße, die beklemmend leer und verlassen war. Vor dem Sushi-Restaurant fanden wir Laceys schwarzen Jeep. Zwei Ecken weiter parkten wir auf dem ersten Parkplatz, den wir fanden und der nicht genau unter einer Straßenlaterne war.

»Würdest du mir bitte den letzten Schellfisch reichen?«, bat Margo. Ich war froh, ihn loszuwerden, denn er fing jetzt schon an zu stinken. Und dann schrieb Margo in ihrer Spezialschreibung auf das Packpapier:

deine freundschaft Mit MS Schläft bei Den fischen.

Wir liefen im Slalom um die Lichtkreise der Laternen, so lässig, wie es für zwei Menschen möglich war, von denen einer (Margo) einen ziemlich großen in Papier eingewickelten Schellfisch und der andere (ich) eine blaue Farbdose trug. Ein Hund bellte, und wir erstarrten, doch dann war es wieder still, und kurze Zeit später hatten wir Laceys Jeep erreicht.

»Tja, das macht es schwieriger«, sagte Margo, als sie feststellte, dass der Wagen abgeschlossen war. Sie griff in ihre Hosentasche und holte ein Stück Draht heraus, das mal ein Kleiderbügel gewesen war. Es dauerte weniger als eine Minute, bis sie die Tür geknackt hatte. Ich war entsprechend beeindruckt.

Als sie die Fahrertür offen hatte, griff sie hinüber und machte mir die Beifahrertür auf. »Hey, du musst mir helfen, den Sitz hochzuklappen«, flüsterte sie. Zusammen stemmten wir die hintere Sitzbank hoch. Margo schob das Paket darunter, dann zählte sie bis drei und mit Schwung ließen wir die Sitzbank auf den Schellfisch sausen. Ich hörte das widerliche Schmatzen eines platzenden Fischs. Die Vorstellung, wie Laceys Jeep nach einem Tag in der Sonne riechen würde, erfüllte mich unwillkürlich mit einer gewissen Heiterkeit. Dann sagte Margo: »Sprüh ein M für mich aufs Dach.«

Diesmal musste ich keine Sekunde nachdenken, sondern stieg einfach auf die hintere Stoßstange und sprayte hastig ein riesiges M quer über das Dach. Im Allgemeinen war ich gegen Sachbeschädigung. Doch im Allgemeinen war ich auch gegen Lacey Pemberton, was, wie sich herausstellte, die stärkere Überzeugung war. Dann sprang ich von der Stoßstange und rannte – mein Atem schnell und kurz – durch die Dunkelheit zum Wagen. Als ich die Hände um das Lenkrad legte, sah ich, dass mein Zeigefinger blau war. Ich hielt ihn hoch und zeigte ihn Margo. Lächelnd hielt sie ihren Zeigefinger hoch, der auch blau war, und wir drückten die Zeigefinger aneinander, ihre blaue Fingerspitze weich an meiner, und mein Puls wollte nicht langsamer werden. Und dann, nach einer Ewigkeit, sagte sie: »Teil neun – in die Innenstadt.«

Es war 2:49 Uhr morgens. Noch nie in meinem ganzen Leben war ich weniger müde gewesen.

SECHS

Touristen verirrten sich nie in die Innenstadt von Orlando, weil es dort nichts gab außer ein paar Bürohochhäusern, die irgendwelchen Banken und Versicherungen gehörten. Es war die Art Innenstadt, die nachts und am Wochenende völlig ausgestorben ist, bis auf ein paar halb leere Nachtclubs, in denen sich ein paar Verzweifelte und ein paar zum Verzweifeln Langweilige herumdrücken. Als wir uns nach Margos Anweisungen durch das Labyrinth der Einbahnstraßen fädelten, sahen wir einzelne Menschen, die auf dem Bürgersteig schliefen oder auf Bänken saßen, aber keiner bewegte sich. Margo ließ das Fenster runter, und die warme Nachtluft blies mir ins Gesicht, wärmer, als es nachts sein sollte. Ich riskierte einen Blick zu ihr und sah, wie ihr die Haare ums Gesicht flogen. Obwohl ich sie sah, hatte ich das Gefühl, ich war vollkommen allein zwischen den riesigen leeren Gebäuden, als hätte ich als Einziger die Apokalypse überlebt und die Welt gehörte jetzt mir, die ganze wunderbare endlose Welt, die ich erforschen konnte.

»Wird das eine Stadtrundfahrt?«, fragte ich.

»Nein«, antwortete sie. »Ich versuche zum SunTrust Building zu kommen. Das ist das Hochhaus neben dem Spargel.«

»Aha.« Zum ersten Mal in dieser Nacht hatte ich eine brauchbare Information. »Das ist weiter südlich.« Ein paar Straßen weiter wendete ich. Margo streckte zufrieden den Zeigefinger aus, und ja, dort vor uns stand der Spargel.

Streng genommen, war der Spargel kein Spargel noch sonst etwas, das mit der Spargelpflanze zu tun hatte. Es war eine Skulptur, die eine frappierende Ähnlichkeit mit einem zehn Meter hohen Spargel aufwies, wobei ich auch andere Assoziationen gehört hatte:

1. grüne Glasbohnenstange
2. abstrakte Darstellung eines Baums
3. grüne, gläserne Karikatur des Obelisken in Washington
4. der unglaubliche Phallus des unglaublichen Hulk

Auf jeden Fall sah das Ding nicht aus wie ein »Turm des Lichts«, wie die offizielle Bezeichnung des Kunstwerks lautete. Ich blieb an einer Parkuhr stehen und sah Margo an. Kurz erwischte ich sie, wie sie in die Ferne starrte, den leeren Blick nicht auf den gläsernen Spargel gerichtet, sondern auf irgendwas dahinter. Zum ersten Mal an diesem Abend kam mir der Gedanke, dass vielleicht etwas mit ihr nicht stimmte – nicht Liebeskummer, sondern etwas Wesentlicheres. Wahrscheinlich hätte ich etwas sagen sollen. Natürlich. Ich hätte so viele Dinge zu ihr sagen sollen. Aber stattdessen sagte ich nur: »Darf ich fragen, was wir am Spargel machen?«

Margo sah mich an und lächelte. Sie war so schön, dass mich sogar ihr falsches Lächeln überzeugte. »Wir müssen überprüfen, wie wir vorankommen. Und der beste Ort dafür ist die oberste Etage des SunTrust Buildings.«

Ich verdrehte die Augen. »Nein. Auf keinen Fall. Du hast gesagt, kein Einbruch mehr.«

»Wir brechen nicht ein. Wir gehen rein. Die Tür ist nicht abgeschlossen.«

»Margo, das ist nicht witzig. Wir ...«

»Ich gebe zu, dass es im Laufe dieses Abends einbruchähnliche Vorfälle gegeben hat. Wir sind bei Becca eingestiegen. Der Fisch ist bei Jason eingebrochen. Aber bei Becca stand das Fenster offen, und bei Jason war es nur der Fisch. Die Polizei könnte uns unbefugtes Betreten vorwerfen oder Einschlagen einer Fensterscheibe, aber nicht Einbruch, und damit habe ich mein Versprechen gehalten.«

»Aber im SunTrust Building gibt es bestimmt einen Nachtwächter oder so was«, entgegnete ich.

»Klar.« Sie schnallte sich ab. »Natürlich gibt es einen Nachtwächter. Er heißt Gus.«

Wir nahmen den Haupteingang. Am Schaltbrett hinter einem halbrunden Empfangstisch saß ein junger Typ mit flaumigem Ziegenbart, auf dessen Uniform *Regents Security* stand. »Was geht ab, Margo?«, begrüßte er uns.

»Hey, Gus«, antwortete sie.

»Wer ist der Knabe?«

WIR SIND GLEICH ALT!, wollte ich schreien, aber ich überließ Margo das Reden. »Das ist mein Kollege Q. Q, das ist Gus.«

»Was geht ab, Q?«, fragte Gus.

Wir verteilen tote Fische in der Stadt, schlagen ein paar Fenster ein, machen Nacktfotos und hängen morgens um Viertel nach drei in Hochhauslobbys herum, das Übliche. »Nicht viel«, antwortete ich.

»Die Fahrstühle bleiben nachts unten«, sagte Gus. »Musste sie um drei abstellen. Aber ihr könnt die Treppe nehmen.«

»Cool. Bis später, Gus.«

»Bis dann, Margo.«

»Woher zum Teufel kennst du den Nachtwächter aus dem SunTrust Building?«, fragte ich, als wir im Treppenhaus waren.

»Er war in der Zwölften, als wir in die Neunte kamen«, sagte sie. »Wir müssen uns beeilen, okay? Die Uhr tickt.« Margo begann zwei Stufen auf einmal zu nehmen und rannte mit einer Hand am Geländer nach oben, während ich vergeblich versuchte Schritt zu halten. Sie war in keinem Sportverein, aber sie hatte eine Schwäche fürs Laufen – ich sah sie manchmal, wenn sie mit dem iPod im Jefferson Park joggen ging. Ich hasste joggen. Ich bewegte mich überhaupt nicht gern. Dennoch versuchte ich, während ich mir den Schweiß von der Stirn wischte und das Brennen in meinen Beinen ignorierte, ein stetiges Tempo beizubehalten. Im fünfundzwanzigsten Stock wartete Margo am Treppenabsatz auf mich.

»Schau dir das an.« Sie öffnete eine Tür. Wir waren in einem Saal mit einem Eichentisch, der so lang wie zwei Autos war, und einer riesigen Fensterwand. »Der Konferenzraum«, sagte sie.

»Das Zimmer mit der besten Aussicht.« Sie schritt die Fenster ab, und ich folgte ihr. »Schau mal.« Sie zeigte nach unten. »Da hinten ist Jefferson Park. Siehst du unsere Häuser? Es brennt kein Licht, das ist ein gutes Zeichen.« Dann ging sie ein paar Schritte weiter. »Da drüben wohnt Jason. Licht aus, die Polizei ist wieder weg. Das ist gut, außer dass es bedeuten könnte, er ist schon zu Hause, was schade wäre.« Das Haus der Arringtons war zu weit weg.

Margo schwieg einen Moment, dann stellte sie sich dicht an die Scheibe und drückte die Stirn gegen das Glas. Ich wollte Abstand halten, aber sie nahm mich am T-Shirt und zog mich mit. Mir war nicht wohl dabei, dass unser gemeinsames Gewicht gegen eine einzelne Scheibe drückte, aber sie zog so lange an mir, die geballte Faust in meiner Seite, bis auch ich den Kopf ganz vorsichtig an die Scheibe legte und mich umsah.

Orlando war gut ausgeleuchtet. Unter uns konnte ich die blinkenden roten Fußgängerampeln an den Kreuzungen sehen und den Verlauf der Straßenlaternen, ein perfektes Gitternetz über der Stadt, das am Rand der Innenstadt endete, wo die gewundenen Sträßchen und Sackgassen der Vororte begannen.

»Es ist schön«, sagte ich.

Margo lachte auf. »Im Ernst? Das findest du wirklich?«

»Ich meine, na ja, vielleicht nicht«, sagte ich, obwohl ich es wirklich schön fand. Aus dem Flugzeug wirkte Orlando wie eine Legostadt mitten in einem grünen Ozean. Von hier, in der Nacht, wirkte Orlando wie eine echte Stadt, aber zum ersten Mal wie eine Stadt, die ich überblicken konnte. Aus dem Konferenzsaal und den anderen Büros auf dem Stockwerk konnte ich alles erkennen: Da war die Schule. Da war Jefferson Park. Da, in der Ferne, Disney World. Dort der Wasserpark. Da war der Seven-

Eleven, wo sich Margo die Nägel lackiert und ich mich von der Panikattacke erholt hatte. Es war alles da – meine ganze Welt, und ich konnte alles überblicken, indem ich nur ein paar Schritte an einer Scheibe entlanglief. »Es ist irgendwie beeindruckend«, sagte ich. »Aus der Distanz, meine ich. Von hier oben sieht man die Gebrauchsspuren nicht. Weißt du, was ich meine? Man sieht den Rost nicht oder das Unkraut oder die Risse in der Farbe. Von hier oben sieht alles so aus, wie es mal gemeint war.«

»Aus der Nähe ist alles hässlicher.«

»Du nicht«, sagte ich, bevor ich nachdenken konnte.

Ohne die Stirn von der Scheibe zu nehmen, drehte sie den Kopf und lächelte mich an. »Ich sag dir was: Wenn du selbstbewusst bist, bist du süß. Wenn du unsicher bist, weniger.« Bevor ich antworten konnte, sah sie wieder nach draußen und fing zu reden an. »Weißt du, was nicht schön daran ist: Von hier oben sieht man zwar den Rost nicht oder die Risse in der Farbe und so weiter, aber dafür sieht man, was diese Stadt wirklich ist. Wie künstlich sie ist. Sie sieht aus wie aus Plastik. Wie eine falsche Stadt. Ich meine, sieh hin, Q: Sieh dir all die Stichstraßen an, Sackgassen, die nirgendwohin führen, sondern nur in sich selbst kreisen, und all die Häuser, die gebaut wurden, um auseinanderzufallen. Und all die Plastikfiguren, die in den Plastikhäusern wohnen und ihre Zukunft verbrennen, damit ihnen warm bleibt. All die Plastikkids, die Plastikbier trinken, das ihnen irgendein Penner aus dem Plastikschnapsladen besorgt hat. Und alle sind verrückt nach Konsum. Nach Plastikdingen, die billig und vergänglich sind. Genau wie die Leute. Ich habe achtzehn Jahre hier gelebt, und nicht einmal in meinem Leben bin ich einem Menschen begegnet, dem irgendwas Wichtiges wichtig war.«

»Ich versuche, das nicht persönlich zu nehmen«, sagte ich. Wir starrten in die tintenschwarze Ferne, wo die Stichstraßen und konfektionierten Grundstücke lagen. Ihre Schulter lag an meinem Arm, und unsere Handrücken berührten sich, und obwohl ich Margo nicht ansah, hatte ich fast das Gefühl, ich würde mich an sie drücken, als ich mich an die Scheibe drückte.

»Tut mir leid«, sagte sie. »Vielleicht wäre alles anders, wenn ich die ganze Zeit mit dir rumgehangen hätte, statt mit... Ach, was soll's. Ich kann mich selbst nicht leiden, dass mir so viel an meinen sogenannten Freunden liegt. Ich meine, nur damit du es weißt, ich bin nicht mal wahnsinnig verletzt wegen Jason. Oder Becca. Oder Lacey, auch wenn ich sie echt gerne gehabt habe. Aber diese Geschichte war einfach irgendwie die letzte Saite, die gerissen ist. Okay, es war eine blöde Saite, aber es war die einzige Saite, die ich noch hatte, und selbst ein Plastikmädchen braucht doch wenigstens eine Saite, oder?«

Und hier kommt mein Beitrag. Ich sagte: »Du kannst gerne morgen mit uns Mittagessen.«

»Das ist lieb«, sagte sie, dann verlor sich ihre Stimme. Sie drehte sich zu mir und nickte kaum merklich. Ich lächelte. Sie lächelte. Ich dachte jedenfalls, dass sie lächelte. Wir gingen zur Treppe, und dann rannten wir hinunter. An jedem Absatz sprang ich von der letzten Stufe ab und schlug die Hacken in der Luft zusammen, um sie zum Lachen zu bringen, und sie lachte. Ich dachte, ich heiterte sie auf. Ich dachte, sie ließ sich aufheitern. Ich dachte, dass vielleicht, wenn ich selbstbewusst wäre, etwas zwischen uns passieren würde.

Doch ich lag falsch.

SIEBEN

Im Wagen, als ich den Schlüssel ins Zündschloss steckte, aber der Motor noch nicht an war, fragte sie: »Wann stehen deine Eltern eigentlich auf?«

»Keine Ahnung, um Viertel nach sechs?« Es war 3:51 Uhr. »Wir haben noch gut zwei Stunden, und neun Teile von elf Teilen sind schon erledigt.«

»Ich weiß. Aber das Aufwendigste habe ich für den Schluss aufgehoben. Trotzdem, wir schaffen es schon. Teil zehn – Q darf sich ein Opfer aussuchen.«

»Wie bitte?«

»Ich habe mir die Strafe ausgedacht. Jetzt musst du nur noch das Opfer wählen, auf das wir unseren mächtigen Zorn donnern und hageln lassen.«

»Auf das wir *deinen* mächtigen Zorn donnern und hageln lassen«, berichtigte ich, doch sie schüttelte empört den Kopf. »Außerdem weiß ich niemand, über den ich meinen Zorn donnern lassen will«, sagte ich, weil es stimmte. Ich fand immer, dass man wichtig sein musste, um Feinde zu haben. Beispiel: Historisch betrachtet hatte Deutschland mehr Feinde als Luxemburg. Margo Roth Spiegelman war Deutschland. Und Großbritannien. Und die Vereinigten Staaten. Und das zaristische Russland. Ich war Luxemburg. Ich saß herum, hütete Schafe und aß Kochkäse.

»Was ist mit Chuck?«, fragte sie.

»Hm«, machte ich. Chuck Parson war all die Jahre ein echter Fiesling gewesen – bevor sie ihn an die Leine genommen hatte. Neben dem Fließband-Waterloo in der Cafeteria hatte er sich mal an der Bushaltestelle vor der Schule auf mich gestürzt, mir den Arm umgedreht und verlangt: »Sag, dass du 'ne Schwuchtel bist.« »Schwuchtel« war sein Mein-Wortschatz-ist-beschränkt-also-erwarte-nichts-Geistreiches-von-mir-Allzweckschimpfwort. Und so unglaublich kindisch es war, am Ende musste ich mich Schwuchtel nennen, was mir deshalb etwas ausmachte, weil ich 1. finde, dass keiner dieses Wort benutzen sollte, vor allem ich nicht, und 2. ich zufälligerweise nicht schwul bin und 3. bei Chuck Parson Schwuchtel wie die ultimative Beleidigung klang; dabei ist nichts Peinliches daran, schwul zu sein, was ich ihm zu erklären versuchte, doch er drehte mir den Arm weiter auf den Rücken und wiederholte stumpfsinnig: »Wenn du so stolz drauf bist, 'ne Schwuchtel zu sein, warum gibst du es dann nicht zu, du Schwuchtel?«

Offensichtlich war Chuck Parson in Logik kein Aristoteles. Dafür war er eins neunzig groß und brachte über hundert Kilo auf die Waage.

»Das eine oder andere spricht gegen Chuck«, gab ich zu. Und dann wendete ich den Wagen und fuhr zurück in Richtung Interstate-Highway. Ich wusste zwar noch nicht genau, wohin wir fuhren, aber in der Innenstadt würden wir ganz sicher nicht bleiben.

»Erinnerst du dich an den Tag in der Tanzschule?«, fragte Margo. »Ist mir vorhin eingefallen.«

»Oh. Ja.«

»Tut mir übrigens echt leid. Ich weiß auch nicht, wie er mich damals auf seine Seite gezogen hat.«

»Ja. Schon gut«, sagte ich. Die Erinnerung an die elende Crown School of Dance machte mich wütend. »Na schön. Chuck Parson. Weißt du, wo er wohnt?«

»Ich wusste, ich kann deine Rachegelüste wecken. Er wohnt in College Park. Ausfahrt Princeton.« Ich fuhr auf die Auffahrt zum Highway, und dann trat ich aufs Gas. »Hoppla«, sagte Margo. »Mach den Wagen nicht kaputt.«

In der sechsten Klasse wurden ein paar von uns, darunter Margo, Chuck und ich, von unseren Eltern gezwungen, einen Tanzkurs an der Crown School für Erniedrigung, Demütigung und Cha-Cha-Cha zu machen. Und das ging so: Die Jungen standen auf einer Seite, und die Mädchen standen auf der anderen Seite, und wenn der Lehrer es sagte, mussten die Jungs zu den Mädchen rübergehen, und als Junge musste man sagen: »Darf ich um diesen Tanz bitten?«, und als Mädchen musste man antworten: »Sie dürfen.« Nein zu sagen war den Mädchen verboten. Aber eines Tages – es war gerade Foxtrott dran – hatte Chuck Parson jedes einzelne Mädchen dazu gebracht, Nein zu mir zu sagen. Zu sonst keinem. Nur zu mir. Und so ging ich zu Mary Beth Shortz und sagte: »Darf ich um diesen Tanz bitten?« Und sie sagte Nein. Und dann fragte ich die Nächste, und dann die Nächste, und dann Margo, die auch Nein sagte, und dann noch eine, und dann musste ich heulen.

Das Einzige, das schlimmer ist, als in der Tanzschule abgewiesen zu werden, ist, wenn man deswegen zu heulen anfängt, und das Einzige, das schlimmer ist als das, ist, heulend zum Tanzlehrer zu gehen und sich unter Tränen zu beschweren: »Die Mädchen sagen Nein zu mir, dabei *dürfen* sie das *gar nicht*.« Und natürlich ging ich heulend zum Lehrer, und den Großteil der Mittelstufe hatte ich damit zu tun, über diese peinliche Geschichte hinwegzukommen. Um es kurz zu machen, wegen Chuck Parson hatte ich nie den Foxtrott gelernt, was für einen Sechstklässler nicht unbedingt das Ende der Welt ist. Und eigentlich war ich auch nicht mehr sauer deswegen oder wegen sonst irgendwas, was er mir über die Jahre angetan hatte. Aber ich hatte auch kein Mitleid, wenn er leiden musste.

»Warte, er wird doch nicht erfahren, dass ich es war, oder?«

»Nein. Warum?«

»Ich will nicht, dass er denkt, er ist mir so wichtig, dass ich ihm wehtun will.« Ich legte die Hand auf die Mittelkonsole, und Margo tätschelte sie. »Keine Sorge«, sagte sie. »Er wird nie rausfinden, wer ihn epiliert hat.«

»Ich glaube, du hast da ein falsches Fremdwort benutzt, aber ich weiß nicht, was es heißt.«

»Ich kenne ein Wort, das du nicht kennst«, jubelte Margo. »ICH BIN DIE WORTSCHATZKÖNIGIN! ICH HABE DICH VOM THRON GESTÜRZT.«

»Buchstabiere *Thron*«, sagte ich.

»Nein«, antwortete sie lachend. »So leicht gebe ich die Krone nicht wieder her. Da muss dir schon was Besseres einfallen.«

Wir fuhren durch College Park, eine Gegend, die in Orlando als historisches Viertel durchgeht, weil die meisten Häuser ganze dreißig Jahre alt sind. An Chucks Adresse erinnerte sich Margo nicht und auch nicht, wie das Haus aussah oder in welcher Straße es stand (»Ich bin mir beinahe fünfundneunzig Prozent sicher, dass es die Vassar Street ist«). Am Ende, als wir fast die ganze Vassar Street heruntergeschlichen waren, zeigte Margo nach links und sagte: »Das ist es.«

»Ganz sicher?«

»Ich bin mir ungefähr siebenundneunzig Prozent sicher. Ich meine, ich bin mir ziemlich sicher, dass das da sein Schlafzimmerfenster ist.«

»Sieht aus, als könnten wir richtig Ärger kriegen.«

»Wenn das Fenster nicht zu ist, ist es kein Einbruch. Nur unbefugtes Betreten. Und das haben wir schon bei Becky und im SunTrust-Hochhaus gemacht, so schlimm war es doch gar nicht, oder?«

Ich lachte. »Ich habe das Gefühl, du machst einen Gangster aus mir.«

»Genau das hatte ich vor. Okay, Hilfsmittel: Nimm die Veet-Tube, die Sprühfarbe und die Vaseline.«

»Okay.« Ich suchte alles zusammen.

»Und jetzt reg dich nicht auf, Q. Die gute Nachricht ist, Chuck schläft wie ein Murmeltier im Winter – das weiß ich, weil ich letztes Jahr Englisch mit ihm hatte. Er ist nicht mal aufgewacht, als Ms. Johnson mit *Jane Eyre* auf ihn eingeschlagen hat. Wir gehen zu seinem Fenster, öffnen es, ziehen uns die Schuhe aus, dann steigen wir ganz leise ein, und ich kümmere mich um Chuck. Dann schwärmen wir in verschiedene Richtungen aus und schmieren alle Türklinken im Haus mit Vaseline ein, damit, falls jemand aufwacht, sie es nicht schaffen, rechtzeitig die Tür aufzubekommen, um uns zu erwischen. Dann amüsieren wir uns noch ein bisschen mit Chuck, bemalen die Wände und hauen ab. Und das Ganze, ohne ein Wort zu reden.«

Ich tastete nach meinem Puls, aber ich lächelte.

Als wir den Wagen stehen ließen, griff Margo nach meiner Hand, flocht die Finger in meine und drückte sie. Ich drückte zurück, und dann sah ich sie an. Feierlich nickte sie. Ich nickte zurück, und dann ließ sie meine Hand los. Wir liefen an sein Fenster. Vorsichtig schob ich den Holzrahmen hoch. Er knarrte leise, aber er ließ sich öffnen. Ich sah hinein. Es war dunkel, doch ich konnte eine Gestalt im Bett liegen sehen.

Das Fenster war ein bisschen zu hoch für Margo, und ich machte eine Räuberleiter, und sie stellte den sockigen Fuß in meine verschränkten Hände, und ich stemmte sie hoch. Ihr lautloses Einsteigen hätte jeden Ninja neidisch gemacht. Dann sprang ich am Fensterbrett hinauf, schob meinen Oberkörper durchs Fenster und versuchte mit Hilfe einer komplizierten Rumpfkrümmung die Raupe ins Haus zu tanzen. Was so lange gut funktionierte, bis ich mir die Eier am Fensterbrett einquetschte, was so wehtat, dass ich stöhnte, was ein ziemlicher Patzer war.

Die Nachttischlampe ging an. Und dort, im Bett, lag irgendein Mann, der eindeutig nicht Chuck Parson war. Vor Schreck hatte er die Augen weit aufgerissen und brachte keinen Ton heraus.

»Oh«, sagte Margo. Ich spielte mit dem Gedanken, mich nach hinten fallen zu lassen und abzuhauen, doch Margo zuliebe blieb ich, wo ich war, zur Hälfte im Haus, parallel zum Fußboden. »Oh, ich glaube, wir haben uns im Haus geirrt.« Sie drehte sich um und sah mich flehend an, und da erst merkte ich, dass ich den Fluchtweg blockierte. Also stieß ich mich zurück, packte meine Schuhe und rannte.

Wir fuhren ans andere Ende von College Park, um uns neu zu formieren.

»Ich schätze, das haben wir beide verbockt«, sagte Margo.

»Warte mal, *du hast das falsche Haus ausgesucht*«, sagte ich.

»Schon, aber *du* hast Krach gemacht.« Eine Minute herrschte Schweigen, und wir fuhren im Kreis, bis ich sagte: »Wahrscheinlich kriegen wir seine Adresse im Netz. Radar kann sich in den Schulcomputer einloggen.«

»Brillant«, sagte Margo.

Ich rief Radar an, wurde aber gleich zur Voicemail durchgestellt. Kurz dachte ich daran, es auf dem Festnetz zu versuchen, doch seine Eltern waren mit meinen befreundet, die Möglichkeit schied also aus. Dann beschloss ich Ben anzurufen. Er war zwar nicht Radar, doch er kannte Radars Passwörter. Ich wurde zur Voicemail durchgestellt, aber erst nach einem Klingeln. Ich rief noch mal an. Voicemail. Ich rief noch mal an. Voicemail.

»Er geht offensichtlich nicht ran«, bemerkte Margo.

»Der geht ran«, sagte ich und drückte auf Wiederwahl. Nach nur vier weiteren Versuchen war er dran.

»Der Grund deines Anrufs ist hoffentlich, dass du elf nackte Schnuckelpuppen in deiner Bude hast, die nach Big Daddy Bens Spezialbehandlung verlangen.«

»Du musst dich mit Radars Passwort ins Schülerverzeichnis einloggen und mir eine Adresse raussuchen. Chuck Parson.«

»Nein.«

»Bitte«, sagte ich.

»Nein.«

»Später bist du froh, mir geholfen zu haben, Ben. Das verspreche ich dir.«

»Ja, ja, schon fertig. Ich habe mich eingeloggt, während du geredet hast. Dummes altes Helfersyndrom. 422, Amherst Street. Hey, wofür brauchst du morgens um zwölf nach vier Chuck Parsons Adresse?«

»Geh schlafen, Benno.«

»Ich tue so, als hätte ich das nur geträumt«, sagte Ben und legte auf.

Amherst Street war nur ein paar Straßen weiter. Wir parkten vor Nummer 418, suchten unser Werkzeug zusammen und joggten über den Rasen, wo der Morgentau unsere Waden benetzte.

An seinem Fenster, das glücklicherweise tiefer lag als das von Monsieur schlafender Zufall, stieg ich leise ein und zog Margo hinter mir her. Chuck Parson schlief auf dem Rücken. Auf Zehenspitzen ging Margo zu ihm, während ich mich mit klopfendem Herzen hinter sie stellte. Falls er aufwachte, würde er uns beide umbringen. Sie nahm die Veet-Tube, drückte ein wenig Creme, die wie Rasierschaum aussah, auf ihre Hand und verteilte sie sanft und vorsichtig auf Chucks rechter Augenbraue. Er zuckte nicht mal.

Dann öffnete sie die Vaseline-Packung. Das Schmatzen, das der Deckel von sich gab, schien mir ohrenbetäubend, doch Chuck zeigte kein Lebenszeichen. Sie schöpfte einen großen Klumpen heraus, den sie mir auf die Hand schmierte, und dann liefen wir in verschiedene Richtungen des Hauses. Zuerst ging ich zum Eingang und strich den Knauf der Haustür mit Vaseline ein, dann nahm ich mir die offene Tür eines Schlafzimmers vor, wo ich den inneren Knauf mit Vaseline versah und ohne das geringste Knarren die Tür zuzog.

Schließlich kehrte ich in Chucks Zimmer zurück – Margo war schon da –, und gemeinsam schlossen wir die Tür und vaselinierten Chucks Türknauf. Auch das Schiebefenster behandelten wir mit Vaseline, damit er es nicht aufbekam, wenn wir es nach unserem Abgang geschlossen hatten.

Margo sah auf die Uhr und hielt zwei Finger hoch. Wir warteten. Zwei Minuten lang sahen wir uns einfach nur an, und ich betrachtete das Blau ihrer Augen. Es war schön – in der Dunkelheit und der Stille, ohne dass ich etwas sagen konnte, mit dem ich den Augenblick verdarb, und diesmal sah auch sie mich an, als wäre da etwas, was sich anzusehen lohnte.

Irgendwann nickte Margo, und ich ging zu Chuck. Wie sie es mir vorher erklärt hatte, wickelte ich mir das T-Shirt um die Hand, beugte mich vor, legte – so sanft ich konnte – den Finger auf Chucks Stirn und wischte mit einem Ruck die Veet-Creme ab. Mit der Creme löste sich jedes noch so feine Härchen, das einst Chucks rechte Augenbraue gebildet hatte. Ich richtete mich auf, mit seiner Braue an meinem T-Shirt, als Chuck plötzlich die Augen aufschlug. Blitzschnell griff Margo nach der Decke und warf sie ihm über das Gesicht, und schon war die Ninjakriegerin zum Fenster hinaus. Ich folgte, so schnell ich konnte, während Chuck brüllte: »MAMA! PAPA! EINBRECHER!«

Wir haben doch nur eine Augenbraue mitgenommen, wollte ich einwenden, aber ich hielt den Mund und schwang die Füße zum Fenster hinaus. Um ein Haar wäre ich auf Margo gelandet, die gerade ein M auf die vinylverschalte Außenfassade spraytе, und dann packten wir unsere Schuhe und rannten, was das Zeug hielt, zum Wagen zurück. Als ich mich umsah, brannten alle Lichter im Haus, aber es war keiner draußen, was bestätigte, wie effektiv die Vaseline auf den Türknäufen war. Bis Mr. Parson (oder war es Mrs.?) die Vorhänge im Wohnzimmer zurückzog, rasten wir längst im Rückwärtsgang zur Princeton Street in Richtung Highway.

»Wow!«, rief ich. »Das war genial!«

»Hast du gesehen, wie er aussieht? Seine Visage ohne die Augenbraue? Er sieht aus, als ob er sich ständig wundert. Als ob er sagen wollte: ›Echt jetzt? Du meinst, ich hab nur eine Augenbraue?‹ Und die Wahl, vor der er jetzt steht: entweder die linke auch abrasieren, oder die rechte dazumalen. Ach, das gefällt mir. Und wie er nach seiner Mama geschrien hat, die alte Heulsuse.«

»Warte mal, was hast du eigentlich gegen ihn?«

»Ich habe nicht gesagt, dass ich was gegen ihn habe. Ich habe nur gesagt, dass er eine Heulsuse ist.«

»Aber du warst doch irgendwie mit ihm befreundet.« Hatte ich jedenfalls gedacht.

»Ach, na ja, ich war mit einer Menge Leute befreundet«, sagte sie. Margo lehnte sich zu mir rüber und legte den Kopf an meine knochige Schulter, so dass ihr Haar an meinem Hals kitzelte. »Ich bin müde.«

»Koffein«, sagte ich. Sie griff nach hinten und holte zwei Dosen Mountain Dew vom Rücksitz. Ich trank meinen in zwei Zügen aus.

»Jetzt fahren wir zu SeaWorld«, verkündete sie. »Teil elf.«

»Willst du Free Willy nachspielen oder so was?«

»Nein«, sagte sie. »Wir statten SeaWorld nur einen kleinen Besuch ab, das ist alles. SeaWorld ist der einzige Freizeitpark hier in der Gegend, in den ich noch nicht eingebrochen bin.«

»Wir können nicht in SeaWorld einbrechen«, sagte ich, und dann fuhr ich auf den leeren Parkplatz eines Möbelhauses und stellte den Motor ab.

»Wir haben nicht viel Zeit.« Sie streckte die Hand nach dem Zündschlüssel aus.

Ich schob ihre Hand weg. »Wir können nicht in SeaWorld einbrechen«, wiederholte ich.

»Du immer mit deinem Einbrechen.« Margo schwieg einen Moment und machte die nächste Dose Mountain Dew auf. Ein Lichtstrahl spiegelte sich in der Dose und flackerte über ihr Gesicht, und ich sah, dass sie selber grinsen musste, als sie sagte:

»Wir brechen ja kein Schloss auf oder so was. Sieh es nicht als Einbruch im engeren Sinn. Stell dir einfach vor, wir hätten Freikarten, nur eben mitten in der Nacht.«

ACHT

»Also, erstens werden wir garantiert erwischt«, sagte ich. Ich hatte den Motor nicht wieder angelassen und erklärte ihr, warum ich ihn nicht anließ, während ich mich fragte, ob sie mich im Dunkeln sehen konnte.

»Natürlich erwischen sie uns. Na und?«

»Es ist illegal.«

»Q, mal ehrlich, wie viel Ärger können die von SeaWorld uns machen? Ich meine, lieber Gott, nach allem, was ich heute Nacht für dich getan habe, kannst du nicht mal eine Sache für mich tun? Kannst du nicht einfach die Klappe halten und dich entspannen und aufhören, immer solche schreckliche Angst vor jedem kleinen Abenteuer zu haben?« Und dann murmelte sie: »Mann. Lass dir ein paar Eier wachsen.«

Jetzt wurde ich wütend. Ich befreite mich aus dem Gurt, damit ich mich über die Mittelkonsole zu ihr rüberbeugen konnte. »Nach allem, was DU für MICH getan hast?«, rief ich. Sie wollte selbstbewusst? Konnte sie haben. »Hast DU etwa den Vater MEINER Freundin angerufen, die MEINEN Freund vögelt, damit keiner meine Stimme erkennt? Hast DU MICH um die halbe Welt chauffiert, nicht weil du mir ach-so-wichtig bist, sondern weil ich einen Chauffeur brauchte und du in der Nähe wohnst? Sind das die Sachen, die DU heute Nacht für MICH getan hast?«

Sie sah mich nicht an. Stattdessen starrte sie die Plastikfassade des Möbelladens an. »Denkst du wirklich, ich hätte dich gebraucht? Meinst du nicht, ich hätte Myrna Mountweazel ein halbes Valium verpassen können, damit sie verschläft, wenn ich mich reinschleiche, um den Safe unter dem Bett meiner Eltern zu klauen? Oder dass ich mir, während du schläfst, den Schlüssel von deinem Schreibtisch hätte holen können? Ich habe dich nicht gebraucht, du Idiot. Ich habe dich *ausgesucht*. Und du hast mich zurück ausgesucht.« Jetzt sah sie mich an. »Das ist so was wie ein Versprechen. Zumindest für heute Nacht. In Gesundheit und Krankheit. In guten wie in schlechten Zeiten. In Reichtum und Armut. Bis dass der Morgen uns scheidet.«

Ich ließ den Motor an und fuhr auf die Straße, doch von ihrer Vorstellung von Teamwork abgesehen hatte ich immer noch das Gefühl, dass ich mich in was reinzerren ließ, und ich wollte wenigstens das letzte Wort haben. »Na schön, aber wenn die SeaWorld-GmbH einen Brief an die Duke University schickt, in dem steht, dass der Übeltäter Quentin Jacobsen nachts um halb fünf an der Seite einer Terroristin in ihr Gelände eingebrochen ist, dann wird die Duke University sauer. Und meine Eltern auch.«

»Q, du wirst zur Duke University gehen. Du wirst ein sehr erfolgreicher Anwalt-oder-so-was und heiratest und kriegst Kinder und lebst dein ganzes kleines Leben, und dann stirbst du irgendwann, und dann, bei deinem letzten Atemzug, wenn du im Altersheim an deiner eigenen Spucke erstickst, wirst du dir sagen: ›Ach! Das ganze Leben habe ich vergeudet, aber wenigstens bin ich kurz vor dem Highschool-Abschluss mit Margo Roth Spiegelman in SeaWorld eingebrochen. Einmal wenigstens habe ich Carpe diem vor Recht ergehen lassen.‹«

»Carpe noctem«, korrigierte ich.

»Na schön, du bist wieder der Linguistik-König. Du hast deinen Thron zurückerobert. Und jetzt fahr mich zu SeaWorld.«

Schweigend fuhren wir über die I-4, und ich musste plötzlich an den Tag denken, als der tote Mann im grauen Anzug an der Eiche saß. *Vielleicht hat sie mich deswegen ausgesucht*, dachte ich. Und erst da fiel mir wieder ein, was sie über den Toten und die letzte Saite gesagt hatte – und über sich selbst und die letzte Saite.

»Margo«, sagte ich in unser Schweigen.

»Q«, sagte sie.

»Was du damals gesagt hast – als wir den Toten gefunden haben, da hast du gesagt, vielleicht ist seine letzte Saite gerissen, und eben hast du das Gleiche über dich gesagt. Dass deine letzte Saite gerissen ist.«

Sie lachte kurz. »Du machst dir zu viele Sorgen, Q. Keine Angst, ich habe keine Lust, dass mich samstagmorgens ein paar Kinder, von Fliegen umschwärmt, im Jefferson Park finden.« Sie wartete einen Vierteltakt mit der Pointe. »Dafür bin ich viel zu eitel.«

Ich lachte, erleichtert, und steuerte die Ausfahrt an. Dann waren wir auf dem International Drive, der größten Touristenmeile der Welt. Auf dem International Drive gab es wahrscheinlich tausend Geschäfte, und sie verkauften alle den gleichen Mist. Mist in Form von bunten Muscheln und Schlüsselanhängern, Glasschildkröten, Kühlschrankmagneten und rosa Plastikflamingos und so weiter. Manche der Läden verkauften sogar echten Mist: original Gürteltiermist für $4,95 die Tüte.

Doch morgens um 4:50 Uhr schliefen die Touristen. Die Straße, wie alles andere auch, war ausgestorben, als wir an den endlosen Läden und Parkplätzen und Läden und Parkplätzen vorbeirauschten.

»SeaWorld ist direkt hinter dem Parkway«, erklärte Margo. Sie war wieder auf den Rücksitz geklettert und durchwühlte ihren Rucksack oder etwas anderes. »Ich habe eine Satellitenkarte ausgedruckt und einen Schlachtplan aufgezeichnet, aber ich kann sie nirgends finden. Auch egal, du kreuzt einfach den Parkway, und dann müsste auf der linken Seite ein Andenkenladen kommen.«

»Auf der linken Seite sind ungefähr siebzehntausend Andenkenläden.«

»Ja, aber nach dem Parkway kommt nur noch einer.«

Sie hatte recht, auf der anderen Seite war nur einer, und ich parkte auf dem leeren Parkplatz direkt unter einer Straßenlaterne, weil auf dem International Drive ständig Autos geklaut wurden. Und auch wenn nur ein echter Masochist einen alten Kleinbus klauen würde, konnte ich mich nicht für die Aussicht erwärmen, meiner Mutter erklären zu müssen, wie und warum ihr Wagen in den frühen Morgenstunden eines Schultags verloren gegangen war.

Wir stiegen aus und lehnten uns an den Kofferraum. Die Luft war so warm und stickig, dass mir die Kleider am Körper klebten. Ich hatte wieder Angst, als wären unsichtbare Augen auf mich gerichtet. Es war schon viel zu lange dunkel, und von der ganzen Aufregung taten mir die Eingeweide weh. Margo hatte ihre Karte gefunden und fuhr im Laternenschein mit ihrer blauen Fingerspitze unsere Route nach. »Ich glaube, gleich da müsste der Zaun sein.« Sie zeigte auf ein Wäldchen, das hinter dem Parkway anfing. »Habe ich aus dem Internet. Den Zaun haben sie vor ein paar Jahren aufgestellt, nachdem irgendein Besoffener mitten in der Nacht auf das Gelände getorkelt ist und die tolle Idee hatte, zu Shamu in den Pool zu hüpfen; der hat ihn prompt erledigt.«

»Im Ernst?«

»Ja. Wenn ein Besoffener das kann, dann können wir es schon lange. Ich meine, wir sind Ninjas.«

»Du vielleicht«, sagte ich.

»Du bist ein lauter, ungeschickter Ninja, aber Ninjas sind wir beide.« Margo schob sich das Haar hinter die Ohren, zog die Kapuze über ihren Kopf und zurrte sie mit dem Bändel fest. Das Licht der Laterne zeichnete scharfe Kontraste in ihr blasses Gesicht. Wir waren vielleicht beide Ninjas, aber nur sie hatte das Outfit.

»Okay«, sagte sie. »Präg dir die Karte ein.« Der gruseligste Teil der etwa achthundert Meter langen Route, die Margo für uns ausgekundschaftet hatte, war der Graben. SeaWorld war wie ein Dreieck geformt. Auf einer Seite war die Straße, wo, wie Margo vermutete, regelmäßig ein Sicherheitsdienst patrouillierte. Die zweite Seite wurde von einem See bewacht, der mindestens zwei Kilometer Durchmesser hatte. Entlang der dritte Seite verlief ein Entwässerungsgraben, der auf der Karte so breit aussah wie eine zweispurige Straße. Und wo es in Florida Wassergräben gab, gab es oft auch Alligatoren.

Margo nahm mich an den Schultern und drehte mich zu sich. »Wahrscheinlich werden wir erwischt, und wenn das passiert, überlass mir das Reden. Du musst einfach nur süß aussehen, mit dieser komischen Mischung aus unschuldig und selbstbewusst, und alles wird gut.«

Ich schloss den Wagen ab, versuchte meine buschigen Haare

platt zu drücken und flüsterte: »Ich bin ein Ninja.« Ich hatte nicht gewollt, dass Margo mich hörte, aber sie rief: »Genau, das bist du! Und jetzt los.«

Zuerst überquerten wir die Straße, dann ging es querfeldein durch ein Dickicht aus hohem Gestrüpp unter dicken Eichen. Ich hatte Angst vor Giftefeu, doch Ninjas haben keine Angst vor Giftefeu, und so ging ich voraus, mit vorgestreckten Händen, und bahnte uns den Weg durch Dornen und Äste. Endlich wichen die Bäume zurück, und vor uns lag ein Stück freies Feld, und ich sah rechts den Highway und vor uns den Graben. Von der Straße hätte man uns sehen können, doch es kamen keine Autos vorbei. Zusammen rannten wir das letzte Stück, dann schlugen wir einen Haken auf den Parkway zu. Margo rief: »Jetzt! Los!«, und ich rannte über die sechsspurige Straße. Auch wenn kein Mensch unterwegs war, fühlte es sich berauschend und verboten an, einen Highway zu Fuß zu überqueren.

Wir schafften es auf die andere Seite und knieten uns dort ins hohe Gras. Margo zeigte auf einen Streifen Bäume zwischen dem riesigen SeaWorld-Parkplatz und dem schwarzen stehenden Wasser des Grabens. Wir rannten eine Minute an den Bäumen entlang, dann zog Margo mich von hinten am T-Shirt und sagte leise: »Und jetzt der Graben.«

»Ladies first«, sagte ich.

»Nicht nötig. Du darfst gerne zuerst.«

Und dann dachte ich nicht mehr an die Alligatoren und die ekelhafte Schicht brackiger Algen. Ich nahm einfach Anlauf und sprang, so weit ich konnte. Landete hüfttief im Wasser und watete mit langen Schritten hinüber. Das Wasser stank und fühlte sich schleimig an, aber wenigstens war mein Oberkörper trocken geblieben. Bis Margo hinter mir ins Wasser sprang und mich klitschnass spritzte. Ich drehte mich um und spritzte zurück. Sie würgte theatralisch.

»Ninjas spritzen andere Ninjas nicht nass«, beschwerte sie sich.

»Ein echter Ninja spritzt überhaupt nicht«, sagte ich.

»Na gut, der geht an dich.«

Ich sah zu, wie Margo aus dem Graben kletterte. Und ich war durch und durch erleichtert, dass es keine Alligatoren gab. Mein Puls war flott, aber annehmbar. Unter ihrer offenen Kapuzenjacke konnte ich das nasse schwarze T-Shirt sehen, das an ihrem Körper klebte. Kurz gesagt, es lief alles ziemlich gut, bis ich am Rand meines Blickfelds etwas wahrnahm, das durchs Wasser schwamm, direkt auf Margo zu. Margo setzte einen Fuß ans Ufer, und ich sah, wie sich ihre Achillessehne spannte, und dann, bevor ich schreien konnte, schoss die Schlange aus dem Wasser und biss in Margo in den linken Knöchel, direkt unter dem Hosensaum.

»Scheiße!«, sagte Margo. Sie sah nach unten und sagte noch mal »Scheiße!«. Die Schlange hatte sich in ihrem Bein verbissen. Mit einem Satz war ich bei ihr, packte die Schlange am Schwanz, riss sie von Margos Bein ab und schleuderte sie in den Graben.

»O Gott«, sagte sie. »Was war das? Eine Viper?«

»Ich weiß es nicht. Leg dich hin, leg dich hin«, rief ich, und dann nahm ich ihr Bein und schob die Jeans hoch. Wo die Schlange zugebissen hatte, waren zwei Blutströpfchen, und ich beugte mich vor, drückte den Mund auf die Wunde und saugte, so fest ich konnte, um das Gift rauszukriegen. Als ich ausspuckte und weitersaugen wollte, rief Margo: »Warte, ich sehe sie«, und ich sprang erschrocken auf, aber sie sagte: »Nein, nein, Gott sei Dank, es ist nur eine Strumpfbandnatter.« Sie zeigte in den Graben, und dann sah ich sie auch, die harmlose kleine Strumpfbandnatter, die an der Wasseroberfläche schwamm, am Rand des Flutlichtkegels. Vom hell erleuchteten Ufer wirkte sie etwa so bedrohlich wie eine junge Eidechse.

»Gott sei Dank.« Ich setzte mich und schnappte nach Luft.

Margo untersuchte ihren Biss. Als sie festgestellt hatte, dass er nicht mehr blutete, fragte sie: »Und wie war es, mit meinem Bein rumzuknutschen?«

»Ganz schön«, antwortete ich, was stimmte. Sie lehnte sich an mich, und ich spürte ihren Oberarm an meinen Rippen.

»Genau dafür habe ich mir heute Morgen die Beine rasiert. Ich dachte: Du weißt nie, ob sich heute nicht jemand an deine Wade ranmacht und versucht dir Schlangengift auszusaugen.«

Vor uns war ein Maschendrahtzaun, doch der war nur etwa eins achtzig hoch. Wie Margo es ausdrückte: »Erst eine Strumpfbandnatter und dann so ein Zaun? Für einen Ninja ist das fast eine Beleidigung.« Sie sprang hoch, hielt sich oben fest, schwang die Beine über den Zaun und glitt elegant auf der anderen Seite herunter. Ich schaffte es wenigstens nicht abzustürzen.

Wir liefen durch ein kleines Wäldchen, in dem riesige undurchsichtige Wasserbehälter standen, in denen vielleicht Tiere schliefen, und dann kamen wir an einen asphaltierten Weg, und vor uns war das große Amphitheater, wo Shamu der Orka mich einmal nass gespritzt hatte, als ich ein Kind war. Aus kleinen Lautsprechern am Wegesrand kam leise Fahrstuhlmusik. Vielleicht um die Tiere zu beruhigen. »Margo«, sagte ich, »wir sind in SeaWorld.«

Und sie sagte: »Ich weiß«, und dann rannte sie los, und ich lief hinterher. Wir kamen an das Seehundbecken, aber es sah so aus, als ob die Seehunde nicht zu Hause waren.

»Margo«, sagte ich wieder, »wir sind in SeaWorld.«

»Genieß es«, sagte sie, fast ohne den Mund zu bewegen, »denn da kommt der Nachtwächter.« Ich stürzte mich ins hüfthohe Gebüsch, doch als Margo sich nicht bewegte, blieb ich stehen. Ein Mann in einer Weste, auf der SEAWORLD SECURITY stand, kam auf uns zugeschlendert und fragte ganz beiläufig: »Na, wie läuft's?« Er hielt eine Dose in der Hand – Pfefferspray, wahrscheinlich.

Um ruhig zu bleiben, dachte ich über verschiedene Fragen nach: *Benutzt er normale Handschellen, oder gibt es spezielle Sea-World-Handschellen? Wenn ja, haben sie die Form von zwei springenden Delphinen?*

»Wir wollten gerade gehen«, sagte Margo.

»So viel steht fest«, sagte der Mann. »Die Frage ist nur, ob ihr zu Fuß geht oder ob euch der Sheriff abholt.«

»Wenn es Ihnen nichts ausmacht, gehen wir lieber zu Fuß«, erklärte Margo. Ich schloss die Augen. Das hier war nicht die Zeit für Witze, wollte ich zu Margo sagen. Aber der Mann lachte.

»Wisst ihr, vor 'n paar Jahren ist hier ein Mann getötet worden, weil er ins große Becken gesprungen ist, und seitdem haben wir Anweisung, keinen mehr einbrechen zu lassen. Können sie noch so hübsch sein.« Margo zog an ihrem nassen T-Shirt. Erst jetzt kapierte ich, dass er mit ihren Brüsten sprach.

»Ich schätze, dann müssen Sie uns wohl verhaften.«

»Genau das is' das Problem. Ich wollte nämlich gerade Feierabend machen, heimgehen, Bierchen trinken und mich aufs Ohr hauen, aber wenn ich die Polizei rufe, lassen die sich hübsch Zeit, bis die hier sind. Ich mein, ich denk hier nur mal laut.« Verständig zog Margo die Brauen hoch. Dann schob sie die Hand in die nasse Hosentasche und fummelte einen mit Abwasser getränkten Hundertdollarschein heraus.

Der Wachmann sagte: »Ich schätze, ihr geht dann mal lieber. Und ich an eurer Stelle würde nicht um den Waltank rumgehen. Da sind überall Überwachungskameras, und wir wollen ja nicht, dass jemand mitkriegt, dass ihr da wart.«

»Ja, Sir«, sagte Margo kleinlaut, und dann spazierte der Mann in die Dunkelheit davon. »Verdammt«, murmelte sie, als er verschwunden war. »Das macht echt keinen Spaß, so 'nen Spanner zu schmieren. Aber was soll's. Geld ist zum Ausgeben da.« Ich hörte sie kaum; das Einzige, was ich mitbekam, war der Schauer der Erleichterung, der über meine Haut lief. Das primitive Glück des schieren Überlebens. Allein das war die Aufregung wert.

»Gott sei Dank hat er uns nicht angezeigt«, sagte ich.

Margo antwortete nicht. Sie kniff die Augen zusammen und starrte in die Ferne. »Genau so war es auch, als ich in die Universal Studios eingebrochen bin«, sagte sie dann. »Irgendwie ist es cool und alles, aber eigentlich gibt es nicht viel zu sehen. Die Attraktionen sind zu. Alles ist abgeschlossen. Die meisten Tiere tun sie nachts in andere Becken.« Abschätzig ließ sie den Blick über den Freizeitpark gleiten. »Ich schätze, das Reizvolle ist nicht, drin zu sein.«

»Was ist dann das Reizvolle?«, fragte ich.

»Das Planen vielleicht. Ich weiß es auch nicht. Aber die Ausführung ist nie so spannend, wie man gehofft hat.«

»Ich finde es ziemlich spannend«, gestand ich. »Auch wenn es nichts zu sehen gibt.« Ich setzte mich auf eine Parkbank, und sie setzte sich neben mich. Zusammen blickten wir auf das Seehundbecken, in dem keine Seehunde waren, sondern nur die leere Insel mit dem schroffen Plastikfelsen. Ich konnte Margo neben mir riechen, den Schweiß und die Algen aus dem Graben und den Fliederduft ihres Shampoos und den Geruch ihrer Haut, nach gemahlenen Mandeln.

Zum ersten Mal spürte ich Müdigkeit, und ich stellte mir vor, wie wir zusammen auf einem Stück Wiese hier in SeaWorld lagen, ich auf dem Rücken und sie neben mir, mit ihrem Arm über meiner Brust und ihrem Kopf an meiner Schulter. Ohne etwas zu machen – einfach nur daliegen, gemeinsam unter dem Himmel, hier, wo die Nacht so hell erleuchtet war, dass sie das Licht der Sterne ertränkte. Vielleicht würde ich ihren Atem an meinem Hals spüren, und vielleicht konnten wir bis zum Morgen so liegen bleiben, und dann würden die Besucher an uns vorbeigehen, und sie würden uns sehen und denken, dass wir auch Touristen wären, und wir würden uns einfach unter die Leute mischen.

Aber nein. In der Schule gab es einen einbrauigen Chuck zu besichtigen und Ben, dem ich alles erzählen musste, und dann war da der Unterricht und der Musikraum und die Duke University und die Zukunft.

»Q«, sagte Margo.

Ich sah sie an, und einen Moment wusste ich nicht, warum sie meinen Namen gesagt hatte, doch dann war ich wieder wach. Und da hörte ich es. Jemand hatte die Fahrstuhlmusik aus den Lautsprechern lauter gedreht, nur dass jetzt keine dudelige Fahrstuhlmusik mehr spielte – es spielte richtige Musik. Ein altes Jazz-Lied, auf das mein Vater stand, »Stars Fell on Alabama«. Und selbst durch die scheppernden Lautsprecher hörte man, dass der Sänger tausend Noten auf einmal singen konnte.

In diesem Moment spürte ich eine ungebrochene Verbindung

zwischen ihr und mir, die sich von der Krippe über den Toten aus dem Park über die Schule bis zum Jetzt zog. Und ich wollte ihr sagen, dass das Glück für mich nicht in der Planung oder in der Ausführung oder im Aufbruch bestand; für mich war das Glück zuzusehen, wie sich unseren Saiten berührten und trennten und wieder zusammenliefen... Aber irgendwie hätte es sich kitschig angehört, und außerdem war sie aufgestanden.

Margos blaue, blaue Augen blinzelten, und sie sah unglaublich schön aus in diesem Moment, die nassen Jeans an ihren Beinen, das schimmernde Gesicht im grauen Licht.

Ich stand auf und streckte die Hand aus und sagte: »Darf ich um diesen Tanz bitten?« Margo machte einen Knicks, reichte mir die Hand und sagte: »Sie dürfen«, und dann lag meine Hand an der Stelle, wo ihre Taille in die Hüfte überging, und ihre Hand lag auf meiner Schulter. Und dann Schritt-Schritt-Ausfallschritt, Schritt-Schritt-Ausfallschritt. Wir tanzten den Foxtrott bis hinüber zum Seehundbecken, und das Lied von den fallenden Sternen lief immer weiter. »Sechste Klasse, Engtanz«, sagte Margo an, und wir wechselten die Position, ihre Hände auf meinen Schultern und meine auf ihren Hüften, die Ellbogen steif, zwei Fuß zwischen uns. Und dann tanzten wir noch ein bisschen Foxtrott, bis das Lied zu Ende war. Ich machte einen Schritt vor und neigte Margo über meinen Arm nach hinten, so wie wir es in der Crown School gelernt hatten. Sie hob ein Bein und ließ ihr ganzes Gewicht in meinen Arm sinken. Entweder sie vertraute mir, oder sie wollte fallen.

NEUN

Bei Seven-Eleven kauften wir Geschirrtücher, um uns, so gut es ging, den stinkenden Schlamm von den Kleidern und Leibern zu wischen, und ich tankte, bis die Tankanzeige genauso viel anzeigte wie vor unserer Orlando-Umkreisung. Die Autositze würden noch feucht sein, wenn meine Mutter zur Arbeit fuhr, aber ich hoffte, sie merkte es nicht, weil sie normalerweise nie was merkte. Meine Eltern hielten mich für den angepasstesten und am wenigsten zum Einbruch in SeaWorld neigenden Jungen der Welt, denn mein psychologisches Wohlergehen war das Zeugnis ihrer beruflichen Tauglichkeit.

Auf dem Heimweg ließ ich mir Zeit, mied den Highway und nahm stattdessen die Nebenstraßen. Margo und ich hörten Radio und versuchten den Sender zu finden, der »Stars Fell on Alabama« gespielt hatte, doch irgendwann stellte sie das Radio ab und sagte: »Alles in allem finde ich, es war ein Erfolg.«

»Absolut«, sagte ich, auch wenn ich inzwischen anfing an morgen zu denken. Würde sie vor der Schule beim Musikraum vorbeikommen und mit mir reden? Mit Ben und mir zu Mittag essen? »Ich frage mich, ob es morgen anders wird«, sagte ich.

»Ja«, sagte sie, »das frage ich mich auch.« Sie ließ den Satz in der Luft hängen, und dann sagte sie: »Wo wir gerade davon sprechen, als Dankeschön für deine Aufopferung und harte Arbeit an diesem denkwürdigen Abend möchte ich dir ein kleines Geschenk überreichen.« Sie kramte einen Moment im Fußraum herum, dann hielt sie die Digitalkamera hoch. »Nimm sie«, sagte sie, »und nutze die Macht des Zauberstäbchens weise.«

Ich lachte und steckte die Kamera ein. »Ich lade das Foto runter, wenn ich zu Hause bin, und gebe dir die Kamera morgen in der Schule zurück, okay?« Ich wollte immer noch, dass sie sagte: *Ja, in der Schule, wo alles anders wird, wo ich offiziell mit dir befreundet sein werde, und außerdem Single*, aber sie sagte nur: »Ja, ja, kein Stress.«

Es war 5:52 Uhr, als wir Jefferson Park erreichten. Wir fuhren den Jefferson Drive zur Jefferson Court Street hinunter, dann bogen wir in den Jefferson Way, unsere Straße. Ein letztes Mal schaltete ich beim Fahren die Scheinwerfer aus, und im Dunkeln rollten wir in unsere Einfahrt. Ich wusste nicht, was ich sagen sollte, und Margo sagte auch nichts. Wir sammelten den Müll in einer Seven-Eleven-Tüte ein und versuchten alle Spuren dessen, was sich in den letzten sechs Stunden im Kleinbus abgespielt hatte, zu vernichten. In die andere Seven-Eleven-Tüte packte sie die restliche Vaseline, die blaue Sprühfarbe und die letzte Dose Mountain Dew und überreichte sie mir. Mein Gehirn summte vor Müdigkeit.

Eine Tüte in jeder Hand, blieb ich vor dem Wagen stehen und sah sie an. »Das war eine wilde Nacht«, flüsterte ich schließlich.

»Komm her«, sagte sie, und ich ging zu ihr. Dann umarmte sie mich, und die Tüten machten es mir schwer, sie zurück zu umarmen, aber hätte ich die Tüten fallen gelassen, wäre vielleicht jemand aufgewacht. Ich spürte, wie sie sich auf die Zehenspitzen stellte, und dann war ihr Mund an meinem Ohr, und sie sagte ganz klar und deutlich: »Ich werde dich vermissen.«

»Das musst du nicht«, erwiderte ich laut. Ich versuchte mir die Enttäuschung nicht anhören zu lassen. »Wenn du deine anderen Freunde nicht mehr magst, komm einfach zu mir. Meine Freunde sind auch ziemlich nett.«

Ihre Lippen waren so nah, dass ich fühlen konnte, wie sie lächelte. »Ich fürchte, das geht nicht«, flüsterte sie. Dann ließ sie mich los und ging, ohne den Blick abzuwenden, einen Schritt zurück. Am Ende zog sie die Brauen hoch und lächelte, und ich glaubte ihrem Lächeln. Ich sah zu, wie sie auf den Baum kletterte, dann stemmte sie sich auf das Dach vor ihrem Fenster im ersten Stock. Sie schob das Fenster auf und stieg ein. Ich nahm die Haustür, die unverriegelt war, schlich auf Zehenspitzen durch die Küche und in mein Zimmer, schälte mich aus den feuchten Jeans, die ich im Wandschrank beim Fenster in die Ecke warf, dann lud ich Jasons Foto von der Kamera und legte mich ins Bett, während meine Gedanken um das kreisten, was ich morgen in der Schule zu ihr sagen würde.

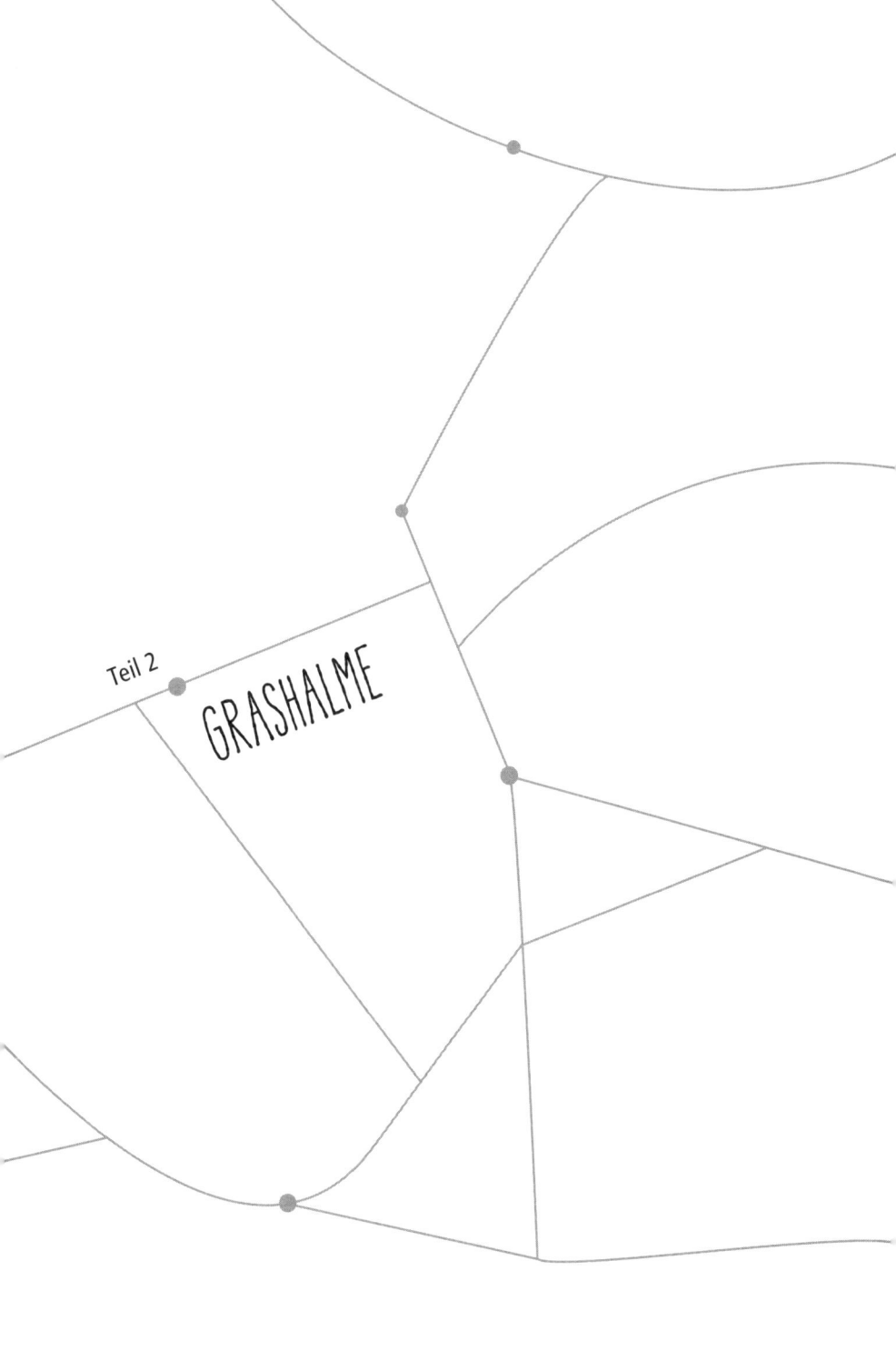

Teil 2

GRASHALME

EINS

Als mein Wecker um 6:32 Uhr aufhörte zu klingeln, hatte ich gerade mal dreißig Minuten geschlafen. Allerdings merkte ich nicht, dass der Wecker klingelte, siebzehn Minuten lang, bis ich eine Hand auf der Schulter spürte und die Stimme meiner Mutter aus weiter Ferne sagen hörte: »Guten Morgen, Schlafmütze.«

»Mmmh«, antwortete ich. Ich war extrem müde, viel müder als um 5:55 Uhr, und hätte am liebsten die Schule geschwänzt, aber wegen der Tatsache, dass ich bis jetzt keine Fehlzeiten hatte – auch wenn ich wusste, dass hundertprozentige Anwesenheit weder besonders cool noch sonst irgendwie erstrebenswert war –, wollte ich diesen Lauf bis zum Ende des Schuljahrs fortsetzen. Außerdem wollte ich wissen, wie sich Margo verhielt.

Als ich in die Küche kam, frühstückten meine Eltern an der Küchentheke, und mein Vater erzählte meiner Mutter irgendwas. Als er mich sah, unterbrach er sich und fragte: »Gut geschlafen?«

»Bestens«, sagte ich, was stimmte. Kurz, aber gut.

Er lächelte. »Ich habe deiner Mutter gerade erzählt, dass ich immer den gleichen Albtraum habe«, sagte er. »Ich bin im College. Und ich habe einen Hebräisch-Kurs, aber die Sprache, die der Professor spricht, ist nicht Hebräisch, und die Prüfungen sind auch nicht auf Hebräisch, sondern in irgendeinem Fantasie-Gekritzel. Doch alle tun so, als wäre die Fantasiesprache mit dem Fantasiealphabet tatsächlich Hebräisch. Ich muss also diese Prüfung bestehen, in einer Sprache, von der ich nicht mal das Alphabet entziffern kann.«

»Interessant«, sagte ich, obwohl es kein bisschen interessant war. Nichts ist langweiliger als anderer Leute Träume.

»Das ist eine Metapher für das Erwachsenwerden«, erklärte meine Mutter. »Du musst in einer Sprache schreiben, die du nicht verstehst – das Erwachsensein –, in einem Alphabet, das du nicht kennst – reife soziale Interaktion.« Meine Mutter arbeitete mit gestörten Teenagern im Jugendknast. Ich glaube, deswegen machte sie sich nie Sorgen um mich – solange ich nicht rituell Wüstenspringmäuse enthauptete oder mir selbst ins Gesicht pinkelte, hielt sie mich für einen vollen Erfolg.

Eine normale Mutter hätte vielleicht gesagt: »Hey, du siehst aus, als hättest du im Drogenrausch die Nacht durchgemacht, und du riechst irgendwie nach Algen. Hast du vielleicht vor ein paar Stunden mit Margo Roth Spiegelman Foxtrott getanzt, die von einer Schlange gebissen wurde?« Doch nein. Sie erzählten sich lieber ihre Träume.

Ich duschte und zog mir ein T-Shirt und Jeans an. Ich war spät dran, aber das war ich immer.

»Du bist spät dran«, sagte meine Mutter, als ich wieder in die Küche kam. Ich versuchte den Nebel in meinem Kopf zu durchdringen, damit mir wieder einfiel, wie man sich die Schuhe zuband.

»Das ist mir bewusst«, sagte ich gerädert.

Meine Mutter fuhr mich zur Schule. Ich saß auf dem Sitz, auf dem Margo gesessen hatte. Meine Mutter schwieg fast während der ganzen Fahrt, was gut war, weil ich, den Kopf ans Beifahrerfenster gelehnt, tief und fest schlief.

Als wir vor der Schule vorfuhren, sah ich, dass Margos Stammplatz auf dem Schülerparkplatz leer war. Kein Wunder, wenn sie später kam. Ihre Freunde trafen sich nicht so früh wie meine.

Ich ging zu den Orchesterleuten rüber, und Ben rief: »Jacobsen, habe ich das geträumt, oder …«, aber als ich kaum merklich den Kopf schüttelte, änderte er mitten im Satz den Kurs, »… waren wir beide gestern Nacht in Französisch Polynesien in einem Segelboot aus Bananen auf Abenteuerfahrt?«

»Leckeres Segelboot«, sagte ich. Radar warf mir einen Blick zu, dann schlenderte er zum Schatten eines Baums. Ich folgte ihm. »Habe Angela nach einer Ballbegleitung für Ben gefragt. Keine Chance.«

»Mist«, sagte ich. »Aber nicht weiter schlimm. Er wird den Abend mit mir verbringen, bei einer Marathonsitzung von Dark Resurrection.«

Ben kam dazu. »Versucht ihr diskret zu sein? Ich weiß, dass ihr von der puppenlosen Schulballtragödie redet, die mein Leben ist.« Dann drehte er sich um und ging ins Schulgebäude. Radar und ich folgten ihm am Musikraum vorbei, wo Neunt- und Zehntklässler zwischen einem Haufen von Instrumentenkästen saßen und quatschten.

»Warum willst du überhaupt hingehen?«, fragte ich.

»Mann, das ist unser *Schulball*. Meine letzte Chance, die romantische Highschool-Erinnerung eines Mädchens zu werden.« Ich verdrehe die Augen.

Es klingelte, noch fünf Minuten bis zum Unterricht, und wie pawlowsche Hunde setzen sich die Schüler in Bewegung, und die Flure wurden voll. Ben, Radar und ich standen vor Radars Schließfach. »Warum hast du mich eigentlich um drei Uhr früh angerufen und wolltest Chuck Parsons Adresse wissen?«

Ich überlegte gerade, wie ich die Frage am besten beantworten sollte, als ich Chuck Parson entdeckte, der auf uns zukam. Ich gab Ben einen Stoß mit dem Ellbogen und sah bedeutungsvoll in Chucks Richtung. Chuck hatte sich dafür entschieden, sich auch die linke Braue abzurasieren. »Heiliger Kanonenstöpsel«, flüsterte Ben.

Im nächsten Moment hatte ich Chucks Visage mit der nackten Braue im Gesicht und wurde rückwärts gegen das Schließfach gedrückt. »Was gibt's zu glotzen, ihr Arschgeigen?«

»Nichts«, sagte Radar, »vor allem nicht deine Augenbrauen.« Chuck schnaubte, dann schlug er mit der flachen Hand gegen das Schließfach neben mir und stampfte davon.

»Das warst du?«, fragte Ben ungläubig.

»Ihr müsst dichthalten«, sagte ich. Dann schob ich lässig hinterher: »Ich war mit Margo Roth Spiegelman unterwegs.«

Bens Stimme überschlug sich vor Aufregung. »Du warst letzte Nacht mit Margo Roth Spiegelman unterwegs? Um DREI UHR MORGENS?« Ich nickte. »Allein?« Ich nickte. »O mein Gott, wenn bei euch was gelaufen ist, musst du mir jede Einzelheit erzählen. Du musst mir einen Aufsatz über Margo Roth Spiegelmans Brüste schreiben, wie sie aussehen, wie sie sich anfühlen. Minimum dreißig Seiten!«

»Und für morgen machst du eine fotorealistische Bleistiftzeichnung«, sagte Radar.

»Ton- oder Specksteinskulptur geht auch«, sagte Ben.

Radar hob die Hand. Pflichtbewusst nahm ich ihn dran. »Also, ich wollte fragen, ob du ein Sonett über Margo Roth Spiegelmans Brüste verfassen könntest? Die sechs Stichwörter, die darin vorkommen sollen, sind: rosa, rund, fest, saftig, spitz und *flaumig*.«

»Warte«, sagte Ben, »ich finde, mindestens eins der Wörter sollte buhbuhbuhbuh sein.«

»Ich glaube, das Wort kenne ich nicht«, sagte ich.

»Das Geräusch, das mein Mund macht, wenn ich mit einer Schnuckelpuppe das patentierte Ben-Starling-Rennboot mache.« Wobei Ben die unwahrscheinliche Situation nachstellte, wie er das Gesicht zwischen zwei Frauenbrüste drückte.

»In diesem Moment«, sagte ich, »läuft es Tausenden von Mädchen quer durch Amerika eiskalt über den Rücken, und sie wissen nicht, warum. Außerdem ist überhaupt nichts gelaufen, du Lustmolch.«

»Typisch«, sagte Ben. »Ich bin der einzige von uns, der die Eier hat, einer Puppe zu geben, was sie will, und der einzige, der nie die Gelegenheit dazu bekommt.«

»Was für ein erstaunlicher Zufall«, bemerkte ich. Das Leben war genau wie immer – nur dass ich müder war. Ich hatte gehofft, die letzte Nacht würde mein Leben verändern, aber das hatte sie nicht – zumindest noch nicht.

Es klingelte noch einmal. Wir beeilten uns, zu unseren Kursen zu kommen.

In der ersten Stunde, Mathe, überkam mich eine unglaubliche Müdigkeit. Ich meine, ich war todmüde, seit ich aufgewacht war, aber die Kombination aus Müdigkeit und Integralrechnung war einfach unfair. Um wach zu bleiben, schrieb ich Margo einen Brief – nicht dass ich vorhatte, ihn ihr zu geben, es war nur eine Zusammenfassung meiner Lieblingsmomente in der letzten Nacht –, doch auch das hielt mich nicht wach. Irgendwann bewegte sich der Kuli nicht mehr, und mein Blickfeld wurde kleiner und kleiner, und ich versuchte mich zu erinnern, ob Tunnelblick ein Zeichen von Übermüdung war. Ich nahm an, dass es so war, denn vor mir sah ich nur noch eins, Mr. Jiminez an der Tafel, mehr konnte mein Gehirn nicht verarbeiten, weshalb ich außerordentlich verwirrt war, als Mr. Jiminez plötzlich »Quentin?« sagte, denn ich konnte nicht begreifen, dass er gleichzeitig eine visuelle und eine akustische Präsenz in meinem Leben sein konnte.

»Ja?«, sagte ich.

»Hast du die Frage gehört?«

»Ja?«, sagte ich wieder.

»Und du hast dich gemeldet, weil du sie beantworten wolltest?« Ich sah auf – meine Hand war tatsächlich oben, auch wenn ich keine Ahnung hatte, wie sie dahin gekommen war, und nur ungefähr wusste, wie ich sie wieder herunter bekam. Nach kurzem Kampf schaffte es mein Hirn, dem Arm den Befehl zur Rückkehr zu geben, und der Arm gehorchte, und dann endlich sagte ich: »Ich wollte fragen, ob ich mal aufs Klo gehen kann.«

Mr. Jiminez sagte: »Geh schon«, und dann meldete sich jemand anderes und beantwortete die Frage, in der es um irgendeine Differentialgleichung ging.

Ich ging zum Waschraum, spritzte mir kaltes Wasser ins Gesicht und beugte mich zum Spiegel, um mich anzusehen. Ich versuchte mir die Röte aus den Augen zu reiben, ohne Erfolg. Dann kam mir die rettende Idee. Ich setzte mich in einer der Kabinen auf den Klodeckel, lehnte den Kopf an die Kabinenwand und schlief ein. Leider währte mein Schlaf nur 16 Millisekunden, dann klingelte es zur zweiten Stunde. Ich stand auf und wankte zum Lateinkurs und später zum Physikkurs, und dann war endlich Mittagspause, und ich fand Ben in der Cafeteria und sagte: »Ich muss mich dringend hinlegen.«

»Lass uns mit dem RHAPAW Mittagessen fahren«, antwortete er.

Der RHAPAW war ein fünfzehn Jahre alter Buick, der schon von Bens drei Geschwistern hart rangenommen worden war. Als er schließlich bei Ben ankam, bestand er hauptsächlich aus Klebeband und Spachtelmasse. Sein voller Name war RODE HARD AND PUT AWAY WET, doch wir zogen die Abkürzung vor. RHAPAW fuhr nicht mit Benzin, sondern mit dem unerschöpflichen Treibstoff menschlicher Hoffnung. Man saß auf dem kochend heißen Vinyl der Sitze und hoffte, er würde anspringen, und dann drehte Ben den Schlüssel im Zündschloss, und der Motor machte ein paar müde Umdrehungen wie das letzte schlaffe Zucken eines sterbenden Fischs an Land. Dann hoffte man stärker, und der Motor machte noch ein paar Umdrehungen. Man hoffte noch mehr, und irgendwann sprang er an.

Ben ließ den RHAPAW an und drehte die Klimaanlage auf. Drei der vier Fenster ließen sich nicht öffnen, aber die Klimaanlage lief auf Hochtouren, auch wenn sie in den ersten Minuten nur heiße Luft aus den Lüftungsschlitzen blies, die sich mit der abgestandenen heißen Luft im Wagen mischte. Ich kurbelte den Beifahrersitz nach unten, so dass ich beinahe liegen konnte, und dann erzählte ich Ben die ganze Geschichte: Margo an meinem Fenster, der Wal-Mart, die Rache, das SunTrust Building, wie wir ins falsche Haus eingestiegen waren, SeaWorld, Ich-werde-dich-vermissen.

Er unterbrach mich kein einziges Mal – Ben war ein echter Freund, wenn es ums Nicht-Unterbrechen ging –, und als ich fertig war, stellte er mir die Frage, die für ihn am wichtigsten war.

»Warte mal, Jason Worthington, von wie klein redest du?«

»Vielleicht ist er vor Schreck geschrumpft, aber kannst du dir einen Bleistift vorstellen?« Ben nickte. »Und kannst du dir den Radiergummi hinten am Bleistift vorstellen?« Er nickte wieder. »Und kannst du dir die Krümel vorstellen, die der Radiergummi beim Radieren auf dem Papier hinterlässt?« Er nickte wieder. »Ich würde sagen, drei Krümel lang und einen Krümel breit.« Ben hatte von Typen wie Jason Worthington und Chuck Parson so viel einstecken müssen, dass ich ihm ein bisschen Schadenfreude gönnte. Doch er lachte nicht. Er schüttelte nur ehrfurchtsvoll den Kopf.

»Gott, sie ist böse.«

»Ich weiß.«

»Sie ist die Art von Mensch, der entweder mit siebenundzwanzig auf tragische Weise ums Leben kommt wie Jimi Hendrix und Janis Joplin oder ganz groß rauskommt und so was wie den Nobelpreis in Hammermäßigkeit gewinnt.«

»Ja.« Ich wurde selten müde, über Margo Roth Spiegelman zu sprechen, doch ich war selten so müde wie jetzt. Und so lehnte ich den Kopf zurück auf das rissige Vinyl der Kopfstütze und war im nächsten Moment eingeschlafen. Als ich aufwachte, hatte ich einen Hamburger auf dem Schoß, mit einem Zettel: Musste los, Alter. Wir sehen uns nach der Probe.

Später, nach meiner letzten Stunde, saß ich vor dem Musikraum an der Wand und übersetzte Ovid, während ich versuchte die Kakophonie, die von drinnen kam, zu überhören. Radar und Ben hatten nach der Schule Orchesterprobe, und ich wartete auf sie, denn ohne sie zu gehen hätte die unerträgliche Schmach bedeutet, als einziger Achtzehnjähriger mit dem Schulbus zu fahren.

Als sie fertig waren, setzte Ben zuerst Radar ab, der im »Zentrum« von Jefferson Park wohnte, nicht weit von Lacey Pemberton. Dann fuhr er mich nach Hause. Ich sah, dass Margos Wagen auch nicht in der spiegelmanschen Einfahrt stand. Anscheinend hatte sie nicht die Schule geschwänzt, um auszuschlafen. Sie hatte die Schule geschwänzt, um sich ins nächste Abenteuer zu stürzen – ein quentinloses Abenteuer. Wahrscheinlich verbrachte sie den Tag damit, Enthaarungscreme auf den Kopfkissen weiterer Feinde zu verteilen oder so was. Als ich ins Haus ging, fühlte ich mich ein bisschen ausgeschlossen, aber sie wusste natürlich, dass ich nie mitgemacht hätte – ein Tag in der Schule war mir viel zu wichtig. Außerdem war man bei Margo nie sicher, ob es bei einem Tag bleiben würde. Vielleicht war sie wieder für drei Tage in Mississippi, oder sie hatte sich wieder dem Zirkus angeschlossen. Dann dachte ich, natürlich keins von beiden. Es war ein Abenteuer, das ich mir nicht mal vorstellen können würde, das ich mir nie vorstellen könnte, weil ich nicht Margo war.

Ich fragte mich, mit was für Geschichten sie diesmal zurückkehrte. Und ich fragte mich, ob sie mir davon erzählen würde, in der Cafeteria vielleicht. Vielleicht, dachte ich, meinte sie es ernst, als sie sagte, sie würde mich vermissen. Sie hatte gewusst, dass sie abhauen würde, dass sie mal wieder eine Pause von Orlandos Plastikhaftigkeit brauchte. Aber wenn sie zurückkam, wer weiß? Ihre alten Freunde hatten ausgedient, und so würde sie die letzten Wochen ihrer Schulzeit vielleicht doch noch mit mir verbringen.

Es dauerte nicht lange, bis die Gerüchte losgingen. Ben rief gleich nach dem Abendessen an. »Wie ich höre, geht sie nicht ans Telefon. Auf Facebook hat jemand gepostet, sie wollte in einen geheimen Lagerraum in Disneys Tomorrowland ziehen.«

»Das ist Blödsinn«, sagte ich.

»Ich weiß. Ich meine, Tomorrowland ist das langweiligste Themenland in Disney World. Irgendjemand hat behauptet, sie hätte im Internet einen Typen kennengelernt.«

»Lächerlich«, sagte ich.

»Schon gut. Aber wo ist sie dann?«

»Sie ist allein unterwegs und erlebt die Art von Abenteuern, von der wir nur träumen können«, sagte ich.

Ben kicherte. »Du meinst, sie spielt an sich rum?«

Ich schnaubte. »Im Ernst, Ben. Sie macht eben die Sachen, die Margo so macht. Sie macht Geschichte. Margo rockt.«

Später lag ich im Bett und starrte durchs Fenster hinaus in die unsichtbare Welt. Ich versuchte einzuschlafen, aber jedes Mal klappten meine Lider wieder auf, nur für alle Fälle. Ich wurde die Hoffnung einfach nicht los, dass Margo Roth Spiegelman wieder an mein Fenster kam und mich, müde wie ich war, mitnahm zum nächsten unvergesslichen Abenteuer.

ZWEI

Margo verschwand zu oft, als dass es diesmal eine Findet-Margo-Aktion oder Ähnliches an der Schule gegeben hätte, aber wir spürten ihre Abwesenheit alle. Die Highschool war keine Demokratie, aber auch keine Diktatur oder Anarchie, entgegen dem verbreiteten Glauben. An der Highschool regierte das Gottesgnadentum. Und wenn die Königin Ferien machte, wurde alles anders. Genauer gesagt, alles wurde schlimmer. In der Zehnten war es während Margos Ausflug nach Mississippi gewesen, dass Becca die Geschichte vom blutigen Ben in Umlauf brachte. Diesmal würde es nicht anders sein. Das Mädchen, das den Finger im Deich hatte, war davongelaufen. Überschwemmungen waren unausweichlich.

Am Morgen war ich ausnahmsweise pünktlich und fuhr mit Ben. Die anderen waren ungewöhnlich still. »Hey, Mann«, sagte unser Freund Frank mit ernstem Gesicht.

»Was ist?«

»Chuck Parson, Taddy Mac und Clint Bauer haben Clints Jeep genommen und damit die Fahrräder von zwölf Neunt- und Zehntklässlern überrollt.«

»Das ist echt mies«, sagte ich kopfschüttelnd.

Unsere Freundin Ashley berichtete: »Gestern hat jemand im Jungsklo unsere Handynummern an die Wand geschrieben, und dazu... also, lauter Schweinereien.«

Wieder schüttelte ich den Kopf, dann schloss ich mich dem Schweigen an. Wir konnten nicht zur Schulleitung gehen; das hatten wir in der Mittelstufe versucht, und es führte unausweichlich zu mehr Ärger. Gewöhnlich mussten wir einfach abwarten, bis jemand wie Margo der Meute verklickerte, was für unreife Blödmänner sie waren.

Diesmal allerdings hatte Margo mir eine Waffe für den Gegenschlag hinterlassen. Und ich wollte gerade etwas sagen, als am Rand meines Sichtfelds ein Typ auftauchte, der mit Vollkaracho auf uns zukam. Er trug eine schwarze Skimaske und hatte eine große knallgrüne Wasserkanone dabei. Als er vorbeilief, rempelte er mich an, so dass ich das Gleichgewicht verlor und unsanft auf dem Beton aufschlug. An der Tür drehte er sich um und schrie in meine Richtung: »Wenn du dich mit uns anlegst, kriegst du den Sack voll.« Seine Stimme kam mir nicht bekannt vor.

Ben und ein anderer aus unserer Clique halfen mir hoch. Meine Schulter tat weh, doch ich wollte nicht hinfassen. »Alles klar?«, fragte Radar.

»Ja, schon gut.« Jetzt rieb ich mir die Schulter doch.

Radar schüttelte den Kopf. »Irgendjemand muss ihm mal sagen, dass ›den Sack vollkriegen‹ nach Weihnachten klingt.«

Ich lachte. Jemand nickte zum Parkplatz rüber, und als ich mich umblickte, sah ich zwei kleine Neuntklässler, die mit klitschnassen T-Shirts auf uns zugetrottet kamen.

»Es war Pisse drin!«, rief der eine von beiden. Der andere sagte nichts; er hielt die Arme so weit wie möglich von seinem T-Shirt weg, was nur bedingt funktionierte. Ich sah, wie kleine gelbe Rinnsale vom Ärmel an seinem Arm hinunterliefen.

»Tierpisse oder Menschenpisse?«, fragte jemand.

»Woher soll ich das wissen! Bin ich Piss-Experte?«

Ich ging zu dem Jungen rüber und legte ihm fürsorglich die Hand auf den Kopf – die einzige Stelle, die trocken geblieben war. »Das biegen wir wieder hin«, versprach ich. Dann klingelte es zum zweiten Mal, und Radar und ich mussten zum Mathekurs. Beim Hinsetzen schlug ich mir den Arm am Pult an, und ein sengender Schmerz schoss durch meine Schulter. Radar tippte auf sein Ringbuch, auf das er gekritzelt hatte: *Schulter okay?*

Ich schrieb auf den Rand meines Ringbuchs: *Verglichen mit den Piss-Opfern geht's mir wie einem Welpen auf einer Blumenwiese.*

Radar lachte laut genug, um einen bösen Blick von Mr. Jiminez zu ernten. Ich schrieb: *Habe einen Plan, aber wir müssen rausfinden, wer das war.*

Radar schrieb zurück: *Jasper Hanson*, und umkringelte den Namen. Das war eine Überraschung.

Woher weißt du das?

Radar schrieb: *Hast du's nicht gesehen? Der Idiot hatte sein eigenes Football-Trikot an.*

Jasper Hanson ging in die Elfte. Bisher hatte ich ihn für harmlos gehalten, eigentlich sogar für ganz nett, auf diese tapsige Alles-klar-Mann-Art. Er war nicht der Typ, dem ich zugetraut hätte, dass er mit Pissfontänen auf Neuntklässler schoss. Meiner Einschätzung nach war Jasper Hanson im sozialen Gefüge der Winter-Park-High so was wie der stellvertretende Vizeuntersekretär für Sport und kleinere Amtsvergehen. Wenn so ein Typ plötzlich auf dem Posten des Leitenden Vizepräsidenten für Urinwaffenmissbrauch landete, war die Kacke am Dampfen, und sofortiges Handeln war notwendig.

Und so richtete ich, als ich am Nachmittag nach Hause kam, eine neue E-Mail-Adresse ein und schrieb eine E-Mail an meinen alten Freund Jason Worthington.

VON: mavenger@gmail.com
AN: jworthington90@yahoo.com
BETREFF: du, ich, becca arringtons keller, dein penis, etc.

Werter Mr. Worthington,
1. 200 Dollar in bar sollten an jeden der 12 Schüler ausgezahlt werden, deren Fahrräder von deinen Kollegen mit Hilfe eines Chevy Jeeps zerstört wurden. Angesichts eures legendären Reichtums dürfte die Summe ja kein Problem darstellen.
2. Die Graffiti-Situation im Jungsklo muss aufhören.
3. Wasserpistolen? Mit Urin? Ehrlich. Werdet erwachsen.

4. Behandle Deine Schulkameraden mit Respekt, vor allem die, die weniger Glück hatten als Du.
5. Es wäre ratsam, Deine Handlanger zu instruieren, sich ähnlich rücksichtsvoll zu benehmen.

Ich verstehe, wie schwierig einige dieser Aufgaben zu bewältigen sind. Andererseits ist es auch für mich schwierig, das Foto in der Anlage für mich zu behalten.
MfG, Ihr freundlicher Gegenspieler von nebenan

Zwölf Minuten später kam die Antwort.

Hör zu, Quentin, ja, ich weiß, wer Du bist. Du weißt, dass ich die Neuntklässler nicht mit Pisse vollgespritzt habe. Tut mir leid, aber nicht alles, was hier abgeht, ist unter meiner Kontrolle.

Meine Antwort:

Mr. Worthington,
ich verstehe, dass Sie Chuck und Jasper nicht unter Kontrolle haben. Aber Sie müssen verstehen, dass ich in einer ähnlichen Position bin. Auf meiner linken Schulter sitzt ein unbeherrschbarer kleiner Teufel. Und der Teufel sagt: »DRUCK DAS FOTO AUS UND HÄNGE ES ÜBERALL IN DER SCHULE AUF TU ES TU ES TU ES.« Auf meiner rechten Schulter sitzt ein winzig kleiner Engel. Und der Engel sagt: »Mann, ich kann bloß hoffen, dass die Neuntklässler gleich am Montagmorgen ihr Geld bekommen.«
Ich auch, kleiner Engel, ich auch.
Beste Grüße, Ihr freundlicher Gegenspieler von nebenan

Er antwortete nicht, doch das musste er auch nicht. Es war alles gesagt.

Ben kam nach dem Abendessen vorbei, und wir spielten Dark Resurrection, wobei wir alle halbe Stunde auf Pause drückten, um Radar auf dem Handy anzurufen, der ein Rendezvous mit Angela hatte. Wir hinterließen ihm elf Nachrichten, jede nervender und schlüpfriger als die davor. Es war nach neun, als es an der Tür klingelte. »Quentin!«, rief meine Mutter. Ben und ich nahmen an, dass es Radar war, und so drückten wir auf Pause und kamen ins Wohnzimmer. An der Tür standen Chuck Parson und Jason Worthington. Als er mich sah, sagte Jason: »Hallo, Quentin«, und ich nickte ihm zu. Dann sah Jason Chuck an, der mich ansah und murmelte: »Tut mir leid, Quentin.«

»Was?«, fragte ich.

»Dass ich Jasper gesagt habe, er soll die Neuntklässler nass spritzen«, murmelte er. Er machte eine Pause, und dann sagte er: »Und das mit den Fahrrädern.«

Ben breitete die Arme aus, als wollte er ihn umarmen. »Komm her, Alter«, sagte er.

»Was?«

»Komm her«, wiederholte Ben. Chuck trat einen Schritt vor. »Näher«, sagte Ben. Chuck stand jetzt im Flur, einen halben Schritt von Ben entfernt. Dann rammte ihm Ben ohne Vorwarnung die Faust in den Magen. Chuck verzog kaum das Gesicht, sondern holte sofort aus, um Ben zu verdreschen. Doch Jason hielt ihn fest. »Ganz ruhig, Alter«, sagte Jason. »Hat ja nicht wehgetan.« Er streckte mir die Hand hin. »Mir gefällt dein Mut, Alter«, sagte er. »Ich meine, du bist ein Arschloch. Aber trotzdem.«

Dann gingen sie wieder, stiegen in Jasons Lexus und fuhren rückwärts aus der Einfahrt. Kaum war die Tür zu, fing Ben zu jaulen an. »*Ahhhggg*. O süßer Herr Jesus, meine Hand.« Beim Versuch, eine Faust zu machen, wimmerte er. »Ich glaube, Chuck Parson hat sich das Englischbuch um den Bauch gebunden.«

»Das nennt man Bauchmuskulatur.«

»Ach so. Habe ich irgendwo schon mal gehört.« Ich klopfte ihm auf den Rücken, und dann kehrten wir in mein Zimmer zurück und setzten unser Spiel fort. Als wir gerade auf »weiter« gedrückt hatten, sagte Ben: »Übrigens, ist dir aufgefallen, dass Jason ›Alter‹ gesagt hat? Ich habe den Ausdruck ›Alter‹ wieder in Mode gebracht. Mit der schieren Kraft meiner unglaublichen Hammermäßigkeit.«

»Ja, deswegen verbringst du den Freitagabend damit, Playstation zu spielen und dir die Hand zu lecken, nachdem du jemand ohne Vorwarnung in den Bauch geboxt hast. Kein Wunder, dass Jason Worthington beschlossen hat, dich zum Vorbild zu nehmen.«

»Wenigstens bin ich gut in Resurrection«, erwiderte Ben und schoss mir, obwohl wir im gleichen Team spielten, in den Rücken.

Wir spielten noch eine Weile, bis Ben sich auf dem Boden zusammenrollte, den Joystick an die Brust gedrückt, und einschlief. Ich war auch müde. Es war ein langer Tag gewesen. Ich rechnete fest damit, dass Margo am Montag wieder da war, aber trotzdem war ich ein bisschen stolz darauf, dass ich die Flut der Blödmänner gestoppt hatte.

DREI

Jeden Morgen blickte ich zuerst aus dem Fenster, um nachzusehen, ob sich bei Margo irgendwas verändert hatte. Gewöhnlich war ihr Rattanrollo unten, doch seit sie weg war, hatte ihre Mutter oder sonst jemand es hochgezogen, so dass ich ein Stück blaue Wand und weiße Decke sehen konnte. Auch wenn sie am Samstag erst seit achtundvierzig Stunden weg war und ich noch nicht mit ihrer Rückkehr rechnete, war ich ein bisschen enttäuscht, dass das Rollo immer noch oben war.

Ich putzte mir die Zähne, und nachdem ich vergeblich versucht hatte, Ben mit Tritten zu wecken, schlurfte ich in Boxershorts und T-Shirt in die Küche. Um den Esstisch saßen fünf Personen. Meine Eltern. Margos Eltern. Und ein großer, kräftiger Afroamerikaner, der einen grauen Anzug und eine riesige Brille trug und einen Ordner in der Hand hielt.

»Oh. Hallo«, sagte ich.

»Quentin«, sagte meine Mutter, »hast du am Mittwochabend Margo gesehen?«

Ich kam ins Esszimmer und lehnte mich an die Wand, dem Fremden gegenüber. Ich hatte irgendwann mit dieser Frage gerechnet und hatte mir schon eine Antwort zurechtgelegt. »Ja«, sagte ich. »Sie war abends bei mir am Fenster, gegen Mitternacht, und wir haben kurz miteinander geredet, aber dann hat Mr. Spiegelman sie erwischt, und sie ist wieder reingegangen.«

»Und das war's? Oder hast du sie danach noch mal gesehen?«, fragte Mr. Spiegelman. Er wirkte ziemlich ruhig.

»Nein, warum?«, sagte ich.

Margos Mutter antwortete mit schriller Stimme. »Tja«, sagte

sie, »anscheinend ist Margo mal wieder ausgerissen.« Sie seufzte. »Das wäre dann – das wievielte Mal, Josh, das vierte?«

»Ich habe aufgehört zu zählen«, sagte ihr Vater genervt.

Der fremde Mann meldete sich zu Wort. »Es ist das fünfte Mal, dass Sie eine Vermisstenanzeige aufgeben.« Dann nickte er mir zu. »Detective Otis Warren.«

»Quentin Jacobsen«, sagte ich.

Meine Mutter stand auf und legte Mrs. Spiegelman die Hände auf die Schultern. »Debbie«, sagte sie, »es tut mir wirklich leid. Das muss so frustrierend für euch sein.« Ich kannte das Manöver. Es war ein Trick aus der Verhaltenspsychologie, den man empathisches Zuhören nannte. Man spricht die Gefühle des anderen aus, damit er sich verstanden fühlt. Meine Mutter machte so was die ganze Zeit.

»Ich bin nicht frustriert«, widersprach Mrs. Spiegelman. »Ich habe die Nase voll.«

»Genau«, sagte Mr. Spiegelman. »Heute Nachmittag haben wir den Schlüsseldienst bestellt. Wir lassen die Schlösser austauschen. Sie ist achtzehn. Detective Warren hat uns gerade gesagt, dass wir nichts tun können ...«

»Na ja«, unterbrach Detective Warren. »So habe ich es nicht gesagt. Ich habe gesagt, dass die Vermisste *keine Minderjährige* mehr ist, und das bedeutet, dass sie das Recht hat, von zu Hause wegzugehen.«

Mr. Spiegelman ignorierte ihn. »Wir kommen gerne für ihre Ausbildung auf, aber das hier dulden wir einfach nicht mehr, diesen ... Kinderkram. Connie, sie ist achtzehn! Und immer noch dreht sich alles um sie! Sie muss endlich lernen, die Konsequenzen für ihr Handeln zu tragen.«

Meine Mutter nahm die Hände von Mrs. Spiegelmans Schultern. »Ich würde sagen, man muss ihr *liebevoll beibringen,* was die Konsequenzen sein könnten«, erklärte meine Mutter.

»Na ja, sie ist nicht deine Tochter, Connie. Dich hat sie nicht zehn Jahre wie einen Fußabtreter behandelt. Außerdem haben wir noch ein Kind, an das wir denken müssen.«

»Und an uns selbst«, setzte Mr. Spiegelman nach. Er sah mich an. »Quentin, es tut mir leid, wenn sie versucht hat, dich in ihre Spielchen reinzuziehen. Du kannst dir vorstellen, wie … wie peinlich uns das ist. Du bist ein gescheiter Junge, und sie …«

Ich stieß mich von der Wand ab und richtete mich auf. Ich kannte Margos Eltern ein bisschen, aber ich hatte sie noch nie so unangenehm erlebt. Kein Wunder, wenn Margo am Mittwoch nicht gut auf sie zu sprechen war. Ich sah den Detective an. Er blätterte durch die Akte. »Es ist bekannt, dass sie absichtlich Spuren hinterlässt, ist das richtig?«

»Wegweiser«, sagte Mr. Spiegelman, der aufgestanden war. Der Detective hatte die Akte auf den Tisch gelegt, und Margos Vater beugte sich vor, um mit hineinzusehen. »Überall Wegweiser. Am Tag, als sie nach Mississippi verschwand, gab es Buchstabensuppe, und sie hatte genau vier Buchstaben übrig gelassen: ein *M*, ein *I*, ein *S* und ein *P*. Nach ihrer Rückkehr war sie enttäuscht, dass wir die Puzzleteile nicht zusammengesetzt haben, auch wenn ich zu ihr sagte: ›Mississippi ist ein großes Land, Margo! Wie hätten wir dich finden sollen, selbst wenn wir gewusst hätten, dass du in Mississippi bist?‹«

Der Detective räusperte sich. »Und als sie die Nacht in Disney World verbracht hat, hat sie die Minnie-Mouse-Puppe auf ihr Bett gesetzt.«

»Ja«, sagte ihre Mutter. »Wegweiser. Diese albernen Wegweiser. Aber glauben Sie mir, man kann ihnen nie *folgen*.«

Der Detective blickte von seinen Aufzeichnungen auf. »Wir geben die Sache natürlich weiter, aber wir können Ihre Tochter nicht zwingen, nach Hause zu kommen. Vielleicht sollten Sie nicht unbedingt damit rechnen, Sie so bald wieder unter Ihrem Dach zu haben.«

»Ich *will* Sie nicht unter unserem Dach.« Mrs. Spiegelman tupfte sich mit einem Taschentuch die Augen ab, auch wenn ihre Stimme nicht nach Tränen klang. »Ich weiß, das hört sich schrecklich an, aber es ist die Wahrheit.«

»Debbie«, sagte meine Mutter mit ihrer Therapeutenstimme. Doch Mrs. Spiegelman schüttelte kaum merklich den Kopf. »Was können wir tun? Wir sind zur Polizei gegangen. Wir haben eine Vermisstenanzeige aufgegeben. Sie ist jetzt erwachsen, Connie.«

»Sie ist *euer erwachsenes Kind*«, sagte meine Mutter ganz ruhig.

»Komm schon, Connie. Ist es verwerflich, erleichtert zu sein, wenn sie nicht mehr bei uns wohnt? Natürlich ist es verwerflich. Aber sie hat unsere Familie kaputt gemacht! Wie soll man ein Kind suchen, das ankündigt, dass es nie gefunden wird, das Wegweiser hinterlässt, die nirgendwohin führen, das immer wieder ausreißt? Das geht einfach nicht!«

Meine Eltern wechselten einen Blick, und dann sagte der Detective zu mir: »Junge, können wir mal unter vier Augen miteinander sprechen?« Ich nickte. Wir gingen ins Schlafzimmer meiner Eltern, wo er sich auf einen Sessel setzte und ich mich auf die Bettkante.

»Junge«, sagte er, als er es sich bequem gemacht hatte, »ich geb dir einen Rat: Arbeite nie für die Regierung. Wenn du für die Regierung arbeitest, arbeitest du für das Volk. Und wenn du für das Volk arbeitest, hast du mit Menschen zu tun, manchmal mit Menschen wie den Spiegelmans.« Ich lachte leise.

»Lass mich offen reden, Junge. Diese Leute haben von Kindererziehung so viel Ahnung wie ich vom Fasten. Ich kenne sie von früher, und ich kann sie nicht leiden. Es ist mir völlig egal, ob du ihren Eltern verschweigst, wo sie ist, aber ich wäre dir sehr verbunden, wenn du mir alles sagst.«

»Ich weiß es nicht«, sagte ich. »Wirklich nicht.«

»Ich habe über dieses Mädchen nachgedacht, Junge. Die Sachen, die sie so macht – in Disney World einsteigen zum Beispiel. Oder sie fährt nach Mississippi und hinterlässt Hinweise in der Buchstabensuppe. Dann führt sie nächtliche Kampagnen an, bei denen ganze Stadtviertel mit Klopapier verunstaltet werden...«

»Woher wissen Sie das?« Vor zwei Jahren hatte Margo einen Streich organisiert, bei dem in einer einzigen Nacht über zweihundert Häuser mit Klopapier verkleidet wurden. Überflüssig zu erwähnen, dass ich zu dem Abenteuer nicht eingeladen war.

»Ich arbeite nicht zum ersten Mal an diesem Fall. Also, Junge, wir brauchen deine Hilfe: Wer plant das alles? Wer hat all diese verrückten Ideen? Sie ist das Sprachrohr, sie ist verrückt genug, das alles auszuführen. Aber wer steckt dahinter? Wer sitzt am Schreibtisch über Aufzeichnungen und Diagrammen und berechnet, wie viel Toilettenpapier man braucht, um einen Haufen Häuser einzuwickeln?«

»Ich schätze, das macht sie alles selbst.«

»Oder sie hat einen Partner, der ihr hilft, die ganzen brillanten Pläne umzusetzen. Und vielleicht ist die Person, die mit ihr unter der Decke steckt, nicht der naheliegendste Kandidat wie ihre beste Freundin oder ihr Freund. Vielleicht eher jemand, auf den man nicht gleich kommen würde.« Er holte Luft, dann wollte er weiterreden, doch ich unterbrach ihn.

»Ich weiß nicht, wo sie ist«, sagte ich. »Das schwöre ich.«

»Ich wollte nur sichergehen, Junge. Aber irgendwas weißt du, oder? Fangen wir damit an.« Und dann erzählte ich ihm alles. Ich vertraute ihm. Während ich redete, machte er sich ein paar Notizen, ohne ins Detail zu gehen. Und etwas daran, wie ich ihm alles erzählte und wie er sich Notizen machte und wie gemein ihre Eltern waren, machte mir zum ersten Mal die Möglichkeit bewusst, dass sie tatsächlich länger verschwunden bleiben könnte. Als ich fertig war, spürte ich, wie es mir kalt den Rücken herunterlief. Der Detective schwieg. Er lehnte sich in seinem Sessel vor und starrte in die Luft, als wartete er auf irgendwas, und dann, als er es gesehen hatte, fing er an zu reden.

»Hör zu, Junge. Meistens läuft es so: Ein Teenager – oft ein Mädchen – hat ein zügelloses Temperament und versteht sich nicht gut mit seinen Eltern. Solche Leute sind wie festgebundene Heliumballons. Sie zerren an ihrer Schnur und zerren und zerren, und dann passiert irgendwas, und die Schnur reißt, und sie schweben davon. Meistens sieht man den Ballon nie wieder. Das Mädchen landet vielleicht in Kanada, arbeitet als Kellnerin, und bevor sie es merkt, hat sie dreißig Jahre lang im selben Restaurant denselben traurigen Mistkerlen Kaffee ausgeschenkt. Oder der Wind steht so, dass der Ballon nach drei, vier Jahren, oder drei, vier Tagen, zurück nach Haus fliegt, weil er Geld braucht oder wieder nüchtern ist oder das kleine Geschwisterchen vermisst. Aber merk dir eins, Junge, dass diese Schnüre reißen, das passiert jeden Tag.«

»Ja, aber…«

»Ich bin noch nicht fertig. Das Problem mit diesen Ballons ist, dass es so verdammt viele davon gibt. Der Himmel ist voll von Ballons, die aneinanderreiben, während sie von hier nach da getrieben werden, und jeder einzelne dieser verdammten Ballons landet irgendwie auf meinem Tisch, und irgendwann verzweifelt man daran. Überall Luftballons, und jeder davon hat eine Mutter oder einen Vater oder, Gott behüte, alle beide, und irgendwann kann man sie nicht mehr einzeln betrachten. Du siehst hoch zu all den Ballons am Himmel, und du siehst nicht mehr die einzelnen Ballons, sondern nur noch eine wabernde Masse.« An dieser Stelle hielt er inne und seufzte, als wäre ihm gerade etwas eingefallen. »Aber dann, hin und wieder, steht ein Junge vor dir, mit großen Augen und viel zu viel Haaren auf dem Kopf, und du würdest ihn lieber anlügen, weil er dir wie ein guter Junge vorkommt. Und du hast Mitleid mit ihm, denn das Einzige, was schlimmer ist, als in einen Himmel voller Ballons zu sehen, ist das, was er sieht: ein strahlender klarer blauer Tag, der nur von einem einzigen Ballon gestört wird. Aber wenn die Schnur mal gerissen ist, Junge, kannst du sie nie wieder zusammenknoten. Verstehst du, was ich meine?«

Ich nickte, obwohl ich mir nicht sicher war, ob ich ihn wirklich verstand. Er stand auf. »Ich glaube, sie ist bald zurück, Junge. Wenn dir das hilft.«

Mir gefiel das Bild, dass Margo wie ein Luftballon dahinschwebte, aber ich hatte auch das Gefühl, mit seiner poetischen Anwandlung hatte der Detective mehr Sorge bei mir wahrgenommen als das leichte Frösteln, das ich tatsächlich spürte. Ich wusste, dass sie zurückkam. Sie würde Dampf ablassen, und dann kam der Ballon wieder nach Jefferson Park geschwebt. So war es bis jetzt immer gewesen.

Ich folgte dem Detective ins Esszimmer zurück. Er sagte, er wollte noch mal zu den Spiegelmans rüber und sich ein bisschen in Margos Zimmer umsehen. Mrs. Spiegelman umarmte mich kurz und sagte: »Du bist so ein gescheiter Junge. Es tut mir leid, wenn sie dich in ihre Albernheiten reingezogen hat.« Mr. Spiegelman schüttelte mir die Hand, und dann gingen sie. Kaum war die Tür zu, sagte mein Vater: »Puh.«

»Puh«, stimmte meine Mutter zu.

Mein Vater legte den Arm um mich. »Da sind ziemlich beunruhigende Kräfte im Spiel, was, Kumpel?«

»Was für Arschlöcher«, sagte ich. Meine Eltern mochten es, wenn ich Kraftausdrücke vor ihnen benutzte. Ich sah es ihrer Zufriedenheit an. Es bedeutete für sie, dass ich ihnen vertraute, weil ich vor ihnen ich selbst sein konnte. Trotzdem wirkten sie traurig.

»Für Margos Eltern ist es jedes Mal, wenn sie was anstellt, eine narzisstische Kränkung«, sagte mein Vater.

»Was sie daran hindert, gute Eltern zu sein«, erklärte meine Mutter.

»Sie sind Arschlöcher«, wiederholte ich.

»Ehrlich gesagt«, erwiderte mein Vater, »haben sie wahrscheinlich ein Stück weit recht. Wahrscheinlich will Margo mehr Aufmerksamkeit. Weiß Gott, die bräuchte ich auch, wenn das meine Eltern wären.«

»Wenn sie zurückkommt, wird es ihr schrecklich gehen«, sagte meine Mutter. »So im Stich gelassen zu werden. Aus dem Elternhaus ausgesperrt, wenn sie am meisten Liebe braucht.«

»Vielleicht kann sie bei uns einziehen, wenn sie wiederkommt«, schlug ich vor, und als ich es aussprach, wurde mir klar, was für eine geniale Idee das war. Ich sah die Augen meiner Mutter aufleuchten, doch dann wechselte sie einen Blick mit meinem Vater und antwortete auf ihre gewohnt diplomatische Art.

»Sie ist auf jeden Fall jederzeit willkommen bei uns, auch wenn das wieder neue Fragen aufwerfen würde – Tür an Tür mit den Spiegelmans. Aber wenn sie wieder in die Schule kommt, sag ihr bitte, dass sie bei uns willkommen ist. Auch wenn sie nicht unbedingt bei uns wohnen möchte, kann sie jederzeit mit uns über alles reden.«

In diesem Moment kam Ben ins Zimmer. Sein Wuschelkopf warf ebenfalls Fragen auf – bezüglich des allgemeinen Verständnisses der Schwerkraft. »Mr. und Mrs. Jacobsen, immer eine Freude, Sie zu sehen.«

»Guten Morgen, Ben. Ich wusste gar nicht, dass du bei uns übernachtet hast.«

»Ich wusste es auch nicht«, sagte er. »Ist irgendwas los?«

Ich erzählte ihm von dem Detective und den Spiegelmans und Margo, die jetzt offiziell als Erwachsene vermisst gemeldet war. Als ich fertig war, nickte er und sagte: »Wahrscheinlich sollten wir bei einer heißen Partie Resurrection darüber reden.« Ich lächelte und folgte ihm in mein Zimmer. Kurze Zeit später kam Radar vorbei, und kaum war er da, flog ich aus dem Team, weil wir eine schwierige Ebene erreicht hatten, und obwohl ich der war, dem das Spiel gehörte, war ich anscheinend nicht gut genug in Resurrection, und so durfte ich nur zusehen, als sie durch eine von Zombies bevölkerte Raumstation marschierten.

»Kobold, Radar, Kobold«, sagte Ben.

»Ich sehe ihn.«

»Komm her, du kleiner Mistkerl.« Ben ließ den Joystick tanzen. »Daddy setzt dich in ein Segelboot und schickt dich über den Styx.«

»Hast du gerade in einem Selbstgespräch griechische Mythologie zitiert?«, fragte ich.

Radar lachte, während Ben auf die Tasten einprügelte. »Friss, Kobold. Friss, wie Zeus Metis gefressen hat«, murmelte er.

»Ich glaube, dass sie am Montag wieder da ist«, sagte ich. »Es ist nicht gut, zu viel Unterricht zu verpassen, selbst wenn man Margo Roth Spiegelman ist. Vielleicht kann sie bis zum Schulabschluss hier wohnen.«

Radar antwortete in der schwer verständlichen Sprache eines Teenagers, der Dark Resurrection spielt. »Ich verstehe überhaupt nicht, warum sie abgehauen ist, war das *Zombie auf sechs Uhr nein Kumpel mach's mit der Strahlenkanone* vielleicht Liebeskummer? Ich hätte gedacht, dass sie *wo ist die Krypta ist sie links* immun gegen so was ist.«

»Nein«, sagte ich. »Daran lag es nicht. Zumindest nicht nur. Irgendwie hasst sie Orlando; sie sagt, dass alles hier wie aus Plastik ist. Weil alles so künstlich und fadenscheinig ist. Ich glaube, sie brauchte einfach mal eine Pause.« Zufällig sah ich aus dem Fenster, und sofort fiel mir auf, dass jemand – der Detective, schätzte ich – in Margos Zimmer das Rollo heruntergelassen hatte. Aber es war nicht das Rollo, das ich sah. Ich sah ein schwarzweißes Poster, das an der Rückseite des Rollos klebte. Ein Mann, der etwas unbeholfen dastand und herüberstarrte. Eine Zigarette hing in seinem Mund, und vor seinem Bauch hing eine Gitarre, auf der in Großbuchstaben stand: THIS MACHINE KILLS FASCISTS.

»Da ist was in Margos Fenster.« Das Spiel wurde unterbrochen, und Radar und Ben knieten sich rechts und links neben mich. »Ist das neu?«, fragte Radar.

»Die Rückseite ihres Rollos habe ich eine Million Mal gesehen«, sagte ich. »Das Poster noch nie.«

»Seltsam«, sagte Ben.

»Vorhin haben Margos Eltern gesagt, dass sie manchmal Wegweiser hinterlässt. Allerdings keine, die irgendwohin führen, bevor sie wiederkommt.«

Radar konsultierte bereits seinen Palmtop; er suchte bei Omnictionary nach dem Zitat auf der Gitarre. »Das ist ein Bild von Woody Guthrie«, erklärte er dann. »Singer-Songwriter, 1912 bis 1967. Hat Lieder über die Arbeiterklasse gesungen. ›This Land Is Your Land.‹ So 'ne Art Kommunist. Ha, er war ein Vorbild von Bob Dylan.« Radar ließ eins seiner Lieder anspielen – eine hohe, kratzige Stimme, die irgendwas von Gewerkschaften sang.

»Ich maile den Typ an, der die meisten Infos zu dieser Seite beigesteuert hat, vielleicht gibt es eine Verbindung zwischen Woody Guthrie und Margo«, sagte Radar.

»Ich kann mir nicht vorstellen, dass sie auf solche Musik steht«, sagte ich.

»Bestimmt nicht«, sagte Ben. »Der Typ klingt wie ein alkoholkranker Kermit mit Kehlkopfkrebs.«

Radar öffnete das Fenster, streckte den Kopf hinaus und drehte sich einmal um die eigene Achse. »Jedenfalls ist es eindeutig für dich gedacht, Q. Oder kennt sie sonst noch jemanden, der ihr ins Fenster gucken kann?«

Ich schüttelte den Kopf.

Nach einem Moment sagte Ben: »Wie der Kerl uns anstarrt – als würde er sagen: ›Hey, ihr da, schaut mal her!‹ Wie er den Kopf hält, wisst ihr, was ich meine? Sieht nicht aus, als ob er auf der Bühne steht; sieht aus, als ob er in der Tür steht oder so was.«

»Ich glaube, er will, dass wir reinkommen«, sagte ich.

VIER

Von meinem Zimmer konnte man die Eingangstür und die Garage der Spiegelmans nicht sehen, dafür mussten wir ins Wohnzimmer. Und während Ben weiter Dark Resurrection spielte, setzten Radar und ich uns im Wohnzimmer auf die Couch und taten so, als würden wir fernsehen, während wir durch das große Panoramafenster die Haustür der Spiegelmans beobachteten, um abzupassen, wann Margos Eltern das Haus verließen. Detective Warrens schwarzer Ford Crown Victoria stand noch in der Einfahrt.

Eine Viertelstunde später fuhr Detective Warren weg, doch weder am Garagentor noch an der Haustür rührte sich in der nächsten Stunde etwas. Dann, als wir uns gerade in eine halbwegs witzige Kifferkomödie eingesehen hatten, die auf einem Pay-TV-Kanal lief, sagte Radar: »Garagentor.« Ich sprang auf und ging ans Fenster, um zu sehen, wer im Wagen saß. Mr. und Mrs. Spiegelman. Ruthie blieb zu Hause. »Ben!«, rief ich. Kaum waren die Spiegelmans vom Jefferson Way in die Jefferson Road abgebogen, rannten wir hinaus in den schwülen Morgen.

Wir überquerten den Rasen und klingelten. Ich hörte Myrna Mountweazels Pfoten über das Parkett kratzen, und dann kläffte sie uns durch die Scheibe neben der Haustür an. Ruthie machte die Tür auf. Sie war elf, ein niedliches Kind.

»Hallo, Ruthie.«
»Hallo, Quentin«, sagte sie.
»Sind deine Eltern zu Hause?«

»Die sind gerade weggefahren«, sagte sie, »ins Einkaufszentrum.« Ruthie hatte Margos große Augen, nur dass ihre braun waren. Sie sah mich besorgt an. »Hast du auch mit dem Polizisten geredet?«

»Ja«, sagte ich. »Er scheint nett zu sein.«

»Mama sagt, es ist einfach so, als ob Margo früher aufs College gegangen wäre.«

»Na ja.« Der einfachste Weg, ein Problem zu lösen, war, so zu tun, als gäbe es kein Problem, dachte ich. Doch inzwischen war ich davon überzeugt, dass Margo Hinweise auf die Lösung des Problems ausgelegt hatte.

»Hör mal, Ruthie, wir müssten uns mal in Margos Zimmer umsehen«, sagte ich. »Aber die Sache ist die – es ist, als ob Margo dir ein Geheimnis anvertrauen würde. Du darfst es niemanden sagen.«

»Margo hat nicht gerne, wenn Leute in ihr Zimmer gehen«, sagte Ruthie. »Außer mir. Und manchmal Mami.«

»Aber wir sind ihre Freunde.«

»Sie hat es nicht gern, wenn ihre Freunde in ihr Zimmer kommen«, sagte Ruthie.

Ich beugte mich zu ihr runter. »Ruthie, bitte.«

»Und du willst, dass ich es Mama und Papa nicht sage«, sagte Ruthie.

»Genau.«

»Fünf Dollar«, sagte sie. Ich wollte mit ihr verhandeln, aber Radar hatte schon einen Fünfer rausgezogen und drückte ihn ihr in die Hand. »Wenn ich das Auto kommen sehe, sage ich euch Bescheid«, sagte sie verschwörerisch.

Ich bückte mich kurz, um die alternde, aber immer aufgekratzte Myrna Mountweazel zu kraulen, dann gingen wir hinauf in Margos Zimmer. Als ich die Hand auf den Türknauf legte, fiel mir auf, dass ich nicht mehr dort gewesen war, seit ich zehn war.

Es war ordentlicher, als ich es von Margo erwartet hatte, aber vielleicht hatte ihre Mutter auch inzwischen aufgeräumt. Rechts der Wandschrank, brechend voll mit Klamotten. Innen an der Tür hing ein Schuhregal mit ein paar Dutzend Schuhen, von Ballerinas bis Pumps. Es sah nicht so aus, als hätte sie viel mitgenommen.

»Ich geh an den Computer«, sagte Radar.

Ben fummelte am Rollo herum. »Das Poster ist mit Klebeband befestigt«, sagte er. »Nur Tesa. Nicht für die Ewigkeit.«

Die große Überraschung erwartete uns an der Wand neben dem Computertisch: ein Regal, mannshoch und doppelt so breit, voller Schallplatten. *Hunderte* von Vinyl-Platten. »Auf dem Plattenspieler liegt *A Love Supreme* von John Coltrane«, sagte Ben.

»Gott, das ist ein geniales Album«, sagte Radar, ohne vom Computer aufzusehen. »Die Kleine hat Geschmack.«

Verwirrt sah ich Ben an, der mir erklärte: »Er war Saxophonspieler.« Ich nickte.

Beim Tippen sagte Radar: »Ich fasse es nicht, dass Q nicht weiß, wer Coltrane ist. Tranes Musik ist der schlagendste Beweis für die Existenz Gottes.«

Ich begann die Platten durchzusehen. Sie waren alphabetisch nach Künstlern geordnet. Ich suchte nach G. Dizzie Gillespie, Jimmie Dale Gilmore, Green Day, Guided by Voice, George Harrison. »Sie hat jeden Musiker auf der ganzen Welt außer Woody Guthrie«, stellte ich fest. Und dann fing ich noch mal vorne an.

»Ihre Schulbücher hat sie hiergelassen«, hörte ich Ben sagen. »Und noch ein paar Bücher auf dem Nachttisch. Kein Tagebuch.«

Doch ich war von Margos Plattensammlung abgelenkt. Sie hatte einfach *alles*. Ich hätte nie gedacht, dass sie all diese alten Platten hörte. Ich hatte zwar öfter gesehen, dass sie mit Kopfhörern joggen ging, aber ich hatte nicht geahnt, dass es ein richtiges Hobby war. Von den meisten Bands hatte ich noch nie gehört, und außerdem war ich überrascht, dass von den neueren Bands immer noch Vinylplatten produziert wurden.

Ich ging die As durch und dann die Bs – Beatles, Blind Boys of Alabama, Blondie – und dann wurde ich schneller, so schnell, dass ich die Rückseite von Billy Braggs *Mermaid Avenue* erst sah, als ich schon bei den Buzzcocks war. Ich hielt inne, ging zurück und zog die Billy-Bragg-Platte heraus. Auf der Vorderseite war ein Foto von irgendeiner Häuserreihe. Doch von der Rückseite starrte mir Woody Guthrie entgegen, die Zigarette im Mundwinkel und die Gitarre vor dem Bauch, auf der THIS MACHINE KILLS FASCISTS stand.

»Hallo«, sagte ich. Ben sah herüber.

»Heiliges Kanonenrohr«, sagte er. »Netter Fund.«

Radar schwang mit dem Stuhl herum. »Nicht schlecht. Schau nach, was drin ist.«

Leider war nur eine Platte drin. Eine Platte, die wie jede andere Platte aussah. Ich legte sie auf Margos Plattenspieler, kriegte heraus, wie er funktionierte, und setzte die Nadel auf. Irgendein Typ, der Woody Guthries Lieder sang. Er sang sie besser als Woody Guthrie.

»Meint ihr, das ist nur Zufall?«

Ben hielt das Cover hoch. »Schau dir das an.« Er zeigte auf die Songliste. Der Titel »Walt Whitman's Niece« war mit schwarzem Kuli eingekringelt. Walt Whitmans Nichte.

»Interessant«, sagte ich. Margos Mutter hatte gesagt, dass

Margos Wegweiser nirgendwohin führten, aber jetzt wusste ich, dass Margo eine zusammenhängende Spur gelegt hatte – und anscheinend war die Spur für mich gedacht. Ich musste daran denken, wie sie im SunTrust Building zu mir gesagt hatte, dass sie mich selbstbewusst lieber mochte. Ich drehte die Platte um und spielte den Song ab. »Walt Whitman's Niece« war das erste Lied auf der B-Seite. Und es war gar nicht schlecht.

Ruthie stand in der Tür und sah uns zu. »Hast du irgendwelche Hinweise für uns, Ruthie?«, fragte ich.

Sie schüttelte den Kopf. »Ich habe auch schon gesucht«, sagte sie traurig. Radar sah mich an und warf einen Blick in Ruthies Richtung.

»Kannst du bitte weiter Schmiere für uns stehen?«, sagte ich. Sie nickte und ging. Ich schloss die Tür hinter ihr.

»Was ist?«, fragte ich Radar.

Er winkte uns an den Computer. »In der Woche, bevor sie abgehauen ist, war Margo ziemlich häufig auf Omnictionary. Ich kann sehen, wie viele Minuten sie mit dem Benutzernamen eingeloggt war, den ich bei ihren Passwörtern gefunden habe. Aber sie hat ihre Browsing History gelöscht, deshalb weiß ich nicht, was sie recherchiert hat.«

»Hey, Radar, sieh mal nach, wer dieser Walt Whitman war«, sagte Ben.

»Er war Lyriker«, antwortete ich. »Neunzehntes Jahrhundert.«

»Na toll.« Ben verdrehte die Augen. »Gedichte.«

»Was ist damit?«, fragte ich.

»Gedichte sind total emo«, sagte er. »Ah, der Schmerz. Der Schmerz. In meinem Herz. Das ist kein Scherz.«

»Ja, ich glaube, das war Shakespeare«, sagte ich trocken, dann fragte ich Radar: »Hatte Whitman irgendwelche Nichten?« Er rief bei Omnictionary die Seite zu Whitman auf. Ein stämmiger Mann mit Rauschebart. Ich hatte nie was von ihm gelesen, aber er sah auf jeden Fall aus wie ein guter Dichter.

»Keine, die berühmt ist. Hier steht, er hatte ein paar Brüder, aber ob die Kinder hatten, wird nicht erwähnt. Wahrscheinlich könnte ich es rausfinden, wenn es wichtig ist.« Ich schüttelte den Kopf. Ich hatte nicht das Gefühl, dass uns das weiterführte. Also sah ich mich noch mal in Margos Zimmer um. Im untersten Fach des Plattenregals standen ein paar Bücher – Jahrbücher aus der Mittelstufe, eine zerlesene Ausgabe von *Die Outsider* und ein paar alte Teenie-Zeitschriften. Auf jeden Fall nichts, was mit Walt Whitmans Nichte zu tun hatte.

Ich sah die Bücher auf ihrem Nachttisch durch. Nichts von Interesse. »Es würde mir einleuchten, wenn sie hier einen Gedichtband von ihm stehen hätte«, sagte ich. »Aber es sieht nicht so aus.«

»Doch! Hier!«, rief Ben aufgeregt. Er kniete vor dem Bücherregal. Das dünne Bändchen, das zwischen zwei Jahrbüchern steckte, hatte ich glatt übersehen. Walt Whitman. *Grashalme*. Ich zog es aus dem Regalfach. Auf dem Umschlag war ein Foto von Whitman, den Blick seiner hellen Augen in die Ferne gerichtet.

»Nicht schlecht«, sagte ich zu Ben.

Er nickte. »Ja. Können wir jetzt gehen? Nenn mich altmodisch, aber ich habe keine Lust, hier zu sein, wenn Margos Eltern zurückkommen.«

»Haben wir irgendwas übersehen?«

Radar stand auf. »Sieht aus, als ginge sie ziemlich linear vor. Es muss irgendwas in dem Buch sein. Trotzdem, eine Sache finde ich komisch. Ich meine, nimm's nicht persönlich, aber wenn sie bisher ihren Eltern die Wegweiser hinterlassen hat, warum sollte sie sie diesmal dir hinterlassen?«

Ich zuckte die Schultern. Ich hatte keine Antwort, aber ich hatte natürlich gewisse Hoffnungen: Vielleicht wollte Margo mein Selbstbewusstsein herausfordern. Vielleicht *wollte* sie diesmal gefunden werden, und vielleicht wollte sie von *mir* gefunden werden. Sie hatte mich für eine abenteuerliche Nacht ausgewählt, und vielleicht hatte sie mich erneut ausgewählt. Und vielleicht warteten ungeheure Schätze auf den, der sie fand.

Als wir wieder bei mir waren, zogen Ben und Radar ab, sobald sie nacheinander das Buch durchgeblättert und nichts Auffälliges gefunden hatten. Ich holte mir einen Teller kalte Lasagne aus dem Kühlschrank und ging mit Walt Whitman in mein Zimmer. Es war die Penguin-Ausgabe der ersten Edition von *Grashalme*. Ich überflog die Einleitung, dann blätterte ich durch das Buch. Einige Stellen waren mit blauem Marker unterstrichen, alle in dem bekanntesten Gedicht, dem episch langen »Lied auf mich selbst«. Und ich fand zwei Zeilen, die mit grünem Marker unterstrichen waren:

Schraub die Schlösser von den Türen los!
Schraub die Türen selbst von ihren Pfosten los!

Den Großteil des Nachmittags verbrachte ich damit, über diese zwei Zeilen nachzudenken. Vielleicht wollte Margo mir damit sagen, dass ich weniger brav sein und meine Hemmungen überwinden sollte, dachte ich. Doch auch die anderen blau unterstrichenen Zeilen las ich immer wieder:

Du sollst die Dinge nicht aus zweiter und dritter Hand nehmen ... noch mit den Augen der Toten sehen ... noch dich nähren von den Geistern in Büchern.

Ich wandere auf einer ewigen Reise ...

Alles strebt ins Weite und Breite ... und nichts zerfällt,
Und Sterben ist anders, als je einer gedacht, und glücklicher.

Sieht kein Mensch auf der Welt hin, sitz ich zufrieden,
Und sehen alle und jeder hin, sitz ich zufrieden.

Die letzten drei Strophen von »Lied auf mich selbst« waren vollständig unterstrichen.

Ich vermache mich dem Erdboden, um aus dem Gras, das ich liebe, zu wachsen.
Wenn du mich wiederhaben willst, suche mich unter deinen Schuhsohlen.

Dann wirst du kaum wissen, wer ich bin oder was ich meine,
Trotzdem werde ich deinem Wohl zuträglich sein
Und dein Blut klären und kräftigen.

Findest du mich nicht gleich, sei guten Mutes,
Verfehlst du mich an einem Ort, suche woanders,
Irgendwo bleibe ich stehen und warte auf dich.

Es wurde ein Wochenende, das ich mit Lesen verbrachte und dabei versuchte, sie in den Fragmenten der Gedichte, die sie mir hinterlassen hatte, zu sehen. Auch wenn ich nicht schlau aus den Zeilen wurde, dachte ich trotzdem weiter darüber nach, weil ich Margo nicht enttäuschen wollte. Sie wollte, dass ich die Saite anspielte und den Ort fand, wo sie stehen geblieben war und auf mich wartete, sie wollte, dass ich den Brotkrumen folgte, bis sie zu ihr führten.

FÜNF

Am Montag passierte etwas Ungewöhnliches. Ich war spät dran, was normal war; meine Mutter setzte mich vor der Schule ab, was normal war; dann stand ich draußen und unterhielt mich mit den anderen, was normal war, bis Ben und ich reingingen, was normal war. Doch als wir die Stahltür aufstießen, machte Ben ein seltsam überraschtes, beinahe panisches Gesicht – als wäre er aus dem Publikum ausgesucht worden, um vom Zauberer auf der Bühne zersägt zu werden. Ich folgte seinem Blick den Flur hinunter.

Jeansminirock. Enges weißes T-Shirt. Tiefer Ausschnitt. Goldbraune Haut. Unglaubliche Beine. Perfekt gestylte braune Locken. Ein laminierter Button, auf dem stand: WÄHLT MICH ZUR SCHULBALLKÖNIGIN. Lacey Pemberton. Ging auf uns zu. In Richtung *Musikraum*.

»*Lacey Pemberton*«, flüsterte Ben, obwohl sie nur noch drei Schritte entfernt war und ihn klar und deutlich hören konnte. Sie schenkte uns ein gespielt schüchternes Lächeln.

»Quentin«, sagte sie zu mir, und mehr als alles andere überraschte mich, dass sie meinen Namen kannte. Sie nickte zu den Schließfächern, und ich folgte ihr. Ben hielt Schritt.

»Hallo, Lacey«, sagte ich, als wir stehen blieben. Ich konnte ihr Parfum riechen, und mir fiel ein, dass ich es auch in ihrem Jeep gerochen hatte, und dann fiel mir das Geräusch ein, als Margo und ich die Sitzbank auf den Fisch geknallt hatten.

»Ich habe gehört, du warst mit Margo unterwegs.«

Ich wich ihrem Blick nicht aus.

»In der Nacht mit dem Fisch? In meinem Auto? Und in Beccas Schrank? Und in Jasons Fenster?«

Ich sagte immer noch nichts. Mir fiel nichts ein. Man kann ein langes, abenteuerreiches Leben führen, ohne dass Lacey Pemberton je das Wort an einen richtet, aber jetzt, da mir das Glück zuteil wurde, durfte ich ja nichts Falsches sagen. Deshalb antwortete Ben für mich. »Ja, die beiden waren zusammen unterwegs«, sagte er, als wären Margo und ich dicke Freunde.

»War sie sauer auf mich?«, fragte Lacey nach kurzem Zögern. Sie senkte den Blick, und ich konnte ihren braunen Lidschatten sehen.

»Was?«

Dann redete sie leise weiter, und ihre Stimme klang ein bisschen gebrochen, und plötzlich war Lacey Pemberton nicht mehr Lacey Pemberton. Sie war – ein ganz normales Mädchen. »Du weißt schon, war sie wegen irgendwas sauer auf mich?«

Ich musste nachdenken, bevor ich antwortete. »Na ja, sie war ein bisschen enttäuscht, weil du ihr das mit Jason und Becca nicht gesteckt hast, aber du kennst ja Margo. Sie kommt drüber weg.«

Lacey drehte sich um und ging den Flur hinunter. Wir ließen sie ziehen, doch dann wurde sie langsamer. Ben gab mir einen Stoß. Anscheinend wollte sie, dass wir mitkamen. »Ich habe das von Jason und Becca überhaupt nicht gewusst. Das ist es ja. Gott, ich hoffe, dass ich ihr das bald erklären kann. Ich hatte schon Angst, dass sie endgültig weg ist, aber dann habe ich in ihr Schließfach gesehen, weil ich ihre Kombination habe, und ihre Fotos hängen noch drin, und ihre Bücher sind auch noch alle da.«

»Das ist gut«, sagte ich.

»Ja, aber jetzt ist es vier Tage her. Das ist beinahe Rekord. Und wisst ihr, es ist alles so ätzend, denn Craig hat es gewusst, und ich war so sauer, weil er mir nichts gesagt hat, dass ich mit ihm Schluss gemacht habe, und jetzt habe ich keinen, der mit mir zum Ball geht, und meine beste Freundin ist abgehauen, nach New York oder sonst wohin, und denkt, ich hätte was getan, was ich NIEMALS tun würde.« Ich warf Ben einen Blick zu. Ben warf mir einen Blick zu.

»Ich muss zum Unterricht«, sagte ich. »Wie kommst du auf New York?«

»Zwei Tage bevor sie abgehauen ist, hat sie zu Jason gesagt, New York wäre die einzige Stadt in Amerika, wo ein Mensch auch nur halbwegs leben könnte. Vielleicht hat sie es nur so gesagt. Keine Ahnung.«

»Okay, ich muss los«, sagte ich.

Auch wenn ich wusste, dass Ben Lacey sowieso nicht überzeugen konnte, mit ihm zum Ball zu gehen, fand ich, er hatte wenigstens die Gelegenheit verdient, es zu versuchen. Ich joggte durch die Flure zu meinem Schließfach und wuschelte Radar im Vorbeigehen durch die Haare. Er redete gerade mit Angela und einer Neuntklässlerin, die auch im Orchester war. »Danke nicht mir, danke Q«, hörte ich Radar zu der Neuntklässlerin sagen, und sie rief mir hinterher: »Danke für die zweihundert Dollar!« Ohne mich umzusehen, rief ich zurück: »Danke nicht mir, danke Margo Roth Spiegelman!«, weil ich es ohne die Hilfsmittel, die sie mir gegeben hatte, nicht geschafft hätte.

Ich erreichte mein Schließfach und nahm das Mathebuch heraus, aber dann blieb ich einfach stehen, obwohl es schon zum zweiten Mal geklingelt hatte. Ich stand in der Mitte des Flurs, während aus beiden Richtungen die Schüler an mir vorbeiströmten, als wäre ich der Mittelstreifen ihrer Autobahn. Noch jemand dankte mir für die zweihundert Dollar. Ich lächelte ihn an. Zum ersten Mal in all den vier Jahren, die ich hier war, hatte ich das Gefühl, es war wirklich meine Schule. Wir hatten für die fahrradlosen Orchester-Streber Gerechtigkeit erkämpft. Lacey Pemberton hatte mit mir geredet. Chuck Parson hatte sich entschuldigt.

Ich kannte diese Flure so gut – und endlich fühlte es sich so an, als würden auch sie mich irgendwie kennen. Ich stand immer noch da, als es zum dritten Mal klingelte und die Reihen sich lichteten. Erst dann ging ich zu Mathe und setzte mich, kurz nachdem Mr. Jiminez mit einem weiteren endlosen Vortrag begonnen hatte.

Ich hatte Margos *Grashalme*-Band mitgenommen und begann unter dem Tisch die markierten Zeilen aus »Lied über mich selbst« noch einmal zu lesen, während Mr. Jiminez vorne an der Tafel herumkratzte. Soweit ich sehen konnte, gab es keine direkten Bezüge zu New York. Nach ein paar Minuten gab ich das Buch an Radar weiter. Er sah eine Weile hinein, dann schrieb er auf die Ecke seines Ringbuchs: *Grün unterstrichen muss was heißen. Vielleicht sollst DU die Türen deines Gehirns aufreißen?* Ich zuckte die Schultern und schrieb zurück: *Oder sie hat an verschiedenen Tagen verschiedene Marker benutzt.*

Ein paar Minuten später, als ich zum siebenunddreißigsten

Mal zur Uhr starrte, sah ich durch die Scheibe in der Tür Ben Starling auf dem Flur, der mir zuwinkte und einen spastischen Tanz aufführte.

Als es zur Mittagspause klingelte, rannte ich zu den Schließfächern, und aus irgendeinem Grund war Ben schon da, und aus irgendeinem Grund sprach er schon wieder mit Lacey Pemberton. Er rückte ihr ziemlich auf die Pelle, beugte sich weit nach vorne, um direkt in ihr Gesicht zu reden. Von Ben fühlte sogar ich mich manchmal bedrängt, und dabei war ich kein attraktives Mädchen.

»Hey, Leute«, rief ich.

»Hallo«, antwortete Lacey und trat unmissverständlich einen Schritt zurück. »Ben hat mich gerade auf den neuesten Stand über eure Recherchen gebracht. Es war noch nie jemand in Margos Zimmer, versteht ihr? Sie hat immer gesagt, ihre Eltern erlauben es nicht, dass sie zu Hause Besuch bekommt.«

»Im Ernst?«, sagte ich. Lacey nickte.

»Wusstest du, dass Margo an die tausend Schallplatten hat?«

Lacey hob die Hände. »Nein, das hat Ben mir gerade erzählt. Margo hat nie über Musik geredet. Ich meine, sie hat gesagt, wenn ihr was im Radio gefällt. Aber so was – nein. Mann, sie ist echt *schräg*.« Ich zuckte die Schultern. Vielleicht war sie schräg, aber vielleicht waren es auch wir anderen, die schräg waren. Lacey fuhr fort: »Jedenfalls haben wir gerade davon geredet, dass Walt Whitman aus New York ist.«

»Und laut Omnictionary war auch Woody Guthrie lange in New York«, sagte Ben.

Ich nickte. »Ich kann sie mir gut in New York vorstellen. Aber ich schätze, wir müssen zuerst den nächsten Hinweis entschlüsseln. Die Spur kann nicht mit dem Buch aufhören. Da muss irgendeine Botschaft in den unterstrichenen Zeilen stecken.«

»Darf ich in der Mittagspause mal reinsehen?«

»Klar«, sagte ich. »Mach dir in der Bibliothek eine Fotokopie, wenn du willst.«

»Nein, schon gut. Ich wollte nur mal reinlesen. Ich habe keine Ahnung von Gedichten. Ach, noch was anderes, ich habe eine Cousine, die in New York aufs College geht, und ich habe ihr einen Steckbrief geschickt, den sie ausdrucken soll. Ich sage ihr, sie soll ihn in Plattenläden aufhängen. Ich meine, da gibt es natürlich eine Menge Plattenläden, aber trotzdem.«

»Gute Idee«, sagte ich. Ben und Lacey gingen in Richtung Cafeteria, und ich trottete hinter ihnen her.

»Hey«, sagte Ben zu Lacey, »welche Farbe hat dein Kleid?«

»Saphirblau würde ich sagen, warum?«

»Ich will nur, dass mein Smoking dazupasst«, erklärte er. Ich hatte Ben noch nie so albern grinsen sehen, und das sollte was heißen, denn eigentlich grinste er immer albern.

Lacey nickte. »Gut, aber es darf nicht nach Partnerlook aussehen. Vielleicht am besten klassisch: schwarzer Smoking mit schwarzer Weste?«

»Kein Kummerbund, meinst du?«

»Na ja, das geht schon, aber keinen mit diesen breiten Falten, okay?«

Sie redeten und redeten – das Idealmaß von Kummerbundfalten war anscheinend ein Thema, dem man Stunden widmen konnte –, und ich hörte schon längst nicht mehr zu, als ich mich in die Schlange vor der Pizza-Ausgabe stellte. Ben hatte eine Ballbegleitung gefunden, und Lacey hatte einen Jungen gefunden, mit dem sie stundenlang über den Ball reden konnte. So waren alle versorgt – bis auf mich, aber ich würde nicht hingehen. Denn die Einzige, mit der ich gerne hingegangen wäre, wanderte auf irgendeiner ewigen Reise oder so was.

Als wir am Tisch saßen, überflog Lacey »Lied auf mich selbst«, und sie schloss sich unserer Meinung an, dass nichts davon irgendwohin führte, jedenfalls nicht zu Margo. Wir hatten schlichtweg keine Ahnung, was Margo uns sagen wollte. Lacey gab mir das Buch zurück, und dann setzten die beiden ihr Gespräch über den Schulball fort.

Auch wenn ich den ganzen Nachmittag das Gefühl hatte, es brachte nichts, nahm ich immer, wenn mir langweilig wurde, das Buch aus dem Rucksack, legte es mir auf den Schoß und las weiter. In der letzten Stunde hatte ich Englisch. Wir fingen gerade mit *Moby Dick* an, und unsere Lehrerin Dr. Holden erzählte uns alles Mögliche über die Fischerei im neunzehnten Jahrhundert. Ich hatte *Moby Dick* auf dem Tisch und Whitman auf dem Schoß, doch auch der Englischunterricht brachte keine Erleuchtung. Ausnahmsweise hatte ich ein paar Minuten nicht zur Uhr gesehen, und das Klingeln überraschte mich, so dass ich länger als die anderen brauchte, um meine Sachen zu packen. Dann, als ich mir gerade den Rucksack über die Schulter warf und zur Tür gehen wollte, lächelte Dr. Holden mir zu und sagte: »Du liest also Walt Whitman.«

Ich nickte verlegen.

»Gutes Buch«, sagte sie. »So gut, dass ich beinahe damit einverstanden bin, wenn du es bei mir im Unterricht liest. Aber nur beinahe.« Ich murmelte eine Entschuldigung, dann ging ich raus auf den Schülerparkplatz.

Ben und Radar hatten Orchesterprobe, und ich setzte mich bei offenen Türen in den RHAPAW und ließ die träge, schwüle Brise durchziehen. Während ich für den Test am nächsten Tag in der amerikanischen Verfassung las, drehten sich meine Gedanken immer wieder in derselben Schleife: Woody Guthrie und Walt Whitman und New York und Margo. War sie auf den Spuren der Folk Music nach New York gegangen? Gab es eine geheime Hippie-Margo, die ich nicht kannte? Hatte sie vielleicht eine Wohnung besetzt, wo einer der beiden mal gewohnt hatte? Aber warum wollte sie ausgerechnet mir davon erzählen?

Im Rückspiegel sah ich Ben und Radar, der seinen Saxophonkoffer durch die Luft schlenkerte, als sie eilig auf den RHAPAW zuliefen. Sie stiegen durch die offen stehenden Türen ein, und Ben drehte den Schlüssel und RHAPAW stotterte, und wir hofften, und er stotterte wieder, und wir hofften noch mehr, und dann sprang er endlich knatternd an. Ben trat aufs Gas und bretterte vom Parkplatz. Erst dann rief er: »ICH KANN'S NICHT FASSEN!« Er konnte kaum an sich halten vor Entzücken.

Frohlockend drückte er auf die Hupe, aber die Hupe funktionierte nicht, und deswegen rief er beim Drücken: »HUP! HUP! HUP! HUP, WENN DU MIT DER HAMMERPUPPE LACEY PEMBERTON ZUM SCHULBALL GEHST! HUP, BABY, HUP!«

Er kriegte sich auf der ganzen Heimfahrt nicht ein.

»Wisst ihr, was den Ausschlag gegeben hat? Ich meine, abgesehen von der totalen Verzweiflung? Lacey und Becca haben sich gestritten, du weißt schon, weil Becca rumgevögelt hat, und ich glaube, Lacey hat plötzlich ein schlechtes Gewissen wegen der Geschichte vom blutigen Ben bekommen. Sie hat es nicht ausgesprochen, aber ich spüre es. Am Ende hat der blutige Ben mir was zum Kuscheln besorgt!« Ich gönnte es Ben von Herzen, wirklich, aber ich wollte, dass wir uns wieder auf Margo konzentrierten.

»Habt ihr irgendwelche Ideen?«

Es war einen Moment still, dann sah mich Radar im Rückspiegel an und sagte: »Die Stelle mit den Türen ist die einzige, die anders markiert ist als die anderen. Und sie wirkt irgendwie zusammenhanglos. Ich glaube, das muss ein Hinweis sein. Wie heißt die Zeile noch mal?«

»Schraub die Schlösser von den Türen los! / Schraub die Türen selbst von ihren Pfosten los!«, zitierte ich.

»Zugegeben, Jefferson Park ist nicht der beste Ort, um die Türen in vernagelten Köpfen aufzustoßen«, sagte er. »Vielleicht wollte sie das damit sagen. Wie das mit der Plastikstadt, verstehst du? Vielleicht ist es ihre Erklärung, warum sie von Orlando weggegangen ist.«

Ben ließ den Wagen vor einer roten Ampel ausrollen und drehte sich zu Radar um. »Alter«, sagte er, »ich finde, ihr beide traut der Puppe viel zu viel zu.«

»Wie meinst du das?«, fragte ich.

»Schraub die Schlösser von den Türen los«, sagte er. »Schraub die Türen selbst von ihren Pfosten los.«

»Ja«, sagte ich. Die Ampel sprang auf Grün, und Ben trat aufs Gas. Ein Zucken ging durch den RHAPAW, als wollte er auseinanderfallen, doch dann setzte er sich in Bewegung.

»Das ist keine Poesie, keine Metapher. Das ist eine Gebrauchsanweisung. Wir sollen in Margos Zimmer gehen und das Schloss von der Tür und die Tür von den Türpfosten schrauben.«

Radar sah mich im Rückspiegel an, und unsere Blicke trafen sich. »Manchmal«, sagte Radar zu mir, »ist Ben so bescheuert, dass er irgendwie genial ist.«

SECHS

Als wir den RHAPAW vor unserem Haus abgestellt hatten, gingen wir über den Rasen zu den Spiegelmans rüber, genau wie am Samstag. Ruthie machte auf und sagte, ihre Eltern würden erst gegen sechs nach Hause kommen. Myrna Mountweazel rannte aufgeregt im Kreis um uns herum; wir gingen nach oben. Ruthie holte uns den Werkzeugkasten aus der Garage, und dann starrten wir die Tür zu Margos Zimmer eine Weile an. Wir waren nicht gerade die geborenen Handwerker.

»Was zur Hölle machen wir jetzt?«, fragte Ben.

»Du sollst vor Ruthie nicht fluchen«, sagte ich.

»Ruthie, stört es dich, wenn ich Hölle sage?«

»Wir glauben nicht an die Hölle«, antwortete sie.

Radar unterbrach uns. »Leute«, sagte er. »Hey, Leute. Die Tür.« Dann fischte er einen Kreuzschraubenzieher aus dem Chaos des Werkzeugkastens, kniete sich hin und begann, den Türknauf abzuschrauben. Ich nahm mir einen größeren Schraubenzieher, weil ich die Angeln abschrauben wollte, aber anscheinend hielten die Dinger ohne Schrauben. Ich starrte die Konstruktion eine Weile an. Irgendwann wurde es Ruthie langweilig, und sie ging nach unten und setzte sich vor den Fernseher.

Radar bekam den Türknauf ab, und nacheinander spähten wir in das Loch in dem rohen Holz. Kein Brief. Kein Wegweiser. Nichts. Genervt wandte ich mich den Angeln zu. Ich schwang die Tür auf und zu, um zu verstehen, wie die Mechanik funktionierte. »So lang, wie das verdammte Gedicht ist«, sagte ich, »hätte Walt uns ruhig ein paar Zeilen schreiben können, *wie* man die Tür von den Pfosten schraubt.«

Radar saß wieder an Margos Computer. »Laut Omnictionary«, erklärte er, »haben wir es mit einem Fitschenband zu tun. Den Schraubenzieher braucht man nur, um die Zapfen aus den Scharnieren zu hebeln. Nicht zu verwechseln mit einer Flittchenband, wie irgendein Witzbold dazugeschrieben hat. O Omnictionary, wann wirst du jemals erwachsen?«

Mit der Erklärung aus Omnictionary ging es erstaunlich einfach. Ich hebelte die Zapfen aus den drei Scharnieren, und Ben zog die Tür weg. Dann untersuchte ich die Scharniere. Nichts.

»Nichts an der Tür«, fasste Ben zusammen. Wir stemmten die Tür wieder an ihren Platz, und Radar hämmerte mit dem Griff des Schraubenziehers die Zapfen in die Scharniere.

Später gingen Radar und ich mit zu Ben, dessen Heim mit dem meinen baugleich war, und wir spielten ein Spiel namens Arctic Fury. Wir waren gerade in einem Spiel-im-Spiel, wo man seine Gegner auf einem Gletscher mit Farbbällen abschießen musste. Man bekam Extrapunkte, wenn man dem Gegner in die Eier schoss. Es war technisch betrachtet ein sehr ausgefeiltes Spiel.

»Alter, sie ist bestimmt in New York City«, sagte Ben plötzlich. Hinter einem Eisblock konnte ich die Mündung seiner Flinte sehen, aber bevor ich mich bewegen konnte, hatte er mir zwischen die Beine geschossen. »Scheiße«, murmelte ich.

»Früher haben ihre Wegweiser Orte angezeigt«, sagte Radar. »Diesmal hat sie mit Jason über New York geredet; und uns hinterlässt sie Hinweise, die mit zwei Leuten zu tun haben, die beide länger in New York gelebt haben. Es wäre logisch.«

»Alter, ich sag dir, was sie will.« Ich hatte mich gerade von hinten an ihn rangeschlichen, als Ben auf Pause drückte. »Sie will, dass du nach New York fährst. Was, wenn das der einzige Weg ist, sie zu finden? Ich meine, erst mal *hinzufahren*?«

»Wie bitte? In eine Stadt mit zwölf Millionen Einwohnern?«

»Vielleicht hat sie einen Maulwurf hier«, schlug Radar vor, »der ihr Bescheid sagt, wenn du dich auf den Weg machst.«

»Lacey!«, rief Ben. »Es ist bestimmt Lacey. Genau! Und sobald Lacey weiß, dass du unterwegs bist, sagt sie Margo Bescheid, und sie holt dich am Flughafen ab. Los, Alter, ich fahre dich heim, damit du packen kannst, und dann fahre ich dich zum Flughafen, und das Ticket kaufst du mit der Notfall-Kreditkarte deiner Eltern, und wenn Margo mitkriegt, was für ein knallharter Kerl du bist, die Art Kerl, von der Jason Worthington nur träumen kann, dann haben wir alle drei eine superheiße Puppe für den Ball.«

Ich zweifelte nicht daran, dass in der nächsten Stunde ein Flug nach New York ging. Von Orlando gingen stündlich Flüge überallhin. Aber an allem anderen zweifelte ich. »Vielleicht kannst du Lacey mal anrufen...«, sagte ich.

»Die gibt es doch nicht zu!«, entgegnete Ben. »Erinnere dich an die ganzen Fehlinformationen, die sie gestreut hat – wahrscheinlich haben sie nur so getan, als hätten sie sich gestritten, damit du nicht dahinterkommst, dass Lacey der Maulwurf ist.«

»Ich weiß nicht«, sagte Radar. »Irgendwie passt das nicht zusammen.« Ich hörte nur halb zu. Den Blick auf den Pausenbildschirm gerichtet, dachte ich über Bens Theorie nach. Falls Margo und Lacey nur so taten, als würden sie sich streiten, hatte Lacey dann auch nur so getan, als hätte sie mit ihrem Freund Schluss gemacht? War ihre Sorge nur gespielt? Lacey hatte Dutzende von E-Mails aus New York bekommen, nachdem ihre Cousine die Steckbriefe in Plattenläden verteilt hatte – keins davon mit brauchbaren Informationen. Lacey war kein Maulwurf, und Bens Plan war idiotisch. Auch wenn mir die Idee gefiel – wir hatten nur noch zweieinhalb Wochen Schule, und nach New York zu gehen würde mich mindestens zwei Tage kosten. Ganz zu schweigen davon, dass meine Eltern mich umbringen würden, wenn ich mit ihrer Kreditkarte ein Flugticket kaufte. Je länger ich darüber nachdachte, desto dümmer war es. Andererseits, wenn ich sie morgen sehen könnte...

Nein. »Ich kann die Schule nicht schwänzen«, sagte ich. Ich drückte auf Fortsetzen. »Morgen haben wir eine Französischprüfung.«

»Ich muss schon sagen«, meinte Ben, »dein Sinn für Romantik ist für uns alle ein Vorbild.«

Wir spielten noch ein paar Minuten, dann ging ich zu Fuß durch den Jefferson Park nach Hause.

Meine Mutter hatte mir mal von einem durchgeknallten Jungen erzählt, der bei ihr in Therapie war. Bis er neun war, war er völlig normal gewesen, doch dann starb sein Vater. Natürlich gibt es jede Menge Neunjährige, deren Vater stirbt und die nicht deswegen verrückt werden, aber dieser Junge war anders, schätze ich.

Dieser Junge nahm einen Bleistift und einen Taschenkompass, und dann fing er an, mit dem Kompass als Schablone Kreise auf ein Blatt Papier zu malen, Kreise mit einem Durchmesser von exakt fünf Zentimetern. Und er zeichnete so lange Kreise auf das Blatt, bis das ganze Blatt vollkommen schwarz war, und dann nahm er das nächste Blatt und malte weiter Kreise, und das tat er den ganzen Tag lang, jeden Tag, und er passte nicht mehr im Unterricht auf, sondern malte Kreise über all seine Prüfungsbögen und Arbeitsblätter. Meine Mutter sagte, das Problem war, dass der Junge zwar für sich eine Routine erfunden hatte, mit der er den Verlust ertragen konnte, nur dass es leider eine destruktive Routine war. Am Ende brachte meine Mutter ihn dazu, um seinen Vater zu weinen oder so was, und da hörte er irgendwann auf Kreise zu malen und wurde wieder ein glücklicher Mensch. Oder so ähnlich. Jedenfalls musste ich manchmal an den Jungen mit den Kreisen denken, denn irgendwie verstand ich ihn. Auch für mich war Routine immer tröstlich gewesen. Ich schätze, deswegen wurde mir Langeweile nie richtig langweilig. Wahrscheinlich konnte ich das jemandem wie Margo nie erklären, aber ein Leben lang Kreise zu malen schien mir irgendwie eine vernünftige Art von Verrücktheit zu sein.

Deswegen hätte ich mit meiner Entscheidung, nicht nach New York zu fahren, zufrieden sein sollen – es war ohnehin eine blöde Idee. Doch als ich mich abends und am nächsten Tag in der Schule in meine Routine stürzte, nagte etwas tief in mir, als würde mich die Routine noch weiter weg von ihr bringen.

SIEBEN

Am Dienstagabend, sie war seit sechs Tagen verschwunden, sprach ich mit meinen Eltern. Es war keine große Entscheidung oder so was; ich redete einfach mit ihnen. Ich saß an der Küchentheke, während mein Vater Gemüse schnitt und meine Mutter ein Stück Rindfleisch in der Pfanne anbriet. Mein Vater zog mich damit auf, dass ich so lange über einem so dünnen Büchlein saß, und da sagte ich: »Ich lese es gar nicht für Englisch. Margo hat es mir hinterlassen.« Da wurden sie still, und ich erzählte ihnen von Woody Guthrie und Walt Whitman.

»Offensichtlich spielt sie gerne mit lückenhafter Information«, sagte mein Vater.

»Ich kann verstehen, dass sie mehr Aufmerksamkeit braucht«, sagte meine Mutter, »aber das heißt nicht, dass du dafür verantwortlich bist.«

Mein Vater warf Karotten und Zwiebeln in die Pfanne. »Ja, das stimmt. Wir wollen keine Ferndiagnose stellen, aber ich habe das Gefühl, sie kommt bald wieder nach Hause.«

»Es hat keinen Sinn zu spekulieren«, widersprach meine Mutter leise, beinahe als wollte sie nicht, dass ich es hörte, oder so was. Mein Vater wollte antworten, doch ich unterbrach ihn.

»Was soll ich denn tun?«

»Deinen Schulabschluss machen«, sagte meine Mutter. »Und Margo vertrauen, dass sie ganz gut selbst auf sich aufpassen kann, denn das hat sie bisher hinreichend bewiesen.«

»Ganz meine Meinung«, sagte mein Vater. Aber nach dem Abendessen, als ich in mein Zimmer ging und ohne Ton Dark Resurrection spielte, hörte ich, wie sie leise diskutierten. Ich verstand zwar nicht, was sie sagten, doch ich hörte ihren Stimmen an, dass sie sich Sorgen machten.

Später am Abend rief Ben auf dem Handy an.

»Hey«, sagte ich.

»Alter«, sagte er.

»Ja«, antwortete ich.

»Ich gehe mit Lacey Schuhe einkaufen.«

»*Schuhe* einkaufen?«

»Ja. Heute haben sie zwischen zehn und Mitternacht alles um dreißig Prozent runtergesetzt. Ich helfe ihr, Schuhe für den Ball auszusuchen. Eigentlich hatte sie schon welche, aber als ich gestern bei ihr war, fanden wir, dass sie nicht ganz ... Na ja, du weißt schon, zum Schulball will man die *perfekten* Schuhe. Jetzt bringt sie die anderen zurück, und dann gehen wir zu Macy's und suchen ...«

»Ben«, sagte ich.

»Ja?«

»Alter, ich habe echt keine Lust, Laceys Ballschuhe zu erörtern. Ich sage dir auch, warum: Ich habe was, das mich völlig immun gegen Schuhgespräche macht. Das Ding heißt Penis.«

»Ich bin so nervös und ich muss dauernd daran denken, dass ich total in sie verknallt bin, und zwar nicht nur auf die Sie-ist-ne-scharfe-Nummer-Art. Und, keine Ahnung, vielleicht gehen wir zum Ball, und vielleicht, keine Ahnung, küssen wir uns mitten auf der Tanzfläche, vor allen Leuten, und die Leute trauen ihren Augen nicht, und plötzlich ändert sich alles, weil alles, was die Leute von mir gedacht haben ...«

»Ben«, sagte ich. »Hör einfach mit dem Idiotengequatsche auf, und alles wird gut.« Er quatschte noch eine Weile weiter, aber irgendwann schaffte ich es, das Gespräch zu beenden.

Als ich mich hinlegte, zog mich der Gedanke an den Schulball doch irgendwie runter. Ich weigerte mich, irgendeine Art von Reue zu empfinden, dass ich nicht hinging, aber ich hatte trotzdem – dummerweise, peinlicherweise – gehofft, dass ich Margo finden würde und überreden könnte, nach Hause zu kommen, und zufälligerweise wäre Samstagabend, und der Schulball war noch in vollem Gange, und wir würden in Jeans und alten T-Shirts im Ballsaal auflaufen, gerade rechtzeitig zum letzten Tanz, und wir würden tanzen, während alle mit dem Finger auf uns zeigten und über Margos Rückkehr staunten, und dann würden wir im Foxtrott zur Tür hinausschweben und bei Friendley's Eis essen gehen. Ja, genau wie Ben schwelgte auch ich in vollkommen lächerlichen Fantasien. *Doch wenigstens behielt ich meine für mich.*

Manchmal war Ben so ein selbstsüchtiger Idiot, dass ich mir erst in Erinnerung rufen musste, was ich eigentlich an ihm mochte. Wenn sonst nichts, hatte er zuweilen überraschend gute Ideen. Das mit der Tür zum Beispiel. Es hatte zwar nicht funktioniert, aber die Idee war gut. Nur hatte mir Margo offensichtlich etwas anderes sagen wollen.

Mir.

Der Hinweis war für mich. Die Türen waren meine!

Auf dem Weg in die Garage musste ich am Wohnzimmer vorbei, wo meine Eltern vor dem Fernseher saßen. »Willst du mit uns fernsehen?«, fragte meine Mutter. »Sie sind kurz vor dem Showdown.« Es lief eine dieser Krimiserien.

»Nein danke«, sagte ich und schlenderte an ihnen vorbei, durch die Küche in die Garage. Dort suchte ich den breitesten Schlitzschraubenzieher heraus, den es gab, steckte ihn mir in den Hosenbund und zog den Gürtel enger. Dann ging ich in die Küche und holte mir einen Keks, bevor ich leicht hinkend durchs Wohnzimmer zurückschlenderte. Während meine Eltern gespannt die Auflösung des Verbrechens verfolgten, stemmte ich die drei Zapfen aus den drei Angeln meiner Zimmertür. Als der letzte draußen war, ächzte die Tür und drohte aus der Verankerung zu kippen. Ich schwang sie gerade noch gegen die Wand, und dabei sah ich, wie aus dem obersten Scharnier ein klitzekleiner Papierschnipsel herabflatterte, nicht größer als mein Daumennagel. Typisch Margo. Warum sollte sie etwas bei sich verstecken, wenn sie es auch bei mir verstecken konnte? Ich überlegte, wann sie hier gewesen und wie sie reingekommen war. Unwillkürlich musste ich lächeln.

Es war ein Schnipsel aus dem *Orlando Sentinel*, an einer Seite glatt, an der anderen ausgerissen. Dass er aus dem *Sentinel* stammte, sah ich, weil an der abgerissenen Seite »–*do Sentin*el, 6. Mai 2–« stand. Der Tag, an dem sie verschwunden war. Die Botschaft stammte eindeutig von ihr. Und dann erkannte ich ihre Handschrift:

8328 bartlesville Avenue

Ich konnte die Tür nicht wieder einhängen, ohne die Zapfen festzuhämmern, was meine Eltern gehört hätten, und deshalb lehnte ich die Tür in den Rahmen und ließ sie offen stehen. Die Zapfen steckte ich ein, bevor ich mich an den Computer setzte, um Bartlesville Avenue nachzuschlagen. Ich hatte noch nie von dieser Straße gehört.

Sie lag 55,7 Kilometer entfernt, den Colonial Drive hinaus, kurz vor dem Städtchen Christmas. Als ich auf dem Satellitenbild das Gebäude heranzoomte, sah es aus wie ein schwarzes Rechteck mit mattsilberner Fassade und Gras dahinter. Ein Wohnwagen? Es war schwierig, die Größenverhältnisse zu beurteilen, da alles im Umkreis grün war.

Ich rief Ben an.

»Ich hatte recht!«, sagte er, als ich ihm alles berichtet hatte. »Das muss ich unbedingt Lacey erzählen. Sie fand auch, dass meine Idee spitze war!«

Ich ignorierte ihn. »Ich glaube, ich werde da mal rausfahren«, sagte ich.

»Ja, klar musst du da hin. Ich komme mit. Lass uns Sonntagmorgen fahren. Ich bin zwar wahrscheinlich hundemüde, weil ich die Nacht durchgetanzt habe, aber egal.«

»Nein, ich meine, ich fahre heute Nacht noch hin«, sagte ich.

»Hey, Alter, es ist *stockdunkel*. Du kannst nicht im Dunkeln zu einem fremden Haus mit einer geheimnisvollen Adresse fahren. Hast du nie einen Horrorfilm gesehen?«

»Vielleicht ist sie da«, sagte ich.

»Ja, und vielleicht ist auch ein Dämon da, der sich von der Milz männlicher Jungfrauen ernährt«, sagte Ben. »Verdammt, warte wenigstens bis morgen, obwohl ich nach der Probe Laceys Blumenstrauß bestellen muss, und dann wollte ich nach Hause, für den Fall, dass Lacey online geht, denn in letzter Zeit chatten wir ziemlich viel…«

Ich schnitt ihm das Wort ab. »Nein, heute Nacht. Ich will sie sehen.« Der Kreis zog sich zusammen. Wenn ich mich beeilte, würde ich sie vielleicht schon in einer Stunde sehen.

»Alter, du fährst nicht mitten in der Nacht zu irgendeiner halbseidenen Adresse. Ich versohl dir deinen dürren Arsch, wenn's sein muss.«

»Na gut, morgen früh«, sagte ich, hauptsächlich zu mir selbst. »Ich fahre morgen früh.« Ich hatte es satt, keine Fehlzeiten zu haben.

Ben schwieg. Ich hörte, wie er die Luft durch die Zähne blies. »Ich merke auch, dass ich was erwischt hab«, erklärte er dann. »Fieber. Husten. Gliederschmerzen. Kopfweh.«

Ich grinste. Als wir aufgelegt hatten, rief ich Radar an.

»Ich bin mit Ben auf der anderen Leitung«, sagte er. »Ich ruf dich zurück.«

Eine Minute später rief Radar zurück. Bevor ich Hallo sagen

konnte, erklärte er: »Q, ich habe diese schreckliche Migräne. Ich kann auf keinen Fall morgen in die Schule gehen.« Ich lachte.

Nach den Telefonaten zog ich mich aus, leerte den Mülleimer in eine Schublade und stellte den Eimer neben mein Bett. Dann stellte ich meinen Wecker auf unchristliche sechs Uhr früh und versuchte lange Zeit vergeblich einzuschlafen.

ACHT

Am nächsten Morgen kam meine Mutter ins Zimmer und sagte: »Du hast gestern Abend nicht mal die Tür zugemacht, Schlafmütze«, und ich schlug die Augen auf und sagte: »Ich glaube, ich habe mir den Magen verdorben.« Und dann zeigte ich auf den Mülleimer, der Erbrochenes enthielt.

»Ach, du liebe Zeit, Quentin! Wann ist das denn passiert?«

»Gegen sechs«, sagte ich, was stimmte.

»Warum hast du uns nicht aufgeweckt?«

»Zu müde«, sagte ich, was ebenfalls stimmte.

»Du bist einfach aufgewacht und dir war schlecht?«, fragte sie.

»Ja«, sagte ich, was nicht stimmte. Ich war aufgewacht, weil um sechs Uhr der Wecker klingelte, und dann hatte ich mich auf Zehenspitzen in die Küche geschlichen und einen Müsliriegel und ein Glas Orangensaft verdrückt. Ich hatte es nicht schon abends getan, weil ich keine Lust hatte, die ganze Nacht in einem stinkenden Zimmer zu schlafen. Das Kotzen war ätzend, aber es war schnell vorbei.

Meine Mutter nahm den Eimer, und ich hörte, wie sie ihn in der Küche auswusch. Mit dem frischen Eimer kam sie zurück und sah mich besorgt an. »Ich schätze, dann werde ich mir den Tag frei...«, begann sie, doch ich unterbrach sie.

»So schlimm ist es nicht«, sagte ich. »Mir ist nur ein bisschen übel. Was Falsches gegessen.«

»Ehrlich?«

»Ich ruf an, falls es mir schlechter geht«, sagte ich.

Sie gab mir einen Kuss auf die Stirn, und ich fühlte ihren klebrigen Lippenstift. Auch wenn mir gar nicht schlecht war, hatte ihre Fürsorge etwas Tröstliches.

»Soll ich die Tür zumachen«, fragte sie mit einer Hand am Türknauf. Die Tür hing in den Angeln, allerdings lose.

»Nein, nein, nein«, sagte ich ein bisschen zu schnell.

»Schon gut«, antwortete sie. »Ich rufe von unterwegs die Schule an. Sag Bescheid, wenn du was brauchst. Oder wenn du willst, dass ich heimkomme. Und Papa kannst du auch jederzeit anrufen. Heute Nachmittag melde ich mich, und dann schauen wir, wie es dir geht, in Ordnung?«

Ich nickte, und dann zog ich mir die Decke wieder bis zum Kinn. Auch wenn sie den Eimer sauber gemacht hatte, konnte ich die Kotze immer noch durch das Spülmittel riechen, und der Geruch erinnerte mich an das Kotzen selbst, wovon mir seltsamerweise schlecht wurde, und so atmete ich langsam und regelmäßig durch den Mund, bis ich hörte, wie der Kleinbus aus der Einfahrt fuhr. Es war 7:32 Uhr. Ausnahmsweise war ich pünktlich, allerdings nicht zur Schule.

Ich duschte, putzte mir die Zähne, dann zog ich eine dunkle Jeans und ein schwarzes T-Shirt an. Margos Zeitungsschnipsel steckte ich in die Hosentasche. Schließlich hämmerte ich die Zapfen in die Türscharniere und packte meinen Rucksack. Ich wusste nicht, was ich brauchte, aber ich nahm den Schraubenzieher, einen Ausdruck der Landkarte, die Wegbeschreibung und eine Flasche Wasser mit und für den Fall, dass sie da war, den Whitman.

Punkt acht standen Ben und Radar vor der Tür. Ich kletterte auf die Rückbank. Sie grölten ein Lied der Mountain Goats mit, das im Radio lief.

Ben drehte sich um und streckte mir die Faust entgegen. Ich boxte sachte zurück, auch wenn ich die Art der Begrüßung dämlich fand. »Q!«, rief er über die Musik. »Na, wie fühlt sich das an?«

Ich wusste genau, was Ben meinte: Er meinte, mit guten Freunden im Auto zu sitzen, und im Radio spielten die Mountain Goats an einem Mittwochmorgen im Mai auf dem Weg zu Margo und all den margotastischen Schätzen, die uns erwarteten. »Besser als Mathe«, rief ich zurück. Die Musik war zu laut für jede Unterhaltung. Als wir Jefferson Park hinter uns hatten, kurbelten wir das einzige funktionierende Fenster runter, um die Welt wissen zu lassen, dass wir einen guten Musikgeschmack hatten.

Wir fuhren auf den Colonial Drive und immer weiter stadtauswärts, vorbei an den Kinos und den Buchläden, die ich ein Leben lang besucht hatte. Aber diesmal war es anders und besser, weil es während der Mathestunde war, weil es mit Ben und Radar war und weil wir auf dem Weg an den Ort waren, wo ich hoffte, Margo zu finden. Und schließlich, nach dreißig Kilometern, endete Orlando, und wir fuhren an den letzten Orangenhainen und unabhängigen Farmen vorbei. Endlos flaches Land, dicht bewachsen, Louisianamoos, das in grauen Flechten von den Eichen hing, reglos in der stehenden Hitze. Das war das Florida meiner Kindheit, als ich Pfadfinder war und die Nächte, von Moskitos umschwärmt, auf Gürteltierjagd verbrachte. Hier draußen waren hauptsächlich Pritschenwagen unterwegs, und alle paar Kilometer sah man eine Neubausiedlung in der Nähe des Highways: Kleine Stichsträßchen, die sich ohne ersichtlichen Grund um neue Häuser wanden, Häuser, die sich wie Plastikvulkane aus dem Nichts erhoben.

Noch weiter draußen kamen wir an einem morschen Holzschild vorbei, auf dem GROVEPOINT ACRES stand. Die rissige Asphaltstraße, die nach hundert Metern auf einem grauen Schotterplatz endete, outete Grovepoint Acres als das, was meine Mutter Geistersiedlung nannte – ein Bauprojekt, das verödete, bevor es überhaupt richtig in Gang gekommen war. Mit meinen Eltern hatte ich oft Geisterstädte gesehen, doch noch nie eine, die so tot wirkte wie diese.

Ein paar Kilometer nach Grovepoint Acres drehte Radar das Radio leiser und sagte: »Jetzt müssten wir gleich da sein.«

Ich holte tief Luft. Die Aufregung des Schuleschwänzens war abgeflaut. Das hier wirkte nicht wie ein Ort, den Margo aufsuchen, geschweige denn als Versteck benutzen würde. Das hier war das Gegenteil von New York City. Es war der Teil von Florida, bei dessen Anblick man sich im Flugzeug fragte, warum Menschen auf die Idee gekommen waren, hier zu siedeln. Ich starrte auf den öden Asphalt, doch die Hitze verzerrte meine Sicht. Ein Stück weiter vorne sah ich eine Fertigbau-Ladenzeile, die in der grellen Sonne flimmerte.

»Ist es das?« Ich beugte mich vor und zeigte auf das Gebäude.

»Das müsste es sein«, sagte Radar.

Ben schaltete das Radio ab, und wir wurden still, als wir auf den versandeten Parkplatz fuhren. Irgendwann hatte hier mal eine Reklametafel am Straßenrand gestanden. Der verrostete

Pfosten ragte drei Meter auf, doch das Schild war verschwunden, einem Tornado oder dem unerbittlichen Verfall zum Opfer gefallen. Die Ladenzeile selbst hatte es nicht viel besser erwischt. Das flache, einstöckige Gebäude sah runtergekommen aus, an vielen Stellen war der rohe Beton zu sehen. Farbspäne rollten sich von der Wand wie Insekten, die sich an ihr Nest klammerten. Zwischen den Schaufenstern zeichneten Wasserflecke braune abstrakte Kunstwerke. Die Schaufenster selbst waren mit verbogenen Spanplatten zugenagelt. Plötzlich kam mir ein schrecklicher Gedanke, ein Gedanke, den man nicht mehr zurücknehmen kann, wenn er einmal an die Oberfläche des Bewusstseins gekommen ist: Das war kein Ort, an dem man leben wollte. Das hier war ein Ort zum Sterben.

Sobald der Motor aus war, strömte mir der süßliche Geruch des Todes in die Nase. Ich musste schlucken, als mir in meiner wunden Kehle die Kotze hochkam. Jetzt erst, nach all der verlorenen Zeit, wurde mir klar, wie fürchterlich missverstanden ich sie hatte – sie und ihr Spiel und die Trophäe, der ich nachjagte.

Ich steige aus, und Ben steht neben mir und daneben Radar. Ich weiß sofort, dass das hier nicht witzig ist. Es hat nichts mehr mit Beweis-mir-dass-du-cool-genug-bist zu tun. Ich habe im Ohr, was Margo in der Nacht gesagt hat, als wir durch Orlando fuhren. Ich habe im Ohr, wie sie zu mir sagt: »Ich habe keine Lust, dass mich samstagmorgens ein paar Kinder, von Fliegen umschwärmt, im Jefferson Park finden.« Nicht von ein paar Kindern im Jefferson Park gefunden werden zu wollen ist nicht das Gleiche, wie nicht sterben zu wollen.

Es gibt keinen Hinweis darauf, dass in letzter Zeit jemand hier gewesen ist, bis auf den Geruch, diesen süßlichen Gestank, an dem man die Toten von den Lebenden unterscheidet. Ich rede mir ein, dass sie nicht so riechen kann, aber natürlich kann sie das. Wir alle. Ich drücke mir den Unterarm gegen die Nase, damit ich den Schweiß auf meiner Haut rieche und alles, was nicht Tod ist.

»MARGO?«, ruft Radar. Eine Spottdrossel, die auf der rostigen Dachrinne sitzt, spuckt zur Antwort ein paar Silben aus. »MARGO!«, ruft er wieder. Nichts. Er malt mit dem Fuß einen Halbkreis in den Sand und seufzt. »Scheiße.«

Als ich vor dem Gebäude stehe, lerne ich etwas über Angst. Ich lerne, dass diese Angst nichts zu tun hat mit den müßigen Fantasien von einem, der insgeheim hofft, dass ihm was Wichtiges passiert, selbst wenn das Wichtige schrecklich ist. Diese Angst ist nicht wie der Ekel beim Anblick einer Leiche oder wie die Spannung beim Klicken der Schrotflinte in Beccas Garten. Diese Angst kann man nicht mit Atemübungen bewältigen. Sie hat nichts zu tun mit irgendeiner Art von Angst, die ich bisher kannte. Das hier ist die ursprünglichste aller Empfindungen. Das Gefühl, das schon da war, bevor wir da waren, bevor dieses Gebäude da war, bevor die Erde da war. Das ist die Angst, die die Fische dazu gebracht hat, aus dem Ozean an Land zu klettern und Lungen zu entwickeln, die Angst, die uns laufen gelehrt hat. Die Angst, die uns dazu bringt, unsere Toten zu begraben.

Der Geruch lässt Panik in mir aufsteigen – Panik, nicht als bliebe mir die Luft weg, sondern als bliebe der gesamten Atmosphäre die Luft weg. Ich glaube, dass alle Ängste, die ich bis dahin in meinem Leben gehabt hatte, nur Training waren, Vorbereitung für den Tag, an dem die echte Angst kam. Aber ich war nicht vorbereitet.

»Alter, wir sollten abhauen«, sagt Ben. »Wir sollten die Bullen rufen oder so was.« Wir haben einander noch nicht angesehen. Wir haben den Blick immer noch auf das Gebäude gerichtet, dieses gottverlassene Gebäude, in dem unmöglich etwas anderes als eine Leiche sein kann.

»Nein«, sagt Radar. »Nein, nein, nein, nein, nein. Wir rufen die Polizei, wenn es was zu melden gibt. Sie hat Q diese Adresse hinterlassen. Nicht den Bullen. Wir müssen einen Weg da rein finden.«

»Da *rein*?«, fragt Ben ungläubig.

Ich klopfe Ben auf den Rücken, und zum ersten Mal an diesem Tag sehen wir nicht nach vorne, sondern einander an. So wird es erträglich. Die anderen anzusehen gibt mir das Gefühl, als wäre sie nicht tot, bis wir sie finden. »Ja, da rein«, sage ich.

Ich weiß nicht mehr, wer sie ist oder wer sie war, aber ich muss sie finden.

NEUN

Wir gehen um das Gebäude herum und finden vier verriegelte Stahltüren und sonst nichts als Weideland und Palmettopalmen, die die goldgrüne Weite tupfen. Hier ist der Gestank noch schlimmer, und ich habe Angst weiterzugehen. Ben und Radar sind hinter mir, rechts und links. Wir bilden ein Dreieck, gehen langsam, suchen das Gelände mit den Augen ab.

»Ein Waschbär!«, schreit Ben. »Gott sei Dank. Es ist ein Waschbär. Mein Gott.« Radar und ich laufen zu Ben, der an einem seichten Entwässerungsgraben steht. Da unten liegt ein riesiger aufgeblähter Waschbär-Kadaver mit verfilztem Pelz, keine sichtbare Verletzung, aber das Fell löst sich schon, entblößt eine Rippe. Radar dreht sich weg und würgt, doch es kommt nichts raus. Ich gehe zu ihm, lege ihm die Hand auf den Rücken, und als er wieder Luft bekommt, sagt er: »Ich bin so scheißfroh, dass es nur ein beschissener toter Waschbär ist.«

Trotzdem kann ich sie mir hier nicht lebend vorstellen. Ich frage mich, ob der Whitman ein Abschiedsbrief ist. Ich denke an die Stellen, die sie unterstrichen hat: »Sterben ist anders, als je einer gedacht, und glücklicher.« – »Ich vermache mich dem Erdboden, um aus dem Gras, das ich liebe, zu wachsen. / Wenn du mich wiederhaben willst, suche mich unter deinen Schuhsohlen.« Kurz schöpfe ich Hoffnung, als ich an die letzte Zeile des Gedichts denke: »Irgendwo bleibe ich stehen und warte auf dich.« Doch dann denke ich, dass das *Ich* keine Person sein muss. Es kann auch eine Leiche sein.

Radar ist zu dem Gebäude zurückgegangen und rüttelt an einer der vier verriegelten Stahltüren. Ich habe das Bedürfnis, für die Toten zu beten – Kaddisch zu sagen für diesen Waschbär –, aber ich weiß nicht, wie man Kaddisch sagt. Der Waschbär tut mir so leid, und es tut mir so leid, dass ich so froh bin, ihn dort liegen zu sehen.

»Die Tür bewegt sich«, ruft Radar uns zu. »Kommt her und helft mir.«

Ben und ich halten Radar an der Hüfte fest und ziehen. Er stemmt sich mit einem Fuß gegen die Wand und zieht, und dann fallen wir plötzlich alle übereinander, und sie liegen beide auf mir, und ich habe Radars schweißnasses T-Shirt im Gesicht. Einen Moment denke ich aufgeregt, wir haben es geschafft. Aber dann sehe ich, dass Radar den Türknauf in der Hand hat. Ich komme auf die Füße und sehe mir die Tür an. Sie ist immer noch zu.

»Elender vierzig Jahre alter Scheißtürknauf«, sagt Radar. Ich habe ihn noch nie so fluchen hören.

»Schon gut«, sage ich. »Wir finden einen anderen Eingang. Es muss einen geben.«

Wir gehen zur Vorderseite des Gebäudes. Keine Türen, keine Löcher, keine sichtbaren Einstiegsmöglichkeiten. Aber ich muss da rein. Ben und Radar versuchen, die Spanplatten von den Schaufenstern zu reißen, aber sie sind fest dagegengenagelt. Radar tritt gegen eins der Bretter. Es gibt nicht nach. Ben dreht sich zu mir um. »Hinter dem einen Brett fehlt die Scheibe«, sagt er, und dann geht er Anlauf nehmen, und der Sand spritzt unter seinen Turnschuhen auf.

Ich sehe ihn verwirrt an. »Ich renne die Spanplatte ein«, erklärt er.

»Das kannst du nicht.« In unserem Fliegengewichtstrio ist er der Kleinste. Wenn einer von uns versuchen sollte, die verrammelten Fenster einzurennen, dann ich.

Doch er ballt die Fäuste, dann spreizt er die Finger. Während ich auf ihn zugehe, fängt er zu reden an. »Weil ich in der Grundschule immer verprügelt wurde, hat mich meine Mutter ins Taekwondo gesteckt. Ich war nur dreimal da, und ich habe nur eins gelernt, aber das ist manchmal ganz nützlich: der Taekwondo-Meister hat uns vorgemacht, wie man mit der bloßen Hand durch einen dicken Holzblock schlägt, und wir konnten es alle nicht fassen, und dann hat er uns erklärt, wenn du die Hand so bewegst, als würde sie durch den Block durchgehen, und wenn du daran glaubst, dass die Hand durch den Block durchgeht, dann geht sie auch durch den Block.«

Ich will seine idiotische Logik anfechten, doch er ist schon losgerannt und saust wie ein Schatten an mir vorbei. Je näher er der Bretterwand kommt, desto schneller wird er, und dann springt er in der allerletzten Sekunde völlig angstfrei ab, dreht den Körper zur Seite – Schulter voraus, um den Aufprall abzufangen – und brettert mit vollem Karacho gegen die Wand. Irgendwie erwarte ich, dass er durch die Wand durchfliegt und nur ein Loch in Form seiner Silhouette hinterlässt, wie im Comic. Stattdessen prallt er von der Spanplatte ab und fliegt rückwärts auf den Hintern, auf den einzigen Grasfleck, der sich mitten in der Sandwüste bietet. Er rollt sich zur Seite und reibt sich die Schulter. »Das Ding ist gebrochen!«, verkündet er.

Ich denke, dass er seine Schulter meint, und renne zu ihm, aber er steht auf, und dann sehe ich den benhohen Riss in der Spanplatte. Als ich dagegen trete, wird der Riss breiter, und dann schaffen Radar und ich es, die Finger in den Spalt zu stecken, und ziehen. Ich blinzle, damit mir der Schweiß nicht in die Augen läuft, und ziehe mit aller Kraft, bis die Spanplatte nachgibt und eine gezackte Öffnung freigibt. Radar und ich arbeiten schweigend weiter, bis er eine Pause einlegen muss und Ben für ihn einspringt. Endlich schaffen wir es, ein großes Stück Brett in den Laden hineinzutreten. Ich steige ein, mit den Füßen zuerst, und lande blindlings auf etwas, das sich wie ein Haufen Zettel anfühlt.

Durch das Loch, das wir gemacht haben, fällt ein wenig Licht, aber ich kann die Dimensionen des Raums nicht ausmachen, auch nicht, ob es eine Decke gibt. Die Luft ist so stickig und heiß, dass zwischen Einatmen und Ausatmen kein Unterschied besteht.

Ich drehe mich um und stoße mit dem Kinn gegen Bens Stirn. Unwillkürlich flüstere ich, obwohl es keinen Grund dazu gibt. »Hast du eine ...«

»Nein«, flüstert er, bevor ich zu Ende spreche. »Radar, hast du eine Taschenlampe dabei?«

Ich höre, wie Radar durch das Loch steigt. »An meinem Schlüsselbund ist eine. Die macht aber nicht viel her.«

Er knipst die Lampe an, und ich sehe immer noch nicht viel, aber ich merke, dass wir in einem großen Raum mit einem Labyrinth aus Metallregalen stehen. Die Zettel auf dem Boden stammen von einem alten Abreißkalender, dessen Seiten vergilbt und von Mäusen angenagt im ganzen Raum herumfliegen. Ich frage mich, ob es vielleicht mal eine Buchhandlung war, auch wenn in den Regalen seit Jahrzehnten nichts als Staub liegt. Wir gehen dicht hinter Radar her. Ich höre etwas über uns knarren, und wir bleiben stehen. Ich versuche die Panik runterzuschlucken. Ich kann Radar und Ben atmen hören, das Rascheln ihrer Schritte. Ich will hier raus, aber vielleicht hat das Knarren mit Margo zu tun. Vielleicht auch mit cracksüchtigen Spinnern. Oder organisierten Verbrechern.

»Das ist die Bewegung des Gebäudes«, flüstert Radar, aber er klingt nicht so zuversichtlich wie sonst. Ich stehe da und kann mich nicht rühren. Nach einem Augenblick höre ich Bens Stimme. »Das letzte Mal, als ich solche Angst hatte, hab ich in die Hose gepinkelt.«

»Das letzte Mal, als ich solche Angst hatte«, sagt Radar, »stand ich einem Lord der Finsternis gegenüber und musste die Welt zu einem sicheren Ort für Zauberer machen.«

Zaghaft stimme ich ein. »Das letzte Mal, als ich solche Angst hatte, bin ich zu meiner Mutter ins Bett gekrochen.«

Ben kichert. »Q, wenn ich du wäre, hätte ich jede Nacht solche Angst.«

Mir ist nicht froh zumute, aber das Lachen macht den Raum

weniger unheimlich, und wir fangen an uns umzusehen. Wir schreiten die Regalreihen ab, doch wir finden nichts außer ein paar Reader's-Digest-Heften aus den siebziger Jahren. Nach einer Weile haben sich meine Augen an das Dunkel gewöhnt, und im grauen Licht gehen wir in unterschiedlichem Tempo in unterschiedliche Richtungen.

»Keiner verlässt den Raum, bis wir alle den Raum verlassen«, flüstere ich, und sie flüstern *okay*. Ich erreiche eine Wand und finde den ersten Hinweis darauf, dass jemand hier gewesen ist, seitdem niemand mehr hier ist. Jemand hat ein halbkreisförmiges Loch in die Wand gebrochen. In orangener Sprühfarbe steht TROLLLOCH darüber, mit einem Pfeil, der sinnigerweise auf das Loch zeigt. »Leute.« Radar spricht so laut, dass der Bann einen Moment gebrochen ist. Ich gehe seiner Stimme nach und finde ihn an der gegenüberliegenden Wand, wo er mit der Taschenlampe auf ein weiteres Trollloch zeigt. Die Handschrift sieht nicht nach Margo aus, aber es ist schwer zu sagen. In Sprühfarbe kannte ich bis jetzt nur einen einzigen Buchstaben von ihr.

Radar leuchtet in das Trollloch, und ich bücke mich und gehe voran. Der Raum auf der anderen Seite ist leer bis auf eine Teppichrolle in einer Ecke. Als der Lichtkegel über den Boden wandert, sehe ich Teppichkleberflecken auf dem Estrich. Gegenüber erkenne ich ein weiteres Loch in der Wand, diesmal ohne Aufschrift.

Ich krieche durch das Loch in einen Raum mit Kleiderstangen an den fleckigen Wänden, rostfreier Stahl, anscheinend noch fest verankert. Hier ist es heller, und es dauert einen Moment, bis ich merke, dass die Decke Löcher hat – die Dachpappe hängt runter, und ich sehe Stellen, wo das Dach auf die Träger gesackt ist.

»Ein Andenkenladen«, flüstert Ben vor mir.

In der Mitte stehen fünf Vitrinen, die ein Fünfeck bilden. Das Glas, das den Nippes vor den Touristen geschützt hat, ist zum Großteil eingeschlagen, und in den Auslagen liegen Scherben. Von den Vitrinen schält sich die Farbe ab, merkwürdig schöne Muster, jeder gezackte graue Splitter ein Schneekristall des Verfalls.

Seltsamerweise ist noch Ware da: Ein Mickey-Maus-Telefon, das mir vage bekannt vorkommt; mottenzerfressene, doch ordentlich zusammengelegte T-Shirts mit der Aufschrift SUNNY ORLANDO, von Glassplittern bedeckt. Unter einer der Vitrinen findet Radar eine Kiste mit Landkarten und alten Prospekten für Gator World und Crystal Gardens und andere Vergnügungsparks, die es längst nicht mehr gibt. Ben winkt mich rüber und zeigt schweigend auf einen kitschigen grünen Glasalligator, der einsam in einem Fach liegt, unter einer dicken Staubschicht. Das ist der Wert unserer Souvenirs, denke ich: Man will diesen Mist nicht mal verschenken.

Wir kehren in den leeren Raum zurück und dann in den Raum mit den Bücherregalen, und schließlich steigen wir durch das letzte Trollloch. Der nächste Laden sieht aus wie ein Großraumbüro ohne Computer, und er wirkt, als wäre er in großer Eile verlassen worden – oder als hätte man die Angestellten einfach ins Weltall gebeamt oder so was. Zwanzig Schreibtische stehen in vier Reihen. Auf manchen liegen noch Kulis herum, und auf jedem Tisch ist eine dieser übergroßen Kalender-Schreibunterlagen. Jeder Kalender zeigt Februar 1986. Ben gibt einem Bürostuhl einen Stoß, und er dreht sich, rhythmisch quietschend. Neben einem der Tische stapeln sich Hunderte von Post-it-Blöcken mit dem Logo einer Martin Gale Mortgage Corp. zu einer wackeligen Pyramide. In offenen Kisten lagern dicke Papierstapel aus alten Punktmatrixdruckern, auf denen die Einnahmen und Ausgaben der Martin Gale Mortgage Corp. aufgelistet sind. Auf einem Tisch hat jemand mit den Broschüren für eine Neubausiedlung ein einstöckiges Kartenhaus gebaut. In der Hoffnung auf einen Hinweis sehe ich mir eine Broschüre an, doch mir fällt nichts auf.

Radar geht die Papiere durch und flüstert: »Nichts nach 1986.« Ich nehme mir die Schreibtischschubladen vor. Q-Tips und Krawattennadeln. Kulis und Bleistifte in Zwölferpacks in billigen Kartons mit altmodischem Aufdruck. Taschentücher. Ein Paar Golfhandschuhe.

»Seht ihr irgendwas, was darauf hinweist, dass jemand, sagen wir, in den letzten zwanzig Jahren hier gewesen ist?«, frage ich.

»Nichts außer den Trolllöchern«, antwortet Ben. Hier ist es wie in einer Gruft. Verschwommene Erinnerungen, von einer Staubschicht bedeckt.

»Warum hat sie uns hierhergelockt?«, fragt Radar. Inzwischen reden wir wieder laut.

»Ich weiß nicht«, sage ich. Offensichtlich ist sie nicht hier.

»Da sind ein paar Stellen, wo weniger Staub liegt«, sagt Radar. »In dem leeren Raum ist ein staubfreies Rechteck, als wäre da was wegbewegt worden. Aber ich weiß auch nicht.«

»Und da ist frische Farbe an der Wand«, sagt Ben. Ben zeigt auf die Wand, und im Licht von Radars Taschenlampe sehe ich, dass eine Stelle mit weißer Grundierung übermalt ist. Als hätte jemand vorgehabt, den Laden zu renovieren, aber nach einer halben Stunde war ihm die Lust vergangen. Ich gehe hin, und aus der Nähe sehe ich, dass unter der weißen Farbe rotes Graffiti durchschimmert. Was da stand, ist nicht zu erkennen. Vor der Wand steht ein offener Eimer weiße Farbe. Ich knie mich hin und stecke den Finger hinein. Die Oberfläche ist hart, aber sie gibt schnell nach, und mein Finger ist weiß, als ich ihn rausziehe. Schweigend sehe ich zu, wie die Farbe von meinem Finger tropft. Wir kommen alle zu dem gleichen Schluss, nämlich, dass vor Kurzem jemand hier gewesen ist. Und dann knarrt es plötzlich wieder, und Radar lässt die Taschenlampe fallen und flucht.

»Mann, ist das unheimlich«, sagt er.

»Hey, Leute«, ruft Ben. Die Taschenlampe liegt auf dem Boden, und ich will sie gerade aufheben, als ich sehe, dass Ben auf die Wand zeigt. Durch irgendeinen optischen Trick leuchtet im indirekten Licht das Graffiti durch die Farbschicht durch, und in geisterhaft grauen Druckbuchstaben erkenne ich sofort Margos Handschrift.

IRGENDWANN GEHST DU IN DIE FALSCHEN STÄDTE
UND KOMMST NIE MEHR ZURÜCK

Ich hebe die Taschenlampe auf und leuchte die Wand an, und die Botschaft verschwindet. Als ich in die andere Richtung leuchte, taucht sie wieder auf.

»Ach du Scheiße«, murmelt Radar vor sich hin.

Und dann sagt Ben: »Können wir jetzt gehen? Denn das letzte Mal, als ich solche Angst hatte ... scheiß drauf. Ich hab Panik. Es ist überhaupt nicht mehr komisch.«

Es ist überhaupt nicht mehr komisch beschreibt das Grauen, das ich selbst empfinde, wahrscheinlich ganz gut. Jedenfalls gut genug.

Mit schnellen Schritten bin ich zurück beim Loch. Ich spüre, wie sich die Wände um uns zusammenziehen.

ZEHN

Ben und Radar brachten mich nach Hause – sie hatten zwar die Schule geschwänzt, doch die Orchesterprobe konnten sie nicht ausfallen lassen. Lange saß ich allein über dem »Lied auf mich selbst« und versuchte zum zehnten Mal, es von vorne bis hinten durchzulesen. Doch das Schwierige war: Das Gedicht ist achtzig Seiten lang und irgendwie schräg und voller Wiederholungen, und auch wenn ich jedes einzelne Wort verstand, verstand ich kein Wort von dem Gedicht als Ganzem. Ich wusste, dass wahrscheinlich nur die unterstrichenen Zeilen wichtig waren, doch ich wollte wissen, ob man das Gedicht als Selbstmordankündigung lesen konnte. Aber ich wurde einfach nicht schlau daraus.

Nach etwa zehn verwirrenden Seiten wurde mir so mulmig, dass ich beschloss, Detective Warren anzurufen. Ich fand seine Karte in einer Shorts im Wäschekorb. Nach dem zweiten Klingeln ging er ran.

»Warren.«

»Hallo, also, hier ist Quentin Jacobsen. Ein Freund von Margo Roth Spiegelman.«

»Klar, Junge. Ich erinnere mich. Was gibt es?«

Ich erzählte ihm von den Hinweisen und von der verlassenen Ladenzeile und von den falschen Städten, wie sie Orlando eine falsche Plastikstadt genannt hatte, als wir oben auf dem Sun-Trust-Hochhaus standen, und wie sie mir erzählt hatte, dass sie nicht von Kindern im Park gefunden werden wollte und dass wir unter unseren Schuhsohlen suchen sollten. Er sagte nichts dazu, dass wir in ein leer stehendes Gebäude eingebrochen waren, und fragte auch nicht, was ich morgens um zehn an einem Schultag da draußen zu suchen hatte. Stattdessen wartete er, bis ich fertig war, und dann sagte er: »Junge, aus dir wird noch ein richtiger Kommissar. Du brauchst nur noch die Kanone, den Bierbauch und die drei Exfrauen. Was ist deine Theorie?«

»Ich habe Angst, dass sie ... also, dass sie sich umgebracht hat.«

»Ich glaube nicht, dass die Kleine irgendwas anderes vorhatte als ausreißen, Junge. Ich verstehe deine Sorge, aber du musst immer dran denken, dass sie das Gleiche früher schon gemacht hat. Diese Spuren, meine ich. Wie sie das alles inszeniert. Ehrlich, Junge, wenn sie wollte, dass du sie findest – tot oder lebendig –, dann hättest du sie längst gefunden.«

»Aber glauben Sie nicht ...«

»Junge, unglücklicherweise ist sie vor dem Gesetz eine Erwachsene und kann tun und lassen, was sie will, verstehst du? Ich gebe dir einen Rat: Warte, bis sie von alleine wieder nach Hause kommt. Irgendwann musst du aufhören, in den Himmel zu starren, sonst schaust du dich eines Tages um und merkst, dass du selber längst davongeschwebt bist.«

Als ich auflegte, hatte ich einen üblen Geschmack im Mund. Ich begriff, dass es nicht Warrens Vergleiche waren, die mich zu Margo führen würden. Ich musste wieder an den Vers am Ende denken, den Margo unterstrichen hatte: »Ich vermache mich dem Erdboden, um aus dem Gras, das ich liebe, zu wachsen. / Wenn du mich wiederhaben willst, suche mich unter deinen Schuhsohlen.« Auf den ersten Seiten schreibt Whitman, Gras sei wie das »schöne, ungeschnittene Haar der Gräber«. Aber wo waren die Gräber? Wo waren die falschen Städte?

Ich loggte mich bei Omnictionary ein, um zu sehen, ob ich

was zu »Plastik« herausfand. Es gab den scharfsinnigen Eintrag eines Benutzers namens Skunkbutt: »Plastik ist besser als andere Materialien, weil es abwaschbar ist.« Das war der Nachteil von Omnictionary: Die Artikel, die Radar schrieb, waren fundiert und äußerst nützlich; die unredigierten Sachen von Leuten wie Skunkbutt ließen irgendwie zu wünschen übrig. Erst als ich »falsche Städte« googelte, fand ich doch noch etwas Interessantes, tief unten an vierzigster Stelle in einem Forum zum Thema Immobilien in Kansas.

Madison Estates wird anscheinend doch nicht gebaut. Mein Mann und ich haben dort ein Grundstück gekauft, aber diese Woche rief jemand an und sagte, wir bekommen unsere Anzahlung zurückerstattet, weil sie nicht genug Häuser vorab verkaufen konnten, um das Projekt zu finanzieren. Noch eine falsche Stadt für Kansas! – Marge aus Cawker

Eine Geistersiedlung! Irgendwann gehst du in die falschen Städte und kommst nie mehr zurück. Ich holte tief Luft und starrte den Bildschirm an.

Es gab nur eine Schlussfolgerung. Auch wenn all ihre Saiten gerissen waren und sie einen Entschluss getroffen hatte, konnte sie nicht einfach ganz verschwinden. Und so hatte sie beschlossen, ihren Körper zurückzulassen, ihn *mir* zu hinterlassen, in einer Geisterversion *unserer* Siedlung, wo ihre ersten Saiten gerissen waren. Sie sagte, sie wolle nicht, dass *Kinder* ihren Leichnam fanden – es war nur logisch, dass sie von allen, die sie kannte, von mir gefunden werden wollte. Nur mir würde sie damit kein neues Leid zufügen. Ich hatte das schon mal erlebt. Ich hatte Erfahrung auf dem Gebiet.

Ich sah, dass Radar online war, und wollte ihn gerade anrufen, als eine Nachricht von ihm auf dem Bildschirm auftauchte.

OMNICTIONARIAN96: hi.
QTHERESURRECTION: falsche städte = geisterstädte – ich glaube, sie will, dass ich ihre leiche finde. weil sie denkt, ich kann damit umgehen. weil wir als kinder zusammen diesen toten gefunden haben.

Ich schickte ihm den Link.

OMNICTIONARIAN96: ganz ruhig. ich seh mir den link an.
QTHERESURRECTION: ok.
OMNICTIONARIAN96: also. denk nicht so schwarz. genaues weißt du nicht. ich glaube, ihr geht's gut.
QTHERESURRECTION: nein, glaubst du nicht.
OMNICTIONARIAN96: na gut, glaub ich nicht. aber wenn unter diesen umständen irgendjemand am leben ist, dann …
QTHERESURRECTION: ja, wahrscheinlich hast du recht.
ich geh ins bett. meine eltern kommen gleich nach hause.

Aber ich konnte mich nicht beruhigen, und so rief ich aus dem Bett Ben an und erklärte ihm meine Theorie.
»Ziemlich finster, Alter. Aber es geht ihr gut. Das gehört alles zu ihren Spielchen.«
»Dir scheint das ja alles nicht viel auszumachen.«
Er seufzte. »Ehrlich gesagt, ich finde es ziemlich uncool von Margo, dass sie uns die letzten drei Wochen der Schulzeit versaut. Sie hat's geschafft, dass du dir total Sorgen machst, und Lacey macht sich auch total Sorgen, und in drei Tagen ist Schul-

ball, weißt du, was ich meine? Können wir nicht einfach in Ruhe feiern?«

»Ist das dein Ernst? Vielleicht ist sie *tot*, Ben.«

»Sie ist nicht tot. Sie ist melodramatisch. Sie muss immer im Mittelpunkt stehen. Ich meine, ihre Eltern sind echte Arschlöcher, aber sie kennen sie besser als wir, meinst du nicht? Ich schließe mich ihrer Meinung an.«

»Du bist echt ein Arschloch, Mann«, sagte ich.

»Wie du meinst, Alter. Wir hatten beide einen langen Tag. Zu viel Drama. TTYL.« Ich wollte noch einen Witz machen, weil er IRL-Chat-Abkürzungen verwendete, aber irgendwie fehlte mir der Antrieb.

Als wir aufgelegt hatten, ging ich noch mal ins Internet und suchte nach einer Liste von Geisterstädten in Florida. Ich fand keine Liste, aber mit der Suche nach »stillgelegten Siedlungen«, »Grovepoint Acres« und ähnlichen Stichwörtern kam ich auf fünf Orte in einem Umkreis von drei Stunden um Jefferson Park. Ich druckte eine Landkarte vom Großraum Orlando aus, hängte die Karte an die Wand über meinem Computer, und dann markierte ich die fünf Orte mit Reißzwecken. Als ich mir das Ergebnis ansah, konnte ich kein Muster erkennen. Die Punkte waren willkürlich verteilt, und es würde wahrscheinlich eine Woche dauern, bis ich alle abgeklappert hatte. Wieso hatte sie mir keinen konkreten Ort hinterlassen? Nur diese schrecklichen unheimlichen Hinweise. Andeutungen einer Tragödie. Aber keinen *Ort*. Nichts, das ich greifen konnte. Es war wie der Versuch, auf einen Kiesberg zu klettern.

Von Ben hatte ich die Erlaubnis, mir am nächsten Tag den RHAPAW zu borgen, weil er mit Lacey und ihrem Jeep zum Schulball-Shopping verabredet war. Ausnahmsweise musste ich nicht die Zeit vor dem Musikraum absitzen – kaum hatte es geklingelt, rannte ich zum Parkplatz. Allerdings fehlte mir Bens Talent, den RHAPAW anzuwerfen, und so war ich, obwohl ich der Erste auf dem Schülerparkplatz war, der Letzte, der ihn verließ. Immerhin, am Ende knatterte der Motor, und dann war ich auf dem Weg nach Grovepoint Acres.

Ich folgte dem Colonial Drive raus der Stadt. Ich fuhr langsam, weil ich nach weiteren Geistersiedlungen Ausschau hielt, die vielleicht im Internet nicht auftauchten. Hinter mir bildete sich eine Schlange, und es machte mich nervös, dass ich den Verkehr lahmlegte. Gleichzeitig wunderte ich mich, dass ich mir noch wegen so was Gedanken machen konnte – ob der dicke Geländewagen, der an meiner Stoßstange klebte, mich für einen Sonntagsfahrer hielt. Ich wünschte, Margos Verschwinden hätte mich verändert; aber so war es nicht.

Während sich die lange Reihe der Autos wie ein unfreiwilliger Trauerzug hinter mir herschob, fing ich auf einmal an, laut mit ihr zu reden. *Ich werde die Saite spielen. Ich werde dein Vertrauen nicht enttäuschen. Ich werde dich finden.*

Mit ihr zu reden beruhigte mich seltsamerweise. Es hielt mich davon ab, mir die Möglichkeiten auszumalen. Wieder kam ich an das marode Schild von Grovepoint Acres. Ich konnte buchstäblich den Seufzer der Erleichterung im Stau hinter mir hören, als ich in die stillgelegte Asphaltstraße abbog. Sie wirkte wie eine Einfahrt ohne Haus. Ich ließ den RHAPAW im Leerlauf und stieg aus. Aus der Nähe sah ich, dass Grovepoint Acres weiter ausgebaut war, als ich zunächst gedacht hatte. Zwei Schotterpisten waren angelegt worden, die jeweils an einem Kreisel endeten, auch wenn sie inzwischen so überwuchert waren, dass man die Umrisse kaum erkannte. Als ich beide Straßen abschritt, fühlte ich bei jedem Atemzug die Hitze in der Nase. In der sengenden Sonne fiel mir jede Bewegung schwer, aber ich dachte nur an die schöne, zynische Wahrheit: In dieser Hitze stank der Tod, aber in Grovepoint Acres roch es nach nichts als heißer Luft und Autoabgasen – menschliche Ausdünstungen, die von der Luftfeuchtigkeit zu Boden gedrückt wurden.

Ich sah mich nach Spuren um: Fußabdrücke, Zeichen im Sand oder sonst ein Andenken. Doch es wirkte, als wäre ich seit Jahren der erste Mensch, der einen Fuß auf diese namenlosen Straßen setzte. Der Boden war eben, und noch war nicht viel Natur nachgewachsen, so dass ich weit in jede Richtung blicken konnte. Kein Zelt. Kein Lagerfeuer. Keine Margo.

Ich stieg wieder ins Auto und fuhr zur I-4 und dann nach Nordosten zu einem Ort namens Holly Meadows. Dreimal fuhr ich vorbei, bevor ich Holly Meadows endlich fand. Die Gegend bestand aus Weideland und Eichenwäldchen, und Holly Meadows, dessen Einfahrt nicht beschildert war, unterschied sich kaum vom Rest der Landschaft. Als ich die Schotterpiste endlich fand und den Eichen- und Pinienhain am Straßenrand hinter mir hatte, wirkte alles genauso öde und trostlos wie in Grovepoint Acres. Die Straße verfiel allmählich zu staubigem Erdreich. Andere Straßen gab es nicht, soweit ich sehen konnte. Aber als ich das Terrain erkundete, entdeckte ich ein paar mit Neonfarbe markierte Holzpfähle; anscheinend hatten sie hier die Grundstücke abgesteckt. Obwohl ich nichts Verdächtiges riechen oder sehen konnte, stieg plötzlich eine verschwommene Angst in mir auf. Ich verstand nicht, woher sie kam, aber dann sah ich es: Am

Ende des gerodeten Geländes hatten sie eine einzelne Eiche stehen lassen. Der knorrige Baum mit den knorrigen Ästen sah genauso aus wie die Eiche im Park, unter der wir Robert Joyner gefunden hatten. Die Ähnlichkeit war so frappierend, dass ich plötzlich fest davon überzeugt war, sie würde dort sitzen, auf der anderen Seite an den Stamm gelehnt.

Zum ersten Mal musste ich sie mir vorstellen: Margo Roth Spiegelman, zusammengesunken unter einem Baum, mit leerem Blick und schwarzem Blut, das ihr aus dem Mund rann, der Anblick grotesk und aufgedunsen, weil ich zu lange gebraucht hatte, um sie zu finden. Sie hatte mir vertraut. Sie hatte mir ihre letzte Nacht anvertraut. Doch ich hatte sie enttäuscht. Und obwohl die Luft hier nach nichts schmeckte als nach Später-könnte-es-Regen-geben, war ich ganz sicher, dass ich sie gefunden hatte.

Aber so war es nicht. Es war nur ein Baum, der einsam im silbergrauen Brachland stand. Ich ließ mich an den Stamm sinken und wartete, bis ich wieder Luft bekam. Plötzlich stieg Wut in mir hoch, dass ich all das allein tun musste. Richtige Wut. Wenn sie dachte, Robert Joyner hätte mich darauf vorbereitet, lag sie falsch. Ich hatte Robert Joyner nicht gekannt. Ich hatte Robert Joyner nicht geliebt.

Ich schlug mit den Fäusten auf die Erde, immer wieder, und der Sand flog auf, bis ich auf die bloßen Wurzeln der Eiche schlug, doch ich schlug immer weiter, bis der Schmerz durch meine Hände in die Arme schoss. Ich hatte noch nicht um Margo geweint, aber jetzt tat ich es endlich, während ich auf den Boden einschlug und schrie, weil niemand hier war, der mich hören konnte: Ich vermisse sie! Ich vermisse sie! Ich vermisse sie! Ich vermisse dich!

Als meine Arme müde wurden und meine Tränen trockneten, blieb ich einfach sitzen und dachte an sie, bis das Licht grau wurde.

Elf

Als ich am nächsten Morgen zur Schule kam, stand Ben im Schatten eines Baums mit tief herabhängenden Ästen vor dem Musikraum und unterhielt sich mit Lacey, Radar und Angela. Es war schwer, ihnen zuzuhören, wie sie über den Ball redeten und die Fehde zwischen Lacey und Becca und so weiter. Ungeduldig wartete ich auf eine Gelegenheit zu erzählen, was ich gesehen hatte, aber dann, als die Gelegenheit kam und ich sagte: »Ich habe mich ziemlich lange bei zwei Geistersiedlungen umgesehen, aber nicht viel gefunden«, stellte ich fest, dass es eigentlich nichts Neues zu berichten gab.

Keiner schien sonderlich besorgt zu sein, außer Lacey. Als ich von den Geistersiedlungen erzählte, schüttelte sie betroffen den Kopf, und dann sagte sie: »Ich habe gestern Abend im Internet gelesen, dass Leute mit Selbstmordabsichten ihre Beziehungen zu Leuten beenden, auf die sie sauer sind. Und sie verschenken ihre Sachen. Margo hat mir letzte Woche fünf Paar Jeans geschenkt und gesagt, mir würden sie besser stehen, was überhaupt nicht stimmt, weil sie viel mehr Kurven hat.« Ich mochte Lacey, aber ich sah Margos Standpunkt: Ich wusste, dass sie sich untergraben fühlte.

Bei der Erinnerung musste Lacey weinen, und Ben legte den Arm um sie, und sie lehnte den Kopf an seine Schulter, was schwierig war, weil sie mit ihren Absätzen größer war als Ben.

»Lacey, wir müssen rausfinden, wo sie ist. Sprich mit euren Freunden. Hat Margo je von falschen Städten gesprochen? Hat sie über irgendeinen bestimmten Ort gesprochen? Gab es irgendwo eine Neubausiedlung, zu der sie einen Bezug hatte?« Lacey vergrub das Gesicht an Bens Schulter und zuckte die Achseln.

»Hey, Alter, lass sie in Ruhe«, sagte Ben. Ich seufzte, doch ich schwieg.

»Ich kümmere mich um alles, was im Netz steht«, sagte Radar. »Aber seit sie weg ist, hat sie sich nicht mehr mit ihrem Benutzernamen bei Omnictionary eingeloggt.«

Und dann redeten sie wieder vom Schulball. Als Lacey sich aufrichtete, wirkte sie immer noch traurig und durcheinander, aber sie versuchte zu lächeln, als Radar und Ben Anekdoten vom Kauf der Anstecksträußchen für den Ball erzählten.

Der Tag verging wie immer – in Zeitlupe, mit tausend flehentlichen Blicken zur Uhr. Aber diesmal war alles noch viel unerträglicher, denn jede Minute, die ich in der Schule verschwendete, war eine weitere Minute, in der ich sie nicht fand.

Die einzig halbwegs interessante Stunde war Englisch, doch Dr. Holden ruinierte *Moby Dick* für mich, weil sie fälschlich annahm, wir hätten es gelesen, und von Kapitän Ahabs Besessenheit sprach, den weißen Wal zu jagen und zu töten. Trotzdem war es schön, ihr zuzuhören, der Leidenschaft, mit der sie sprach. »Ahab ist ein Wahnsinniger, der gegen sein Schicksal aufbegehrt. Habt ihr im ganzen Roman eine einzige Stelle gefunden, wo Ahab irgendetwas anderes will? Nein. Er ist ein Besessener. Und weil er der Kapitän der Pequod ist, kann ihn keiner aufhalten. Falls ihr euch entscheidet, euren Aufsatz über Ahab zu schreiben, könntet ihr argumentieren, dass er wegen seiner Besessenheit ein Narr ist. Anderseits ist auch etwas tragisch Heroisches daran, diese Schlacht, die zum Scheitern verurteilt ist, bis zum bitteren Ende auszufechten. Ist Ahabs Hoffnung Wahnsinn, oder ist sie letztlich das, was es ausmacht, ein Mensch zu sein?« Ich schrieb so viel mit, wie ich konnte, und merkte, dass ich den Aufsatz über *Moby Dick* auch schreiben könnte, ohne das Buch je gelesen zu haben. Bei Dr. Holdens Ausführungen ging mir auf, dass sie wirklich ungewöhnlich belesen war. Und sie hatte gesagt, dass sie Whitman mochte. Nach dem Klingeln nahm ich *Grashalme* aus dem Rucksack, und dann packte ich ganz langsam meine Sachen, während die anderen nach Hause oder zu ihren Nachmittagsprogrammen stürzten. Jemand bat um eine Verlängerung für eine bereits verspätete Arbeit, und ich wartete, bis er ging.

»Da ist ja mein Lieblings-Whitman-Leser«, sagte Dr. Holden.

Ich zwang mich zu einem Lächeln. »Kennen Sie Margo Roth Spiegelman?«, fragte ich.

Sie setzte sich an das Lehrerpult und bedeutete mir, mich zu ihr zu setzen. »Ich hatte sie nie im Unterricht«, sagte sie, »aber ich habe viel von ihr gehört. Und ich weiß, dass sie verschwunden ist.«

»Sie hat mir das Buch hier hinterlassen, bevor sie ... also, bevor sie verschwand.« Ich gab ihr das Buch, und sie begann langsam zu blättern. »Ich habe viel über die unterstrichenen Zeilen nachgedacht. Am Ende von ›Lied auf mich selbst‹ hat sie lauter Stellen markiert, wo es ums Sterben geht. Z.B.: ›Wenn du mich wiederhaben willst, suche mich unter deinen Schuhsohlen.‹«

»Sie hat dir das hier hinterlassen«, wiederholte Frau Dr. Holden leise.

»Ja«, sagte ich.

Sie blätterte wieder zurück und tippte mit dem Fingernagel

auf die grün markierte Stelle. »Und was ist das mit den Türpfosten? Das ist ein großer Moment in dem Gedicht, als Whitman … ich meine, man *fühlt* richtig, wie er ruft: ›Mach die Tür auf! Reiß die ganze Tür raus!‹«

»Sie hat einen Zettel in der Türzarge für mich versteckt.«

Dr. Holden lachte. »Oh. Sehr schlau. Aber es ist ein so großes Gedicht, dass es schade wäre, wenn man es nur buchstäblich liest. Und sie scheint es ziemlich düster aufgefasst zu haben, dabei ist es eigentlich ein durch und durch positiver Text. Es geht um die Vernetztheit allen Lebens, darum, dass wir uns alle ein und dieselben Wurzeln teilen, wie das Gras.«

»Aber wenn Sie sich die angestrichenen Stellen ansehen, dann klingt es fast wie ein Abschiedsbrief«, sagte ich.

Dr. Holden las die letzten Verse noch einmal, dann sah sie mich an. »Es wäre ein großer Fehler, aus diesem Gedicht Hoffnungslosigkeit herauszulesen. Ich hoffe, dass das nicht der Fall ist, Quentin. Wenn du es im Ganzen liest, kannst du gar nicht anders als zu dem Schluss kommen, dass das Leben heilig und wertvoll ist. Aber wer weiß. Vielleicht hat sie nur das gesehen, was sie sehen wollte. Auf diese Art lesen wir Gedichte oft. Aber wenn es so wäre, hätte sie vollkommen missverstanden, was Whitman von ihr wollte.«

»Und das wäre?«

Sie klappte das Buch zu und sah mich mit einem Blick an, dem ich nicht standhalten konnte. »Was hältst *du* davon?«

»Ich weiß es nicht.« Ich starrte den Stapel korrigierter Aufsätze an, der auf ihrem Tisch lag. »Ich habe ein paarmal versucht es ganz zu lesen, aber ich bin nicht weit gekommen. Hauptsächlich lese ich die Stellen, die sie unterstrichen hat. Ich lese es, um Margo zu verstehen, nicht um Whitman zu verstehen.«

Sie griff nach einem Bleistift und schrieb etwas auf die Rückseite eines Briefumschlags. »Warte, das möchte ich aufschreiben.«

»Was?«

»Was du gerade gesagt hast«, sagte sie.

»Warum?«

»Weil ich glaube, dass es genau das ist, was Whitman will. Dass du ›Lied auf mich selbst‹ nicht nur als Gedicht siehst, sondern als Weg, einander zu verstehen, als Weg unser aller Verbundenheit und gegenseitige Abhängigkeit zu erkennen. Als Weg zu Margo. Aber damit du dahinterkommst, musst du es erst mal als Gedicht lesen, fürchte ich, und nicht nur einzelne Fragmente auf der Suche nach versteckten Botschaften. Ich glaube, es gibt interessante Parallelen zwischen dem Mann, der ›Lied auf mich selbst‹ geschrieben hat, und Margo Roth Spiegelman – das wilde Charisma und die Wanderlust. Aber ein Gedicht funktioniert nicht, wenn du nur Teile liest.«

»Okay. Danke«, sagte ich. Ich nahm das Buch und stand auf. Danach ging es mir auch nicht besser.

Am Nachmittag ließ ich mich von Ben mitnehmen und blieb bei ihm, bis er Radar abholen musste, weil sie auf irgendeine Vorparty zum Schulball wollten, die unser Freund Jake gab, weil seine Eltern nicht da waren. Ben fragte mich, ob ich mitkommen wollte, aber ich hatte keine Lust.

Ich ging zu Fuß nach Hause, durch den Park, wo Margo und ich den Toten gefunden hatten. Als ich an jenen Morgen dachte, hatte ich plötzlich ein unangenehmes Ziehen im Bauch – nicht wegen des Toten, sondern weil ich mich daran erinnerte, dass sie ihn zuerst gesehen hatte. Wenn ich es schon auf dem

Spielplatz in meiner eigenen Nachbarschaft nicht schaffte, eine Leiche allein zu finden, wie zum Teufel sollte ich es dann jetzt schaffen?

Ich versuchte noch einmal »Lied auf mich selbst« zu lesen, als ich nach Hause kam, doch trotz Dr. Holdens Rat blieb es für mich ein undurchdringliches Dickicht von Wörtern.

Am nächsten Morgen wachte ich schon um kurz nach acht auf und setzte mich an den Computer. Ben war online, also tippte ich ihm eine Nachricht.

QTHERESURRECTION: wie war die party?
ESWAREINENIERENENTZÜNDUNG: langweilig,
war ja klar. alle partys zu denen ich eingeladen bin
sind langweilig.
QTHERESURRECTION: tut mir leid dass ich nicht
da war. du bist früh auf. willst du rüberkommen
resurrection spielen?
ESWAREINENIERENENTZÜNDUNG: meinst du das ernst?
QTHERESURRECTION: äh … ja?
ESWAREINENIERENENTZÜNDUNG: weißt du was für ein tag
heute ist?
QTHERESURRECTION: samstag 15. mai?
ESWAREINENIERENENTZÜNDUNG: alter, in 11 stunden und 14
minuten fängt der schulball an. in weniger als 9 stunden
muss ich lacey zum abendessen abholen. ich habe noch nicht
mal den RHAPAW gewaschen und gewachst, den du
übrigens ganz schön eingesaut hast. danach muss ich
duschen + mich rasieren + mir die nasenhaare schneiden +
mich selber waschen + wachsen. gott, ich darf gar nicht

darüber nachdenken. ich habe eine menge zu tun. wenn ich es schaffe, rufe ich dich später an.

Radar war auch online, also schickte ich ihm eine Nachricht.

> QTHERESURRECTION: was hat ben für ein problem?
> OMNICTIONARIAN96: ganz ruhig, cowboy.
> QTHERESURRECTION: tut mir leid, bin nur sauer, weil er den a-ball für das wichtigste auf der welt hält.
> OMNICTIONARIAN96: dann wirst du gleich richtig sauer sein, wenn ich dir sage, dass ich nur so früh auf bin, weil ich jetzt sofort los muss, um meinen smoking abzuholen…
> QTHERESURRECTION: herrgott noch mal. im ernst?
> OMNICTIONARIAN96: q, morgen + übermorgen + überübermorgen + an allen anderen tagen für den rest meines lebens bin ich für dich und deine ermittlungen da. aber ich habe eine freundin. sie will einen schönen abend haben. ich will einen schönen abend haben. ist nicht meine schuld, dass margo roth spiegelman nicht wollte, dass wir heute einen schönen abend haben.

Ich wusste nicht, was ich sagen sollte. Vielleicht hatte er recht. Vielleicht hatte sie es verdient, vergessen zu werden. Trotzdem, ich konnte sie nicht vergessen.

Meine Eltern lagen noch im Bett und sahen sich einen alten Film im Fernsehen an. »Kann ich den Wagen nehmen?«, fragte ich.

»Klar, wohin fährst du?«

»Ich habe beschlossen, doch zum Ball zu gehen«, sagte ich schnell. Die Lüge rutschte mir einfach so raus. »Muss einen Smoking ausleihen und dann rüber zu Ben. Wir gehen zusammen allein.« Lächelnd setzte sich meine Mutter auf.

»Das ist ja großartig, Schätzchen. Es wird dir guttun. Kommst du noch mal heim, damit wir Fotos machen können?«

»Mama, willst du wirklich ein Foto davon haben, wie ich ohne Begleitung zum Schulball gehe? Ich meine, ist mein Leben nicht schon demütigend genug?« Sie lachte.

»Ruf an und komm pünktlich heim«, sagte mein Vater, was Mitternacht hieß.

»Alles klar«, sagte ich. Es war so einfach, sie anzulügen, dass ich mich fragte, warum ich es früher nie getan hatte, vor der Nacht mit Margo.

Ich nahm die I-4 nach Südwesten in Richtung Kissimmee, wo die Freizeitparks waren, passierte den International Drive, wo Margo und ich in SeaWorld eingestiegen waren, und dann nahm ich den Highway 27 runter nach Haines City. In dieser Gegend gab es jede Menge Seen, und überall in Florida, wo es Seen gab, versammelten sich die Reichen, was das Gelände für eine Geisterstadt eher unwahrscheinlich machte. Doch die Website, die ich gefunden hatte, berichtete sehr konkret von dieser Parzelle mehrfach zwangsvollstreckten Landes, aus dem nie jemand etwas machen konnte. Ich erkannte mein Ziel leicht, denn alle anderen Siedlungen hier hatten Schranken, Zäune und Wächter, während Quail Hollow nichts weiter war als ein Plastikschild, das im Boden steckte. Auf kleinen Plastikplakaten stand: ZU VERKAUFEN, TOP LAGE, TOP INVESTITION $$$!

Anders als die ersten beiden Geistersiedlungen wurde Quail Hollow in Schuss gehalten. Es standen zwar keine Häuser dort, aber die Grundstücke waren abgesteckt und das Gras frisch gemäht. Die Straßen waren asphaltiert, und es gab auch schon Straßenschilder. In der Mitte der Siedlung hatte man einen kreisrunden See ausgehoben, der jedoch aus irgendeinem Grund wieder trockengelegt war. Vom Auto aus sah ich, dass er fast hundert Meter Durchmesser hatte und vielleicht drei Meter tief war. Am Grund des Kraters schlängelte sich ein Schlauch bis zur Mitte, wo eine Stahlfontäne in die Höhe ragte. Unwillkürlich war ich froh, dass der See leer war, damit ich nicht ins Wasser starren und mich fragen musste, ob sie dort irgendwo auf dem Grund lag und von mir erwartete, dass ich mir eine Tauchausrüstung besorgte, um sie zu finden.

Ich war mir ganz sicher, dass Margo nicht in Quail Hollow war. Der Ort war nicht einsam genug, um ein gutes Versteck abzugeben, sei es für einen Menschen oder eine Leiche. Ich sah mich trotzdem um, und während ich mit dem Kleinbus langsam durch die leeren Straßen fuhr, verlor ich immer mehr die Hoffnung. Vielleicht hätte ich froh sein sollen, sie nicht hier zu finden. Aber wenn sie nicht in Quail Hollow war, dann war sie am nächsten Ort oder am übernächsten oder an dem danach. Oder vielleicht fand ich sie nie. Was wäre das bessere Schicksal?

Ich beendete meine Runde, ohne etwas zu finden, und fuhr zum Highway zurück. Bei einem Drive-in holte ich mir was zu essen, und dann aß ich am Steuer, während ich noch mal nach Westen zu der verlassenen Ladenzeile fuhr.

ZWÖLF

Als ich vor der Ladenzeile vorfuhr, sah ich, dass unser Loch in der Spanplatte mit blauem Panzerband zugeklebt worden war. Ich fragte mich, wer nach uns hier gewesen sein könnte.

Ich parkte hinter dem Gebäude neben einem rostigen Müllcontainer, der seit Jahren keine Müllabfuhr mehr gesehen hatte. Das Klebeband würde ich irgendwie durchbekommen, wenn es sein musste, doch als ich nach vorne gehen wollte, fiel mir auf, dass an den Stahltüren an der Rückseite keine Türangeln zu sehen waren.

Dank Margo hatte ich ein oder zwei Dinge über Türangeln gelernt, und plötzlich wurde mir klar, warum wir beim Öffnen der Türen kein Glück gehabt hatten: Sie gingen nach innen auf. Ich probierte es an der Tür der Martin Gale Mortgage Corp. Sie ließ sich ohne jeden Widerstand öffnen. Gott, waren wir Idioten. Derjenige, der sich um das Gebäude kümmerte, wusste garantiert von der offenen Tür, was den Reparaturversuch mit dem Panzerband umso absurder machte.

Ich setzte den Rucksack ab, den ich am Morgen gepackt hatte, nahm die Hochleistungstaschenlampe meines Vaters heraus und leuchtete ins Innere. Etwas Großes huschte über einen Deckenbalken. Ich schauderte. Aus dem Lichtkegel flitzten kleine Eidechsen davon.

Durch ein Loch in der Decke fiel ein Sonnenstrahl in die vordere Ecke, und auch durch die Schlitze zwischen den Spanplatten drang Licht, aber ich verließ mich hauptsächlich auf die Taschenlampe. Ich ging durch die Schreibtischreihen und sah mir die Gegenstände an, die wir in den Schubladen gefunden und dort gelassen hatten. Irgendwie war es unheimlich, auf jedem

Schreibtisch das gleiche jungfräuliche Kalenderblatt zu sehen: Februar 1986. Februar 1986. Februar 1986. Juni 1986. Februar 1986. Ich blieb stehen und hielt die Lampe auf den Tisch in der Mitte. Der Kalender zeigte Juni. Ich sah mir das Kalenderblatt näher an, in der Hoffnung, Spuren, eine Abreißkante oder die durchgedrückte Schrift eines Kugelschreibers zu finden. Doch bis auf das Datum unterschied er sich durch nichts von den anderen Kalendern.

Die Taschenlampe zwischen Kinn und Schulter geklemmt, ging ich noch mal die Schubladen durch: mehrere Servietten, ein paar noch spitze Bleistifte, Zahlungserinnerungen von Hypotheken, adressiert an einen Dennis McMahon, ein leeres Päckchen Marlboro Lights und ein fast volles Fläschchen Nagellack.

Ich nahm den Nagellack heraus und leuchtete ihn mit der Taschenlampe an. So dunkelrot, dass er fast schwarz war. Ich kannte diese Farbe. Das Fläschchen hatte im Kleinbus auf der Ablage gestanden. Plötzlich war mir das Huschen auf den Balken und das Knarren des Gebäudes egal, und eine perverse Euphorie stieg in mir auf. Ich konnte natürlich nicht sicher sein, dass es dieselbe Flasche war, aber es war eindeutig dieselbe Farbe.

Dann drehte ich die Flasche um und entdeckte – unverwechselbar – einen kleinen blauen Fleck auf der Rückseite. Von der blauen Sprühfarbe an ihrem Finger. Sie war hier gewesen. Und zwar *nachdem* wir uns an jenem Morgen getrennt hatten. Vielleicht war sie immer noch hier. Vielleicht war sie nur unterwegs gewesen, als wir neulich hier waren. Vielleicht hatte *sie* die Spanplatten zugeklebt, um für sich zu bleiben.

Ich traf einen Entschluss. Ich würde bis zum Morgen bleiben. Wenn Margo hier geschlafen hatte, konnte ich das auch. Und so begann ein kurzes Gespräch mit mir selbst:

Ich: Und die Ratten?

Ich: Ja, aber die bleiben anscheinend oben in der Decke.

Ich: Und die Eidechsen?

Ich: Ach, komm schon. Früher hast du ihnen den Schwanz ausgerissen. Vor Eidechsen hast du keine Angst.

Ich: Aber die *Ratten*.

Ich: Ratten können dir nichts tun. Sie haben mehr Angst vor dir als du vor ihnen.

Ich: Okay, aber was ist mit den Ratten?

Ich: Ach, halt die Klappe.

Am Ende waren die Ratten unwichtig, denn ich war an einem Ort, an dem Margo lebendig gewesen war. Ich war an einem Ort, wo sie war, nachdem sie bei mir war, und die Wärme dieser Tatsache machte aus der stillgelegten Ladenzeile beinahe einen gemütlichen Ort. Ich meine, ich fühlte mich nicht so geborgen wie ein Baby im Arm seiner Mutter, aber immerhin bekam ich nicht mehr bei jedem Geräusch Atemnot. Und kaum fühlte ich mich wohler, war es auch leichter, das Terrain zu erkunden. Ich wusste, dass ich noch mehr finden würde, und ich fühlte mich bereit dazu.

Ich verließ das Büro und kroch durch das Loch in den Raum mit den Bücherregalen. Eine Weile schritt ich die Gänge ab, ohne zu wissen, wonach ich suchte. Dann stieg ich durch das nächste Loch in den leeren Raum. Ich setzte mich auf die Teppichrolle, die an der Wand lag. Die rissige Wandfarbe knirschte, als ich mich anlehnte. Eine Weile saß ich einfach nur da, sah zu, wie der gezackte Sonnenfleck, der durch ein Loch in der Decke fiel, eine Handbreit über den Boden wanderte, und gewöhnte mich an die Geräusche.

Irgendwann wurde mir langweilig, und ich stieg durch das letzte Loch in den Andenkenladen. Ich ging die T-Shirts durch. Zog eine Schachtel mit Broschüren aus einer der Vitrinen auf der Suche nach einer handschriftlichen Botschaft von Margo, doch ich fand nichts.

Ich kehrte in den Raum zurück, den ich jetzt Bibliothek nannte. Blätterte durch ein paar *Reader's Digests* und fand einen Packen *National Geographics* aus den 1960ern, aber an der dicken Staubschicht auf der Kiste sah ich, dass Margo nicht hier gewesen war.

Erst als ich wieder in den leeren Raum zurückging, begann ich Hinweise darauf zu finden, dass hier ein Mensch gewohnt hatte. An der Wand über der Teppichrolle waren neun Reißzweckenlöcher in der rissigen, abblätternden Farbe. Ich fragte mich, ob Margo lange genug hier gewesen war, um Poster aufzuhängen, auch wenn uns in ihrem Zimmer nicht aufgefallen war, dass welche fehlten.

Als ich den Teppich ausrollte, fand ich noch etwas: einen platt gedrückten leeren Pappkarton, der einmal vierundzwanzig Müsliriegel enthalten hatte. Und plötzlich konnte ich mir vorstellen, wie Margo hier gesessen hatte, auf der Teppichrolle an die Wand gelehnt, und einen Müsliriegel aß. Sie ist ganz allein und hat sonst nichts zu essen dabei. Vielleicht fährt sie einmal am Tag zum Supermarkt, um sich ein Sandwich und eine Dose Mountain Dew zu holen, aber die meiste Zeit verbringt sie hier, auf dem Teppich oder in der Nähe. Doch die Vorstellung schien mir irgendwie zu traurig, um wahr zu sein – sie kam mir so einsam und so *unmargohaft* vor. Andererseits führten alle Spuren der letzten zehn Tage zur gleichen überraschenden Schlussfolgerung: Margo war – zumindest zeitweise – äußerst unmargohaft.

Ich rollte den Teppich weiter aus und fand eine blaue Kunstfaserdecke, dünn wie eine Zeitung. Ich drückte sie mir ans Gesicht, und ja – da war ihr Geruch. Das Fliedershampoo und der Mandelduft ihrer Körpermilch und darunter die zarte Süße ihrer Haut.

Und wieder konnte ich sie mir vorstellen: wie sie abends den Teppich ein Stück ausrollt, damit ihre Hüfte nicht auf dem rohen Beton liegt, wenn sie sich auf die Seite dreht. Sie deckt sich zu, der Rest der Teppichrolle ist ihr Kissen, und so schläft sie. Aber warum? Was war hier besser als zu Hause? Und wenn es ihr hier so gut gefiel, warum war sie dann nicht mehr da? Das waren die Dinge, die ich mir nicht vorstellen konnte, und ich merkte, dass ich sie mir deshalb nicht vorstellen konnte, weil ich Margo nicht kannte. Ich wusste, wie sie roch, und ich wusste, wie sie war, wenn wir zusammen waren, und ich wusste, wie sie war, wenn sie mit anderen zusammen war, und ich wusste, dass sie auf Mountain Dew stand und auf Abenteuer und auf melodramatische Gesten, und ich wusste, dass sie lustig war und schlau und irgendwie in allem intensiver als wir anderen. Aber ich wusste nicht, was sie hierhergeführt hatte, was sie hier hielt oder warum sie wieder gegangen war. Ich wusste nicht, warum sie Tausende von Platten besaß und niemandem erzählte, dass sie gerne Musik hörte. Ich wusste nicht, was sie nachts in der Abgeschiedenheit ihres Zimmers tat, wenn das Rollo unten war.

Und vielleicht war es das, was ich zuerst tun musste. Ich musste rausfinden, wie Margo war, wenn sie nicht wie Margo war.

Eine Weile lag ich mit der nach Margo riechenden Wolldecke da und starrte an die Decke. Durch ein Loch im Dach konnte ich einen Streifen des Spätnachmittagshimmels sehen, wie ein Stück strahlend blau gestrichene Leinwand. Es war ein perfekter Ort zum Schlafen: Nachts konnte man die Sterne sehen, ohne nass zu werden, wenn es regnete.

Irgendwann rief ich meine Eltern an, um Bescheid zu sagen, dass alles in Ordnung war. Mein Vater war dran, und ich sagte ihm, wir wären gerade auf dem Weg, Radar und Angela abzuholen, und dass ich bei Ben übernachten würde. Er sagte, dass ich nicht zu viel trinken sollte, und ich versprach es ihm, und er sagte, er sei stolz auf mich, weil ich zum Schulball ging, und ich fragte mich, ob er auch stolz wäre, wenn er wüsste, was ich wirklich tat.

Es war langweilig. Ich meine, wenn man sich mal an die Ratten und das unheimliche Knarren in den Balken gewöhnt hatte, war nichts zu *tun*. Kein Internet, kein Fernsehen, keine Musik. Sogar *mir* war langweilig, und deshalb wunderte ich mich wieder, dass Margo sich ausgerechnet diesen Ort ausgesucht hatte, denn Margo war mir immer wie ein Mensch mit einer sehr begrenzten Kapazität für Langeweile vorgekommen. Vielleicht stand sie auf Grunge? Unwahrscheinlich. Margo trug Designer-Jeans, wenn sie in SeaWorld einbrach.

Es war die mangelnde Ablenkung, die mich zum »Lied auf mich selbst« zurückbrachte, dem einzig sicheren Geschenk, das ich von ihr hatte. Im Schneidersitz setzte ich mich auf den fleckigen Betonboden unter das Loch in der Decke, so dass das Licht in mein Buch fiel. Und aus irgendeinem Grund schaffte ich endlich, es zu lesen.

Das Problem ist, dass das Gedicht so langsam anfängt – im Grunde ist der Großteil des Texts so etwas wie eine lange Einführung, aber dann, etwa in der neunzigsten Zeile, beginnt Whitman endlich eine Geschichte zu erzählen, und an dieser Stelle packte es mich. Whitman sitzt auf einer Wiese herum (was er lottern nennt), und dann:

Ein Kind sagt: Was ist das Gras?, und hält es mir mit vollen Händen hin;
Wie könnt' ich dem Jungen antworten? ... Ich weiß nicht besser, was es ist, als er.
Ich würde sagen, es ist die Flagge meiner Gesinnung,
aus hoffnungsvoll grünem Stoff gewoben.

Da war die Hoffnung, von der Dr. Holden gesprochen hatte – das Gras war eine Metapher für Whitmans Hoffnung. Aber das war noch nicht alles. Er fährt fort:

Oder ich würde sagen, es ist das Taschentuch des Herrn,
Ein duftendes Angebinde oder Souvenir, vorsätzlich hingeworfen.

Das Gras als Metapher für die Größe Gottes oder so etwas...

Oder ich würde sagen, das Gras ist selbst ein Kind...

Und kurz darauf:

Oder ich würde sagen, es ist eine einförmige Hieroglyphe
Und bedeutet: Sprießen in weiten wie in engen Regionen,
Wachsen unter Schwarzen wie unter Weißen.

Das Gras als Metapher für unsere Gleichheit und für das ursprüngliche Gefüge aller Lebewesen, wie Dr. Holden gesagt hatte. Und schließlich sagt er über das Gras:

Und jetzt scheint es mir wie das schöne,
ungeschnittene Haar der Gräber.

Also ist das Gras auch der Tod – es wächst aus unseren begrabenen Leichen.

Ich war verblüfft, wie viele Dinge das Gras gleichzeitig war. Das Gras war die Metapher für das Leben und für den Tod und für die Gleichheit und für die Verbundenheit und für Kinder und für Gott und für die Hoffnung. Welche dieser Deutungen die Moral des Gedichts war, falls es so etwas gab, war mir noch immer nicht klar. Doch als ich über das Gras und seine unterschiedlichen Deutungen nachdachte, musste ich an all die Bilder denken, die ich von Margo hatte, die richtigen und die falschen. Auch von Margo gab es viele Deutungen. Bisher wollte ich vor allem wissen, was aus ihr geworden war, doch jetzt, als ich versuchte die Vielfältigkeit von Whitmans Gras zu verstehen, den Geruch ihrer Decke in meiner Nase, wurde mir klar, dass die wichtigste Frage war, nach *wem* ich suchte. Wenn es auf die Frage »Was ist das Gras?« so viele Antworten gab, dachte ich, musste es bei der Frage »Wer ist Margo Roth Spiegelman?« erst recht so sein. Wie eine Metapher, die durch ihre Allgegenwart unerklärbar geworden ist, ließen die Spuren, die sie mir hinterlassen hatte, Raum für endlose Interpretationen, für unendliche Variationen von Margo.

Ich musste sie eingrenzen und kam zu dem Schluss, dass es hier Dinge geben musste, die ich falsch sah oder gar nicht sah.

Am liebsten hätte ich das Dach abgerissen, damit Licht hereinkam und ich alles sah statt immer nur einzelne Stellen im Taschenlampenkegel. Ich legte Margos Decke weg und rief so laut, dass alle Ratten es hören konnten: »ICH WERDE HIER ETWAS FINDEN!«

Ich durchsuchte noch einmal alle Schreibtische im Büro, aber es schien mir immer klarer, dass Margo nur den Tisch mit dem Nagellack in der Schublade und dem Kalenderblatt von Juni benutzt hatte.

Dann kroch ich wieder durch das Loch in die Bibliothek, wo ich die verlassenen Regale durchging. Ich suchte jedes Fach nach staubfreien Mustern ab, die Margos Anwesenheit verraten hätten, aber ich fand keine. Dann glitt meine Taschenlampe über etwas ganz oben auf einem Regal in der Ecke, gleich neben dem verbarrikadierten Schaufenster. Es war ein Buch.

Das Buch hieß *Amerika unterwegs: Ihr Reiseführer* und stammte aus dem Jahr 1998, als die Läden hier längst verlassen waren. Mit der Taschenlampe zwischen Ohr und Schulter blätterte ich es durch. Darin standen Hunderte absurder Sehenswürdigkeiten, vom weltgrößten Garnknäuel in Darwin, Minnesota, bis zur weltgrößten Briefmarkenkugel in Omaha, Nebraska. Scheinbar willkürlich hatte jemand Eselsohren in das Buch gemacht. Besonders staubig war es nicht. Vielleicht war SeaWorld nur die erste Station einer wilden Abenteuerfahrt gewesen. Ja. Das war vorstellbar. Das klang nach Margo. Irgendwie war sie auf diesen Ort gestoßen, und dann hatte sie hier ihre Vorräte gesammelt, ein oder zwei Nächte übernachtet, und irgendwann hatte sie sich auf den Weg gemacht. Ich konnte sie mir vorstellen, wie sie von einer Touristenattraktion zur nächsten tingelte.

Während das Licht, das von draußen hereinfiel, schwächer

wurde, fand ich weitere Bücher in anderen Regalen. *Lonely Planet Nepal, Legendäre Routen durch Kanada, Mit dem Auto durch die USA, Die Bahamas: Der Insel-Reiseführer, Reisenotizen Bhutan.* Ich konnte keinen Zusammenhang erkennen, außer dass alles Reiseführer waren und nach dem Schließen der Ladenzeile erschienen waren. Ich klemmte mir die Taschenlampe unters Kinn, stapelte die Bücher zu einem Stoß, der mir von der Hüfte bis zur Brust reichte, und schleppte sie in den leeren Raum mit dem Teppich, den ich Schlafzimmer nannte.

Und so kam es, dass ich den Schulball tatsächlich mit Margo verbrachte, wenn auch nicht so wie in meinen Träumen. Statt dass wir zusammen die Party sprengten, saß ich auf ihrem aufgerollten Teppich, mit ihrer alten Decke auf den Knien, stöberte mit der Taschenlampe in ihren Reiseführern oder saß ganz still da und lauschte im Dunkeln den Zikaden, die überall zirpten.

Vielleicht hatte sie hier gesessen, in der kakophonischen Dunkelheit, und eine Art von Verzweiflung hatte sie gepackt, und vielleicht fand sie es unmöglich, den Gedanken an den Tod rückgängig zu machen. Das war vorstellbar.

Doch auch das war vorstellbar: Margo kaufte auf Flohmärkten alle Reiseführer, die sie für einen Vierteldollar oder weniger erstehen konnte. Und dann kam sie hierher – noch bevor sie abgehauen war –, um, vor neugierigen Blicken geschützt, ihre Bücher zu lesen. Um sich Ziele auszusuchen. *Ja.* Sie war auf Achse, immer unterwegs und abgetaucht – ein Ballon, der am Himmel vorüberzog, mit ewigem Rückenwind, Hunderte von Kilometern täglich verschlingend. In dieser Vorstellung war sie am Leben. Hatte sie mich hierhergelockt, um mir Hinweise auf ihre Route zu geben? Vielleicht, auch wenn ich noch weit entfernt davon war. Den Büchern nach konnte sie in Jamaica oder Namibia, in Topeka oder Beijing sein. Doch ich hatte mit der Suche gerade erst begonnen.

DREIZEHN

In meinem Traum lag sie neben mir, den Kopf an meiner Schulter, nur das Stück Teppich zwischen uns und dem Beton. Sie hatte den Arm über meine Brust gelegt. Wir lagen einfach nur da und schliefen. O Gott. Der einzige Teenager in Amerika, der davon träumt, mit einem Mädchen zu schlafen, aber *nur zu schlafen*. Dann klingelte mein Handy. Es klingelte noch zwei Mal, bevor ich das Telefon auf dem Teppich fand. Es war 3:18 Uhr. Der Anrufer war Ben.

»Guten Morgen, Ben«, sagte ich.

»YEAH!!!!!!«, antwortete er schreiend, und ich merkte schnell, dass es nicht der richtige Zeitpunkt war, ihm zu erzählen, was ich heute Abend alles über Margo herausgefunden hatte. Seine Bierfahne war fast durchs Telefon zu riechen. Das eine Wort hatte mehr Ausrufezeichen als alles, was Ben in seinem ganzen Leben zu mir gesagt hatte.

»Klingt, als ob der Schulball lustig war.«

»YEAH!!! Quentin Jacobsen! Q! Amerikas tollster Quentin! Yeah!« Seine Stimme entfernte sich, doch ich konnte ihn noch hören. »Hey, ihr alle, seid mal still, wartet, haltet die Klappe – QUENTIN JACOBSEN! IST IN MEINEM TELEFON!« Ich hörte Jubeln, und dann war Bens Stimme wieder da. »Yeah, Quentin, yeah! Alter, du musst unbedingt rüberkommen.«

»Wo ist rüber?«, fragte ich.

»Bei Becca! Weißt du, wo sie wohnt?«

Zufälligerweise wusste ich genau, wo sie wohnte. Ich war schon mal in ihrem Keller gewesen. »Ich weiß, wo sie wohnt, aber es ist mitten in der Nacht, Ben. Und ich bin...«

»Yeah!!! Du musst sofort vorbeikommen. Sofort!«

»Ben, es gibt im Moment Wichtigeres, das ich tun muss«, antwortete ich.

»DU BIST MEIN FAHRER!«

»Was?«

»Du bist mein Fahrer! Ja! Ich habe dich auserwählt! Bin ich froh, dass du ans Telefon gegangen bist! Du bist der Beste! Ich muss um sechs zu Hause sein! Und ich habe dich auserwählt, mich zu fahren! Yeah!!!!!!!!«

»Kannst du nicht einfach da übernachten?«, fragte ich.

»NEEEEIN! Buuuuh. Quentin, buuuuh. Hey, Leute! Buuht Quentin aus!« Und dann wurde ich ausgebuht. »Alle sind blau. Ben blau. Lacey blau. Radar blau. Keiner kann fahren. Um sechs zu Hause. Hab's versprochen. Buh, Schlafmütze Quentin! Yeah, auserwählter Fahrer! Yeah!!!«

Ich holte tief Luft. Falls Margo vorhatte, noch mal herzukommen, wäre sie längst aufgetaucht. »Ich bin in einer halben Stunde da.«

»YEAH YEAH YEAH YEAH YEAH YEAH YEAH YEAH YEAH YEAH!!!!! YEAH! YEAH!«

Als ich auflegte, brüllte Ben immer noch. Ich blieb einen Moment still liegen, dann befahl ich mir aufzustehen und gehorchte. Verschlafen kroch ich durch das Loch in die Bibliothek und ins Büro, dann ging ich zur Hintertür raus und stieg in den Kleinbus.

Kurz vor vier war ich in Becca Arringtons Siedlung. Auf der Straße parkten zu beiden Seiten Dutzende von Autos, doch es mussten noch viel mehr Leute auf der Party sein, denn viele ließen sich fahren. Ich fand einen Parkplatz nicht weit vom RHA-PAW.

Ich hatte Ben noch nie betrunken gesehen. In der Zehnten auf einer Orchesterparty hatte ich mal eine Flasche Erdbeerwein getrunken. Das Zeug hatte schon beim Trinken so schlimm geschmeckt wie nachher beim Reihern. Ben stand mir bei, als ich wasserfallartig die Winnie-the-Pooh-Kacheln in Cassie Hineys Bad vollkotzte. Ich dachte, das Erlebnis hatte uns beiden die Lust auf Alkohol langfristig verdorben. Bis heute Abend.

Ich war darauf vorbereitet, dass Ben betrunken war. Ich hatte ihn am Telefon gehört. Kein nüchterner Mensch würde so schnell hintereinander so oft »Yeah« sagen. Trotzdem war ich, nachdem ich mir den Weg durch die Raucher im Vorgarten gebahnt hatte und in der Haustür stand, überrascht zu sehen, wie Jason Worthington und zwei andere Baseballspieler Ben im Smoking an den Füßen hochhielten, während er auf einem Bierfass Handstand machte. Der Zapfschlauch führte direkt in seinen Mund, und alle Augen waren fasziniert auf ihn gerichtet. Die Menge sang im Chor: »Achtzehn, neunzehn, zwanzig«, und einen Moment lang dachte ich, Ben würde gefoltert werden oder so was. Doch nein. Während er wie ein Baby an der Brust an seinem Bierschlauch saugte, grinste er breit, so dass ihm rechts und links das Bier aus dem Mund lief. »Dreiundzwanzig, vierundzwanzig, fünfundzwanzig«, feuerte die Menge ihn lautstark an. Anscheinend war hier etwas Außergewöhnliches im Gang.

Alles wirkte so peinlich und banal. Alle Leute wirkten wie Plastikkids, die Plastikspaß hatten. Als ich mich durch die Menge zwängte, war ich überrascht, dass auch Angela und Radar dabei waren.

»Was ist denn hier los?«, fragte ich.

Radar hörte zu zählen auf und sah mich an. »Yeah!«, rief er. »Der auserwählte Fahrer ist unter uns! Yeah!«

»Warum sagen heute Abend alle dauernd ›Yeah‹?«

»Gute Frage«, rief Angela mir zu. Sie blies die Backen auf und seufzte. Sie sah fast so genervt aus, wie ich es war.

»Verdammt noch mal, yeah, das ist eine gute Frage!«, sagte Radar, der in jeder Hand einen roten Plastikbecher mit Bier hielt.

»Er trinkt aus beiden«, erklärte Angela resigniert.

»Warum haben sie dich nicht zur Fahrerin auserkoren?«, fragte ich.

»Sie wollten, dass du es machst«, sagte sie. »Sie dachten, dann würdest du kommen.« Ich verdrehe die Augen. Mitfühlend verdrehte auch sie die Augen.

»Du musst ihn echt gern haben«, sagte ich mit einem Blick auf Radar, der sich beim Weiterzählen beide Bierbecher über den Kopf hielt. Alle schienen furchtbar stolz darauf zu sein, dass sie zählen konnten.

»Sogar blau ist er irgendwie süß«, erklärte sie.

»Igitt«, sagte ich.

Radar gab mir einen Stoß mit einem seiner Becher. »Sieh dir unsern Ben an! Beim Fassstand ist er so 'ne Art Außenseitergenie. Im Moment bricht er den Weltrekord oder so was.«

»Fassstand?«, fragte ich.

Angela zeigte auf Ben. »Das da.«

»Oh«, sagte ich. »Das ist, na ja – ich meine, wie schwer kann es sein, Handstand mit Festhalten zu machen?«

»Der längste Fassstand in der Geschichte der Winter-Park-Highschool hat anscheinend zweiundsechzig Sekunden gedauert«, erklärte sie. »Ein Typ namens Tony Yorrick.« Tony Yorrick war ein Hüne, der seinen Abschluss machte, als wir gerade auf die Highschool kamen, und der inzwischen in der Mannschaft der University of Florida Football spielte.

Auch wenn ich dafür war, dass Ben Rekorde brach, brachte ich es nicht fertig, mit einzustimmen, als der Chor brüllte: »Achtundfünfzig, neunundfünfzig, sechzig, einundsechzig, zweiundsechzig, dreiundsechzig!« Dann zog sich Ben den Schlauch aus dem Mund und schrie: »YEAH! ICH BIN DER GRÖSSTE! ICH MACHE GESCHICHTE!« Jason und die anderen Baseballspieler drehten ihn zurück auf die Füße und trugen ihn auf den Schultern durchs Wohnzimmer. Und dann entdeckte Ben mich, und er zeigte mit dem Finger auf mich und gab das lauteste und leidenschaftlichste »YEAHHH!!!!!« von sich, das ich bisher gehört hatte. Ich meine, nicht mal Fußballspieler sind so glücklich, wenn sie Weltmeister werden.

Ben sprang von den Schultern seiner Träger, landete auf allen vieren und kam schwankend auf die Füße. Dann schlang er den Arm um meine Schultern. »YEAH!«, rief er wieder. »Quentin ist da! Der große Quentin! Seht ihn euch an, den besten Freund eures verdammten Fassstandweltmeisters!« Jason wuschelte mir durch die Haare und sagte: »Du bist der Coolste, Q!«, und dann flüsterte Radar mir ins Ohr: »Wir sind hier so was wie Volkshelden. Angela und ich sind gekommen, als Ben mich angerufen hat und gemeint hat, man würde mich begrüßen wie einen König. Ich meine, die haben meinen Namen skandiert. Anscheinend finden sie Ben extrem witzig oder so was, und deswegen mögen sie uns auch.«

Zu Radar, und auch allem anderen, sagte ich: »Wow.«

Ben drehte sich um und ich sah, wie er sich Cassie Hiney griff. Er legte die Hände auf ihre Schultern, und sie legte die Hände auf seine Schultern, und er sagte zu ihr: »Meine Balldame ist fast Ballkönigin geworden«, und Cassie sagte: »Ich weiß. Das ist toll!«, und Ben sagte: »Jeden einzelnen Tag in den letzten drei Jahren wollte ich dich küssen«, und Cassie sagte: »Gute Idee«, und dann sagte Ben: »HEY! Das ist der *Hammer*!« Aber er küsste Cassie nicht. Er drehte sich zu mir um und sagte: »Cassie will mich küssen!« Und ich sagte: »Ja«, und er sagte: »Das ist der *Hammer*!« Und im nächsten Moment schien er Cassie und mich vergessen zu haben, als wäre die Vorstellung, Cassie Hiney zu küssen, interessanter, als der tatsächliche Kuss je sein könnte.

Cassie sagte zu mir: »Die Party ist spitze, oder?«, und ich sagte: »Ja«, und sie sagte: »Das ist das genaue Gegenteil von einer Orchesterfeier, oder?« Und ich sagte: »Ja«, und sie sagte: »Ben ist durchgeknallt, aber ich liebe ihn.« Und ich sagte: »Ja.« Sie sagte: »Außerdem hat er total grüne Augen«, und ich sagte: »M-hm«, und dann sagte sie: »Alle finden dich süßer, aber ich stehe echt auf Ben«, und ich sagte: »Okay«, und dann sagte sie: »Die Party ist spitze, oder?« Und ich sagte: »Ja.« Mit einem Betrunkenen zu reden ist, wie mit einem überglücklichen, ernsthaft hirngeschädigten Dreijährigen zu reden.

Als Cassie weiterging, kam Chuck Parson zu mir. »Jacobsen«, sagte er geschäftsmäßig.

»Parson«, antwortete ich.

»Du hast meine verdammte Augenbraue abrasiert, oder?«

»Eigentlich habe ich sie nicht abrasiert«, sagte ich. »Es war Enthaarungscreme.«

Er bohrte seinen Finger ziemlich fest in meine Brust. »Du bist echt 'ne Schwuchtel«, sagte er, aber er lachte dabei. »Dafür waren echt Eier nötig, Alter. Aus dir ist 'n richtiger beschissener Strippenzieher geworden. Ich meine, vielleicht bin ich nur blau, aber irgendwie hab ich dich lieb, du Schwuchtelarsch.«

»Danke«, sagte ich. Ich fühlte mich so weit weg von allem – von der Nostalgie, die einen am letzten Schultag überkommt, wo jeder jedem das Herz ausschüttet und jeder jeden lieb hat. Und ich stellte mir Margo auf dieser Party vor, auf Tausenden Partys wie dieser. Ohne Leben in den Augen. Ich stellte mir vor, wie sie sich von Chuck Parson vollquatschen ließ und sich insgeheim Fluchtwege ausdachte, Fluchtwege ins Leben und Fluchtwege in den Tod. Beide Wege konnte ich mir gleich gut vorstellen.

»Willst du 'n Bier, Schwanzlutscher?«, fragte Chuck. Ich hatte ihn beinahe vergessen, doch es war schwer, den Gestank seiner Schnapsfahne auszublenden. Ich schüttelte nur den Kopf und ging weiter.

Ich wollte nach Hause, aber ich wusste, dass ich Ben nicht drängen durfte. Wahrscheinlich war das der tollste Tag in seinem Leben, und er hatte ein Recht darauf.

Stattdessen entdeckte ich eine Treppe und ging runter in den Keller. Ich hatte so viel Zeit im Dunkeln verbracht, dass ich mich jetzt danach sehnte. Ich wollte ein ruhiges, dunkles Plätzchen, wo ich mich hinlegen und an Margo denken konnte. Als ich an Beccas Zimmer vorbeikam, hörte ich gedämpfte Geräusche – Stöhngeräusche, um genau zu sein. Ich blieb vor der angelehnten Tür stehen.

Ich konnte die oberen zwei Drittel von Jason sehen, ohne Hemd, und unter ihm Becca, die die Beine um ihn geschlungen hatte. Keiner von beiden war nackt oder so was, aber es ging in die Richtung. Ein besserer Mensch hätte sich abgewandt, aber Menschen wie ich kriegen nicht oft die Gelegenheit, Menschen wie Becca Arrington nackt zu sehen, und so blieb ich vor der Tür stehen und spähte hinein. Jetzt rollten sie herum, so dass Becca auf Jason saß, und sie seufzte, während sie ihn küsste, und dann griff sie nach ihrem T-Shirt, um es auszuziehen. »Findest du mich scharf?«, fragte sie.

»O ja, Gott, du bist rattenscharf, Margo«, murmelte Jason.

»Was!?«, kreischte Becca, und da wusste ich, dass ich sie nicht nackt sehen würde. Ich wich einen Schritt zurück, doch in dem Moment entdeckte mich Jason und brüllte: »Was hast du für ein Problem?« Und Becca rief: »Scheiß auf den Langweiler. Wen kümmert der? Was ist mit mir?! Warum denkst du an sie und nicht an mich!«

Ich beschloss, dass dies ein günstiger Zeitpunkt für den Abgang war, zog die Tür zu und ging ins Bad. Ich musste pinkeln, aber vor allem wollte ich weg von den Stimmen.

Auf dem Klo brauche ich immer ein paar Sekunden, bis es losgeht, nachdem ich in Position gegangen bin. Doch als ich endlich volle Stromstärke erreicht hatte und mir ein Schauer der Erleichterung über den Rücken lief, meldete sich plötzlich aus der Badewanne eine Stimme.

»Wer ist da?«

Und ich sagte: »Lacey?«

»Quentin? Was machst du denn hier?« Ich wollte mit dem Pinkeln aufhören, aber das ging natürlich nicht. Pinkeln ist wie ein gutes Buch – wenn man mal angefangen hat, ist es sehr, sehr schwer aufzuhören.

»Äh ... pinkeln.«

»Und, wie läuft's?«, fragte sie durch den Duschvorhang.

»Ganz gut.« Ich schüttelte den letzten Tropfen ab, machte den Reißverschluss zu und drückte die Spülung.

»Willst du mit in die Wanne?«, fragte sie. »Das soll aber keine Anmache sein.«

Nach kurzer Bedenkzeit sagte ich: »Okay.« Ich zog den Duschvorhang zurück. Lacey lächelte zu mir auf, dann zog sie die Knie an. Ich setzte mich ans andere Ende der Wanne und lehnte mich an das kalte Porzellan. Wir verschränkten die Füße. Sie trug Shorts, ein ärmelloses T-Shirt und diese niedlichen Flipflops. Ihr Make-up war um die Augen ein bisschen verschmiert. Für den Ball hatte sie sich das Haar hochgesteckt, und ihre Beine waren braun gebrannt. Es muss gesagt werden, dass Lacey Pemberton ziemlich attraktiv war. Sie war nicht die Art Mädchen, über die man Margo Roth Spiegelman vergaß, aber sie war die Art Mädchen, über die man eine Menge anderer Dinge vergaß.

»Wie war der Ball?«, fragte ich.

»Ben ist echt süß«, sagte sie. »Es war lustig. Aber dann haben Becca und ich uns tierisch gestritten, und sie hat mich Nutte genannt, und dann hat sie sich oben auf die Couch gestellt, und alle mussten still sein, und dann hat sie verkündet, dass ich Chlamydien habe.«

Ich schüttelte den Kopf. »O Mann«, sagte ich.

»Ja. Ich bin ruiniert. Die Sache ist... Gott. So eine Scheiße, ehrlich... es ist so peinlich, und das wusste sie, und... scheiße. Deswegen hab ich mich hier versteckt, und dann kam Ben, aber ich habe ihm gesagt, er soll mich in Ruhe lassen. Nichts gegen Ben, aber er ist irgendwie nicht so gut im Zuhören. Er ist ziemlich blau. Jedenfalls habe ich überhaupt keine Chlamydien. Ich *hatte* mal welche. Aber jetzt bin ich wieder kerngesund. Egal. Auf jeden Fall bin ich kein Flittchen. Ich war nur mit einem Typen zusammen. *Ein einziger*. Gott, bin ich blöd, dass ich es ihr erzählt habe. Ich hätte es Margo erzählen sollen, als Becca nicht dabei war.«

»Tut mir leid«, sagte ich. »Ich glaube, Becca ist nur eifersüchtig.«

»Worauf soll sie eifersüchtig sein? Sie ist Ballkönigin. Sie ist mit Jason zusammen. Sie ist die neue Margo.«

Die Wanne war hart, und mir tat der Hintern weh. Ich versuchte mich bequemer hinzusetzen. »Keiner wird je die neue Margo sein«, sagte ich. »Jedenfalls hast du was, was sie gern hätte. Die Leute mögen dich. Alle finden dich viel hübscher.«

Lacey zuckte verlegen die Schultern. »Findest du mich oberflächlich?«

»Hm ... ja.« Ich dachte daran, wie ich vor Beccas Zimmer gestanden hatte in der Hoffnung, sie würde ihr T-Shirt ausziehen. »Aber das bin ich auch«, sagte ich. »Wir sind alle oberflächlich.« Wie oft hatte ich gedacht: *Wenn ich gebaut wäre wie Jason Worthington. Wenn ich gehen könnte wie ein richtiger Mann. Küssen könnte wie Humphrey Bogart in Casablanca.*

»Bei dir ist es was anderes. Ben und ich sind auf die gleiche Art oberflächlich. Aber dir ist es völlig egal, ob die Leute dich mögen.«

Was stimmte und auch wieder nicht. »Ich wünschte, es wäre mir egal.«

»Ohne Margo macht nichts mehr Spaß«, sagte sie. Sie war auch betrunken, aber ihre Art der Betrunkenheit war nicht unangenehm.

»Ja«, sagte ich.

»Ich will, dass du mich mitnimmst«, sagte sie. »Zu dieser Ruine. Ben hat mir davon erzählt.«

»Klar, wann du willst«, sagte ich. Und dann erzählte ich ihr, dass ich den ganzen Abend dort gewesen war und wie ich Margos Nagellack und ihre Decke gefunden hatte.

Eine Weile war Lacey still und atmete nur durch den Mund. Als sie endlich etwas sagte, flüsterte sie beinahe. Es war eine Frage, doch sie sprach sie aus wie eine Feststellung. »Sie ist tot, oder.«

»Ich weiß es nicht, Lacey. Bis heute Abend habe ich das auch gedacht, aber jetzt bin ich mir nicht mehr so sicher.«

»Sie ist tot, und wir ... wir machen so was hier.«

Ich dachte an die unterstrichenen Whitman-Verse: *Sieht kein Mensch auf der Welt hin, sitz ich zufrieden, / Und sehen alle und jeder hin, sitz ich zufrieden.* Ich sagte: »Vielleicht wollte sie genau das. Dass das Leben weitergeht.«

»Das klingt nicht nach meiner Margo«, entgegnete sie, und ich dachte an meine Margo und an Laceys Margo und an Mrs. Spiegelmans Margo und wie wir alle ein anderes Bild von ihr sahen – wie in einem Spiegelkabinett. Ich wollte etwas sagen, aber Laceys offener Mund war schlaff geworden. Sie hatte den Kopf gegen die kalten grauen Badezimmerfliesen gelehnt und schlief.

In der nächsten halben Stunde kamen noch zwei weitere Leute ins Bad, um zu pinkeln, und ich beschloss sie aufzuwecken. Es war fast fünf, ich musste Ben heimfahren.

»Wach auf, Lace«, flüsterte ich und berührte mit dem Turnschuh ihren Flipflop.

Sie schüttelte den Kopf. »Das ist schön, wenn du mich so

nennst«, murmelte sie. »Weißt du, dass du im Moment mein bester Freund bist?«

»Ich bin entzückt«, sagte ich, obwohl sie betrunken und müde war und in einer Badewanne lag. »Weißt du was? Wir gehen jetzt zusammen hoch, und wenn irgendwer was über dich sagt, werde ich deine Ehre verteidigen.«

»Okay«, sagte sie. Und dann gingen wir zusammen hoch, wo sich die Reihen der Partygäste etwas gelichtet hatten, nur ein paar Baseballspieler, darunter Jason, standen immer noch um das Fass herum. Die meisten hatten sich in Schlafsäcken auf dem Boden verteilt; ein paar hatten sich auf die Ausziehcouch gequetscht. Angela und Radar lagen Arm in Arm auf einem Zweiersofa. Radars Beine hingen herunter. Sie schliefen.

Als ich bei den Leuten am Bierfass nachfragen wollte, ob sie Ben gesehen hatten, kam er ins Wohnzimmer gerannt. Er trug ein hellblaues Hütchen auf dem Kopf und schwang eine Art Schwert aus acht aufeinandergestapelten Milwaukee-Bierdosen, die, wie ich annahm, zusammengeklebt waren.

»ICH SEH DICH!«, rief Ben und zeigte mit dem Schwert in meine Richtung. »ICH SEHE QUENTIN JACOBSEN! YEAH!!! KOMM HER! AUF DIE KNIE!«, rief er.

»Was? Ben, beruhige dich.«

»AUF DIE KNIE!«

Gehorsam kniete ich mich hin und sah zu ihm auf.

Ben ließ das Bierschwert sinken und tippte mir damit auf beide Schultern. »Dank der Kraft des Superkleberbierschwerts schlage ich dich hiermit zu meinem auserwählten Fahrer!«

»Danke«, sagte ich. »Aber kotz mir nicht in den Bus.«

»YEAH!«, rief er. Doch als ich aufstehen wollte, drückte er mich mit der bierschwertfreien Hand noch einmal runter, tippte mir wieder mit dem Schwert auf die Schultern und sagte: »Dank der Kraft des Superkleberbierschwerts verkünde ich hiermit, dass du unter deinem Talar bei der Zeugnisverleihung nackt sein musst.«

»Was?« Ich stand auf.

»YEAH! Du, ich und Radar! Nackt unter dem Talar! Bei der Zeugnisverleihung! Das wird der Hammer!«

»Ja«, sagte ich, »hammerheiß.«

»YEAH!«, antwortete er. »Schwör, dass du's tust! Radar hat auch schon geschworen. RADAR, DU HAST ES GESCHWOREN, STIMMT'S?«

Radar bewegte ganz leicht den Kopf und öffnete ein Auge. »Ich hab's geschworen«, murmelte er.

»Na gut, dann schwöre ich auch«, sagte ich.

»YEAH!« Dann wandte sich Ben an Lacey. »Ich liebe dich.«

»Ich hab dich auch lieb, Ben.«

»Nein, ich *liebe* dich. Nicht wie ein Bruder eine Schwester liebt oder ein Freund einen Freund. Ich liebe dich, wie ein richtig besoffener Mann das tollste Mädchen der Welt liebt.« Sie lächelte.

Ich trat vor und legte ihm die Hand auf die Schulter, um ihn vor weiteren Peinlichkeiten zu bewahren. »Wenn wir um sechs zu Hause sein wollen, müssen wir jetzt gehen.«

»Okay«, sagte er. »Ich wollte mich nur noch bei Becca für die hammermäßige Party bedanken.«

Und so folgten Lacey und ich Ben nach unten, wo er die Tür zu Beccas Zimmer aufriss und rief: »Deine Party war der Hammer! Auch wenn du immer hier unten abhängst. Als ob dein Herz Blei statt Blut durch deine Adern pumpt! Trotzdem danke für das Bier.« Becca lag allein im Bett und starrte zur Decke. Sie sah nicht einmal auf. Sie murmelte nur: »Ach, fahr zur Hölle, du Arschgesicht. Ich hoffe, du holst dir von Lacey Chlamydien.«

Ohne jede Spur von Ironie antwortete Ben: »Danke für das nette Gespräch«, und schloss die Tür. Ich glaube, er merkte gar nicht, dass er beleidigt worden war.

Dann waren wir wieder oben und wollten gehen. »Ben«, sagte ich, »das Bierschwert musst du hierlassen.«

»Ach ja«, sagte er. Ich griff nach dem Schwert und zog, aber Ben weigerte sich loszulassen. Ich wollte die Saufnase anschreien, als ich merkte, dass er nicht loslassen *konnte*.

Lacey lachte. »Ben, hast du dir das Bierschwert an die Hand geklebt?«

»Nein«, sagte Ben. »Ich habe *meine Hand* mit *Superkleber* an das Bierschwert geklebt. Damit es mir keiner klauen kann.«

»Gute Idee«, sagte Lacey.

Lacey und ich schafften es, alle Bierdosen abzureißen bis auf die, die direkt an Bens Hand klebte. Egal wie fest ich daran riss, Ben folgte der Bewegung wie eine Marionette. Irgendwann sagte Lacey einfach: »Wir müssen los.« Und dann gingen wir. Wir schnallten Ben auf dem Rücksitz fest. Lacey setzte sich neben ihn, denn: »Ich muss aufpassen, dass er nicht kotzt oder sich mit der Bierhand den Schädel einschlägt.«

Er war so weit weggetreten, dass Lacey freimütig über ihn redete. »Jemand, der sich immer so ins Zeug legt, muss auch mal belohnt werden, oder? Ich meine, ich weiß, dass er manchmal ein bisschen übertreibt, aber das ist doch nicht so schlimm. Er ist so süß, findest du nicht?«

»Wahrscheinlich.« Bens Kopf rollte hin und her, als wäre er nicht mit der Wirbelsäule verbunden. Im Moment fand ich ihn nicht besonders süß, aber das musste ich auch nicht.

Zuerst brachte ich Lacey zur anderen Seite von Jefferson Park. Als sie sich zu Ben beugte, um ihm einen Kuss auf den Mund zu geben, bewegte er den Kopf und murmelte: »Yeah.«

Dann stieg sie aus und kam auf dem Weg zur Haustür noch mal an mein Fenster. »Danke«, sagte sie. Ich nickte nur.

Ich fuhr durch unsere Siedlung. Es war nicht mehr Nacht und noch nicht Morgen. Ben schnarchte auf dem Rücksitz. Vor seinem Haus stieg ich aus, öffnete die Schiebetür und schnallte Ben ab.

»Zeit, nach Hause zu gehen, Benno.«

Er schniefte und schüttelte den Kopf, dann wachte er auf. Er wollte sich die Augen reiben und wirkte überrascht, als er feststellte, dass eine leere Dose Milwaukee's Best Light an seiner Hand klebte. Er versuchte eine Faust zu machen und die Dose verbog sich, doch er kriegte sie nicht ab. Eine Weile sah er sich die Sache an, dann nickte er. »Das Biest hat sich festgebissen«, stellte er fest.

Schließlich kletterte er aus dem Wagen, wankte den Bürgersteig hinauf, und als er vor der Terrasse stand, drehte er sich noch einmal zu mir um und lächelte. Ich winkte. Das Bier winkte zurück.

VIERZEHN

Ich schlief ein paar Stunden, und den restlichen Morgen verbrachte ich über den Reiseführern, die ich gefunden hatte. Erst gegen Mittag rief ich Ben und Radar an. Bei Ben versuchte ich es zuerst. »Guten Morgen, Sonnenschein«, sagte ich.

»O Gott«, stöhnte er leidend. »Süßer Herr Jesus, komm und

hole deinen kleinen Bruder Ben. O Herr, lass deine Gnade über mich ergehen.«

»Es hat sich eine Menge in Sachen Margo getan«, sagte ich aufgeregt, »du musst schnell rüberkommen. Ich rufe Radar auch gleich an.«

Ben schien mich nicht gehört zu haben. »Hey, als meine Mutter heute Morgen um neun in mein Zimmer kam, wollte ich gähnen, aber es klebt eine Bierdose an meiner Hand!«

»Gestern Abend hast du ein Bierschwert aus Bierdosen gebastelt, und dann hast du es dir mit Superkleber an die Hand geklebt.«

»Ach so. Das Bierschwert. Ich erinnere mich dunkel.«

»Ben, komm rüber.«

»Alter. Mir geht es beschissen.«

»Dann komm ich zu dir rüber. Wann bist du so weit?«

»Alter, du kannst nicht herkommen. Ich muss noch zehntausend Stunden schlafen. Ich muss zehntausend Liter Wasser trinken und zehntausend Kopfwehtabletten nehmen. Wir sehen uns morgen in der Schule.«

Ich holte tief Luft und bemühte mich, nicht sauer zu klingen. »Ich bin mitten in der Nacht quer durch Florida gefahren, um auf der weltbesoffensten Party als Einziger nüchtern zu sein und deinen armseligen Hintern nach Hause zu karren, und du…« Ich wollte weiterreden, doch Ben hatte aufgelegt. Er hatte einfach aufgelegt. Arschloch.

Die Zeit verstrich, und ich wurde immer wütender. Es war eine Sache, dass ihm Margo scheißegal war. Aber anscheinend war auch ich ihm scheißegal. Vielleicht war unsere ganze Freundschaft nur eine Zweckgemeinschaft gewesen – er hatte keinen Cooleren gefunden als mich, der mit ihm Videospiele spielte.

Aber jetzt musste er sich nicht mehr ins Zeug legen oder sich mit Sachen beschäftigen, die mich interessierten, denn jetzt hatte er Jason Worthington. Er hatte den Fassstandrekord. Er hatte eine heiße Freundin. Er hatte die erstbeste Chance ergriffen, sich in die Bruderschaft der oberflächlichen Arschgeigen einzureihen und mich fallen zu lassen.

Fünf Minuten nachdem er aufgelegt hatte, rief ich ihn noch mal an. Er antwortete nicht, und ich hinterließ ihm eine Nachricht. »Du willst so cool sein wie Chuck, blutiger Ben? Das war es, was du immer wolltest? Na dann, herzlichen Glückwunsch. Du hast es geschafft. Und du hast es verdient, weil du genauso ein Flachbrettbohrer bist wie er. Ruf mich nicht zurück.«

Dann rief ich Radar an. »Hallo«, sagte ich.

»Hallo«, sagte er. »Ich habe gerade in die Dusche gekotzt. Kann ich dich gleich zurückrufen?«

»Klar«, sagte ich und versuchte nicht wütend zu klingen. Ich wollte nur *irgendjemanden*, der mir half, Margos Welt zu begreifen. Aber Radar war nicht Ben; er rief ein paar Minuten später zurück.

»Es war so ekelhaft, dass ich beim Putzen noch mal kotzen musste, und als ich das dann wegmachte, musste ich noch mal kotzen. Ich bin ein Perpetuum Mobile. Du hättest mich nur zwischendurch füttern müssen, und dann hätte ich bis in alle Ewigkeit weitergekotzt.«

»Kannst du rüberkommen? Oder kann ich zu dir kommen?«

»Ja, klar. Was gibt's denn?«

»Margo hat nach ihrem Verschwinden mindestens eine Nacht in der Ladenruine verbracht, und zwar lebendig.«

»Ich komm zu dir. Vier Minuten.«

Genau vier Minuten später stand Radar vor meinem Fenster. »Du solltest wissen, dass ich einen Riesenstreit mit Ben habe«, sagte ich, als er durchs Fenster einstieg.

»Ich bin zu verkatert, um zu vermitteln«, antwortete Radar gelassen. »Ich fühle mich, als hätte der Blitz bei mir eingeschlagen.« Er zog die Nase hoch. »Okay. Bring mich auf den neuesten Stand.«

Ich setzte mich auf den Schreibtischstuhl und berichtete Radar von meinem Abend in Margos Unterschlupf, fieberhaft bemüht, kein möglicherweise wichtiges Detail zu vergessen. Ich wusste, dass Radar besser im Puzzeln war, und hoffte, er konnte die Teile zusammensetzen.

Er wartete ab, bis ich sagte: »Und dann hat Ben angerufen, und ich bin zur Party gekommen.«

»Hast du das Buch mit den Eselsohren?«, fragte er. Ich stand auf, kramte unter dem Bett und gab es ihm. Radar hielt es sich über den Kopf, versuchte die Kopfschmerzen wegzublinzeln und blätterte durch die Seiten.

»Schreib auf«, sagte er. »Omaha, Nebraska. Sac City, Iowa. Alexandria, Indiana. Darwin, Minnesota. Hollywood, Kalifornien. Alliance, Nebraska. Okay. Das sind die Orte, die Margo – oder wer das Buch sonst hatte – interessant fand.« Er stand auf, verscheuchte mich von meinem Drehstuhl und setzte sich an den Computer. Radar hatte die erstaunliche Gabe, Gespräche weiterzuführen, während er tippte. »Im Netz gibt es ein Landkarten-Mashup, bei dem man verschiedene Ziele eingeben kann, und dann spuckt es einem eine Auswahl an Routen aus. Nicht, dass Margo das Programm kennen würde. Trotzdem, ich will mal sehen, was wir rauskriegen.«

»Woher weißt du das alles?«, fragte ich.

»Also, zur Erinnerung: Ich. Verbringe. Mein. Gesamtes. Leben. Mit. Omnictionary. Nachdem ich heute Morgen nach Hause gekommen bin und bevor ich in die Dusche gekübelt habe, habe ich eine Stunde lang die Seite für den blau gepunkteten Anglerfisch überarbeitet. Ich habe ein *Problem*. Okay, schau dir das an.« Ich beugte mich vor und sah eine Landkarte der Vereinigten Staaten mit mehreren kreuz und quer gezackten Routen. Alle begannen in Orlando und endeten in Hollywood.

»Vielleicht will sie nach L.A.?«, fragte Radar.

»Vielleicht«, sagte ich. »Aber wir können nicht wissen, auf welchem Weg.«

»Richtig. Außerdem spricht ansonsten nichts für L.A. Was sie zu Jason gesagt hat, weist nach New York. Das mit ›am Ende gehst du in die falschen Städte und kommst nie mehr zurück‹ könnte eine Geistersiedlung um die Ecke sein. Auch der Nagellack könnte dafür sprechen, dass sie noch in der Nähe ist. Aber wir können jetzt immerhin die Stadt mit dem weltgrößten Popcornball zu unserer Liste möglicher Margo-Orte hinzufügen.«

»Das Rumfahren würde zu einem der Whitman-Verse passen: ›Ich wandere auf einer ewigen Reise.‹«

Radar beugte sich über den Computer. Ich setzte mich aufs Bett. »Hey, kannst du nicht einfach eine Karte der Vereinigten Staaten ausdrucken, und ich verbinde die Punkte?«, fragte ich.

»Das macht das Programm«, sagte er.

»Ja, aber ich würde es lieber selber machen.« Ein paar Sekunden später spuckte der Drucker eine Karte der USA aus, die ich neben die Karte mit den Geistersiedlungen hänge. Jeden der sechs Orte, den sie (oder sonst jemand) mit einem Eselsohr versehen hatte, markierte ich mit einem Reißnagel. Ich versuchte zu erkennen, ob die Nadeln ein Muster ergaben, eine Form oder einen Buchstaben – aber ich sah gar nichts. Die Punkte waren vollkommen wahllos verteilt, als hätte sie sich die Augen verbunden und mit Pfeilen auf die Karte geworfen.

Ich seufzte. »Weißt du, was schön wäre?«, sagte Radar. »Wenn sie ihre E-Mails checken würde oder sonst irgendwie im Netz wäre. Aber ich habe jeden Tag nach ihrem Namen gesucht; ich habe einen BOT, der mir meldet, wenn sie sich mit ihrem Benutzernamen bei Omnictionary einloggt. Ich checke die IP-Adressen aller Leute, die nach den Ausdrücken ›falsche Städte‹ oder ›Geisterstädte‹ suchen. Alles umsonst. Es ist total frustrierend.«

»Ich wusste gar nicht, dass du dich so reinhängst.«

»Na ja. Ich tue nur das, was man in so einer Situation auch für mich tun sollte. Wir waren zwar nicht eng befreundet oder so, aber sie hat es verdient, dass wir sie finden, oder?«

»Es sei denn, sie will nicht gefunden werden«, sagte ich.

»Ja. Schätze, das ist auch eine Möglichkeit. Alles ist möglich.« Ich nickte. »Also schön«, sagte er. »Können wir weitere Überlegungen beim Videospielen anstellen?«

»Ehrlich gesagt, habe ich keine große Lust.«

»Können wir Ben anrufen?«

»Nein. Ben ist ein Arschloch.«

Radar sah mich von der Seite an. »Klar ist er das. Aber weißt du, was dein Problem ist, Quentin? Du erwartest von den Leuten, dass sie besser sind, als sie sind. Ich meine, ich könnte dich dafür hassen, dass du immer zu spät bist und dass du dich nie für irgendwas anderes interessierst als Margo Roth Spiegelman und nie nachfragst, wie es mit meiner Freundin so läuft – aber ich seh's nicht so eng, Mann, weil, so bist du eben. Meine Eltern haben einen Fimmel für schwarze Weihnachtsmänner, aber das ist okay. So sind sie eben. Wie oft bin ich mit meiner Streberwebsite beschäftigt. Zu beschäftigt, um ans Telefon zu gehen, wenn meine Freunde anrufen oder meine Freundin. Das ist auch okay. So bin ich eben. Du hast mich trotzdem gerne. Und ich habe dich gerne. Du bist lustig, und du hast was in der Birne, und auch wenn du zu spät kommst, kommst du immer irgendwann.«

»Danke.«

»Bitte. Na ja, das sollte jetzt kein Kompliment sein. Ich meine nur: Hör auf zu denken, dass Ben so wie du sein soll, und Ben muss aufhören zu denken, dass du mehr wie er sein sollst, und dann können wir alle ein bisschen chillen, Mann.«

»Na gut«, sagte ich irgendwann und rief Ben an. Die Information, dass Radar bei mir war und Videospiele spielen wollte, beschleunigte seine Genesung auf wundersame Weise.

»Okay«, sagte ich, als ich aufgelegt hatte. »Wie läuft es mit Angela?«

Radar lachte. »Gut, Mann. Sie ist echt toll. Danke der Nachfrage.«

»Bist du noch Jungfrau?«, fragte ich.

»Ein Gentleman genießt und schweigt. Aber ehrlich gesagt, ja. Ach, und heute Morgen hatten wir unseren ersten Streit. Wir haben bei McDonald's gefrühstückt, und sie hörte nicht auf damit, wie abgefahren schwarze Weihnachtsmänner sind und wie toll meine Eltern sind, weil sie sie sammeln, und dass es so wichtig ist, nicht so zu tun, als wären alle großen Typen in unserer Kultur weiß – Gott und Jesus und der Weihnachtsmann –, und wie bedeutend der schwarze Weihnachtsmann für die afroamerikanische Gemeinde ist.«

»Eigentlich finde ich, sie hat recht«, sagte ich.

»Ja, vielleicht, nette Idee, aber zufälligerweise vollkommener

Schwachsinn. Meine Eltern versuchen eben nicht, das Wort vom schwarzen Weihnachtsmann in der Welt zu verbreiten. Wenn es so wäre, würden sie schwarze Weihnachtsmänner *produzieren*. Stattdessen wollen sie die weltweiten Bestände aufkaufen. In Pittsburgh wohnt so ein alter Knacker mit der zweitgrößten Sammlung der Welt, und die wollen sie ihm die ganze Zeit abjagen.«

Ben meldete sich von der Tür. Anscheinend stand er schon eine Weile da. »Radar, deine Unfähigkeit, es deiner zauberhaften Zuckerschnecke zu besorgen, ist die größte humanitäre Katastrophe unserer Zeit.«

»Wie geht's, Ben«, sagte ich.

»Danke fürs Heimfahren gestern, Alter.«

FÜNFZEHN

Obwohl wir nur noch eine Woche bis zu den Prüfungen hatten, versenkte ich mich den ganzen Montagnachmittag in »Lied auf mich selbst«. Eigentlich wollte ich die letzten beiden Geistersiedlungen noch abklappern, aber Ben brauchte sein Auto. Ich las das Gedicht nicht mehr, um Hinweise darin zu finden, sondern um Margo selbst zu begreifen. Ich kam ungefähr bis zur Hälfte, dann stieß ich auf einen Abschnitt, den ich mehrmals lesen musste.

»Nun will ich nichts tun als lauschen«, schreibt Walt Whitman. Und dann lauscht er zwei Seiten lang: einer Dampfpfeife, den Stimmen der Leute, einer Oper. Er sitzt im Gras und lässt sich vom Klang der Welt durchspülen. Und genau das versuchte ich auch: Ich versuchte all ihre Töne zu hören, denn bevor ich irgendwas verstehen konnte, musste ich zuhören. Viel zu lange hatte ich Margo nicht richtig zugehört – hatte sie schreien sehen und gedacht, sie lachte. Jetzt war das Zuhören meine Aufgabe. Selbst aus der Ferne musste ich versuchen ihr zu lauschen – ihre Oper zu hören.

Da ich Margo selbst nicht hören konnte, beschloss ich, das zu hören, was sie gehört hatte. Ich lud mir das Billy-Braggs-Album mit den Cover-Versionen von Woody Guthrie herunter. Mit geschlossenen Augen saß ich vor dem Computer, die Ellbogen auf den Tisch gestützt, und lauschte einem Song in Moll. Ich versuchte, in dieser Musik, die ich noch nie gehört hatte, die Stimme zu hören, an die ich mich schon nach zwölf Tagen kaum noch erinnerte.

Ich lauschte immer noch, als meine Mutter nach Hause kam. »Dein Vater kommt später«, sagte sie durch die geschlossene Tür. »Ich dachte mir, ich mache ein paar Putenburger?«

»Klingt toll«, rief ich, und dann schloss ich die Augen wieder und hörte weiter, Bob Dylan und andere. Ich tat nichts anderes, bis mein Vater eineinhalb Alben später zum Essen rief.

Beim Essen sprachen meine Eltern über Nahostpolitik. Obwohl sie völlig einer Meinung waren, schafften sie es, sich in Rage zu reden. Sie sagten, Soundso wäre ein Lügner, und Soundso wäre ein Lügner *und* ein Dieb, und dass der ganze Haufen am besten das Amt niederlegte. Ich konzentrierte mich auf den Putenburger, der ausgezeichnet war, mit reichlich Ketchup und gebratenen Zwiebeln.

»Okay, das reicht«, sagte meine Mutter irgendwann. »Quentin, hattest du einen schönen Tag?«

»Ja«, antwortete ich. »Ich lerne für die Prüfungen, mehr oder weniger.«

»Nicht zu glauben, dass das deine letzte Schulwoche ist«,

seufzte mein Vater. »Es kommt mir so vor, als wäre es erst gestern gewesen...«

»Wir sind so stolz auf dich«, sagte meine Mutter. »Aber wir werden dich schrecklich vermissen.«

In meinem Kopf ging die Sirene los: WARNUNG – NOSTALGIE-ALARM – WARNUNG – NOSTALGIE-ALARM. Tolle Leute, meine Eltern, aber ab und zu hatten sie Anfälle von grenzenloser Sentimentalität.

»Freut euch nicht zu früh. In Englisch kann ich immer noch durchfallen.«

Meine Mutter lachte, dann sagte sie: »Ach, rate mal, wen ich gestern im YMCA gesehen habe? Betty Parson. Sie sagt, Chuck ist von der University of Georgia angenommen worden. Das freut mich für ihn; er hat es in der Schule nicht leicht gehabt.«

»Chuck ist ein Arschloch«, sagte ich.

»Na ja, er war ein Raufbold«, entgegnete mein Vater, »und seine Manieren sind nicht die besten.« Typisch: bei meinen Eltern war niemand einfach ein Arschloch. Die Leute hatten immer Handicaps und konnten nichts dafür, dass sie ätzend waren: Sozialisationsstörungen oder Borderline-Syndrom oder sowas.

»Der Arme hatte immer Lernschwierigkeiten«, erklärte meine Mutter. »Er schleppt alle möglichen Probleme mit sich herum – wie jeder von uns. Ich weiß, du kannst deine Schulkameraden nicht objektiv sehen, aber wenn du älter bist, fängst du an alle Leute – die netten und die unangenehmen – einfach als ganz normale Menschen zu betrachten. Sie sind auch nur Menschen, die ein Recht darauf haben, geliebt zu werden. Mit unterschiedlichen Störungen, Neurosen, Problemen mit sich selbst. Jedenfalls mag ich Betty, und ich habe immer gehofft, dass Chuck sich noch mausert. Ich finde es gut, dass er studiert. Du nicht?«

»Ehrlich, Mama, es ist mir ziemlich egal, was der Typ macht.« Im Stillen fragte ich mich: Wenn im Grunde alle Menschen gut waren, warum waren meine Eltern so wütend auf die Politiker in Israel und Palästina? Über die sprachen sie nämlich nicht, als wären sie ganz normale Menschen.

Mein Vater kaute, dann legte er die Gabel hin und sah mich an. »Je länger ich in meinem Beruf arbeite«, sagte er, »desto mehr habe ich das Gefühl, dass es uns Menschen an Spiegeln fehlt. Anderen fällt es schwer, uns zu zeigen, wie wir aussehen, und uns fällt es schwer, anderen zu zeigen, wie es uns geht.«

»Das hast du schön gesagt«, sagte meine Mutter. Es war rührend zu sehen, wie gern sich meine Eltern hatten. »Und dazu kommt noch, dass wir anscheinend Schwierigkeiten haben zu akzeptieren, dass andere Leute auch nur ganz normale Menschen sind. Entweder wir verehren sie wie Götter, oder wir verachten sie wie Tiere.«

»Das ist wahr. Das Bewusstsein ist ein trübes Fenster. So habe ich es, glaube ich, noch nie gesehen.«

Ich lehnte mich zurück. Und lauschte. Ich hörte etwas über Margo und über Spiegel und über Fenster. Chuck Parson war ein ganz normaler Mensch. Wie ich. Auch Margo Roth Spiegelman war ein ganz normaler Mensch. Ich hatte sie nur noch nie so gesehen; das war immer der Fehler gewesen, wenn ich sie mir vorgestellt hatte. Die ganze Zeit – nicht erst, seit sie fort war, sondern die ganzen letzten zehn Jahre – hatte ich mir ein Bild von ihr gemacht, ohne ihr zuzuhören und ohne zu merken, dass ihre Fenster genauso trübe waren wie meine. Deshalb fiel es mir so schwer, mir vorzustellen, dass auch sie ängstlich war, dass auch sie sich einsam fühlen konnte in einem Raum voller Menschen, dass sie nichts von ihrer Plattensammlung erzählte, weil es ihr zu persönlich war. Dass sie Reiseführer las, um der Stadt zu entkommen, die für viele ein Reiseziel ist. Dass sie – weil keiner merkte, dass sie ein ganz normaler Mensch war – niemanden hatte, mit dem sie reden konnte.

Und plötzlich ahnte ich, wie Margo Roth Spiegelman sich fühlte, wenn sie nicht Margo Roth Spiegelman war: Sie fühlte sich leer. Sie fühlte sich, als wäre sie von einer unbezwingbaren Mauer umgeben. Ich dachte daran, wie sie auf der Teppichrolle schlief, über ihr der gezackte Ausschnitt des Himmels. Vielleicht fühlte sich Margo dort wohl, weil Margo der Mensch schon immer so lebte: in einem einsamen Raum mit blinden Fenstern, wo das einzige Licht durch ein Loch im Dach fällt. Ja. Der Fehler, den ich die ganze Zeit gemacht hatte – zu dem sie mich verleitet hatte, musste man fairerweise sagen –, war der: Margo war kein Wunder. Sie war kein Abenteuer. Sie war kein zartes und kostbares Ding. Margo war ein ganz normaler Mensch.

SECHZEHN

Die Uhr war quälend langsam wie immer, aber das Gefühl, der Lösung der Rätsel an diesem Tag näherkommen zu können, brachte die Zeit am Dienstag endgültig zum Stillstand. Wir hatten beschlossen, gleich nach der Schule zusammen zu der verlassenen Ladenzeile zu fahren, und das Warten darauf war unerträglich. Als es endlich klingelte, rannte ich die Treppe hinunter und stürzte aus der Tür, bis mir einfiel, dass wir erst aufbrechen konnten, wenn Ben und Radar mit der Orchesterprobe fertig waren. Also setzte ich mich vor den Musikraum und holte ein Stück der in Servietten eingewickelten Pizza aus dem Rucksack, die ich seit dem Mittagessen mit mir herumtrug. Nach dem ersten Viertel setzte sich Lacey Pemberton dazu. Ich bot ihr ein Stück Pizza an. Sie lehnte dankend ab.

Natürlich sprachen wir über Margo. Die Lücke, die wir gemeinsam hatten. »Wir suchen nach einem konkreten Ort«, sagte ich und wischte mir das Pizzafett an der Jeans ab, »aber ich weiß nicht, ob ich mit den Bauruinen auch nur annähernd richtigliege. Manchmal habe ich das Gefühl, ich bin vollkommen auf dem Holzweg.«

»Ja, so geht es mir auch. Andererseits – mal abgesehen von der Angst um sie –, irgendwie ist es schön, Dinge über sie rauszufinden. Dinge, die ich vorher nicht wusste. Ich kannte sie gar nicht richtig. Für mich war sie immer nur meine verrückte, schöne Freundin, die all diese verrückten, schönen Dinge tut.«

»Ja, nur dass sie diese Dinge nicht *einfach* so getan hat. Ich meine, alles, was sie machte, war... Ich weiß auch nicht.«

»Alles, was sie macht, hat Stil«, sagte Lacey. »Sie ist der einzige Mensch, den ich kenne, der richtig Stil hat.«

»Ja.«

»Deswegen fällt es mir so schwer, sie mir in einem dreckigen, dunklen, verwahrlosten Loch vorzustellen.«

»Ja«, sagte ich. »Mit Ratten.«

Lacey zog die Knie an und rollte sich ein wie ein Embryo. »Igitt. Das sieht Margo überhaupt nicht ähnlich.«

Irgendwie ergatterte Lacey den Vordersitz, obwohl sie die Kleinste von uns war. Ben saß am Steuer. Ich seufzte laut, als Radar, der neben mir saß, den Palmtop rausholte und an Omnictionary zu arbeiten begann.

»Ich will nur den Blödsinn auf der Chuck-Norris-Seite bereinigen«, sagte er. »Ich stimme ja zu, dass Chuck Norris' Spezialität der Roundhouse-Kick ist, aber ich halte es für unzulässig zu sagen: ›Chuck Norris' Tränen könnten Krebs heilen, nur leider hat er noch nie geweint.‹ Außerdem brauche ich zur Blödsinnsbereinigung nur knapp vier Prozent meines Gehirns.«

Ich verstand, dass Radar mich aufheitern wollte, aber ich hatte nur ein Thema im Sinn. »Ich bin nicht wirklich davon überzeugt, dass sie in einer Geistersiedlung ist. Kann sein, dass sie mit ›falsche Städte‹ einfach nur die *falschen* Städte meinte statt den richtigen, versteht ihr? Viele Hinweise, kein konkretes Ziel.«

Radar sah einen Moment auf, dann starrte er wieder auf den Bildschirm. »Ich persönlich glaube, sie ist über alle Berge. Sie klappert irgendwelche absurden Sehenswürdigkeiten ab und denkt fälschlicherweise, sie hätte ausreichend Hinweise hinterlassen, die alles erklären. Im Moment ist sie wahrscheinlich in Omaha, Nebraska, und guckt sich den weltgrößten Briefmarkenkloß an oder in Minnesota beim weltgrößten Wollknäuel.«

Mit einem Blick in den Rückspiegel sagte Ben: »Du meinst, Margo durchstreift das Land auf der Suche nach den größten Dingern?« Radar nickte.

»Dann sollte ihr jemand sagen, dass sie heimkommen soll«, fuhr Ben fort. »Die weltgrößten Eier findet sie gleich hier in Orlando, Florida. Sie befinden sich in einer Spezialvitrine, die sich ›mein Skrotum‹ nennt.« Radar lachte, und Ben setzte noch eins drauf. »Im Ernst. Meine Eier sind so groß, dass man sein Rührei bei McDonald's neuerdings in vier Größen bestellen kann: klein, mittel, groß und Bens Rieseneier.«

Lacey warf Ben einen Blick zu und sagte: »Absolut unpassend.«

»Tut mir leid«, murmelte Ben. »Ich glaube, Margo ist noch in

Orlando«, sagte er dann. »Beobachtet uns, wie wir sie suchen. Und wie ihre Eltern sie nicht suchen.«

»Ich bin immer noch für New York«, sagte Lacey.

»Alles ist möglich«, sagte ich. Eine Margo für jeden von uns – und jede davon war mehr Spiegel als Fenster.

Die Ladenzeile sah noch genau so aus wie vor ein paar Tagen. Ben parkte den Wagen, und ich zeigte den anderen die offene Tür der Martin Gale Mortgage Corp. Als wir drinstanden, sagte ich leise: »Macht die Taschenlampen noch nicht an. Wartet, bis sich eure Augen an die Dunkelheit gewöhnen.« Ich spürte Fingernägel, die sich in meinen Unterarm gruben, und flüsterte: »Alles in Ordnung, Lacey.«

»Hoppla«, sagte sie. »Falscher Arm.« Sie hatte nach Ben gesucht.

Langsam tauchte der Raum aus der grauen Finsternis auf. Ich sah die Reihen der Tische, die immer noch auf ihre Sachbearbeiter warteten. Dann knipste ich meine Taschenlampe an, und die anderen taten es mir nach. Ben und Lacey blieben zusammen. Sie stiegen durch das Trollloch, um die anderen Räume zu erforschen. Radar kam mit mir zu Margos Schreibtisch. Er kniete sich hin, um das im Juni erstarrte Kalenderblatt zu untersuchen.

Ich stand neben ihm, als wir Schritte hörten, die rasch auf uns zukamen.

»*Da ist jemand*«, flüsterte Ben eindringlich. Er versteckte sich hinter Margos Tisch und zog Lacey zu sich herunter.

»Was? Wo?«

»Nebenan!«, sagte er. »Sie tragen Masken. Sehen aus wie Polizei. Wir müssen raus hier.«

Radar hielt die Taschenlampe auf das Trollloch, aber Ben

schlug seine Hand herunter. »Wir. Müssen. Hier. Raus. SOFORT.«
Lacey sah mich mit großen Augen an. Wahrscheinlich war sie sauer, dass ich ihr falsche Sicherheit versprochen hatte.

»Okay«, flüsterte ich. »Okay, alle raus, durch die Tür. Ganz ruhig, ganz schnell.«

Doch als ich losging, hörte ich eine donnernde Stimme: »WER IST DA?«

Mist.

»Äh«, sagte ich, »wir wollten nur mal schauen.« Was für eine blöde Antwort. Aus dem Trollloch blendete mich ein gleißendes Licht. Es hätte der Herrgott persönlich sein können.

»Wonach sucht ihr?«, fragte eine Stimme mit falschem britischen Akzent.

Ben stand auf und stellte sich neben mich. Es tat gut, nicht allein zu sein. »Wir sind hier, weil wir im Fall einer Vermissten ermitteln«, sagte er selbstbewusst. »Wir hatten nicht vor, irgendwas kaputt zu machen.« Das Licht erlosch, und ich blinzelte in die schwarze Finsternis, bis ich drei Umrisse erkannte. Sie trugen Jeans, T-Shirts und Masken mit zwei runden Filtern vor dem Mund. Einer von ihnen schob sich die Maske auf die Stirn und musterte uns. Der Ziegenbart und der breite, gerade Mund kamen mir bekannt vor.

»Gus?«, sagte Lacey. Sie stand auf. Der Wachmann aus dem SunTrust-Gebäude.

»Lacey Pemberton. Das gibt's doch nicht. Was machst du denn hier? Ohne Maske? Der Schuppen ist total mit Asbest verseucht.«

»Und was macht *ihr* hier?«

»Höhlenforschung«, sagte er. Irgendwoher nahm Ben das Selbstbewusstsein, um auf die Typen zuzugehen und ihnen die

Hand hinzuhalten. Die anderen beiden stellten sich als Ace und der Handwerker vor. Ich wagte die Annahme, dass es sich um Pseudonyme handelte.

Wir schoben ein paar Drehstühle zu einem Kreis zusammen und setzten uns. »Habt ihr die Spanplatte eingetreten?«, fragte Gus.

»Ja, das war ich«, erklärte Ben.

»Wir haben es repariert, weil wir nicht wollen, dass jemand reinkommt. Wenn man von der Straße sehen kann, dass es hier reingeht, tauchen alle möglichen Leute auf, die keine Ahnung von Höhlenforschung haben. Penner und Junkies und das ganze Gesocks.«

Ich trat einen Schritt vor. »Habt ihr gewusst, dass Margo hierherkam?«

Bevor Gus antworten konnte, sprach Ace durch die Maske. Seine Stimme klang etwas verzerrt, aber verständlich. »Margo war dauernd hier, Mann. Wir kommen nur ein paarmal im Jahr; hier ist alles voll mit Asbest, und besonders aufregend ist es auch nicht. Aber sie war fast immer da, wenn wir in den letzten Jahren hergekommen sind. War 'ne heiße Braut, was?«

»*War?*«, wiederholte Lacey.

»Sie ist abgehauen, oder?«

»Was weißt du davon?«, fragte Lacey.

»Nichts, Mann«, sagte Gus. »Vor 'ner Weile habe ich Margo mit ihm gesehen.« Er nickte in meine Richtung. »Und dann hab ich gehört, dass sie abgehauen ist. Paar Tage später ist mir eingefallen, dass sie hier sein könnte, und da sind wir rausgefahren.«

»Ich hab nie kapiert, warum sie so auf den Schuppen hier stand«, sagte der Handwerker. »Hier gibt's nicht viel zu sehen. Nicht viel zu erforschen.«

»Was meint ihr mit *erforschen*?«, fragte Lacey Gus.

»Urbane Höhlenforschung. Wir steigen in leer stehende Gebäude ein, erforschen sie, machen Fotos. Wir nehmen nichts mit; wir lassen nichts liegen. Wir sind nur Beobachter.«

»Es ist ein Hobby«, erklärte Ace. »Früher, als wir noch in der Schule waren, hat Gus Margo manchmal mitgenommen.«

»Sie hatte ein gutes Auge, obwohl sie gerade mal dreizehn war«, sagte Gus. »Sie hat immer einen Weg rein gefunden. Früher sind wir nur ab und zu losgezogen. Jetzt machen wir's drei Mal die Woche. Überall stehen leere Gebäude rum. Drüben in Clearwater gibt es eine leer stehende Irrenanstalt. Die ist unglaublich. Man sieht, wo sie früher die Irren festgeschnallt und ihnen Elektroschocks verpasst haben. Weiter westlich von hier steht ein alter Knast. Aber Margo war komisch drauf. Sie ist zwar gern in Gebäude eingestiegen, aber dann wollte sie sich am liebsten gleich häuslich dort einrichten.«

»Ja, Mann. Das hat genervt«, erklärte Ace.

Der Handwerker sagte: »Sie wollte nicht mal Fotos machen. Oder rumlaufen und Sachen entdecken. Sie wollte nur reingehen und es sich dann gemütlich machen. Wisst ihr noch, das kleine schwarze Notizbuch, das sie hatte? Sie hat sich damit in eine Ecke gesetzt und hineingeschrieben, als wäre sie bei sich zu Hause und machte Hausaufgaben oder so was.«

»Ehrlich gesagt«, sagte Gus, »ich glaube, sie hat nie richtig begriffen, worum es beim Höhlenforschen geht. Was das Spannende ist. Sie war irgendwie depri-mäßig drauf.«

Ich wollte, dass sie weiterredeten, weil jede Information zu meinem Bild von Margo beitrug. Doch Lacey stand plötzlich auf und trat gegen ihren Stuhl. »Seid ihr nie auf die Idee gekommen, mal zu fragen, warum sie so depri-mäßig drauf war? Oder warum sie es an so unheimlichen Orten gemütlich fand? Habt ihr da nie drüber nachgedacht?« Sie hatte sich vor Gus aufgebaut und schrie ihn an, und dann stand er auch auf, einen halben Kopf größer als sie, und der Handwerker sagte: »Mann, kann jemand mal die Irre hier beruhigen.«

»Nimm das zurück!«, brüllte Ben, und bevor ich wusste, was geschah, hatte Ben sich auf den Handwerker gestürzt, der überrascht vom Stuhl fiel und auf seiner Schulter landete. Ben setzte sich rittlings auf ihn und fing an auf ihn einzuschlagen, wütend und ungeschickt, immer auf die Gasmaske. »SIE IST NICHT IRRE, DU BIST IRRE!«, schrie er, bis ich seinen Arm erwischte und Radar den anderen festhielt. Wir zerrten ihn weg, doch er hörte nicht auf zu schreien: »Ich hab 'ne Menge Wut aufgestaut! Ich hab den Wichser gerne gehauen! Lasst mich los, ich will weiterhauen!«

»Ben«, sagte ich und versuchte beruhigend zu klingen – versuchte, wie meine Mutter zu klingen. »Ben, es ist gut. Du hast uns deinen Standpunkt deutlich gemacht.«

Gus und Ace halfen dem Handwerker hoch, und Gus sagte: »Mann, Leute, wir hauen ab, okay? Ihr könnt die Bruchbude haben.«

Ace sammelte hastig die Fotoausrüstung ein, und dann verschwanden sie rasch durch die Hintertür.

Lacey wollte mir erklären, woher sie Gus kannte: »Er war in der Zwölften, als wir...« Doch ich winkte ab. Darauf kam es nicht an.

Radar wusste, worauf es ankam. Ohne Zeit zu verlieren, setzte er sich wieder vor den Kalender und sah sich die Seiten von Nahem an. »Ich glaube nicht, dass sie das Blatt vom Mai beschrieben hat«, sagte er. »Das Papier ist dünn, und es hat sich nichts durchgedrückt. Auch wenn es sich nicht mit Sicherheit sagen lässt.« Dann stand er auf, um nach weiteren Hinweisen zu suchen, und ich sah Laceys und Bens Taschenlampen hinterher, als sie durch das Trollloch verschwanden. Ich blieb, wo ich war, in dem verlassenen Großraumbüro, und stellte sie mir vor. Ich stellte mir vor, wie sie mit diesen Kerlen herumgezogen war, die vier Jahre älter waren, in irgendwelche leer stehenden Gebäude. Das war Margo, wie ich sie gesehen hatte. Aber dann, sobald sie im Gebäude ist, ist sie nicht mehr die Margo, die ich mir vorstellte. Während die anderen die Gegend erkunden und Fotos machen und sich amüsieren, setzt Margo sich irgendwohin und fängt an zu schreiben.

Aus dem Nebenzimmer rief Ben: »Q! Wir haben was!«

Ich wischte mir mit beiden Ärmeln den Schweiß von der Stirn und zog mich an Margos Schreibtisch hoch. Dann duckte ich mich durch das Trollloch und ging auf die drei Lichtkegel zu, die über der Teppichrolle die Wand anleuchteten.

»Schau dir das an«, sagte Ben und malte mit dem Lichtkegel ein Rechteck an die Wand. »Weißt du noch, die kleinen Löcher, von denen du erzählt hast?«

»Ja?«

»Anscheinend hat sie da Sachen an die Wand gepinnt. Postkarten oder Bilder vermutlich, den Abständen nach zu urteilen. Die sie anschließend mitgenommen hat«, sagte Ben.

»Ja, vielleicht«, sagte ich. »Ich wünschte, wir würden das Notizbuch finden, von dem Gus gesprochen hat.«

»Als er davon geredet hat, ist es mir wieder eingefallen«, sagte Lacey, deren Taschenlampe ihre Beine anstrahlte. »Sie hatte ihr kleines schwarzes Buch immer und überall dabei. Ich habe nie mitgekriegt, wie sie reinschreibt. Ich dachte, es wäre ihr Kalender oder so was. Gott, ich habe sie nie danach gefragt. Ausgerechnet ich rege mich über Gus auf, der nicht mal richtig mit ihr befreundet war. Was habe ich sie je gefragt?«

»Wahrscheinlich hätte sie dir sowieso nichts erzählt«, sagte ich. Es war unangemessen, so zu tun, als hätte Margo keinen Beitrag dazu geleistet, dass sie uns allen ein Rätsel blieb.

Wir sahen uns noch eine Stunde um. Als ich schon sicher war, dass unser Ausflug absolut nichts gebracht hatte, glitt meine Taschenlampe über die Immobilienbroschüren, die auf einem der Tische zu einem Kartenhaus gestapelt waren. Eine davon war von Grovepoint Acres. Ich hielt den Atem an, als ich die anderen Broschüren durchsah. Dann holte ich Stift und Zettel aus meinem Rucksack, der an der Tür stand, und schrieb mir die Namen der beworbenen Siedlungen auf. Ich erkannte noch eine zweite wieder: Collier Farms – eine der beiden Geistersiedlungen meiner Liste, die ich noch nicht besucht hatte. Nachdem ich mir alle Namen notiert hatte, verstaute ich den Block wieder. Vielleicht war es egoistisch, aber ich wollte sie alleine finden.

SIEBZEHN

Als meine Mutter am Freitag von der Arbeit kam, erzählte ich ihr, ich würde mit Radar zu einem Konzert gehen, und dann fuhr ich mit ihrem Kleinbus hinaus ins ländliche Seminole County, um mir Collier Farms anzusehen. Die anderen Bauprojekte aus den Broschüren waren tatsächlich realisiert worden, die meisten im Norden der Stadt, der seit Jahren erschlossen war.

Ich fand die Abzweigung nach Collier Farms nur, weil ich inzwischen ein Experte für schwer erkennbare Schotterpisten war.

Doch Collier Farms war anders als die anderen Geistersiedlungen, die ich bisher gesehen hatte. Das Gelände war total verwildert, als wäre seit fünfzig Jahren keiner mehr da gewesen. Vielleicht war das Projekt älter als die anderen, oder die Pflanzen wuchsen auf dem niederen, sumpfigen Boden hier schneller. Jedenfalls war die Straße schon nach wenigen Metern unpassierbar.

Ich musste aussteigen und zu Fuß weitergehen. Das Gestrüpp zerkratzte mir die Schienbeine, und bei jedem Schritt versanken meine Turnschuhe tief im Matsch. Ich konnte nur hoffen, dass sie an einer höher gelegenen Stelle kampierte und dass ihr Zelt wasserdicht war. Ich kam langsam voran, weil das Gelände unübersichtlich war, es gab mehr zu berücksichtigen, weil ich wusste, dass eine Verbindung zu der Ladenzeile bestand. Das Gebüsch wurde immer dichter, und bei jedem Schritt sah ich mich um. Am Ende des Wegs fand ich einen blauweißen Pappkarton im Matsch, und im ersten Moment hielt ich ihn für die gleiche Müsliriegelpackung, wie ich sie in der Ladenzeile gefunden hatte. Doch nein. Es war der aufgeweichte Karton eines Zwölferpacks Bier. Schließlich machte ich kehrt, stapfte zum Wagen zurück und fuhr zu einem Ort namens Logan Pines weiter im Norden.

Die Fahrt dauerte eine Stunde, und inzwischen war ich fast am Ocala National Forest, in einem Gebiet, das nicht mehr zum Großraum Orlando gehörte. Es waren nur noch wenige Kilometer, als Ben anrief.

»Was gibt es?«

»Du klapperst die Geisterstädte ab, oder?«, fragte er.

»Ja, ich bin fast bei der letzten. Immer noch nichts Neues.«

»Hör zu, Alter, Radars Eltern mussten dringend weg.«

»Ist was passiert?«, fragte ich. Ich wusste, dass Radars Großeltern uralt waren und in einem Altersheim in Miami lebten.

»Erinnerst du dich an den Typen in Pittsburgh mit der zweitgrößten Sammlung schwarzer Weihnachtsmänner der Welt?«

»Ja?«

»Er hat ins Gras gebissen.«

»Du machst Witze.«

»Alter, wenn es um schwarze Weihnachtsmänner geht, mache ich keine Witze. Er hatte einen Schlaganfall, und jetzt fliegen Radars Eltern rauf nach Pennsylvania und versuchen sich seine Sammlung unter den Nagel zu reißen. Und wir haben ein paar Leute eingeladen.«

»Wer ist wir?«

»Du und ich und Radar. Wir sind die Gastgeber.«

»Ich weiß nicht«, sagte ich.

Es entstand eine Pause, und dann redete Ben mich mit meinen vollen Namen an. »Quentin«, sagte er. »Ich weiß, dass du sie finden willst. Ich weiß, dass sie für dich das Wichtigste auf der Welt ist. Das ist okay. Aber wir haben nur noch eine Woche Schule. Ich sage nicht, dass du die Suche aufgeben sollst. Ich sage nur, du sollst mit deinen zwei besten Freunden, die du dein halbes Leben lang kennst, eine Party feiern. Ich sage, sei ein braves Kind und trink zwei, drei Stunden süße Bowle mit uns, und dann kotzt du zwei, drei Stunden, und dann kannst du wieder losziehen und deine Nase in stillgelegte Bauruinen stecken.«

Es nervte mich, dass Ben nur über Margo redete, wenn für ihn was dabei rausprang, und dass er mir vorwarf, ich würde ihretwegen meine Freunde vernachlässigen, dabei wurde sie vermisst und nicht Radar oder Ben. Aber wie Radar gesagt hatte – so war Ben eben. Und nach Logan Pines wusste ich sowieso nicht, wo ich noch suchen sollte. »Ich sehe mir diese eine Stelle noch an, dann komme ich rüber.«

Weil Logan Pines die letzte Geistersiedlung in Central Florida war – zumindest die letzte, von der ich wusste –, hatte ich große Hoffnungen darauf gesetzt. Doch als ich mit der Taschenlampe die einzige Straße abschritt, fand ich kein Zelt. Kein Lagerfeuer. Keine Müsliriegelpackung. Keine Spur von Menschen. Keine Margo. Am Ende der Straße war ein einziges Kellerfundament, sonst nichts, nur das Loch im Boden wie ein aufgerissenes Maul, und überall wuchs Dorngestrüpp und hüfthohes Gras. Falls Margo gewollt hatte, dass ich diese Orte aufsuchte, wusste ich nicht, warum. Und falls sie in die Geistersiedlungen gefahren war, um nie mehr zurückzukommen, dann kannte sie einen Ort, den ich bei meinen Recherchen übersehen hatte.

Ich brauchte eineinhalb Stunden zurück nach Jefferson Park. Den Kleinbus stellte ich zu Hause ab, dann zog ich mir ein Polohemd und meine einzige gute Jeans an und ging zu Fuß über den Jefferson Way zur Jefferson Court Street, rechts in die Jefferson Road und zum Jefferson Place, wo Radar wohnte. Ein paar Autos standen bereits am Straßenrand. Es war erst Viertel vor neun.

Im Flur kam mir Radar mit einem Armvoll schwarzer Gipsweihnachtsmänner entgegen. »Muss die Schönen wegräumen«, sagte er. »Gnade uns Gott, wenn einer kaputtgeht.«

»Brauchst du Hilfe?«, fragte ich. Radar nickte zum Wohnzimmer, wo auf den Couchtischen rechts und links vom Sofa drei Sets schwarzer Weihnachtsmann-Matrjoschka-Puppen standen. Als ich die Weihnachtsmänner ineinandersteckte, fiel mir auf, wie hübsch sie waren – handbemalt und unglaublich detailreich. Doch ich behielt die Beobachtung für mich, denn Radar hätte mich wahrscheinlich mit der schwarzen Weihnachtsmann-Stehlampe erschlagen.

Ich brachte die Matrjoschka-Puppen ins Gästezimmer, wo Radar dabei war, schwarze Weihnachtsmänner sorgfältig in der Kommode zu verstauen. »Wenn ich so viele schwarze Weihnachtsmänner auf einem Haufen sehe, muss ich unsere weiße Mythenbildung total infrage stellen«, sagte ich.

Radar verdrehte die Augen. »Ja, das mache ich auch jeden Morgen, wenn ich mit meinem Schwarzer-Weihnachtsmann-Löffel Schokopops esse.«

Plötzlich legte mir jemand die Hand auf die Schulter und drehte mich um. Es war Ben, der im Zeitraffer von einem Fuß auf den anderen hüpfte, als müsste er dringend pinkeln. »Wir haben uns geküsst! Ich meine, sie hat mich geküsst. Vor zehn Minuten. Auf dem Bett von Radars Eltern.«

»Das ist ja widerlich«, sagte Radar.

»Wow, ich dachte, das hättet ihr längst erledigt«, sagte ich, »wo du doch so ein Supermacker bist.«

»Ach, halt die Klappe. Ich bin total durch den Wind.« Er schielte fast, als er mich ansah. »Ich glaube nicht, dass ich besonders gut bin.«

»Wobei?«

»Beim Küssen. Sie hat viel mehr Übung als ich. Ich habe Angst, dass ich es versaue. Auf dich stehen die Weiber, Q«, sagte er, was allenfalls stimmte, wenn man »die Weiber« als »die Achtklässlerinnen aus der Marschkapelle« definierte. »Alter, ich brauch deinen Rat.«

Kurz war ich versucht, ihm sein ewiges Gequatsche über all

die Tricks, mit denen er Frauen in Wallung brachte, unter die Nase zu reiben, doch ich ließ Gnade vor Recht ergehen. »Soweit ich weiß, gibt es nur zwei Regeln: Erstens, nicht zubeißen, solange du keine Erlaubnis dazu hast, und zweitens, die menschliche Zunge ist wie Wasabi: sie ist sehr intensiv und sollte sparsam eingesetzt werden.«

Ben riss die Augen auf. Ich zuckte zusammen.

»Sie steht hinter mir, oder?«

»Die menschliche Zunge ist wie Wasabi«, äffte Lacey mich nach mit einer tiefen, albernen Stimme, die sich, hoffte ich, nicht wirklich nach mir anhörte. Ich drehte mich um. »Ich finde, Bens Zunge ist wie Sonnencreme«, sagte sie grinsend. »Am besten wirkt sie, wenn sie großzügig und an allen Körperstellen aufgetragen wird.«

»Ich habe mir gerade in den Mund gekotzt«, murmelte Radar.

»Lacey, du hast meinen Lebenswillen gebrochen«, sagte ich.

»O Gott, ich krieg das Bild nie mehr los«, sagte Radar.

»Allein der Begriff ist so obszön«, sagte ich, »dass der Ausdruck ›Ben Starlings Zunge‹ im Fernsehen zensiert wird.«

»Die Strafe für Verstöße ist zehn Jahre Knast oder ein Waschgang mit Ben Starlings Zunge.«

»Jeder…«, sagte ich.

»…wählt…«, sagte Radar.

»…den Knast«, sagten wir aus einem Mund.

Und dann knutschte Lacey Ben vor unseren Augen ab. »O Gott«, stöhnte Radar und schlug die Hände vors Gesicht. »O Gott, ich bin blind. Ich kann nichts mehr sehen.«

»Hört auf, bitte«, flehte ich.

Die Party endete im kleinen Wohnzimmer im oberen Stock, wo alle zwanzig Gäste gelandet waren. Ich lehnte an der Wand neben dem auf Samt gemalten Porträt eines schwarzen Weihnachtsmannes. Alle anderen hatten sich auf die Couchgarnitur gequetscht. Neben dem Fernseher stand eine Kühlbox mit Bier, doch keiner trank. Stattdessen wurden Anekdoten erzählt. Die meisten kannte ich längst – Schoten aus der Orchesterfreizeit und Schoten über Ben Starling und Schoten von ersten Küssen –, aber Lacey kannte sie noch nicht, und außerdem war es immer wieder lustig. Ich hielt mich weitgehend raus, bis Ben mir zurief: »Q, wie gehen wir zur Zeugnisverleihung?«

Ich grinste. »Nackt unter dem Talar.«

»Genau!« Ben trank einen Schluck Dr. Pepper.

»Ich nehme meine Klamotten nicht mal mit, also wehe, wenn du kneifst«, sagte Radar.

»Genau! Q, schwör, dass du die Klamotten zu Hause lässt.«

Ich lächelte. »So wahr mir Gott helfe.«

»Ich bin auch dabei!«, rief unser Freund Frank. Und dann meldeten sich immer mehr Freiwillige unter den Jungs. Die Mädchen hielten sich merkwürdigerweise zurück.

Radar sagte zu Angela: »Deine Weigerung lässt mich am Fundament unserer Liebe zweifeln.«

»Du verstehst das nicht«, rief Lacey. »Wir sind nicht *feige*. Wir haben uns nur schon das Kleid ausgesucht.«

Angela zeigte mit dem Finger auf Lacey. »So ist es«, sagte sie. »Und euch kann ich nur wünschen, dass es nicht zu windig wird.«

»Ich *hoffe*, es windet«, sagte Ben. »Den weltgrößten Eiern tut ein bisschen frische Luft gut.«

Lacey schlug sich die Hände vors Gesicht. »Dich zum Freund

zu haben ist eine echte Herausforderung«, sagte sie. »Du bist es wert, aber es ist nicht einfach.« Alle lachten.

Das mochte ich am liebsten an meinen Freunden: einfach nur zusammenzusitzen, Sprüche zu klopfen und uns Geschichten voneinander zu erzählen. Geschichten wie Fenster und Geschichten wie Spiegel. Ich hörte nur zu – die Geschichten, die mir durch den Kopf gingen, waren nicht so unterhaltsam.

Ich dachte daran, wie alles zu Ende ging – die Schule und alles andere. Es war schön, an der Wand zu stehen und meinen Freunden zuzusehen – mit einem Gefühl von Wehmut, das nicht unangenehm war. Und so lauschte ich einfach und genoss die Trauer und die Freude über das nahe Ende, die sich gegenseitig noch verstärkten. Es fühlte sich ein bisschen so an, als müsste mein Brustkorb zerreißen, doch es war kein ganz unangenehmes Gefühl.

Ich ging kurz vor Mitternacht. Ein paar Leute waren noch da, aber ich sollte längst zu Hause sein, und außerdem hatte ich genug. Meine Mutter lag auf der Couch und schlief, aber als sie mich hörte, setzte sie sich auf. »War es schön?«

»Ja«, sagte ich. »Es war cool.«

»Wie du«, sagte sie lächelnd. Wieder mal eine Einschätzung, mit der sie weit danebenlag, aber ich sagte nichts. Dann stand sie auf, umarmte mich und gab mir einen Kuss auf die Wange. »Ich bin gerne deine Mutter«, sagte sie.

»Danke«, sagte ich.

Ich nahm Whitman mit ins Bett und blätterte zu der Stelle, die mir vorher so gut gefallen hatte, wo der Erzähler den Menschen wie einer Oper lauscht.

Nach all dem Zuhören schreibt er: »Ich bin entblößt … geschunden von scharfem, giftigem Hagel.«

Genauso fühlte ich mich auch: Ich höre den Menschen zu, um sie mir vorstellen zu können, höre all die schrecklichen und schönen Dinge, die sie sich selbst und einander antun, und am Ende entblößt das Zuhören *mich* mehr als die Leute, denen ich zugehört habe.

Beim Abklappern der Geistersiedlungen war ich weniger dem Fall Margo Roth Spiegelman auf den Grund gegangen als mir selbst. Ich fühlte mich entblößt. Entblößt und geschunden. Ein paar Seiten weiter beschreibt Whitman die Reisen, die er in seiner Fantasie unternimmt, und zählt alle Orte auf, die er, im Gras liegend, besuchen kann. »Meine Hände umfassen Kontinente.«

Ich dachte an die Landkarten und daran, wie ich mir als Kind stundenlang Atlanten ansehen konnte. Schon das Hineinsehen war wie Verreisen. Das war es, was ich tun musste. Ich musste zuhören und mich in *ihre* Landkarte versetzen.

Aber versuchte ich das nicht die ganze Zeit? Ich sah die Landkarten über dem Computer an. Ich hatte versucht, ihre möglichen Routen aufzudecken, aber genau wie das Gras, das so vieles bedeuten konnte, stand auch Margo für zu viel. Es schien unmöglich, ihr mit Landkarten auf die Spur zu kommen. Sie war zu klein, und der Raum, den die Karten abdeckten, war viel zu groß. Die Landkarten waren mehr als Zeitverschwendung – sie waren das Sinnbild meines Versagens, das Zeugnis meiner Unfähigkeit mit meinen Händen Kontinente zu umfassen, mir in meiner Fantasie das Richtige vorzustellen.

Frustriert stand ich auf, ging zur Wand und riss die Landkarten herunter, so dass die Reißnägel durchs Zimmer flogen. Ich knüllte die Karten zusammen und warf sie in den Papierkorb.

Als ich wieder ins Bett ging, trat ich wie ein Esel in einen Reißnagel, und obwohl ich genervt und erschöpft war und die Nase voll von Geistersiedlungen und Plänen hatte, musste ich die restlichen Nägel einsammeln, damit ich am nächsten Morgen nicht noch mal hineintrat. Ich hätte am liebsten mit den Fäusten gegen die Wand gehämmert, aber ich zwang mich, die Reißzwecken aufzulesen. Dann erst kroch ich ins Bett und schlug verbissen auf mein Kissen ein.

Ich versuchte Whitman weiterzulesen, aber sein Gedicht und die Gedanken an Margo hatten mich für diese Nacht genug geschunden. Ich legte das Buch weg. Ich war zu faul, noch mal aufzustehen und das Licht auszumachen, und so starrte ich an die Wand, während mir die Augen zufielen. Wenn ich sie öffnete, sah ich die Stelle, wo die Karte gehangen hatte – vier Löcher markierten das Rechteck, die anderen waren scheinbar wahllos darin verteilt.

Ich hatte so ein Muster schon einmal gesehen. In der Ladenzeile, über der Teppichrolle.

Eine Karte. Mit markierten Punkten.

ACHTZEHN

Ich wachte mit der Sonne auf, kurz vor sieben am Samstagmorgen. Erstaunlicherweise war Radar online.

> **QTHERESURRECTION**: dachte du schläfst bestimmt noch.
> **OMNICTIONARIAN96**: nee, mann. bin seit 6 wach und überarbeite den Artikel über diesen malaysischen popsänger. angela schläft noch.

QTHERESURRECTION: oho. sie hat bei dir übernachtet?
OMNICTIONARIAN96: ja, aber meine unschuld ist noch intakt. in der nacht nach der zeugnisverleihung … vielleicht.
QTHERESURRECTION: hatte gestern abend eine idee. die kleinen löcher in der wand draußen in dem laden – vielleicht von einer landkarte, wo sie orte mit reißzwecken markiert hat?
OMNICTIONARIAN96: ihre reiseroute.
QTHERESURRECTION: genau.
OMNICTIONARIAN96: willst du rausfahren? muss nur warten, bis angie aufsteht.
QTHERESURRECTION: klingt gut.

Um zehn rief er an. Ich holte ihn mit dem Kleinbus ab, und dann fuhren wir zu Ben, weil wir uns ausrechneten, dass wir ihn nur mit einem Überraschungsangriff überreden konnten. Doch selbst als wir unter seinem Fenster »You Are My Sunshine« sangen, riss er bloß das Fenster auf und knurrte uns an. »Vor Mittag mache ich gar nix«, sagte er kategorisch.

Also fuhren Radar und ich allein. Er erzählte ein bisschen von Angela, wie gern er sie hatte und wie seltsam es war, sich ein paar Monate bevor sie beide an verschiedene Colleges gingen, zu verlieben. Es fiel mir schwer ihm zuzuhören. Ich wollte diese Landkarte. Ich wollte sehen, welche Orte sie markiert hatte. Ich wollte die Reißzwecken wieder in die Wand stecken.

Wir betraten das Gebäude durch das Büro, durchquerten die Bibliothek, sahen uns die Löcher an der Wand im Schlafzimmer an, und dann nahmen wir uns den Andenkenladen vor. Inzwischen hatte ich überhaupt keine Angst mehr. Nachdem wir sichergestellt hatten, dass wir alleine waren, fühlte ich mich beinahe so wohl wie in meinem eigenen Wohnzimmer. Im Fach unter der Vitrine fand ich den Karton mit den Landkarten und Broschüren, den ich am Abend des Schulballs entdeckt hatte. Ich nahm ihn heraus und stellte ihn auf den Kanten des kaputten Glasschaukastens ab. Radar sortierte den Inhalt nach allem, was nach einer Landkarte aussah, und ich faltete die Karten auseinander und suchte nach Einstichlöchern.

Wir hatten fast den Boden der Kiste erreicht, als Radar eine Schwarzweißbroschüre mit dem Titel FÜNFTAUSEND AMERIKANISCHE STÄDTE herauszog. Die Copyright-Angabe lautete © 1972 Esso. Als ich die Karte vorsichtig auseinanderfaltete und versuchte, die Knicke glatt zu streichen, entdeckte ich in einer Ecke ein Einstichloch. »Das ist sie«, sagte ich aufgeregt. Das Loch war ausgerissen, als hätte jemand in Eile die Karte von der Wand gerissen. Es war eine vergilbte, brüchige Karte der Vereinigten Staaten, etwa ein Meter mal eins zwanzig groß, die über und über mit möglichen Zielen bedruckt war. Nach ihrem Zustand zu urteilen, hatte Margo die Karte nicht als Wegweiser für uns gedacht – mit ihren übrigen Hinweisen war sie viel sorgfältiger. Hier waren wir über etwas gestolpert, dass sie *nicht* geplant hatte, und als ich sah, was sie nicht geplant hatte, musste ich wieder daran denken, wie viel sie geplant hatte. Vielleicht, dachte ich, war es das, was sie tat, wenn sie allein hier war, in der Stille, im Dunklen. Sie reiste, ohne sich von der Stelle zu bewegen, wie Whitman im Gras.

Im Büro fand ich in einem Schreibtisch neben Margos ein paar Reißzwecken, und dann trugen Radar und ich die auseinandergefaltete Landkarte vorsichtig in Margos Zimmer. Ich hielt sie an die Wand, während Radar versuchte die Ecken festzupinnen, doch drei der vier Ecken waren ausgerissen, genau wie drei der fünf Orte. »Ein Stück höher und weiter nach rechts«, sagte er. »Nein, weiter runter. Ja, so. Nicht bewegen.« Irgendwann hatten wir es geschafft, und dann fingen wir an, die Löcher in der Karte mit den Löchern an der Wand abzugleichen. Wir hatten die fünf Punkte schnell gefunden. Allerdings war es bei denen, die ausgerissen waren, unmöglich, den genauen Ort zu ermitteln, was bei einer Landkarte mit über fünftausend Ortsnamen relativ wichtig gewesen wäre. Die Schrift war so winzig und präzise, dass ich mich auf die Teppichrolle stellen und praktisch den Augapfel auf die Karte drücken musste, um auch nur erraten zu können, welche Gegend gemeint war. Radar hatte den Palmtop herausgeholt und schlug die Ortsnamen, die ich vorlas, bei Omnictionary nach.

Zwei Einstichlöcher waren noch intakt: Einer sah aus wie Los Angeles, auch wenn die Dichte der Ortsnamen in Süd-Kalifornien so hoch war, dass die Buchstaben sich überschnitten. Das andere war Chicago. Dann gab es ein ausgerissenes Loch in New York, das, nach dem Loch in der Wand zu urteilen, einer der fünf Stadtbezirke von New York City war.

»Passt zu dem, was wir wissen.«

»Ja«, sagte ich. »Aber *wo* in New York? Das ist die Frage.«

»Wir müssen irgendwas übersehen haben«, sagte Radar. »Irgendeinen Standortfaktor. Wo sind die anderen Punkte?«

»Da ist noch einer im Staat New York, ein ganzes Stück entfernt von New York City. Aber die Städte da oben sind winzig klein. Könnte Poughkeepsie sein oder Woodstock oder der Catskill Nationalpark.«

»Woodstock«, sagte Radar. »Das ist interessant. Sie ist zwar kein richtiger Hippie, aber sie hat diesen freigeistigen Vibe.«

»Ich weiß nicht«, sagte ich. »Der letzte Ort ist entweder Washington D.C. oder vielleicht Annapolis oder die Chesapeake Bay. Könnte wieder eine ganze Menge sein.«

»Es wäre hilfreich, wenn es nur einen Punkt auf der Landkarte gäbe«, sagte Radar finster.

»Wahrscheinlich zieht sie von Ort zu Ort«, sagte ich. Margo wanderte auf ihrer ewigen Reise.

Während Radar mir mehr über New York vorlas, über die Catskills, über die Hauptstadt der Vereinigten Staaten, über das Konzert in Woodstock 1969, ließ ich mich auf die Teppichrolle sinken. Nichts schien uns weiterzubringen. Ich hatte das Gefühl, ich hatte die letzte Saite gespielt und nichts gefunden.

Nachdem ich Radar nach Hause gebracht hatte, verbrachte ich den Nachmittag zu Hause, las im »Lied auf mich selbst« und lernte halbherzig für meine Prüfungen. Am Montag waren Mathe und Latein dran, wahrscheinlich die schwersten Fächer, und ich konnte es mir nicht leisten, gar nicht zu pauken. Also lernte ich bis spät in den Abend und fast den ganzen Sonntag, bis mir kurz nach dem Abendessen eine Idee kam, und so legte ich die Ovid-Übersetzung hin und loggte mich bei unserem Server ein. Ich sah, dass Lacey online war. Ihren Usernamen kannte ich zwar nur von Ben, aber ich fand, ich kannte sie inzwischen gut genug, um ihr eine Nachricht zu schicken.

QTHERESURRECTION: hallo, ich bin's, q.
SACKUNDASCHE: hi!
QTHERESURRECCTION: hast du je drüber nachgedacht, wie sorgfältig margo alles geplant haben muss?
SACKUNDASCHE: ja. die buchstaben in der buchstabensuppe,

als sie nach mississippi ist, und wie sie dich zur bauruine geführt hat.
QTHERESURRECCTION: ja. so sachen denkt man sich nicht schnell in 10 min aus.
SACKUNDASCHE: das kleine schwarze buch.
QTHERESURRECCTION: *genau.*
SACKUNDASCHE: stimmt. mir ist eingefallen, wie sie beim shoppen ihr kleines schwarzes buch in jede handtasche, die ihr gefiel, gesteckt hat, um zu sehen, ob es reinpasst.
QTHERESURRECCTION: ich wünschte, ich hätte dieses buch.
SACKUNDASCHE: ja, aber sie hat es wahrscheinlich bei sich.
QTHERESURRECCTION: stimmt. was ist mit ihrem schließfach?
SACKUNDASCHE: nur schulbücher, ordentlich wie immer.

Ich nahm meine Bücher mit an den Schreibtisch und wartete, dass die anderen im Netz auftauchten. Nach einer Weile loggte sich Ben ein, und ich lud ihn mit Lacey in den Chatroom ein. Die beiden unterhielten sich – ich war noch halb bei meiner Übersetzung –, bis Radar dazustieß. Dann legte ich den Bleistift hin und schob die Bücher beiseite.

OMNICTIONARIAN96: jemand aus ny hat heute bei omnictionary nach margo roth spiegelman gesucht.
ESWAREINENIERENENTZÜNDUNG: konntest du sehen wo in ny?
OMNICTIONARIAN96: leider nein.
SACKUNDASCHE: die steckbriefe in den plattenläden. wahrscheinlich wollte nur jemand rausfinden, wer sie ist.

OMNICTIONARIAN96: ach ja. das hatte ich total vergessen. mist.
QTHERESURRECTION: hey, ich bin drin und draußen, weil ich versuche, mit der seite, die Radar mir gezeigt hat, eine route zwischen den orten, die sie markiert hat, festzulegen.
ESWAREINENIERENENTZÜNDUNG: link?
QTHERESURRECTION: thelongwayround.com.
ESWAREINENIERENENTZÜNDUNG: ich habe ne neue theorie. sie verarscht uns und sitzt irgendwo in orlando und freut sich, dass sich das Universum um sie dreht.
SACKUNDASCHE: ben!
ESWAREINENIERENENTZÜNDUNG: tut mir leid, aber ich hab recht.

Sie redeten weiter über ihre Margos, und ich versuchte weiter ihre Reiseroute zu finden. Wenn Margo die Karte nicht als Wegweiser gemeint hatte – und dafür sprach, dass die Punkte ausgerissen waren –, dann konnte ich davon ausgehen, dass wir alles gefunden hatten, was für uns bestimmt war, und sogar noch mehr. Was bedeutete, dass ich alles hatte, was ich brauchte. Trotzdem fühlte ich mich immer noch sehr weit weg von ihr.

NEUNZEHN

Am Montagmorgen, nach drei langen Stunden allein mit achthundert Wörtern Ovid, wankte ich durch die Gänge, als würde mir das Gehirn aus den Ohren tropfen. Aber es war geschafft. Wir hatten eineinhalb Stunden Mittagspause, damit unser Grips wieder fest werden konnte, bevor am Nachmittag die nächste Prüfung begann. Radar wartete am Schließfach auf mich.

»Ich habe Spanisch voll vergeigt«, sagte Radar.

»So schlimm wird es nicht gewesen sein.« Radar war ein schlaues Kerlchen. Er bekam ein fettes Stipendium für Dartmouth.

»Na ja, ich weiß nicht. Im mündlichen Teil bin ich dauernd eingeschlafen. Dafür habe ich die halbe Nacht an einem Programm gebastelt. Es ist total abgefahren. Du gibst eine Kategorie ein – einen Ort oder eine Tierart oder so was, – und dann spuckt es dir auf einer Seite jeweils den ersten Satz von bis zu hundert Omnictionary-Einträgen aus. Du suchst zum Beispiel nach einer bestimmten Hasenart, aber dir fällt der Name nicht ein. Jetzt kannst du auf einer Seite alle einundzwanzig Hasenarten anlesen, wofür du nur drei Minuten brauchst.«

»Das hast du in der Nacht vor deiner Abi-Prüfung gemacht?«

»Ja, ich weiß. Krass, oder? Ich schick dir das Programm per E-Mail. Das Ding ist ein echter Strebertraum.«

Dann tauchte Ben auf. »Q, ich schwör dir, Lacey und ich haben bis zwei Uhr früh gechattet und auf dieser Seite rumgespielt, thelongwayround. Und als wir jede mögliche Route ausprobiert hatten, die Margo zwischen Orlando und diesen fünf Orten hätte nehmen können, ist mir klar geworden, wie falsch ich die ganze Zeit lag. Radar hat recht. Sie ist nicht in Orlando. Sie kommt erst zur Zeugnisverleihung zurück.«

»Warum?«

»Weil das Timing perfekt ist. Um von Orlando nach New York, über die Berge nach Chicago nach Los Angeles und zurück nach Orlando zu fahren. Die Reise dauert *genau* vierundzwanzig Tage. Außerdem ist es zwar total hirnverbrannt, aber es wäre typisch Margo. Du lässt alle in dem Glauben, du hättest dich abgemurkst. Machst auf großes Geheimnis, so dass alle von dir reden. Und dann, genau in dem Moment, als die Aufregung abflaut, tauchst du wieder auf: genau richtig zur Zeugnisverleihung.«

»Nein«, sagte ich. »Das glaube ich nicht.« Inzwischen kannte ich Margo besser. Sie wollte zwar Aufmerksamkeit. Das glaubte ich. Aber Margo war nicht bloß auf eine gute Pointe aus. Es ging ihr um mehr als nur um ein bisschen Publicity.

»Ich sag's dir, Alter. Halt die Augen auf bei der Zeugnisverleihung. Sie wird da sein.« Ich schüttelte nur den Kopf. Wegen der Prüfungen hatten alle zur gleichen Zeit Pause, und die Cafeteria war rappelvoll, weswegen wir unser Recht als Volljährige wahrnahmen und zum Mittagessen zu Wendy's fuhren. Ich versuchte mich auf die bevorstehende Mathearbeit zu konzentrieren, aber mir ging Bens Theorie nicht aus dem Kopf. Falls das mit der Vierundzwanzig-Tage-Tour stimmte, war das tatsächlich interessant. Vielleicht hatte sie das in ihrem kleinen schwarzen Buch geplant: eine lange, einsame Autofahrt. Es erklärte zwar nicht alles, aber es würde zu Margo als großer Planerin passen. Nicht, dass ich ihr dadurch näherkam. Es war schwer genug, einen Punkt in einem Loch auf einer Landkarte zu finden, aber noch schwerer wurde es, wenn der Punkt sich bewegte.

Nach einem langen Prüfungstag war es fast eine Erholung, in die bequeme Undurchdringlichkeit von »Lied auf mich selbst« zurückzukehren. Ich war bei einem merkwürdigen Teil des Gedichts angekommen. Nach all dem Lauschen und Zuhören, nach den langen gedanklichen Reisen, fängt Whitman an, andere Menschen zu *werden*. Er versucht buchstäblich in sie hineinzuschlüpfen. Er erzählt die Geschichte eines Schiffskapitäns, der alle auf seinem Boot rettet außer sich selbst. Der Dichter kann die Geschichte erzählen, behauptet er, weil er der Kapitän geworden ist: »Ich bin der Mann... ich habe gelitten... ich war da.« Ein paar Zeilen später sagt er es klipp und klar: »Ich frage den Verwundeten nicht, wie es ihm geht... ich selbst werde der Verwundete.«

Ich klappte das Buch zu, legte mich auf die Seite und starrte durch das Fenster, das immer zwischen uns gewesen war. Es war nicht genug, sie zu sehen oder zu hören. Um Margo Roth Spiegelman zu finden, musste ich Margo Roth Spiegelman werden.

Und manches hatte ich schon getan, das auch sie hätte tun können: Ich hatte ein überaus überraschendes Pärchen verkuppelt. Ich hatte die Bluthunde des Klassenkampfs beschwichtigt. Ich hatte mich in einem mit Ratten verseuchten Geisterhaus häuslich eingerichtet, wo sie ihre verrücktesten Ideen gehabt hatte. Ich hatte gesehen. Ich hatte gehört. Aber es gelang mir immer noch nicht, selbst der Verwundete zu werden.

Am nächsten Tag kämpfte ich mich durch die Physik- und Politikprüfungen, und dann arbeitete ich bis zwei Uhr früh an meinem Abschlussaufsatz in Englisch über *Moby Dick*. Ahab war ein Held, hatte ich beschlossen. Es gab keinen bestimmten Grund für meine Annahme – zumal ich das Buch nicht gelesen hatte –, aber ich hatte für ihn Partei ergriffen und argumentierte dementsprechend.

Wegen der verkürzten Prüfungswoche war Mittwoch der letzte Schultag für uns. Es war schwer, der Endzeitstimmung zu entkommen: das letzte Mal, dass ich mit den anderen vor dem Musikraum stand, im Schatten der Eiche, die Generationen von

Orchesterstrebern beschirmt hatte. Das letzte Mal, dass ich mit Ben in der Cafeteria Pizza aß. Das letzte Mal, dass ich an einem der Pulte saß und mit verkrampfter Hand eine Klassenarbeit auf blau liniertes Papier kritzelte. Das letzte Mal, dass ich zur Uhr starrte. Das letzte Mal, dass mir Chuck Parson mit seinem blöden Grinsen im Gang entgegenkam. O Gott, sogar für Chuck Parson hatte ich nostalgische Gefühle. Es war wie eine Krankheit.

So ähnlich musste es Margo auch gegangen sein. So akribisch, wie sie alles plante, musste sie genau gewusst haben, wann ihr letzter Tag war, und nicht einmal sie konnte völlig immun gegen den Abschied sein. Denn sie hatte auch schöne Zeiten hier erlebt. Am letzten Tag war es schwer, sich an die schlechten zu erinnern. Es war ihr Leben, das sie hier gelebt hatte, genau wie ich meins. Die Stadt war vielleicht falsch, aber die Erinnerungen sind es nicht. Alles, was ich hier erlebt hatte, das Glück und das Leid und die Freundschaft und die Gewalt und die großen Gefühle wallten wieder in mir auf. Die weiß verputzten Betonwände. Meine weißen Wände. Margos weiße Wände. So lange waren wir hier drin gefangen gewesen, wie Jonas im Bauch seines Wals.

Im Laufe des Tages kam mir der Verdacht, dass vielleicht dieses Gefühl der Grund dafür war, dass sie alles so gründlich plante: Auch wenn man wegwollte, war der Abschied schwer. Man musste vorbereitet sein, und vielleicht waren ihre Besuche in der Ladenzeile, wo sie ihre Pläne aufschrieb, ihr emotionales Training für den großen Tag gewesen – Margos Art, sich in ihr Schicksal hineinzudenken.

Am Nachmittag hatten Ben und Radar eine Marathon-Orchesterprobe, damit sie am Freitag auf der Abschlussfeier mit »Pomp and Circumstances« auch sicher rockten.

Lacey bot an, mich heimzufahren, doch ich wollte lieber mein Schließfach ausräumen, weil ich keine Lust hatte, später noch mal herzukommen und wieder in dieser perversen Nostalgie zu ertrinken.

Mein Schließfach war die reinste Müllkippe – halb Abfalleimer, halb Antiquariat. Margos Bücher waren ordentlich gestapelt gewesen, hatte Lacey gesagt, als wollte sie am nächsten Tag wiederkommen. Ich schob einen Mülleimer herüber und schloss meine Schranktür auf. Als Erstes nahm ich das Foto von Radar und Ben und mir beim Grimassenschneiden von der Tür ab. Ich steckte es in den Rucksack, und dann begann ich den gesammelten Abfall des letzten Jahres auszumisten. In Papierschnipsel gewickelte Kaugummis, leere Kulis, fettige Servietten. Das meiste landete im Mülleimer. Die ganze Zeit dachte ich: *Ich tue das nie wieder, ich komme nie wieder her, ich habe nie wieder ein Schließfach hier, Radar und ich schreiben uns nie wieder Briefchen in Mathe, ich sehe nie wieder Margo im Flur.* Es war das erste Mal in meinem Leben, dass mir so viele Dinge nie wieder passierten.

Irgendwann war es zu viel für mich. Ich hielt das Gefühl nicht mehr aus. Mit einem Arm griff ich tief in das Schließfach und schob alles – Fotos und Aufzeichnungen und Bücher – in den Mülleimer. Dann ließ ich das Schließfach offen stehen und ging. Als ich am Musikraum vorbeikam, hörte ich die gedämpften Klänge von »Pomp and Circumstances«. Es war heiß draußen, aber nicht zu heiß. Es war erträglich. *Ich kann auch zu Fuß nach Hause gehen,* dachte ich zum ersten Mal in meinem Leben. Und so machte ich mich auf den Weg.

So lähmend und verstörend all die Niewieders gewesen waren, der letzte Abschied fühlte sich großartig an. Kristallklar. Befreiung in ihrer reinsten Form. Alles, was wichtig gewesen war, bis auf ein mickriges Foto, war im Müll, und es fühlte sich toll an. Ich begann zu laufen, wollte Abstand zwischen mich und die Schule bringen.

Der Abschied war schwer – bis ich ihn hinter mir hatte. Dann war es das Leichteste auf der Welt.

Als ich rannte, spürte ich zum ersten Mal, dass ich Margo wurde. Ich wusste: Sie war nicht in Orlando. Sie war nicht in Florida. Der Aufbruch fühlte sich zu gut an, wenn man den Abschied hinter sich hatte. Hätte ich ein Auto gehabt, statt zu Fuß zu gehen, wäre ich vielleicht auch einfach losgefahren. Sie war fort, und sie kam nicht zurück, weder zur Abschlussfeier noch zu sonst irgendwas. Das wusste ich jetzt.

Ich breche auf, und der Aufbruch ist so berauschend, dass ich weiß, ich kann nie mehr umkehren. Aber was kommt dann? Muss ich von jetzt an immer wieder aufbrechen, von jedem Ort, den ich erreiche? Wandere ich auf einer ewigen Reise?

Einen halben Kilometer vor Jefferson Park rauschte der RHAPAW an mir vorbei. Ben machte eine Vollbremsung mit quietschenden Reifen mitten auf der Lakemont Street, und ich lief zum Wagen und stieg ein. Radar und Ben wollten mit zu mir kommen und Resurrection spielen, aber ich musste Nein sagen, denn ich war ihr näher als je zuvor.

ZWANZIG

Die ganze Nacht und den ganzen Donnerstag versuchte ich mein neues Verständnis von ihr zu nutzen, um aus den Hinweisen, die ich hatte, neue Erkenntnisse zu gewinnen. Gab es eine Verbindung zwischen der Landkarte und den Reiseführern oder zwischen der Landkarte und Whitman, die mir half, ihre Reisepläne zu durchschauen? Doch ich kam immer mehr zu der Überzeugung, dass sie wahrscheinlich zu berauscht von der Euphorie des Aufbruchs gewesen war, um verständliche Wegweiser aufzustellen. Und wenn das stimmte, war die Landkarte, die kaum für uns bestimmt sein konnte, der beste Hinweis. Allerdings lieferte auch sie keinen konkreten Ort. Selbst der Punkt in den Catskill Mountains – der einzige, der nicht in oder bei einer Großstadt lag – war viel zu groß und bevölkert, um dort eine einzelne Person zu finden. In »Lied auf mich selbst« gab es Bezüge zu Orten in New York City, aber es war unmöglich, sie alle abzuklappern. Wie spürt man einen Punkt auf einer Landkarte auf, wenn der Punkt von Großstadt zu Großstadt tingelt?

Am Freitagmorgen war ich schon wach und blätterte in den Reiseführern, als meine Eltern zu mir ins Zimmer kamen. Es geschah nicht häufig, dass sie gemeinsam bei mir auftauchten, und mir war nicht ganz wohl dabei – vielleicht hatten sie schlechte Nachrichten von Margo –, bis mir einfiel, dass heute der Tag der feierlichen Zeugnisverleihung war.

»Bist du bereit, Kumpel?«

»Ja. Ich meine, es ist nicht so eine große Sache, aber es wird sicher lustig.«

»Du machst nur einmal im Leben deinen Highschool-Abschluss«, sagte meine Mutter.

Sie setzten sich auf mein Bett. Ich sah, wie sie Blicke tauschten und kicherten. »Was ist?«, fragte ich.

»Wir wollten dir ein Geschenk zum Schulabschluss überreichen«, sagte meine Mutter. »Wir sind sehr stolz auf dich, Quentin. Du bist das Beste, das wir im Leben zustande gebracht haben, und heute ist ein großer Tag für dich, und wir ... Du bist der tollste junge Mann der Welt.«

Ich lächelte und schlug die Augen nieder. Und dann holte mein Vater ein sehr kleines, in blaues Geschenkpapier eingepacktes Geschenk heraus.

»Nein«, sagte ich und riss es ihm aus der Hand.

»Mach es auf.«

»Das ist nicht euer Ernst«, sagte ich und starrte ungläubig die Schachtel an. Sie war so groß wie ein Autoschlüssel. Sie war so schwer wie ein Autoschlüssel. Wenn ich sie schüttelte, hörte sie sich an wie ein Autoschlüssel.

»Mach es auf, Schatz«, sagte meine Mutter.

Ich riss das Geschenkpapier auf. EIN AUTOSCHLÜSSEL! Ich sah ihn mir näher an. Ein Ford-Schlüssel! Keins der Autos meiner Eltern war ein Ford. »Ihr habt mir ein Auto gekauft?«

»Ja«, sagte mein Vater. »Es ist kein Neuwagen, aber er ist erst zwei Jahre alt und hat erst dreißigtausend Kilometer drauf.« Ich sprang auf und fiel beiden um den Hals.

»Es gehört mir?«

»Aber ja«, rief meine Mutter aufgeregt. Ich hatte ein Auto! Ein eigenes!

Ich machte mich von meinen Eltern los. »*Danke, danke, danke, danke, danke, danke*«, rief ich und stürmte in Boxershorts und T-Shirt durchs Wohnzimmer und riss die Haustür auf. Dort, in der Einfahrt, mit einer riesigen blauen Schleife, stand ein Ford E-Series Van.

Der Ford E-Series Van ist ein Kleinbus. Von allen Autos, die sie mir hätten schenken können, hatten meine Eltern mir ausgerechnet einen Kleinbus gekauft. Oh, Herr der automobilen Gerechtigkeit, warum verspottest du mich? Kleinbus, du Mühlstein an meinem Hals! Du Zeichen Kains! Du elende Kreatur des hohen Luftwiderstands und der lahmen Pferdestärken.

Ich setzte eine tapfere Miene auf und drehte mich um. »Danke, danke, danke!«, sagte ich, auch wenn ich garantiert nicht mehr so euphorisch klang, jetzt, da ich heuchelte.

»Wir wussten, wie gern du mit dem Chrysler fährst«, erklärte Mama. Die beiden strahlten – sichtlich überzeugt, dass sie das Transportmittel meiner Träume aufgetan hatten. »Jetzt kannst du alle deine Freunde herumkutschieren«, sagte mein Vater. Nur zur Erinnerung: Diese Leute waren auf die Analyse und das Verständnis der Teenagerpsyche spezialisiert.

»Also«, sagte mein Vater, »wir müssen los, wenn wir noch gute Plätze kriegen wollen.«

Ich hatte weder geduscht noch mich angezogen – auch wenn *anziehen* vielleicht der falsche Ausdruck war. »Ich muss erst um halb eins da sein«, sagte ich, »und ich muss mich noch … fertig machen.«

Mein Vater sah mich enttäuscht an. »Wir hätten wirklich gerne gute Plätze, damit ich Fotos …«

»Jetzt kann ich doch SELBST fahren!«, unterbrach ich ihn. »Ich habe EIN EIGENES AUTO.« Ich strahlte überzeugend.

»Genau!«, sagte meine Mutter aufgeregt. Und ganz ehrlich – ein Auto war ein Auto. Im Vergleich zum Kleinbus meiner Mutter war mein eigener Kleinbus ein großer Fortschritt.

Ich setzte mich an den Computer und berichtete Radar und Lacey (Ben war nicht online) von meinem neuen Wagen.

OMNICTIONARIAN96: supersache. kann ich dir nachher
die kühlbox in den kofferraum stellen? muss meine eltern

zur abschlussfeier fahren und will nicht, dass sie was mitkriegen.
QTHERESURRECTION: klar, kofferraum ist offen. was ist drin?
OMNICTIONARIAN96: da auf meiner party keiner getrunken hat, sind 212 bier übrig ... wir nehmen sie heute abend mit zu laceys party.
QTHERESURRECTION: 212 bier?
OMNICTIONARIAN96: große kühlbox.

Dann war auch Ben online und BRÜLLTE, er hätte schon geduscht und wäre nackig und müsste nur noch den Hut und den Talar anziehen. Wir mailten noch ein paar Kommentare zu unserem nackigen Auftritt hin und her. Als sich alle ausgeloggt hatten, stellte ich mich unter die Dusche, legte den Kopf in den Nacken und ließ mir das Wasser ins Gesicht trommeln. Und während der Wasserstrahl auf mich niederrauschte, ließ ich meine Gedanken wandern. New York oder Kalifornien? Chicago oder Washington? Jetzt konnte auch ich einfach losfahren, dachte ich. Ich hatte ein Auto, genau wie sie. Ich könnte die fünf Orte auf der Karte abklappern, und selbst wenn ich sie nicht fand, wäre es aufregender als wieder ein drückend heißer Sommer in Orlando. Aber, nein. Es war wie bei dem Einbruch in SeaWorld. Man brauchte einen guten Plan, und den führte man dann aus, und dann ... nichts. Dann ist man in SeaWorld, nur dass es dunkel ist. Sie hatte es selbst gesagt: »Der Reiz ist nicht, am Ziel zu sein. Die Ausführung ist nie so aufregend wie das Planen.«

Und dann dachte ich weiter, während ich mit dem Gesicht unter dem Duschkopf stand: das Planen. Sie sitzt mit ihrem kleinen schwarzen Buch in der leeren Ladenzeile und schmiedet Pläne. Vielleicht plant sie eine Reise, und sie denkt sich anhand der Karte die Route aus. Sie liest Walt Whitman und unterstreicht »Ich wandere auf einer ewigen Reise«, weil sie vom Reisen träumt; weil sie Reisen plant.

Aber *tut* sie es auch gerne? Nein. Margo kennt das Geheimnis des Aufbruchs, das Geheimnis, hinter das ich gerade erst gekommen bin: Es fühlt sich nur gut an, wenn man etwas Wichtiges hinter sich lässt. Wenn man sein Leben an der Wurzel rausreißt. Doch dazu muss dein Leben erst mal Wurzeln haben.

Als sie ging, ging sie endgültig. Aber ich glaubte nicht, dass sie ewig reisen wollte. Sie hatte ein Ziel, da war ich sicher – einen Ort, an dem sie sich häuslich einrichten würde, bis sie Wurzeln schlug, damit der nächste Aufbruch so berauschend sein würde wie der letzte. *Irgendwo auf der Welt, weit weg von hier, gibt es einen Winkel, wo keiner weiß, was »Margo Roth Spiegelman« bedeutet. Und dort sitzt Margo jetzt und schreibt in ihr kleines schwarzes Buch.*

Das Wasser wurde kalt. Ohne mich abzuseifen, stieg ich aus der Dusche, schlang mir ein Handtuch um die Hüften und setzte mich an den Computer.

Ich kramte Radars E-Mail mit dem Omnictionary-Programm heraus und lud mir das Plug-in herunter. Zuerst gab ich eine Postleitzahl der Chicagoer Innenstadt ein, klickte »Ort« und legte einen Radius von zwanzig Kilometern fest. Es gab hundert Treffer, von Navy Pier bis Deerfield. Der erste Satz jedes Artikels tauchte auf dem Bildschirm auf, und in fünf Minuten hatte ich sie alle gelesen. Nichts Interessantes. Dann versuchte ich es mit einer Postleitzahl in der Nähe des Catskill Nationalparks. Diesmal gab es weniger Treffer, zweiundachtzig, nach dem Datum der Einträge sortiert. Ich fing oben an:

Woodstock, New York, ist eine Gemeinde in Ulster County im US-Bundesstaat New York, vor allem bekannt als Namensgeber des Woodstock-Festivals [siehe *Woodstock-Festival*] 1969, eines dreitägigen Freiluftkonzerts mit Stars wie Jimi Hendrix und Janis Joplin, das eigentlich auf einer 76 km entfernten Farm stattfand.

Lake Katrine ist ein kleiner See in Ulster County im US-Bundesstaat New York, der häufig von Henry David Thoreau besucht wurde.

Der *Catskill Nationalpark* umfasst ca. 100 000 Hektar der Catskill Mountains und ist gemeinsames Eigentum der Bundesregierung und der jeweiligen Lokalverwaltungen, wobei ein Anteil von 5 % New York City gehört, das den Großteil seines Wassers aus den Reservoirs des Nationalparks bezieht.

Roscoe, New York, ist eine Gemeinde im US-Bundesstaat New York, der nach letzter Zählung 261 Haushalte angehören.

Agloe, New York, ist ein fiktiver Ort, der in den frühen 1930er Jahren von der Firma Esso frei erfunden und als sogenannte Plagiatsfalle oder fiktive Stadt auf Esso-Landkarten verzeichnet wurde.

Ich klickte auf den Link und landete bei dem vollständigen Artikel:

Agloe, an der Kreuzung zweier Feldwege nördlich der Gemeinde Roscoe im US-Bundesstaat New York gelegen, war die Erfindung der Kartographen Otto G. Lindberg und Ernest Alpers, die den Namen aus einem Anagramm ihrer Initialen bildeten. Plagiatsfallen finden seit Jahrhunderten in der Kartographie Verwendung. Kartographen verstecken fingierte Orte, Straßen, Gemeinden und Plätze auf ihren Karten, um Urheberrechtsverletzungen eindeutig nachweisen zu können. Plagiatsfallen werden auch Kontrollstraßen, Trapstreets oder falsche Städte genannt [siehe *Kopierschutz*] und sind, obwohl wenige kartographische Unternehmen ihre Existenz bestätigen, auch auf heutigen Landkarten weit verbreitet.

In den 1940er Jahren tauchte Agloe, New York, auch auf den Landkarten anderer Anbieter auf. Esso ging von einer Verletzung des Urheberrechts aus und strengte mehrere Gerichtsverfahren an, doch tatsächlich hatte ein Unbekannter an der Kreuzung, die auf der Esso-Karte verzeichnet war, den »Agloe General Store« errichtet.

Der General Store, der heute noch steht [*Nachweis fehlt*], ist das einzige Gebäude in Agloe. Der Ort Agloe ist noch heute auf verschiedenen Karten verzeichnet; seine Einwohnerzahl wird üblicherweise mit null angegeben.

Jeder Omnictionary-Artikel hatte Subpages, auf denen man die Bearbeitungsgeschichte und jede sachbezogene Diskussion von Omnictionary-Mitgliedern verfolgen konnte. Die Agloe-Seite war seit fast einem Jahr nicht mehr bearbeitet worden. Doch auf der Diskussionsseite hatte ein anonymer Benutzer einen neuen Kommentar geschrieben:

an die redaktion – bis Zum 29. mai mittags Beträgt die einwohnerzahl von agloe 1.

Die Regeln der Groß- und Kleinschreibung sind unfair den kleinen Worten gegenüber. Mir blieb die Luft weg, doch ich zwang mich, ruhig zu bleiben. Der Kommentar war vor fünfzehn Tagen gepostet worden. Die ganze Zeit hatte er dort gestanden und auf mich gewartet. Ich sah auf die Uhr. Ich hatte weniger als vierundzwanzig Stunden.

Zum ersten Mal seit Wochen schien sie mir vollkommen und unbestreitbar lebendig. Margo lebte. Zumindest einen Tag noch lebte sie. Die ganze Zeit, während ich mir den Kopf über ihren Aufenthaltsort zerbrach, hatte ich die Frage, ob sie noch lebte, verdrängt, und erst jetzt wurde mir bewusst, welche Angst ich um sie gehabt hatte. Mein Gott! Sie war am Leben!

Ich sprang auf, ließ das Handtuch fallen und rief Radar an. Den Hörer unter das Kinn geklemmt, schlüpfte ich in Boxershorts und kurze Hosen. »Ich weiß, wo die falsche Stadt ist! Hast du den Palmtop?«

»Ja. Du solltest echt langsam hier auflaufen, Mann. Wir stehen schon in der Schlange.«

Ich hörte, wie Ben ins Telefon schrie: »Sag ihm, er soll sich nackig machen!«

»Radar.« Ich versuchte ihm klarzumachen, wie wichtig es war. »Schau dir die Seite von Agloe in New York an. Hast du sie?«

»Ja. Ich lese gerade. Warte mal. Wow. Wow. Das könnte das Ding in den Catskills sein, oder?«

»Ja, ich glaube. Ist ziemlich nah dran. Geh ins Diskussionsforum.«

» ... «

»Radar?«

»Ach, du liebe Zeit.«

»Ich weiß, ich weiß!«, rief ich. Ich hörte die Antwort nicht, weil ich mir gerade das T-Shirt über den Kopf zog, aber als ich das Telefon wieder am Ohr hatte, hörte ich, wie er mit Ben sprach. Ich legte einfach auf.

Im Internet suchte ich die Route von Orlando nach Agloe heraus, aber der Routenplaner hatte noch nie von Agloe gehört, und so gab ich stattdessen Roscoe ein. Bei einer Durchschnittsgeschwindigkeit von einhundert Stundenkilometern dauerte die Reise laut Computer neunzehn Stunden und vier Minuten. Es war Viertel nach zwei. Ich hatte einundzwanzig Stunden und fünfundvierzig Minuten, um bis nach Agloe zu kommen. Ich druckte die Route aus, griff nach meinem Autoschlüssel und schloss die Haustür hinter mir ab.

»Es dauert neunzehn Stunden und vier Minuten«, sagte ich ins Telefon. Ich hatte Radar angerufen, doch Ben war dran.

»Was willst du machen, hinfliegen?«, fragte er.

»Nein, ich habe nicht genug Geld, außerdem sind es von New York City noch mal rund acht Stunden. Ich fahre mit dem Auto.«

Plötzlich war Radar wieder dran. »Wie lange dauert es?«

»Neunzehn Stunden und vier Minuten.«

»Sagt wer?«

»Google Maps.«

»Quatsch«, sagte Radar. »Diese Routenplaner berechnen das Verkehrsaufkommen nicht. Ich ruf dich zurück. Und beeil dich. Du müsstest längst hier in der Schlange stehen.«

»Ich komme nicht. Kann keine Zeit verschwenden«, sagte ich, aber ich redete mit der Luft. Eine Minute später rief Radar zurück. »Bei durchschnittlich hundert Sachen, ohne anzuhalten, und bei normalem Verkehrsaufkommen brauchst du dreiundzwanzig Stunden und neun Minuten. Du kommst kurz nach eins an, das heißt, du musst Zeit gut machen, wenn du kannst.«

»Was? Aber der…«

Radar sagte: »Ich mein das jetzt nicht als Vorwurf, aber vielleicht sollte in diesem speziellen Fall die Person, die immer zu spät ist, auf die Person, die immer pünktlich ist, hören. Außerdem musst du wenigstens eine Sekunde hierherkommen, sonst kriegen deine Eltern einen Herzinfarkt, wenn dein Name aufgerufen wird und du nicht auftauchst. Außerdem, nicht dass das der wichtigste Aspekt ist, aber – du hast unser Bier im Kofferraum.«

»Ich habe keine Zeit«, sagte ich.

Ben mischte sich ein. »Sei keine Arschgeige. Hierher brauchst du nur fünf Minuten.«

»Okay, okay.« Ich bog an der roten Ampel rechts ab und trat aufs Gaspedal – der Ford zog besser als Mamas Chrysler, wenn auch nur minimal. Nach drei Minuten stand ich auf dem Parkplatz der Turnhalle. Ich ließ den Wagen in der Mitte stehen und sprang heraus. Als ich zur Turnhalle rannte, kamen mir drei Personen in Talaren entgegen. Ich sah Radars dürre Beine, als sein Talar aufflog, und daneben Bens Turnschuhe ohne Socken. Lacey war direkt hinter ihnen.

»Ihr holt das Bier«, rief ich im Vorbeirennen. »Ich muss mit meinen Eltern reden.«

Die Familien der Abiturienten hatten sich auf der Tribüne verteilt, und ich musste ein paarmal auf dem Basketballfeld hin und her rennen, bevor ich meine Eltern in der Mitte der Sitzreihen entdeckte. Sie winkten mir zu. Ich rannte, zwei Stufen auf einmal nehmend, die Treppe hinauf und war außer Atem, als ich mich zu ihnen kniete. »Also [keuch], ich kann nicht [keuch] zur Zeugnisverleihung kommen, weil ich [keuch], glaube ich, Margo gefunden habe, und [keuch] ich muss weg, aber ich hab mein Handy dabei [keuch], und bitte seid nicht sauer, und noch mal danke für das Auto.«

Meine Mutter legte die Hände um mein Handgelenk und sagte: »Wie bitte? Quentin, wovon redest du? Immer langsam.«

»Ich fahre nach Agloe in New York, und ich muss los, *jetzt sofort*. Das ist alles. Also, ich muss weg. Ich hab keine Zeit. Aber ich hab mein Handy dabei. Okay. Ich hab euch lieb.«

Ich musste mich aus ihrem Griff losreißen. Bevor sie irgendwas sagen konnten, war ich die Treppe hinunter und lief hinaus, über den Parkplatz zu meinem Kleinbus. Ich saß schon am Steuer, legte den Gang ein und fuhr los, als ich den Kopf drehte und Ben auf dem Beifahrersitz sah.

»Nimm das Bier und steig aus!«, rief ich.

»Wir kommen mit«, entgegnete er. »Du würdest einschlafen, wenn du versuchst allein so weit zu fahren.«

Ich drehte mich um. Lacey und Radar saßen auf dem Rücksitz, beide mit dem Telefon am Ohr. »Muss mit meinen Eltern reden«, sagte Lacey zu mir, indem sie den Hörer zuhielt. »Auf geht's, Q. Los los los los los los.«

Teil 3

DAS GEFÄHRT

ERSTE STUNDE

Es dauert eine Weile, bis jeder seinen Eltern beigebracht hat, dass wir 1. die Zeugnisverleihung schwänzen und 2. nach New York fahren, um uns 3. einen Ort anzusehen, der möglicherweise nicht existierte, weil wir 4. hoffen, dort den Omnictionary-Benutzer zu finden, bei dem es sich aufgrund der Beweislage willkürlich ausgeführter groß- Und kleinschreibung 5. um Margo Roth Spiegelman handelt.

Radar braucht am längsten, und als er endlich auflegt, sagt er: »Ich möchte folgende Aussage machen: Meine Eltern sind sehr ungehalten, dass ich die Zeugnisverleihung schwänze. Meine Freundin ist ebenfalls sehr ungehalten, weil wir geplant hatten, in etwa acht Stunden etwas *sehr* Wichtiges zu tun. Ich will nicht ins Detail gehen, aber ich kann euch nur raten, dass es die Reise wert ist.«

»Deine Fähigkeit, Jungfrau zu bleiben, gereicht uns allen zum Vorbild«, sagt Ben, der neben mir sitzt.

Ich suche Radars Blick im Rückspiegel. »Juchhu! Wir machen einen Ausflug!«, rufe ich ihm zu. Unfreiwillig muss er lächeln. Der Reiz des Aufbruchs.

Inzwischen sind wir auf der I-4, und es herrscht relativ wenig Verkehr, was alleine schon ein Wunder ist. Ich fahre auf der linken Spur, neun Stundenkilometer über dem Tempolimit von neunzig Stundenkilometern, weil ich mal gehört habe, die Polizei hält einen erst an, wenn man mehr als zehn Stundenkilometer drüber fährt.

Ruckzuck finden wir uns in unsere Rollen ein.

Lacey, die auf der hintersten Bank sitzt, übernimmt die Versorgung. Sie macht eine Bestandsaufnahme. Derzeit führen wir mit uns: ein halbes Snickers, das Ben angebissen hatte, als ich wegen Margo anrief, zweihundertzwölf Bier im Kofferraum, die ausgedruckte Wegbeschreibung und folgende Artikel aus Laceys Handtasche: acht Streifen Spearmint-Kaugummi, ein Bleistift, ein paar Taschentücher, drei Tampons, eine Sonnenbrille, einen Labello, ihren Hausschlüssel, eine YMCA-Mitgliedskarte, einen Bibliotheksausweis, ein paar Kassenbons, fünfunddreißig Dollar und eine BP-Karte.

Von hinten erklärt Lacey: »Wie aufregend! Wir sind wie die Pioniere: Wir haben viel zu wenig Proviant. Ich wünschte nur, wir hätten mehr Geld dabei.«

»Wenigstens haben wir die BP-Karte«, sage ich. »Damit können wir Benzin und Essen an der Tankstelle kaufen.«

Im Rückspiegel sehe ich, wie Radar sich nach hinten beugt, um einen Blick in Laceys Handtasche zu werfen. Im Halsausschnitt seines Talars ist seine Brustbehaarung zu sehen. »Hast du ein Paar Boxershorts dabei?«, fragt er Lacey.

»Im Ernst, wir müssen einen Stopp bei Gap einlegen«, verlangt auch Ben.

Radars Rolle sind Recherchen und Kalkulation. Auf der mittleren Bank, die er für sich hat, breitet er die Wegbeschreibung und die Gebrauchsanweisung des Wagens aus. Dann berechnet er mit dem Taschenrechner auf seinem Palmtop, wie schnell wir fahren müssen, um bis morgen Mittag in Agloe zu sein, wie oft wir tanken müssen, wo auf der Strecke BP-Tankstellen sind, wie lange jeder Stopp sein darf und wie viel Zeit die An- und Abfahrt von der Tankstelle in Anspruch nimmt.

»Wir müssen viermal tanken. Die Stopps müssen sehr, sehr

kurz sein. Sechs Minuten für die Tankstelle, die am weitesten vom Highway entfernt ist. Vor uns liegen drei längere Baustellenbereiche, plus erhöhtes Verkehrsaufkommen in Jacksonville, Washington D.C. und Philadelphia, wobei wir wahrscheinlich Glück haben, weil wir gegen drei Uhr früh an Washington vorbeikommen. Nach meinen Berechnungen müssen wir durchschnittlich hundertsechzig Stundenkilometer fahren. Wie schnell fährst du?«

»Neunundneunzig«, sage ich. »Das Tempolimit ist neunzig.«
»Fahr hundertsechzig«, sagt er.
»Ich kann nicht«, sage ich. »Es ist gefährlich, und ich kriege einen Strafzettel.«

»Fahr hundertsechzig«, wiederholt Radar. Ich gebe Gas. Das Problem sind einerseits meine Hemmungen, hundertsechzig zu fahren, und andererseits die Hemmungen meines Wagens, hundertsechzig zu fahren. Der Kleinbus fängt zu zittern an, als würde er gleich auseinanderfallen. Ich fahre auf der linken Spur, obwohl ich noch immer nicht der schnellste Fahrer auf der Straße bin, und habe ein schlechtes Gewissen, weil ich auch rechts überholt werde, doch ich muss eine freie Fahrbahn vor mir haben, denn im Gegensatz zu allen anderen Fahrern auf der Straße darf ich nicht langsamer werden. Und das ist meine Rolle: zu fahren und nervös zu sein. Was mich daran erinnert, dass ich die gleiche Rolle schon einmal hatte.

Und Ben? Bens Rolle ist, dass er pinkeln muss. Erst denke ich, seine Rolle ist, sich zu beschweren, weil wir keine CDs dabeihaben und alle Radiosender in Orlando bescheuert sind, außer dem College-Radiosender, dessen Sendebereich wir bereits verlassen haben. Aber von dieser Rolle hat er sich bald verabschiedet, um seiner wahren Berufung nachzukommen: Er muss pinkeln.

»Ich muss pinkeln«, sagt er um 15:06 Uhr. Wir sind seit dreiundvierzig Minuten unterwegs. Wir haben noch ungefähr einen Tag Fahrt vor uns.

»Tja«, sagt Radar. »Die gute Nachricht ist, wir machen bald einen Zwischenstopp. Die schlechte Nachricht ist, bald heißt in vier Stunden und dreißig Minuten.«

»Ich glaube, das halte ich aus«, sagt Ben. Um 15:10 Uhr sagt er: »Ich muss doch dringend pinkeln. Wirklich.«

Im Chor antworten wir: »Verkneif's dir.« Er sagt: »Aber ich ...« Der Chor wiederholt: »Verkneif's dir!« Fürs Erste ist es lustig: Bens Bedürfnis zu pinkeln gegen unser Bedürfnis weiterzufahren. Er lacht, aber dann beschwert er sich, dass er vom Lachen noch dringender muss. Lacey klettert auf die mittlere Bank und kitzelt ihn von hinten. Er lacht und quietscht, und ich lache auch und versuche dabei die Geschwindigkeit bei konstant einhundertsechzig zu halten. Nebenbei frage ich mich, ob Margo uns zufällig oder absichtlich zu dieser Reise angestiftet hat. So oder so, ich amüsiere mich so gut wie lange nicht mehr – nämlich seit ich das letzte Mal Stunden am Steuer eines Kleinbusses verbracht habe.

ZWEITE STUNDE

Ich sitze immer noch am Steuer. Wir schlängeln uns der Länge nach durch Florida, auf der I-95 nach Norden, parallel zur Küste, aber nicht direkt am Meer. Hier sind überall Kiefern, die hoch und dünn wachsen, baugleich mit mir. Aber vor allem ist da die Straße, die anderen Autos, Überholen und Überholtwerden, immer daran denken, wer vor dir ist und wer hinter dir, wer näher kommt und wer davonzieht.

Lacey und Ben sitzen zusammen auf der mittleren Bank und Radar sitzt ganz hinten, und sie spielen eine bescheuerte Variante von Ich-sehe-was-was-du-nicht-siehst, bei der man nur Sachen sehen darf, die man gar nicht sehen kann.

»Ich sehe was, was du nicht sehen kannst, und das ist beinahe tragisch cool«, sagt Radar.

»Meinst du die Art, wie Ben nur mit dem rechten Mundwinkel lächelt?«, fragt Lacey.

»Nein«, sagt Radar. »Und sei nicht so schmalzig zu Ben. Das ist echt widerlich.«

»Meinst du die Tatsache, dass du unter dem Talar keine Unterwäsche anhast und im Auto nach New York fährst und die Leute in den anderen Autos denken, du hast ein Kleid an?«

»Nein«, sagte Radar. »Das ist nur tragisch.«

Lacey lächelt. »Du wirst Kleider noch zu schätzen lernen. Die frische Luft.«

»Ich weiß es«, rufe ich aus dem Cockpit. »Du meinst eine vierundzwanzigstündige Reise in einem Kleinbus. Cool, weil Autoreisen immer cool sind; tragisch, weil das Benzin, das wir versaufen, den Planeten zerstört.«

Radar sagt Nein, und die anderen raten weiter. Ich fahre und halte das Tempo von hundertsechzehn und bete, dass ich keinen Strafzettel bekomme, und rate mit. Die tragisch coole Sache, die Radar meint, ist, die Leihfrist für geliehene Talare zu überziehen. Dann rausche ich an einem Polizeiwagen vorbei, der auf dem Grasstreifen in der Mitte steht. Erschrocken klammere ich mich ans Lenkrad, fest überzeugt, dass der Polizist die Verfolgung aufnimmt und uns aus dem Verkehr zieht. Doch er rührt sich nicht. Vielleicht weiß er, dass ich nur deshalb zu schnell fahre, weil ich muss.

DRITTE STUNDE

Ben sitzt wieder vorne. Ich fahre immer noch. Alle haben Hunger. Lacey verteilt an jeden einen Streifen Spearmint-Kaugummi, aber das ist ein schwacher Trost. Sie macht eine ellenlange Liste von allem, was wir bei unserem ersten Stopp an der BP-Tankstelle kaufen müssen. Bleibt zu hoffen, dass die BP-Tankstelle außergewöhnlich gut sortiert ist, denn wir haben vor, richtig abzuräumen.

Ben zappelt mit den Beinen.

»Kannst du das lassen?«

»Ich muss seit drei Stunden pinkeln.«

»Hast du schon mal gesagt.«

»Der Urin steht mir bis zum Brustkorb«, sagt er. »Ganz im Ernst, ich bin voll bis obenhin. Alter, im Moment bestehen siebzig Prozent meines Körpergewichts aus Pipi.«

»M-hm«, sage ich mit einem schwachen Lächeln. Es ist zwar lustig, aber ich bin müde.

»Ich habe das Gefühl, wenn ich weinen würde, würde ich Urin weinen.«

Damit kriegt er mich. Ich lache ein bisschen.

Als ich das nächste Mal zu ihm rübersehe, hat Ben die Hand im Schritt, so dass sich der Talar bauscht.

»Was soll das?«, frage ich.

»Mann, ich muss mal. Ich drücke die Leitung ab.« Er dreht sich um. »Radar, wie lange noch?«

»Wir müssen noch mindestens zweihundertachtzehn Kilometer fahren um die Pausen auf vier zu reduzieren, was ungefähr noch eine Stunde und zweiundfünfzigeinhalb Minuten bedeutet, wenn Q das Tempo hält.«

»Ich halte es!«, rufe ich. Wir haben eben Jacksonville hinter uns gelassen und nähern uns Georgia.

»Ich schaffe es nicht, Radar. Gib mir was, wo ich reinpinkeln kann.«

Der Chor ruft: NEIN. Auf keinen Fall. Sei ein Mann und verkneif es dir. Heb es auf wie eine viktorianische Jungfrau ihre Unberührtheit. Bewahre Würde und Anstand, wie der Präsident der Vereinigten Staaten die freie Welt bewahren soll.

»GEBT MIR WAS ZUM REINPINKELN ODER ICH PINKEL AUF DEN SITZ, UND MACHT SCHNELL!«

»O Gott«, sagt Radar und schnallt sich ab. Er klettert nach hinten und greift in die Kühlbox. Dann kehrt er auf seinen Platz zurück, beugt sich vor und reicht Ben ein Bier.

»Zum Glück eins zum Aufdrehen«, sagt Ben, wickelt sich den Talar um die Hand und dreht den Kronkorken ab. Ben lässt das Fenster runter, und ich sehe im Seitenspiegel zu, wie das Bier am Wagen vorbeispritzt und auf dem Highway landet. Ben schafft es die Flasche unter seinen Talar zu stecken, ohne uns die legendären weltgrößten Eier zu zeigen, und dann sitzen wir alle da und warten angewidert.

Lacey sagt gerade: »Kannst du nicht einfach warten«, doch dann hören wir es. Ich habe das Geräusch zwar noch nie gehört, aber ich erkenne es sofort: das Plätschern von Urin in eine leere Bierflasche. Es klingt fast wie Musik. Widerliche Musik mit einem sehr schnellen Rhythmus. Ich riskiere einen Blick und sehe die Erleichterung in Bens Augen. Lächelnd starrt er in die Ferne.

»Je länger man wartet, desto besser fühlt es sich an«, sagt er. Das Geräusch verändert sich, als die Flasche voller wird. Dann, plötzlich, verschwindet Bens Lächeln.

»Alter, ich brauche noch eine Flasche«, sagt er.

»Noch eine Flasche, SOFORT«, brülle ich.

»Noch ein Flasche ist unterwegs!« Wie der Blitz beugt sich Radar über den Rücksitz, greift in die Kühlbox, holt noch eine Flasche aus dem Eis. Er öffnet sie mit der bloßen Hand, lässt eins der hinteren Fenster runter und kippt das Bier aus dem Spalt. Dann hechtet er nach vorne, steckt den Kopf zwischen Ben und mich und hält Ben, der schon Panik in den Augen hat, die Flasche hin.

»Der Wechsel wird, äh... kompliziert«, sagt Ben. Dann fängt er an unter seinem Talar zu hantieren, und ich will mir nicht vorstellen, was da los ist, bis eine randvoll gepinkelte Flasche Miller Lite unter dem Talar auftaucht (die einer Flasche Miller Lite mit Bier erstaunlich ähnlich sieht). Ben stellt die volle Flasche in den Getränkehalter, nimmt Radar die leere ab, und dann seufzt er erleichtert.

Wir anderen dürfen in der Zwischenzeit die Flasche im Getränkehalter bewundern. Auch wenn die Fahrbahn nicht holprig ist, lässt die Federung des Wagens zu wünschen übrig, und Bens Urin schwappt bedrohlich im Flaschenhals.

»Ben, wenn deine Pisse in meinem nagelneuen Wagen landet, schneide ich dir die Eier ab.«

Ben, der immer noch pinkelt, schaut grinsend zu mir rüber. »Da bräuchtest du aber ein verdammt großes Messer, Alter.« Und dann endlich höre ich, wie sein Strom versiegt. Als er fertig ist, wirft er in einer einzigen geschmeidigen Bewegung die zweite Flasche aus dem Fenster. Die erste fliegt gleich hinterher.

Lacey imitiert Würgegeräusche – oder vielleicht würgt sie wirklich. Radar sagt: »Mann, hast du heute Morgen nach dem Aufstehen erst mal vierzig Liter Wasser getrunken, oder was?«

Aber Ben strahlt. Triumphierend reißt er die Fäuste in die Luft und ruft: »Kein Tropfen auf den Sitz! Ich bin Ben Starling. Erste Klarinette im Winter-Park-Highschool-Orchester. Fassstand-Rekordmeister. Im-Auto-Pinkeln-Champion. Die Welt hält den Atem an! Ich bin der Größte!«

Fünfunddreißig Minuten später, nach fast drei vollen Stunden auf der Straße, fragt Ben kleinlaut: »Wann halten wir noch mal an?«

»In einer Stunde und drei Minuten, wenn Q die Geschwindigkeit hält«, antwortet Radar.

»Okay«, sagt Ben. »Okay. Gut. Ich muss nämlich mal pinkeln.«

VIERTE STUNDE

Zum allerersten Mal fragt Lacey: »Sind wir bald da?« Wir lachen. Immerhin sind wir schon in Georgia, einem Staat, den ich aus einem bestimmten Grund, und nur deshalb, liebe: Das Tempolimit ist hundertzehn, was heißt, dass ich hundertneunzehn fahren kann. Abgesehen davon erinnert mich Georgia an Florida.

Wir verbringen die Stunde damit, uns auf den ersten Halt vorzubereiten. Dies ist ein wichtiger Halt, denn ich bin sehr, sehr, sehr, sehr hungrig und ausgetrocknet. Irgendwie lindert das Reden über das Essen, das wir bei BP kaufen wollen, die Kohldampfattacken. Lacey macht jedem von uns eine Einkaufsliste, die sie in kleinen Buchstaben auf die Rückseite der Kassenbons aus ihrer Handtasche schreibt. Sie beauftragt Ben, sich weit aus dem Fenster zu lehnen, um nachzusehen, auf welcher Seite der Tankdeckel ist. Sie zwingt uns die Einkaufslisten auswendig zu lernen und fragt uns ab. Den Ablauf des Tankstellenbesuchs kauen wir mehrmals durch; er muss so gut sitzen wie ein Boxenstopp.

»Noch mal«, sagt Lacey.

»Ich bin der Tankwart«, sagt Radar. »Sobald die Pumpe pumpt, renne ich rein, obwohl es verboten ist, die Zapfsäule während des Tankvorgangs zu verlassen, und gebe dir die BP-Karte. Dann renne ich wieder raus zur Zapfsäule.«

»Ich gebe dem Mann an der Kasse die Karte«, sagt Lacey.

»Oder der Frau«, sage ich.

»Spielt keine Rolle«, gibt Lacey zurück.

»Ich meine nur. Sei nicht so sexistisch.«

»Reg dich ab, Q. Ich gebe der Person an der Kasse die BP-Karte. Und sage ihr oder ihm, dass er oder sie alles, was wir zur Kasse bringen, über die Karte abrechnen soll. Dann gehe ich aufs Klo.«

Ich sage: »In der Zwischenzeit hole ich alles, was auf meiner Liste steht, und bringe es zur Kasse.«

Ben sagt: »Und ich gehe pinkeln. Wenn ich fertig bin, hole ich die Sachen von meiner Liste.«

»Vor allem die T-Shirts«, sagt Radar. »Die Leute sehen mich komisch an.«

Lacey sagt: »Wenn ich vom Klo komme, unterschreibe ich die Rechnung.«

»In dem Moment, wo der Tank voll ist, setzte ich mich ans Steuer und fahre los, also seht zu, dass ihr drin sitzt. Im Ernst, ich lasse euch stehen, wenn ihr nicht da seid. Ihr habt sechs Minuten«, sagt Radar.

»Sechs Minuten.« Ich nicke. Und auch Lacey und Ben wiederholen: »Sechs Minuten.« – »Sechs Minuten.« Um 17:35 Uhr, weitere eintausendvierhundertachtundvierzig Kilometer liegen vor uns, informiert uns Radar, dass laut seinem Palmtop an der nächsten Ausfahrt eine BP-Tankstelle ist.

Als ich die Tankstelle anfahre, gehen Lacey und Radar an der Schiebetür in Startposition. Ben hat den Gurt gelöst, eine Hand am Türgriff und die andere auf dem Armaturenbrett. Ich versuche so lange wie möglich die Geschwindigkeit beizubehalten, dann trete ich direkt an der Zapfsäule auf die Bremse. Buckelnd kommt der Kleinbus zum Stehen, und wir stürzen uns aus den Türen. Radar und ich treffen uns vor der Motorhaube, wo ich ihm die Schlüssel zuwerfe, dann sprinte ich zum Laden. Lacey und Ben sind knapp vor mir an der Tür. Während Ben zum Bad rennt, erklärt Lacey der grau melierten Dame (es *ist* eine Frau), dass wir eine Menge einkaufen müssen und es furchtbar eilig haben und dass sie alles, was wir bringen, auf die Rechnung der BP-Karte setzen soll. Die Frau wirkt ein bisschen verwirrt, ist aber einverstanden. Mit wallender Robe kommt Radar hereingerannt und übergibt Lacey die Karte.

In der Zwischenzeit renne ich zwischen den Regalen hindurch und suche, was auf meiner Liste steht. Lacey ist für Getränke zuständig, Ben für Non-Food, ich für Lebensmittel. Ich jage durch die Gänge wie ein Gepard, und die Tortilla-Chips sind die verwundeten Gazellen. Ich schleppe einen Armvoll Chips und Bifi und Erdnüsse zur Ladentheke, dann jogge ich geschmeidig zum Süßigkeitenregal. Eine Handvoll Mentos, eine Handvoll Snickers, und – oh, steht nicht auf der Liste, aber was soll's, ich liebe Rainbow Nerds, und deshalb nehme ich drei Packungen Rainbow Nerds mit. Ich renne zurück, und dann sehe ich mir die »Frischetheke« an, die aus einer Lage uralter Truthahn-Sandwiches hinter einer Glasscheibe besteht, und der Truthahn sieht verdächtig nach gekochtem Schinken aus. Ich packe zwei davon ein. Auf dem Weg zur Kasse nehme ich noch ein paar Streifen Starburst-Kaubonbons, eine Packung Twinkies Creme-Törtchen und eine unbestimmte Anzahl von GoFast-Energieriegeln mit. Ich renne zurück. Ben steht in seinem Talar an der Kasse und überreicht der Frau zwei T-Shirts und eine Sonnenbrille für vier Dollar. Lacey schleppt mehrere Zweiliterflaschen Limonade, Energiedrinks und Wasserflaschen herbei. Die Flaschen sind so groß, dass nicht mal Ben sie vollpinkeln kann.

»EINE MINUTE!«, schreit Lacey, und ich werde panisch. Ich drehe mich im Kreis und stürme durch den Laden, während ich mich zu erinnern versuche, was ich vergessen habe. Ich werfe einen Blick auf die Liste. Anscheinend habe ich alles, aber ich werde das Gefühl nicht los, dass etwas Wichtiges fehlt. Was? Komm schon, Jacobsen. Chips, Süßigkeiten, Truthahn-der-wie-Schinken-aussieht, Erdnussbutter-Marmeladen-Sandwiches und? Was sind die anderen Nahrungsgruppen? Fleisch, Chips, Zucker, und, und, und, und Käse! »CRACKER«, sage ich viel zu laut, und dann sprinte ich zum Crackerregal, reiße Käsecracker und Erdnussbuttercracker an mich und zum Ausgleich ein paar von Grandmas Erdnussbutterplätzchen, und dann renne ich zurück und werfe sie über die Theke. Die Frau hat schon vier große Plastiktüten mit Lebensmittel gepackt. Die Summe beträgt fast einhundert Dollar, und es ist noch nicht mal das Benzin dabei. Ich werde den ganzen Sommer arbeiten, um es Laceys Eltern zurückzuzahlen.

Es gibt nur einen Moment des Stillstands, als die Frau an der Kasse Laceys BP-Karte durch den Kartenleser zieht. Ich sehe auf die Uhr. In zwanzig Sekunden müssen wir los. Dann, endlich, höre ich, wie der Beleg ausgedruckt wird. Die Frau reißt ihn aus dem Gerät, Lacey kritzelt ihre Unterschrift darauf, und dann packen Ben und ich die Tüten und rennen zum Wagen. Radar lässt den Motor aufheulen, als wollte er sagen: »Los, los, los«, und wir stürzen über den Parkplatz, und Bens Talar fliegt hoch, so dass er ein wenig an einen bösen Zauberer erinnert, bis auf die dünnen Beine und die Plastiktüten. Von hinten sehe ich Laceys Beine unter ihrem Kleid, die Muskeln ihrer Waden zucken. Ich weiß nicht, wie ich aussehe, aber ich weiß, wie ich mich fühle: Jung. Albern. Unsterblich. Ich sehe, wie Lacey und Ben in die offene Schiebetür springen. Ich stürze mich hinterher, lande auf Plastiktüten und Laceys Rücken. Radar tritt aufs Gas, während ich die Schiebetür zuziehe, und dann schießt der Kleinbus aus dem Parkplatz, das erste Mal in der langen und bunten Geschichte seit seiner Erfindung, dass bei einem Kleinbus das Gummi raucht. Mit ziemlich gefährlicher Geschwindigkeit ordnet sich Radar auf dem Highway ein. Wir liegen vier Sekunden vor dem Zeitplan. Wie auf der NASCAR-Rennbahn klatschen wir einander jubelnd ab. Wir sind gut ausgerüstet. Ben hat jede Menge Behälter, in die er urinieren kann. Ich habe einen angemessenen Bifi-Vorrat. Lacey hat ihre Mentos. Radar und Ben haben T-Shirts, die sie sich über den Talar ziehen. Der Kleinbus ist zur Biosphäre geworden – gebt uns Benzin, und wir können für immer so weitermachen.

FÜNFTE STUNDE

Okay, vielleicht sind wir doch nicht so gut ausgerüstet. Es stellt sich raus, dass Ben und mir im Eifer des Gefechts ein paar schwerwiegende (wenn auch nicht verhängnisvolle) Fehler unterlaufen sind. Während Radar allein im Cockpit sitzt, packen Ben und ich auf der mittleren Bank die Tüten aus und reichen Lacey die Artikel nach hinten. Lacey sortiert alles auf verschiedene Stapel, nach einem Organisationsschema, das nur sie versteht.

»Warum ist das Wick MediNait nicht auf demselben Stapel wie die Koffeintabletten?«, frage ich. »Gehören Medikamente nicht zusammen?«

»Q, Schätzchen. Du bist ein Junge. Du weißt nicht, wie so was geht. Die Koffeintabletten sind bei der Schokolade und dem Mountain Dew, weil das die Sachen sind, die wach machen. Wick MediNait ist bei den Bifis, weil Essen müde macht.«

»Faszinierend«, sage ich. Nachdem ich Lacey die letzten Artikel überreicht habe, fragt Lacey: »Q, wo sind die Sachen, die... du weißt schon... gesund sind?«

»Was?«

Lacey nimmt ihre Kopie der Liste, die sie für mich geschrieben hat, und liest vor: »Bananen. Äpfel. Getrocknete Cranberrys. Rosinen.«

»Oh«, sage ich. »Ja, stimmt. Die vierte Nahrungsgruppe waren doch nicht die Cracker.«

»Q!«, sagt Lacey wütend. »Das ist alles Junkfood. Ich kann nichts davon essen!«

Ben legt die Hand auf ihren Arm. »Du kannst Grandmas Erdnussbutterplätzchen essen. Die sind gesund. Grandma hat sie gebacken. Grandma würde dir nie was Ungesundes geben.«

Lacey bläst sich eine Haarsträhne aus dem Gesicht. Sie wirkt ziemlich böse.

»Und die GoFast-Riegel«, sage ich. »Da sind lauter Vitamine drin!«

»Ja, Vitamine und dreißig Gramm Fett«, sagt sie.

Radar meldet sich aus dem Cockpit: »Red nicht schlecht über GoFast-Riegel. Oder willst du, dass ich anhalte?«

»Wenn ich in einen GoFast-Riegel beiße«, sagt Ben, »weiß ich, wie einem Moskito Blut schmeckt.«

Ich reiße einen GoFast-Riegel auf und halte ihn Lacey unter die Nase. »Du musst nur mal dran riechen«, sage ich. »Riechst du die leckeren Vitamine?«

»Wegen dir werde ich dick.«

»Und pickelig« sagt Ben, »vergiss die Pickel nicht.«

Widerwillig nimmt Lacey mir den Riegel aus der Hand und beißt hinein. Sie muss die Augen schließen, um die orgiastische Verzückung zu verbergen, die mit dem Biss in einen GoFast-Riegel einhergeht. »Oh. Mein. Gott. Das schmeckt, wie sich Hoffnung anfühlt.«

Dann packen wir die letzte Tüte aus. Es sind zwei große T-Shirts darin, über die Radar und Ben sich riesig freuen, weil sie damit statt wie zwei Typen in bescheuerten Talaren wie zwei Typen mit T-Shirts über den bescheuerten Talaren aussehen.

Allerdings tun sich zwei neue kleine Probleme auf, als Ben die T-Shirts auseinanderfaltet. Erstens stellt sich raus, dass die T-Shirt-Größe L an einer Tankstelle in Georgia nicht die gleiche Größe ist wie T-Shirt-Größe L bei, sagen wir, Gap. Das Tankstellen-T-Shirt ist megagigantisch groß, eher ein Müllsack als ein T-Shirt. Es ist kaum kleiner als ein Highschool-Talar. Doch das ist harmlos im Vergleich zu dem anderen kleinen Problem, das darin besteht, dass auf beiden T-Shirts eine riesige Südstaaten-Flagge quer über die Brust gedruckt ist, und darunter stehen die Worte: TRADITION STATT HASS.

»O, nein, das ist nicht dein Ernst«, sagt Radar, als ich ihm zeige, worüber wir lachen. »Ben Starling, sag, dass das nicht wahr ist. Sag, dass du deinem schwarzen Alibifreund kein T-Shirt mit einer rassistischen Parole gekauft hast.«

»Ich habe die erstbesten T-Shirts genommen, die ich gesehen habe, Bruder.«

»Nenn mich nicht Bruder«, sagt Radar, aber er schüttelt den Kopf und dann lacht auch er. Ich reiche ihm sein T-Shirt nach vorn, und er windet sich hinein, indem er mit den Knien steuert. »Hoffentlich werden wir angehalten«, sagt er. »Ich würde gern das Gesicht von dem Bullen aus Georgia sehen, wenn er einen schwarzen Mann in einem rassistischen Südstaaten-T-Shirt über einem schwarzen Kleid anhält.«

SECHSTE STUNDE

Aus irgendeinem Grund ist das Stück der I-95 südlich von Florence in North Carolina am Freitagabend Treffpunkt aller örtlichen Autofahrer. Kilometerweit stecken wir in zähflüssigem Verkehr, und obwohl Radar fest entschlossen ist, das Tempolimit zu brechen, kann er froh sein, wenn er auf fünfzig kommt. Ich sitze neben Radar im Cockpit, und wir versuchen uns abzulenken, indem wir ein Spiel spielen, das wir gerade erfunden haben. Es heißt »Der Typ ist ein Gigolo«, und es geht darum, sich das Leben der Leute in den anderen Autos vorzustellen.

Neben uns fährt eine mexikanisch aussehende Frau in einem alten verbeulten Toyota Corolla. Ich sehe in der einbrechenden Dunkelheit zu ihr runter. »Sie hat ihre Familie zurückgelassen um hierherzukommen«, sage ich. »Illegal. Schickt jeden dritten Dienstag des Monats Geld nach Hause. Sie hat zwei kleine Kinder, ihr Mann ist Wanderarbeiter. Im Moment ist er in Ohio – er ist nur drei, vier Monate im Jahr zu Hause, aber sie verstehen sich richtig gut.«

Radar beugt sich rüber und wirft einen kurzen Blick auf den Corolla. »Mann, Q, so melodramatisch ist es nicht. Sie ist Sekretärin in einer Anwaltskanzlei – sieh dir ihre Klamotten an. Sie hat fünf Jahre gebraucht, aber sie hat nebenher studiert und hat das Anwaltspatent so gut wie in der Tasche. Kinder hat sie keine und auch keinen Mann. Sie hat einen Freund. Der ist ein bisschen flatterhaft. Bindungsangst und so. Er ist Weißer, der Exotik-Faktor macht ihn nervös.«

»Aber sie trägt einen Ehering«, halte ich dagegen. Zu Radars Verteidigung: Ich kann sie besser sehen. Sie fährt rechts von uns und ist genau unter mir. Durch die getönten Scheiben ihres Wagens beobachte ich, wie sie irgendein Lied mitsingt und unbeirrt auf die Fahrbahn starrt. Es gibt so viele Menschen. Wie leicht vergisst man, dass die Welt voll von Menschen ist, zum Bersten voll. Man kann sie sich vorstellen, aber man wird sich unweigerlich falsche Vorstellungen machen. Ich spüre, dass das ein wichtiger Gedanke ist, einer dieser Gedanken, um das sich das Gehirn erst langsam herumwindet wie ein Python, doch bevor ich weiterkomme, redet Radar.

»Den trägt sie nur, damit Perverse wie du sie nicht anmachen«, sagt er.

»Vielleicht.« Ich lächle, nehme den angebissenen GoFast-Riegel, der auf meinem Schoß liegt, und beiße ab. Eine Weile ist es wieder still, und ich denke darüber nach, wie wir andere Menschen sehen und doch nicht sehen, über die getönten Scheiben zwischen mir und dieser Frau, die immer noch neben uns ist, über all die Fenster und Spiegel an beiden Autos, während wir nebeneinander über die volle Fahrbahn kriechen. Als Radar weiterredet, merke ich, dass er ähnliche Gedanken hat.

»Der Witz bei ›Der Typ ist ein Gigolo‹«, sagt Radar, »ist, dass es mehr über den verrät, der die andere Person beschreibt, als über die Person selbst.«

»Ja«, sage ich. »Genau das habe ich auch gerade gedacht.« Unwillkürlich kommt mir der Gedanke, dass Walt Whitman bei all seiner polternden Schönheit vielleicht ein bisschen zu optimistisch gewesen ist. Wir können andere hören, wir können zu ihnen reisen, ohne uns zu bewegen, wir können sie uns vorstellen, und wir sind durch ein irrsinniges Wurzelsystem alle miteinander verbunden, genau wie die Grashalme auf einer Wiese – doch unser Spiel lässt mich daran zweifeln, ob wir je wirklich *einander werden* können.

SIEBTE STUNDE

Endlich schieben wir uns an dem umgekippten Sattelschlepper vorbei und können wieder Geschwindigkeit aufnehmen, doch Radar rechnet im Kopf aus, dass wir ab jetzt bis Agloe im Durchschnitt hundertvierundzwanzig fahren müssen. Es ist eine ganze Stunde her, dass Ben verkündet hat, er müsse pinkeln, und der Grund dafür ist einfach: Ben schläft. Um Punkt sechs hat er einen Messbecher Wick MediNait getrunken. Er hat sich auf die letzte Bank gelegt, und dann haben Lacey und ich ihn mit zwei Gurten festgeschnallt, was für ihn unbequem war, doch 1. war es zu seinem Besten, und 2. wussten wir alle, dass er in zwanzig Minuten jede Unbequemlichkeit vergessen hätte, denn er würde tief und fest schlafen. Und genauso ist es. Um Mitternacht wollen wir ihn wieder wecken. Eben habe ich Lacey ins Bett gebracht, um neun, in der gleichen Position auf der mittleren Bank. Wir wecken sie um zwei Uhr früh. Die Idee dahinter ist, dass jeder eine Mütze Schlaf bekommt, damit wir uns morgen früh, wenn wir in Agloe einlaufen, nicht die Augenlider mit Tesa festkleben müssen.

Der Van ist zu einem kleinen Haus geworden: Ich sitze auf dem Beifahrersitz, der so was wie der Hobbyraum ist. Es ist, finde ich, der beste Ort im Haus: jede Menge Platz, und der Sessel ist bequem.

Im Fußraum vor dem Beifahrersitz ist das Büro, wo die Straßenkarte der Vereinigten Staaten liegt, die Ben an der Tankstelle gekauft hat, die Wegbeschreibung, die ich ausgedruckt habe, und die Schmierzettel mit Radars Berechnungen zu Tempo und Strecke.

Radar auf dem Fahrersitz ist im Wohnzimmer. Das Wohnzimmer ist so ähnlich wie der Hobbyraum, nur dass man nicht ganz so locker abhängen kann. Außerdem ist es ordentlicher.

Zwischen Wohnzimmer und Hobbyraum ist die Mittelkonsole oder die Küche. Hier bewahren wir die üppigen Bestände an Bifis und GoFast-Riegeln auf und einen magischen Energydrink namens Bluefin, den Lacey auf die Einkaufsliste gesetzt hat. Bluefin wird in kleinen, aufwendig verzierten Glasflaschen verkauft und schmeckt wie blaue Zuckerwatte. Das Zeug hält einen wacher als sonst irgendwas in der Geschichte der Menschheit, auch wenn es einen ein bisschen hibbelig macht. Radar und ich haben uns darauf geeinigt, das Zeug bis zwei Stunden vor Schichtende zu trinken. Meine Schicht endet um Mitternacht, wenn Ben aufwacht.

Die erste Rückbank ist das Kinderschlafzimmer. Es ist weniger abgeschirmt, weil es so nahe an Küche und Wohnzimmer ist, wo die Leute wach sind und sich unterhalten und manchmal Musik im Radio hören.

Dahinter ist das Elternschlafzimmer, wo es dunkler und stiller ist und insgesamt besser als im ersten.

Und dahinter ist der Eisschrank oder Kühlraum, wo zurzeit zweihundertzehn Bierflaschen lagern, in die Ben noch nicht gepinkelt hat, und außerdem die Truthahn-der-wie-Schinken-aussieht-Sandwiches und ein paar Flaschen Cola.

Über das Haus lässt sich nur Gutes sagen. Es ist vollständig mit Teppichboden ausgelegt. Es hat Zentralheizung und eine Klimaanlage. Jedes Zimmer ist mit Surroundton ausgestattet. Zugegeben, es sind nur fünfeinhalb Quadratmeter Wohnfläche. Aber der offene Grundriss ist nicht zu schlagen.

ACHTE STUNDE

Als wir die Grenze nach South Carolina passieren, erwische ich Radar beim Gähnen und bestehe auf Fahrerwechsel. Außerdem fahre ich gerne – auch wenn das Gefährt ein Kleinbus ist, es ist mein Kleinbus. Ich halte das Lenkrad, während Radar aus seinem Sitz ins erste Schlafzimmer klettert, und dann rutsche ich flink durch die Küche in den Fahrersitz.

Auf Reisen, stelle ich fest, lernt man eine Menge über sich selbst. Zum Beispiel hätte ich mich nie für einen Menschen gehalten, der bei hundertzwanzig Sachen quer durch South Carolina in eine fast leere Flasche Bluefin-Energydrink pinkeln würde – aber tatsächlich bin ich genau so ein Mensch. Außerdem wusste ich nicht, dass aus der Mischung von Urin und Bluefin dieses unglaublich leuchtende Türkis rauskommt. Es sieht so hübsch aus, dass ich am liebsten den Deckel auf die Flasche geschraubt und sie in den Getränkehalter gestellt hätte, damit Lacey und Ben es auch sehen können, wenn sie aufwachen.

Radar findet die Idee nicht so gut. »Wenn du den Scheiß nicht sofort aus dem Fenster schmeißt, beende ich unsere elfjährige Freundschaft«, sagt er.

»Das ist kein Scheiß«, sage ich. »Es ist Urin.«

»Raus«, sagt er. Und so verschmutze ich die Umwelt. Im Seitenspiegel sehe ich, wie die Flasche auf dem Asphalt landet und zerplatzt wie eine Wasserbombe. Auch Radar hat es gesehen.

»O Gott«, sagt Radar. »Ich hoffe, das ist eins dieser traumatischen Erlebnisse, das so viel Schaden in meiner Psyche anrichten könnte, dass ich es sofort verdränge.«

NEUNTE STUNDE

Ich hätte nie gedacht, dass man sich an GoFast-Energieriegeln überessen könnte. Aber es geht. Von meinem vierten Riegel habe ich nur zweimal abgebissen, als mein Magen dichtmacht. Ich öffne die Klappe des Fachs in der Mittelkonsole und lege den Riegel wieder hinein. Diesen Teil der Küche nennen wir Speisekammer.

»Ich wünschte, wir hätten Äpfel«, sagt Radar. »Mann, ein Apfel wäre jetzt das Allerbeste, oder?«

Ich seufze. Dämliche vierte Nahrungsgruppe. Außerdem bin ich immer noch viel zu hibbelig, obwohl ich schon vor Stunden aufgehört habe Bluefin zu trinken.

»Ich bin immer noch so hibbelig«, sage ich.

»Ja«, sagt Radar. »Ich muss die ganze Zeit mit den Fingern trommeln.« Ich sehe zu ihm rüber. Lautlos trommelt er mit den Fingern auf seinen Knien herum. »Im Ernst«, sagt er, »ich bin physisch nicht in der Lage, damit aufzuhören.«

»Okay, also, ich bin nicht müde, lass uns einfach bis vier aufbleiben, und dann wecken wir die anderen und schlafen bis acht.«

»Okay«, sagt er. Dann schweigen wir beide. Inzwischen ist die Straße leer – nur ich und die Sattelschlepper sind unterwegs. Ich habe das Gefühl, mein Gehirn verarbeitet Informationen elftausendmal so schnell wie normal. Und ich denke, was ich hier tue, ist sehr leicht. Auf dem Highway fahren ist die leichteste und angenehmste Sache der Welt: Ich muss nur zwischen den zwei Linien bleiben und aufpassen, dass mir keiner zu nahe kommt und dass ich keinem zu nahe komme, und immer weiter fahren. Es ist wie ein ewiger Aufbruch. Vielleicht ist es ihr auch so gegangen, aber mir hätte es allein keinen Spaß gemacht.

Radar bricht das Schweigen. »Also, wenn wir bis vier wach bleiben wollen ...«

Ich beende den Satz: »Ja, dann sollten wir wahrscheinlich noch eine Flasche Bluefin aufmachen.«

Und das tun wir.

ZEHNTE STUNDE

Zeit für unseren zweiten Stopp. Es ist 00:13. Meine Finger fühlen sich an, als würden sie nicht aus Fingern bestehen; sie fühlen sich an, als bestünden sie aus Bewegung. Beim Fahren kitzle ich das Lenkrad.

Nachdem Radar auf dem Palmtop die nächste BP-Tankstelle gefunden hat, beschließen wir, Ben und Lacey aufzuwecken.

Ich sage: »Hey, Leute, wir halten gleich an.« Keine Reaktion.

Radar dreht sich um und legt die Hand auf Laceys Schulter. »Lacey, Zeit zum Aufstehen.« Nichts.

Ich mache das Radio an. Ich finde einen Oldie-Sender. Es sind die Beatles. Sie spielen »Good Morning«, und ich drehe die Lautstärke auf. Keine Reaktion. Radar dreht die Lautstärke weiter auf. Und dann noch weiter. Und dann kommt der Refrain, und er singt mit. Ich stimme ein. Ich glaube, am Ende ist es mein schiefes Gegröle, das sie aufweckt.

»MACH, DASS ES AUFHÖRT!«, schreit Ben. Wir drehen die Musik runter.

»Ben, wir halten an. Musst du aufs Klo?«

Es wird still, dann raschelt es hinten, und ich frage mich, ob er eine Methode oder einen Handgriff oder so hat, um den Urinstand in seiner Blase zu messen. »Eigentlich nicht«, sagt er.

»Okay, dann bist du an der Zapfsäule.«

»Als einziger Junge, der nicht im Auto gepinkelt hat, melde ich mich als erster Klogänger«, sagte Radar.

»Schschsch«, murmelt Lacey. »Schsch. Hört doch mal mit Reden auf.«

»Lacey, du musst aufstehen und aufs Klo gehen«, sagt Radar. »Wir halten an.«

»Du darfst Äpfel kaufen«, sage ich.

»Äpfel«, murmelt sie selig. »Ich mag Äpfel.«

»Und danach darfst du *fahren*«, sagte Radar. »Deshalb musst du jetzt aufwachen.«

Sie setzt sich auf, und dann sagt sie mit ihrer normalen Stimme: »Das mag ich nicht so gerne.«

Wir nehmen die Ausfahrt und erreichen nach tausendvierhundert Metern die etwas abseits gelegene BP-Tankstelle. Das klingt nicht allzu weit, aber Radar sagt, es kostet uns wahrscheinlich vier Minuten. Außerdem hat uns der Verkehr in South Carolina zugesetzt, und mit der Baustelle, die in etwa einer Stunde auf uns wartet, sagt Radar, kann die Sache richtig brenzlig werden. Aber ich darf mich nicht aufregen. Lacey und Ben haben den Schlaf inzwischen so weit abgeschüttelt, dass sie wie beim letzten Mal an der Schiebetür in Startposition gehen, und als wir vor der Zapfsäule zum Stehen kommen, sprinten alle los, und ich werfe Ben den Schlüssel zu, der ihn in der Luft fängt.

Radar und ich gehen zielstrebig an dem weißen Mann an der Kasse vorbei, doch Radar bleibt stehen, als er dessen Blick bemerkt. »Ja«, sagt er ohne Scheu, »ich trage ein TRADITION-STATT-HASS-T-Shirt über meinem Highschool-Talar. Ach übrigens, verkaufen Sie hier auch Hosen?«

Der Typ macht ein verblüfftes Gesicht. »Wir haben Tarnhosen hinten beim Motoröl.«

»Ausgezeichnet«, sagt Radar. Und dann sieht er mich an und sagt: »Sei ein Schatz und such mir eine Tarnhose raus. Und vielleicht ein schöneres T-Shirt?«

»Wird gemacht«, antworte ich. Die Tarnhosen haben, wie sich herausstellt, normale Größen. Es gibt Medium und Large. Ich nehme ein Paar in Medium und dann ein großes rosa T-Shirt, auf dem steht: WELTBESTE OMI. Außerdem nehme ich drei Flaschen Bluefin mit.

Ich reiche alles an Lacey weiter, die gerade vom Klo zurückkommt, und dann gehe ich auf die Damentoilette, da Radar noch auf der Herrentoilette ist. Ich frage mich, ob ich jemals auf der Damentoilette einer Autobahnraststätte war.

Unterschiede:
kein Kondom-Automat
weniger Graffiti
kein Pissoir

Der Geruch ist mehr oder weniger der gleiche, was eine enttäuschende Erkenntnis ist.

Als ich rauskomme, zahlt Lacey gerade, und Ben hupt, und nach einem Augenblick der Verwirrung laufe ich raus zum Wagen.

»Wir haben eine Minute verloren«, sagt Ben vom Beifahrersitz. Lacey biegt auf den Zubringer ab, der uns zurück zum Highway bringt.

»Tut mir leid«, sagt Radar von der mittleren Bank, wo er neben mir sitzt und sich unter dem Talar in die Tarnhose windet. »Dafür habe ich eine Hose. Und ein neues T-Shirt. Wo ist das T-Shirt, Q?« Lacey reicht es ihm. »Sehr witzig.« Er zieht sich den Talar aus und ersetzt ihn durch das Omi-T-Shirt, während Ben sich beschwert, dass ihm keiner eine Hose mitgebracht hat. Sein Hintern juckt, sagt er. Und wenn er es genau bedenkt, muss er doch irgendwie aufs Klo.

ELFTE STUNDE

Wir sind bei der Baustelle. Nur eine Spur ist befahrbar, und vor uns fährt ein Sattelschlepper, der *exakt* das Tempolimit von fünfzig Stundenkilometern einhält. Für diese Situation ist Lacey die richtige Fahrerin. Ich hätte ungeduldig auf dem Lenkrad herumgetrommelt, doch sie unterhält sich entspannt mit Ben, bis sie sich zu mir umdreht und sagt: »Q, ich müsste dringend mal aufs Klo, und hinter dem Lastwagen verlieren wir sowieso Zeit.«

Ich nicke nur. Ich kann es ihr nicht übel nehmen. Wenn ich nicht in Flaschen pinkeln könnte, hätte ich längst auf einen weiteren Halt bestanden.

Sie hält an einer Vierundzwanzig-Stunden-Tankstelle, und ich steige aus und vertrete mir die gummiartigen Beine. Als Lacey zurück zum Wagen gerannt kommt, sitze ich am Steuer. Ich weiß auch nicht genau, wie ich dort gelandet bin. Erst als sie an der Fahrertür steht, sieht sie mich, und ich sage durchs offene Fenster zu ihr: »Ich kann fahren.« Schließlich ist es mein Auto und meine Mission. Und sie sagt: »Wirklich? Bist du dir sicher?«, und ich sage: »Ja, ja. Ich fühle mich fit«, und so zieht sie die Schiebetür auf und legt sich in die erste Reihe.

ZWÖLFTE STUNDE

Es ist 2:40 morgens. Lacey schläft. Radar schläft. Ich fahre. Die Straße ist leer. Sogar die meisten Lastwagenfahrer sind ins Bett gegangen. Minutenlang fahren wir, ohne aus der Gegenrichtung Scheinwerfer zu sehen. Ben hält mich wach, indem er neben mir drauflosquasselt. Wir reden über Margo.

»Hast du schon mal drüber nachgedacht, wie wir Agloe überhaupt finden sollen?«, fragt er mich.

»Ich weiß ungefähr, an welcher Kreuzung es sein müsste«, sage ich. »Und mehr als eine Kreuzung ist es nicht.«

»Und da sitzt sie an der Ecke auf der Motorhaube, dreht Däumchen und wartet auf dich?«

»Das wäre praktisch«, antworte ich.

»Alter, ich muss zugeben, ich mache mir irgendwie Sorgen, dass ... Ich meine, wenn nicht alles so läuft, wie du geplant hast ... dass du enttäuscht bist.«

»Ich will sie nur finden«, sage ich, weil es so ist. Ich will, dass sie gefunden wird – wohlauf und lebendig. Ich will, dass die Saite gespielt wird. Alles andere ist zweitrangig.

»Okay, aber ... Ich weiß auch nicht«, sagt Ben. Ich spüre, wie er mich ansieht – der ernste Ben. »Nur, denk einfach dran, dass Leute manchmal nicht so sind wie das Bild, das du von ihnen hast. Lacey zum Beispiel, ich fand sie immer so scharf und so toll und so cool, aber jetzt, wo wir zusammen sind ... Es ist nicht dasselbe. Menschen sind anders, wenn du sie riechen kannst und aus der Nähe siehst, weißt du, was ich meine?«

»Das weiß ich«, sage ich. Ich weiß, wie lange ich ein falsches Bild von ihr hatte und wie weit ich danebenlag.

»Ich meine nur, vorher war es einfach, Lacey zu mögen. Jemand aus der Ferne toll zu finden ist das Einfachste auf der Welt. Aber als sie auf einmal nicht mehr die tolle, unerreichbare Puppe war, sondern anfing ein ganz normales Mädchen zu sein, mit einer komischen Beziehung zum Essen und regelmäßigen Zickenanfällen, das gern rumkommandiert – da musste ich anfangen einen ganz anderen Menschen zu mögen.«

Ich spüre, wie meine Wangen heiß werden. »Du meinst, ich

mag die echte Margo gar nicht? Nach all dem... Ich sitze seit zwölf Stunden in dieser Karre, und du denkst tatsächlich, in Wirklichkeit mag ich sie nicht, weil ich sie nicht...« Ich unterbreche mich. »Nur weil du jetzt eine Freundin hast, denkst du, du stehst oben auf der Kanzel und kannst mir eine Predigt halten? Du bist echt ein A–«

Ich breche ab, weil ich am äußeren Rand des Scheinwerferkegels das Ding sehe, das mich töten wird.

Nichts ahnend stehen zwei Kühe mitten auf der Autobahn. Sie tauchen ganz plötzlich im Sichtfeld auf, eine gefleckte Kuh auf der linken Spur und ein riesige Monsterkuh auf unserer, so breit wie der ganze Wagen, stockstief, bis sie den Kopf umdreht und uns mit leerem Blick anstarrt. Die Kuh ist schneeweiß, eine weiße Wand aus Kuh, die weder über- noch umfahren werden kann. Ich kann sie nur rammen. Ich weiß, dass Ben sie auch sieht, denn ich höre, wie sein Atem stockt.

Es heißt, im letzten Augenblick spult sich das ganze Leben noch mal ab, doch bei mir ist es anders. Vor meinen Augen spult sich nichts ab außer das riesige Ausmaß von schneeweißem Fell eine Mikrosekunde von uns entfernt. Ich weiß nicht, was ich tun soll. Nein, das ist nicht das Problem. Das Problem ist, dass ich nichts tun *kann*, außer gegen die weiße Wand fahren, die uns töten wird, das Tier und uns, uns alle. Ich trete auf die Bremse, eher aus Reflex als aus Hoffnung: Nichts, was ich tun kann, kann verhindern, was gleich passiert. Ich lasse das Lenkrad los und hebe die Hände. Ich weiß nicht, warum, aber ich hebe die Hände, als würde ich mich ergeben. Ich denke den fantasielosesten Gedanken der Welt: Ich denke, ich will nicht, dass das passiert. Ich will nicht sterben. Ich will nicht, dass meine Freunde sterben. Und um ehrlich zu sein, als die Zeit anhält und ich die Hände in der Luft habe, wird mir noch ein Gedanke gestattet, und dieser Gedanke geht an sie. Ich gebe ihr die Schuld an dieser lächerlichen verhängnisvollen Jagd – sie hat uns in Gefahr gebracht und mich zu dem Blödmann gemacht, der die ganze Nacht auf ist und zu schnell fährt. Wenn sie nicht wäre, würde ich jetzt nicht sterben. Ich wäre zu Hause, so wie ich immer zu Hause gewesen bin, und ich wäre in Sicherheit und würde das tun, was ich immer schon tun wollte, nämlich erwachsen werden.

Nachdem ich die Kontrolle über den Wagen aufgegeben habe, überrascht mich eine Hand am Lenkrad. Wir ändern den Kurs, bevor ich begreife, warum wir den Kurs ändern, und dann begreife ich, dass Ben das Lenkrad herumreißt, im verzweifelten Versuch, der Kuh auszuweichen, und dann sind wir auf dem Seitenstreifen und dann auf dem Feld. Ich höre, wie die Reifen durchdrehen, als Ben das Lenkrad in die andere Richtung reißt. Ich sehe nicht mehr hin. Ich weiß nicht, ob ich die Augen geschlossen habe oder ob sie einfach aufgehört haben zu sehen. Mein Magen und meine Lungen treffen sich in der Mitte und prallen aufeinander. Etwas Spitzes trifft meine Wange. Wir bleiben stehen.

Ich weiß nicht, warum, aber ich berühre mein Gesicht. Als ich meine Hand ansehe, ist da Blut. Dann tastete ich meine Arme ab, umarme mich selbst, aber ich will nur nachsehen, ob meine Arme noch an ihrem Platz sind, und das sind sie. Ich sehe meine Beine an. Sie sind da. Da sind Scherben. Ich sehe mich um. Kaputte Flaschen. Ben sieht mich an. Ben berührt sein Gesicht. Er sieht aus, als wäre ihm nichts passiert. Er umarmt sich, wie ich es getan habe. Seine Glieder sind noch dran. Er sieht mich an. Im Rückspiegel sehe ich die Kuh. Und erst dann, verspätet, fängt

Ben zu schreien an. Er starrt mich an und schreit, der Mund weit aufgerissen, und sein Schrei ist tief und kehlig und zu Tode erschrocken. Dann hört er auf zu schreien. Irgendwas stimmt nicht mit mir. Ich fühle mich schwach. Meine Brust brennt. Und dann schnappe ich nach Luft. Ich hatte vergessen zu atmen. Ich hatte die ganze Zeit die Luft angehalten. Es geht mir viel besser, als ich wieder atme. *Durch die Nase einatmen, durch den Mund ausatmen.*

»Wer ist verletzt?«, schreit Lacey. Sie hat sich aus der Schlafposition abgeschnallt und beugt sich über die Lehne nach ganz hinten. Als ich mich umdrehe, sehe ich, dass die Kofferraumtür aufgegangen ist, und einen Moment lang glaube ich, Radar wurde aus dem Wagen geschleudert, aber dann setzt er sich auf. Er fährt sich mit den Händen durchs Gesicht und sagt: »Bei mir alles klar. Geht es allen gut?«

Lacey antwortet nicht; sie springt nach vorne zwischen Ben und mich. Über die Küche gebeugt, sieht sie Ben an. Sie sagt: »Liebster, bist du verletzt?« In ihren Augen ist so viel Wasser wie in einem Swimmingpool an einem Regentag. Und Ben sagt: »MirgehtsgutQblutet.«

Sie sieht mich an, und ich sollte nicht weinen, aber ich weine, nicht weil es wehtut, sondern weil ich Angst habe, und ich habe das Lenkrad losgelassen, und Ben hat uns gerettet, und jetzt guckt mich dieses Mädchen an, und sie guckt mich auf die Art an, wie meine Mama mich früher angesehen hat, und aus irgendeinem Grund bringt mich das aus der Fassung. Ich weiß, dass der Kratzer auf meiner Wange nicht schlimm ist, und das will ich ihr auch sagen, aber ich weine einfach weiter. Lacey drückt die Finger auf den Schnitt, und ihre Finger sind schmal und weich, und sie schreit Ben an, er soll ihr irgendwas geben, das sie als Verband nehmen kann, und dann drückt sie ein kleines Stück Südstaatenflagge auf meine Wange, rechts neben die Nase. Sie sagt: »Drück fest drauf; es ist nicht schlimm; tut dir sonst was weh?«, und ich sage Nein. In diesem Moment merke ich, dass der Wagen noch läuft, und der Gang noch drin ist, und wir stehen nur, weil ich den Fuß auf der Bremse habe. Ich schalte in Parkposition und stelle den Motor ab. Als der Wagen aus ist, höre ich, dass irgendwo Flüssigkeit ausläuft – es tropft nicht, es plätschert.

»Wahrscheinlich sollten wir raus hier«, sagt Radar. Ich drücke die Südstaatenflagge an meine Wange. Es plätschert weiter.

»Benzin! Das Ding fliegt hoch!«, schreit Ben. Er reißt die Tür auf und rennt panisch los. Mit Schwung setzt er über einen Weidezaun und galoppiert über ein Heufeld. Auch ich steige aus, nicht ganz so eilig. Radar ist auch draußen, und während Ben um sein Leben rennt, fängt Radar zu lachen an. »Es ist das Bier«, sagt er.

»Was?«

»Die ganzen Bierflaschen sind kaputtgegangen«, sagt er und nickt zur offenen Kühlbox im Kofferraum, aus der literweise schäumendes Bier herausströmt.

Wir versuchen Ben zu rufen, aber er hört uns nicht, weil er die ganze Zeit »DAS DING FLIEGT HOCH« schreit, während er über das Feld rennt. In der grauen Morgendämmerung fliegt sein Talar hoch, und wir können seinen knochigen Hintern sehen.

Ich drehe mich um und sehe zum Highway, weil ich einen Wagen kommen höre. Das weiße Ungetüm und seine gefleckte Freundin haben sich erfolgreich in den Schutz des gegenüberliegenden Seitenstreifens begeben, wo sie immer noch untätig herumstehen. Als ich mich umdrehe, erkenne ich erst, dass der Kleinbus gegen einen Zaun gefahren ist.

Ich versuche den Schaden abzuschätzen, als Ben wieder eintrudelt. Anscheinend haben wir den Zaun gestreift, denn die Schiebetür weist eine tiefe Furche auf, so tief, dass man, wenn man genau hinsieht, in den Bus hineinsehen kann. Ansonsten sieht er völlig in Ordnung aus. Keine weiteren Beulen. Keine kaputten Fenster. Keine platten Reifen. Ich gehe einmal um den Wagen herum, um die Kofferraumtür zu schließen und betrachte die zweihundertzehn kaputten Bierflaschen und das immer noch sprudelnde Bier. Lacey kommt zu mir und legt den Arm um mich. Zusammen schauen wir dem schäumenden Bierbach zu, der in den Graben fließt. »Was ist passiert?«, fragt sie.

Ich erzähle es ihr: Wir waren so gut wie tot, doch dann hat Ben es geschafft, das Lenkrad herumzureißen und den Wagen in einer Art genialer Automobilpirouette in die richtige Richtung zu lenken.

Ben und Radar haben sich unter den Wagen gelegt. Sie haben beide keinen blassen Schimmer von Autos, aber ich nehme an, es beruhigt sie irgendwie. Nur der Saum von Bens Talar und seine nackten Waden stehen heraus.

»Leute«, ruft Radar. »Sieht eigentlich alles in Ordnung aus.«

»Radar«, sage ich, »der Wagen hat sich ungefähr acht Mal um die eigene Achse gedreht. Er ist garantiert nicht in Ordnung.«

»Sieht aber in Ordnung aus«, sagt Radar.

»Hey«, sage ich und ziehe an Bens New Balance. »Hey, komm da raus.« Als er sich herauswindet, reiche ich ihm die Hand und helfe ihm hoch. Seine Hände sind schwarz vom Motoröl. Ich nehme ihn in den Arm und drücke ihn an mich. Wenn ich das Lenkrad nicht losgelassen hätte und wenn er nicht so geschickt eingegriffen hätte, wäre ich jetzt tot, davon bin ich überzeugt.

»Danke«, sage ich und klopfe ihm wahrscheinlich zu fest auf den

Rücken. »Das war die beste Beifahrerleistung, die ich je gesehen habe.«

Mit der ölverschmierten Hand tätschelt er mir die unverletzte Wange. »Hab ich gemacht, um meinen Arsch zu retten, nicht deinen«, sagt er. »Glaub mir, wenn ich dir sage, dass du mir dabei kein einziges Mal in den Sinn gekommen bist.«

Ich lache. »Du mir auch nicht«, sage ich.

Ben sieht mich an, und sein Mund lächelt beinahe, als er sagt: »Ich meine, das war eine gottverdammte Monsterkuh. Das war keine Kuh, sondern so was wie ein Landwal.« Ich lache.

Radar kriecht unter dem Wagen hervor. »Mann, ich glaube echt, dass alles in Ordnung ist. Ich meine, wir haben höchstens fünf Minuten verloren. Wir müssen nicht mal die Durchschnittsgeschwindigkeit erhöhen.«

Lacey sieht sich mit geschürzten Lippen die Beule in der Schiebetür an. »Was denkst du?«, frage ich sie.

»Fahren wir«, sagt sie.

»Fahren wir«, sagt Radar.

Ben bläst die Wangen auf und atmet aus. »Hauptsächlich weil ich mich dem Gruppenzwang beuge: Fahren wir.«

»Fahren wir«, sage ich. »Aber ich setze mich bestimmt nicht mehr ans Steuer.«

Ben nimmt mir den Schlüssel ab. Wir steigen ein. Radar lotst uns die sanft geneigte Böschung hinauf und zurück auf die Autobahn. Wir sind noch 872 Kilometer von Agloe entfernt.

DREIZEHNTE STUNDE

Alle paar Minuten sagt Radar: »Wisst ihr noch, als wir so gut wie tot waren, und dann hat Ben ins Lenkrad gegriffen und ist einer gigantomanischen verdammten Monsterkuh ausgewichen und hat den Kleinbus tanzen lassen wie das Teetassenkarussell in Disney World, und dann sind wir doch nicht gestorben?«

Lacey lehnt sich über die Küche, die Hand auf Bens Knie, und sagt: »Du bist ein echter Held, ist dir das klar? Die verleihen *Medaillen* für so was.«

»Ich habe es euch schon mal gesagt, und ich sage es gerne noch mal: Ich habe an keinen von euch gedacht. Ich. Wollte. Nur. Meinen. Arsch. Retten.«

»Du Lügner. Du heldenhafter, anbetungswürdiger Lügner«, sagt sie und drückt ihm einen Kuss auf die Wange.

Radar sagt: »Hey, Leute, wisst ihr noch, als ich mal mit zwei Gurten an die letzte Bank geschnallt war und die Tür aufflog und das Bier rausfiel, und ich hab vollkommen unversehrt überlebt? Wie ist so was überhaupt möglich?«

»Spielen wir Ich-sehe-was-was-du-nicht-sehen-kannst«, sagt Lacey. »Ich sehe was, was du nicht sehen kannst, und das ist das Herz eines Helden, ein Herz, das nicht für sich schlägt, sondern für die ganze Menschheit.«

»ICH BIN KEIN HELD. ICH WOLLTE NUR NICHT STERBEN«, schreit Ben.

»Leute, wisst ihr noch, wie wir damals im Kleinbus, es ist vielleicht zwanzig Minuten her, irgendwie überlebt haben?«

VIERZEHNTE STUNDE

Nachdem wir den ersten Schock verarbeitet haben, sind wir wieder fit. Wir versuchen die Scherben der Bluefin-Flaschen, so gut es geht, mit Papierstreifen zusammenzuschieben und sie in einer Tüte zu sammeln, die wir später entsorgen. Der Teppich im Fußraum ist mit Mountain Dew, Bluefin und DietCoke getränkt, und wir versuchen die klebrige Soße mit den Servietten, die wir unterwegs mitgehen haben lassen, aufzuwischen. Doch hier ist eine ernsthafte Innenraumwäsche nötig, und die ist vor Agloe nicht drin. Radar hat recherchiert, was das Seitenteil kostet, das ich ersetzen muss: 300 Dollar plus Lack. Die Kosten dieser Reise schießen in die Höhe, aber ich kann den ganzen Sommer in der Praxis meines Vaters jobben, und abgesehen davon ist es ein geringes Lösegeld, um Margo zu befreien.

Zu unserer Rechten geht die Sonne auf. Meine Wange blutet zwar noch, aber die Südstaatenflagge ist an der Wunde festgeklebt, so dass ich sie nicht mehr festhalten muss.

FÜNFZEHNTE STUNDE

Ein dünnes Eichenwäldchen verdeckt die Maisfelder, die bis an den Horizont reichen. Die Landschaft verändert sich, doch sonst nichts. Autobahnen wie diese lassen das Land zu einem einzigen Vorort schrumpfen: McDonald's, BP-Tankstellen, Burger King. Ich weiß, ich sollte das nicht gut finden und mich stattdessen nach den glücklichen Zeiten sehnen, bevor es Autobahnen gab, damals, als man an jeder Ecke mit Lokalkolorit und ortstypischer Folklore belohnt wurde... Aber mir gefällt es so. Mir gefällt die

Beständigkeit. Mir gefällt es, dass ich fünfzehn Stunden reisen kann, ohne dass sich allzu viel verändert. Lacey schnallt mich mit zwei Gurten auf der hinteren Rückbank fest. »Du brauchst Ruhe«, sagt sie. »Du hast eine Menge mitgemacht.« Es ist ein Wunder, dass mir noch keiner Vorwürfe gemacht hat, weil ich im Kampf gegen die Kuh nichts getan habe.

Während ich wegdämmere, höre ich zu, wie sie einander zum Lachen bringen – ich höre nicht, was sie sagen, aber die Satzmelodie, die Hebungen und Senkungen ihrer Sprüche. Es tut gut, einfach zuzuhören, einfach so im Gras zu liegen. Ich beschließe, falls wir rechtzeitig dort sind, aber sie ist nicht da, machen wir genau das: Wir fahren in die Catskills und suchen uns ein Plätzchen, wo wir uns ins Gras setzen und abhängen können, einfach nur reden und uns Witze erzählen. Vielleicht ist es die Gewissheit, dass sie am Leben ist, die alles andere wieder vorstellbar macht, selbst wenn ich nie einen Beweis dafür finde. Beinahe kann ich mir Glück ohne sie vorstellen. Beinahe kann ich mir vorstellen, dass ich sie gehen lassen kann. Die Verbundenheit unserer Wurzeln spüren, selbst wenn ich diesen einen Grashalm nie wiedersehe.

SECHZEHNTE STUNDE

Ich schlafe.

SIEBZEHNTE STUNDE

Ich schlafe.

ACHTZEHNTE STUNDE

Ich schlafe.

NEUNZEHNTE STUNDE

Als ich aufwache, streiten Radar und Ben über einen Namen für den Wagen. Ben will ihn Muhammad Ali nennen, weil er wie Muhammad Ali einen Schlag kassiert und einfach weitermacht. Radar sagt, man kann einen Wagen nicht nach einer historischen Persönlichkeit benennen. Er findet, der Kleinbus soll Lurlene heißen, weil es richtig klingt.

»Du willst ihn *Lurlene* nennen?«, fragt Ben entgeistert, und seine Stimme überschlägt sich. »Ist die arme Schüssel nicht genug gestraft?«

Ich öffne einen Gurt und setze mich auf. Lacey dreht sich zu mir um. »Guten Morgen«, sagt sie. »Willkommen im schönen Staat New York.«

»Wie viel Uhr ist es?«

»Neun Uhr zweiundvierzig.« Sie hat einen Pferdeschwanz, aus dem sich die kürzeren Strähnen gelöst haben. »Wie fühlst du dich?«, fragt sie.

Ich überlege. »Ich bin nervös.«

Lacey lächelt mich an und nickt. »Ja, ich auch. Es kann noch so viel passieren, dass man sich gar nicht darauf vorbereiten kann.«

»Ja«, sage ich.

»Ich hoffe, du und ich bleiben diesen Sommer Freunde«, sagt sie. Aus irgendeinem Grund tröstet mich das. Man weiß nie, was einen tröstet.

Als Nächstes schlägt Radar vor, dass das Auto Graue Gans heißen soll. Ich lehne mich ein Stück vor, damit mich alle hören, und verkünde: »Ich nenne ihn Kreisel. Je fester man ihn dreht, desto besser läuft er.«

Ben nickt.

Radar dreht sich um. »Ich finde, du sollst offizieller Sachen-Benenner sein.«

ZWANZIGSTE STUNDE

Ich sitze mit Lacey im ersten Schlafzimmer. Ben fährt. Radar ist Lotse. Ich habe den letzten Stopp verschlafen, wo sie eine Karte des Bundesstaats New York gekauft haben. Agloe ist nicht verzeichnet, aber nördlich von Roscoe gibt es nur fünf oder sechs Kreuzungen. Ich hatte immer gedacht, der Staat New York wäre eine endlose Großstadtlandschaft, aber hier gibt es nichts als saftige grüne Hügel, die der Kleinbus heldenhaft hinaufschnauft. Als die Gespräche zum Erliegen kommen und Ben nach dem Radioknopf greift, sage ich: »Ich sehe was, was du nicht sehen kannst!«

Ben fängt an. »Ich sehe was, was du nicht sehen kannst, und das habe ich echt gerne.«

»Ich weiß es«, ruft Radar. »Den Geschmack deiner Eier.«

»Nein.«

»Der Geschmack deines Pimmels?«, frage ich.

»Nein, du Idiot«, sagt Ben.

»Hm«, macht Radar. »Der Geruch deiner Eier?«

»Die *Konsistenz* deiner Eier?«, frage ich.

»Hört schon auf, ihr Arschmützen, es hat nichts mit meinen Genitalien zu tun. Lacey?«

»Hm, ist es das Gefühl zu wissen, dass du gerade drei Leben gerettet hast?«

»Nein. Und ich schätze, damit habt ihr eure Chance vertan.«

»Na gut, was ist es?«

»Lacey«, sagt er und schaut sie dabei im Rückspiegel an.

»Blödmann«, sage ich. »Es muss was sein, was man nicht sehen kann. Lacey können wir alle sehen.«

»Genau das meine ich«, sage er. »Was ich richtig gerne habe, ist Lacey, aber nicht die sichtbare Lacey.«

»So ein Quatsch«, sagt Radar, doch Lacey schnallt den Gurt ab, lehnt sich über die Küche und flüstert Ben etwas ins Ohr. Ben wird rot.

»Okay, ich verspreche, ich sülze nicht so rum«, sagt Radar. »Ich sehe was, was du nicht sehen kannst, und das ist ein Gefühl, das wir alle haben.«

Ich frage: »Extreme Müdigkeit?«

»Nein, aber gut geraten.«

Lacey sagt: »Das komische Gefühl, wenn man zu viel Koffein intus hat, so als würde einem nicht das Herz, sondern der ganze Körper klopfen?«

»Nein. Ben?«

»Hm. Ist es dieser extreme Drang zu pinkeln, oder hab den wieder nur ich?«

»Wie immer nur du. Sonst noch jemand?« Wir schweigen. »Die korrekte Antwort ist, wir haben alle das Gefühl, dass es uns nach einer A-cappella-Version von ›Blister in the Sun‹ viel besser geht.«

Und so ist es auch. Obwohl ich musikalisch so gut wie taub bin, singe ich so laut mit wie alle anderen. Als wir fertig sind, sage ich: »Ich sehe was, was du nicht sehen kannst, und das ist eine große Geschichte.«

Eine Weile sagt keiner etwas. Nur das Dröhnen des Kreisels ist zu hören, der beim Abwärtsfahren Strecke frisst. Dann sagt Ben nach einer Weile: »Die hier, oder?«

Ich nicke.

»Ja«, sagt Radar, »solange wir nicht draufgehen, ist das eine verdammt gute Geschichte.«

Sie wäre noch besser, wenn wir sie finden, denke ich, aber ich spreche es nicht aus. Am Ende macht Ben das Radio an und findet einen Sender mit Rockballaden, die wir mitgrölen können.

EINUNDZWANZIGSTE STUNDE

Nach mehr als tausendsiebenhundert Kilometern Autobahn nehmen wir die Ausfahrt. Es ist vollkommen unmöglich auf der zweispurigen Landstraße, die uns nach Norden in die Catskill Mountains bringt, hundertvierundzwanzig Stundenkilometer zu fahren. Trotzdem werden wir es schaffen. Radar, der brillante Stratege, hat heimlich eine halbe Stunde extra gebunkert. Es ist schön hier oben in der späten Morgensonne, die durch uralte Wälder flutet. Selbst die Backsteinhäuser in den schiefen kleinen Städtchen wirken frisch in diesem Licht.

Lacey und ich erzählen Ben und Radar alles über Margo, was uns einfällt, in der Hoffnung, dass es ihnen hilft, sie zu finden. Damit sie sich erinnern, wie sie war. Damit wir uns erinnern, wie sie war. Der silberne Honda Civic. Ihr kastanienbraunes spaghettiglattes Haar. Ihre Vorliebe für leer stehende Gebäude.

»Sie hat immer ein kleines schwarzes Buch dabei«, sage ich.

Ben dreht sich um. »Okay, Q. Wenn ich in Agloe ein Mädchen sehe, das genau wie Margo aussieht, werde ich nichts tun, es sei denn, sie hat das kleine schwarze Buch dabei. Das würde sie verraten.«

Ich zucke die Schultern. Ich will mich eben an sie erinnern. Ein letztes Mal will ich mich an sie erinnern, solange ich noch die Hoffnung habe, sie wiederzusehen.

AGLOE

Das Tempolimit fällt von neunzig auf siebzig auf fünfzig. Wir überqueren einen Bahnübergang, und dann sind wir in Roscoe. Langsam fahren wir durch das verschlafene Nest, wo es ein Café gibt, einen Kleiderladen, eine Drogerie und ein paar mit Brettern zugenagelte Schaufenster.

Ich lehne mich vor und sage: »Da drin kann ich sie mir vorstellen.«

»Ja«, sagt Ben. »Aber ich hab echt keinen Bock, irgendwo einzubrechen. Ich glaube nicht, dass es mir in einem New Yorker Gefängnis gut gehen würde.«

Doch mir macht die Vorstellung, diese Häuser zu erkunden, keine große Angst, weil die ganze Stadt einen verlassenen Eindruck macht. Kein Laden ist offen. Nach dem Zentrum kreuzt eine einzige Straße die Hauptstraße – Roscoes einzige Wohnstraße mit der Grundschule. Bescheidene Holzhäuser im Schatten von Bäumen, die in dieser Gegend dicht und hoch wachsen.

Wir bleiben auf der Landstraße, und das Tempolimit geht wieder nach oben. Radar fährt trotzdem langsam. Nach knapp zwei Kilometern sehen wir links einen Feldweg, der nicht ausgeschildert ist.

»Das ist es vielleicht«, sage ich.

»Das ist eine *Einfahrt*«, gibt Ben zurück, aber Radar fährt trotzdem hinein. Es sieht tatsächlich aus wie eine Einfahrt. Links ist eine ungemähte Wiese. Ich sehe nichts, aber ich vermute, in dem hohen Gras könnte man sich gut verstecken. Wir fahren ein Stück, bis die Straße vor einem viktorianischen Bauernhaus endet. Das ist es nicht. Wir wenden und fahren zur Landstraße zurück, der wir weiter nach Norden folgen. Irgendwann heißt die Landstraße Cat Hollow Road, und wir fahren weiter, bis wir wieder einen Feldweg sehen, der genauso aussieht wie der vorige, nur dass dieser auf der rechten Seite ist. Er führt zu einer verfallenen Scheune aus grauem, verwittertem Holz. Riesige zylindrische Heuballen säumen die Felder zu beiden Seiten, doch das Gras ist schon wieder nachgewachsen. Radar fährt Schritttempo. Wir suchen nach irgendeinem Zeichen. Nach einem Riss in der perfekten Idylle.

»Meint ihr, das könnte der General Store sein?«, frage ich.

»Die Scheune?«

»Ja.«

»Weiß nicht«, sagte Radar. »Sieht ein General Store wie eine Scheune aus?«

Ich schürze die Lippen und atme aus. »Keine Ahnung.«

»Ist das – Mann, da steht ja ihr Auto!«, ruft Lacey neben mir. »Ja ja ja ja ja, das ist ihr Auto!«

Radar bremst, und ich starre in die Richtung, in die Lacey zeigt. Ein silberner Schimmer mitten im Feld. Ich beuge mich rüber, bis mein Gesicht neben Laceys ist, und erkenne das Dach eines Wagens. Gott weiß, wie er da hingekommen ist, denn kein Weg führt in diese Richtung.

Radar stellt den Wagen ab, und ich springe raus und renne zu ihrem Auto. Leer. Nicht abgeschlossen. Ich mache den Kofferraum auf. Auch leer, bis auf einen offenen, leeren Koffer. Ich sehe mich um, und dann gehe ich auf die Scheune zu, die ich jetzt definitiv für das Überbleibsel des Agloe General Store halte. Ben und Radar folgen mir, als ich über die gemähte Wiese renne. Wir betreten die Scheune nicht durch die Tür, sondern durch eins der gähnenden Löcher in der Wand, wo die Bretter fehlen.

Durch die Löcher im Dach scheint die Sonne auf Teile des morschen Holzbodens. Als ich mich nach Margo umsehe, registriere ich verschiedene Details: die faulenden Dielen, den vertrauten Geruch nach Mandeln, eine sonnenbeschienene alte Badewanne mit Klauenfüßen in der Ecke, so viele Löcher im Holz, dass man gleichzeitig drinnen und draußen ist.

Jemand zerrt an meinem T-Shirt. Ich drehe mich um und sehe, wie Ben bedeutungsvoll in eine Ecke starrt. Ich muss hinter eine Lichtsäule, die durch die Decke fällt, sehen, aber dann erkenne ich die Ecke dahinter. An der Wand lehnen zwei lange brusthohe, schmutzige, grau getönte Plexiglasscheiben, die einen spitzen Winkel bilden. Sie bilden eine Art Kabine, einen dreieckigen Kubus, wenn so was möglich ist.

Das Tolle an getönten Scheiben ist: sie sind durchsichtig. Deshalb kann ich, in Grautönen, die seltsame Szene dahinter erkennen: Margo Roth Spiegelman sitzt in einem schwarzen Lederbürostuhl, über einen Schultisch gebeugt, und schreibt. Ihr Haar ist viel kürzer – der Pony über den Augenbrauen gezackt und der Rest verstrubbelt, wie um die Asymmetrie noch zu betonen – aber sie ist es. Sie lebt. Sie ist mit ihrem Büro aus einer verlassenen Ladenzeile im Bundesstaat Florida in eine verlassene Scheune im Bundesstaat New York umgezogen, und ich habe sie gefunden.

Wir gehen auf sie zu, alle vier, aber Margo scheint uns nicht zu sehen. Sie schreibt einfach weiter. Endlich sagt jemand – Radar vielleicht: »Margo. Margo?«

Sie steht auf, stellt sich auf Zehenspitzen und legt die Hände auf die provisorische Bürowand. Falls sie überrascht ist, uns zu sehen, merkt man ihr das nicht an. Da ist Margo Roth Spiegelman, zwei Meter von mir entfernt, mit aufgesprungenen Lippen, ungeschminkt, mit dreckigen Fingernägeln und schweigenden Augen. Ich habe ihre Augen noch nie so tot gesehen. Aber andererseits, vielleicht habe ich ihre Augen noch nie richtig gesehen. Sie starrt mich an. Ich bin mir sicher, dass sie mich anstarrt, und nicht Lacey oder Ben oder Radar. Ich habe mich nicht mehr so angestarrt gefühlt, seit Robert Joyners tote Augen mich im Jefferson Park angesehen haben.

Eine lange Zeit steht sie schweigend da, und ich habe solche Angst vor ihren Augen, dass ich nicht weitergehe. »Ich und das Geheimnis, hier stehen wir«, schreibt Whitman.

Endlich sagt sie etwas. »Wartet fünf Minuten.« Dann setzt sie sich wieder und schreibt weiter.

Ich beobachte sie beim Schreiben. Außer dass sie ein bisschen schmuddelig ist, sieht sie genauso aus wie immer. Ich weiß nicht, warum, aber irgendwie hatte ich erwartet, sie würde anders aussehen. Älter. Dass ich sie kaum erkennen würde, wenn ich sie wiedersehe. Aber da sitzt sie, und ich beobachte sie durch die Plexiglasscheibe, und sie sieht aus wie Margo Roth Spiegelman, das Mädchen, das ich kenne, seit ich zwei bin – das Mädchen, das die Vorstellung war, in die ich verliebt war.

Erst als sie ihr kleines schwarzes Buch zuschlägt und es in einem Rucksack verstaut und dann aufsteht und auf uns zukommt, merke ich, dass meine Vorstellung nicht nur falsch, sondern gefährlich ist. Was für ein heimtückischer Fehler zu glauben, ein Mensch wäre mehr als ein Mensch.

»Hey«, sagt sie zu Lacey und lächelt. Zuerst umarmt sie Lacey, dann schüttelt sie Ben die Hand und dann Radar. Dann zieht sie die Brauen hoch und sagt: »Hi, Q«, und umarmt mich, schnell, nicht sehr fest. Ich will sie festhalten. Ich will, dass etwas passiert. Ich will, dass sie das Gesicht an meine Brust presst und schluchzt, dass ihre Tränen über ihr staubiges Gesicht auf mein T-Shirt fallen. Doch sie umarmt mich nur schnell und setzt sich dann auf den Boden. Ich setze mich vor sie, und Ben und Radar und Lacey setzen sich in eine Reihe neben mich, so dass wir alle Margo ansehen.

»Schön, dich zu sehen«, sage ich nach einer Weile.

Sie scheint genau abzuwägen, was sie sagt, bevor sie es sagt. »Ich ... Also. Hm. Kommt nicht oft vor, dass mir die Worte fehlen, oder? Habe nicht viel mit Leuten gesprochen in letzter Zeit. Hm. Ich schätze, vielleicht fangen wir damit an: Was zur Hölle wollt ihr hier?«

»Margo«, sagt Lacey. »Gott, wir haben uns solche Sorgen gemacht.«

»War nicht nötig«, antwortet sie trocken. »Mir geht es gut.« Sie hält die Daumen hoch. »Alles roger!«

»Du hättest anrufen und uns das sagen können«, sagt Ben, dem der Frust anzuhören ist. »Dann hätten wir uns die Höllentour sparen können.«

»Meiner Erfahrung nach, blutiger Ben, ist es am besten, auch ganz zu verschwinden, wenn man schon mal abhaut. – Wie kommt es, dass du ein Kleid anhast?«

Ben wird rot. »Nenn ihn nicht so«, zischt Lacey.

Margo sieht Lacey scharf an. »Um Himmels willen, du hast dich mit dem Milchgesicht eingelassen?« Lacey schweigt. »Ihr seid doch nicht zusammen, oder?«

»Doch, das sind wir«, sagt Lacey. »Und er ist großartig. Und du bist eine blöde Ziege. Ach, und ich gehe jetzt wieder. War nett dich wiederzusehen, Margo. Danke, dass du mir eine Höllenangst eingejagt hast und mir den letzten Monat meines letzten Schuljahrs verdorben hast. Und dass du so ätzend bist, wo wir dich endlich gefunden haben, nur weil wir wissen wollten, ob es dir gut geht. War echt ein Vergnügen, dich kennengelernt zu haben.«

»Ganz meinerseits. Ich meine, wenn du nicht wärst, wer hätte mir dann je gesagt, dass ich fett bin?« Lacey steht auf und stampft hinaus. Ihre Schritte vibrieren auf dem morschen Boden. Ben geht ihr hinterher. Ich sehe mich um. Auch Radar ist aufgestanden.

»Ich habe dich nie richtig gekannt, bis ich versucht habe, deine Hinweise zu entziffern«, sagte er. »Und ehrlich gesagt, ich mag deine Hinweise lieber als dich.«

»Wovon zum Henker redet der?«, fragt Margo mich. Radar antwortet nicht. Er geht einfach.

Was ich natürlich auch tun sollte. Sie sind meine Freunde – auf jeden Fall mehr als Margo. Aber ich habe noch ein paar Fragen. Als Margo aufsteht und zurück zu ihrer Bürobox geht, fange ich mit der naheliegenden an. »Warum bist du so unverschämt?«

Sie wirbelt herum und packt mich am Hemd und schreit mir ins Gesicht: »Wie kommst du dazu, ohne Vorwarnung einfach so hier aufzukreuzen?!«

»Wie hätte ich dich vorwarnen können, wenn du dich einfach in Luft aufgelöst hast?« Ich sehe, wie sie blinzelt, woran ich erkenne, dass sie keine Antwort darauf hat, und so mache ich weiter. Ich bin stinksauer. Weil sie...weil...ich weiß auch nicht. Weil sie nicht die Margo ist, die ich erwartet habe. Weil sie nicht die Margo ist, von der ich dachte, ich hätte sie endlich richtig gesehen. »Ich war mir sicher, dass du einen guten Grund hattest, dich nach der einen Nacht bei niemandem mehr zu melden. Aber das hier...ist das dein guter Grund? Damit du leben kannst wie ein Penner?«

Sie lässt mein Hemd los und macht einen Schritt weg von mir. »Wer ist jetzt unverschämt? Ich bin abgehauen, und das geht eben nur auf die eine Art. Man lässt sein altes Leben hinter sich – mit einem Ruck, wie ein Pflaster, das man sich abreißt. Nur so kannst du du sein, und Lacey kann Lacey sein, und jeder kann jeder sein, und ich kann ich sein.«

»Außer dass ich nicht ich sein konnte, Margo, weil ich dachte, dass du *tot* bist. Die ganze Zeit. Und deswegen war ich gezwungen, jede Menge Mist zu machen, den ich sonst nie machen würde.«

Jetzt schreit sie mich an und zieht sich dabei an meinem Hemd hoch, um auf Augenhöhe mit mir zu sein. »Ach, so ein Quatsch.

Du bist nicht hier, um nachzusehen, ob es mir gut geht. Du bist hier, weil du die arme kleine Margo vor ihrem labilen Selbst retten wolltest, damit ich meinem strahlenden Ritter so dankbar bin, dass ich mir die Kleider vom Leib reiße und dich auf Knien anbettle, über mich herzufallen.«

»So ein Quatsch!«, schreie ich zurück, denn das meiste davon ist Quatsch. »Du hast dich nur über uns lustig gemacht, oder? Du hast dafür gesorgt, dass du, selbst wenn du weg bist und dich anderweitig amüsierst, in Jefferson Park immer noch der Mittelpunkt bist, um den wir uns alle drehen.«

Sie schreit, lauter, als ich es für möglich gehalten hätte. »Du bist nicht mal auf *mich* sauer, Q! Du bist sauer auf das Bild von mir, das du in deinem Hirn hast, seit wir klein waren.«

Jetzt versucht sie, sich wegzudrehen, aber ich halte sie an den Schultern fest und sage: »Hast du je darüber nachgedacht, was dein Verschwinden auslöst? Hast du je an Ruthie gedacht? An mich oder an Lacey oder die anderen Leute, denen du was bedeutet hast? Nein. Natürlich nicht. Weil alles, was nicht *dir* passiert, überhaupt nicht passiert. So ist es doch, Margo? Oder?«

Darauf entgegnet sie nichts. Sie lässt die Schultern hängen, dreht sich um und geht zurück zu ihrem Büro. Dann holt sie aus und tritt gegen die Plexiglasscheiben, die polternd gegen den Tisch und den Stuhl fallen und dann zu Boden rutschen. »HALTS MAUL. HALTS MAUL, DU ARSCHLOCH!«

»Okay«, sage ich. Etwas daran, dass Margo ausrastet, lässt mich meine Fassung wiederfinden. Ich versuche wie meine Mutter zu reden. »Gut, ich halte das Maul. Wir sind beide überdreht. Ich habe, na ja, viele offene Fragen.«

Sie setzt sich auf ihren Stuhl, stellt die Füße auf das, was mal ihre Bürowand war, und starrt in die Ecke. Zwischen uns sind mindestens fünf Meter. »Wie habt ihr mich überhaupt gefunden?«

»Ich dachte, du wolltest, dass wir dich finden«, sage ich. Meine Stimme ist so leise, dass ich überrascht bin, dass sie mich überhaupt hört, aber sie dreht sich im Stuhl um und funkelt mich an.

»Garantiert nicht.«

»Die Grashalme«, sage ich. »Woody Guthrie hat mich zu Walt Whitman geführt. Walt Whitman hat mich zu meiner Tür geführt. Die Tür hat mich zu der verlassenen Ladenzeile geführt. Wir haben dein übermaltes Graffiti gefunden. Das mit den ›falschen Städten‹ habe ich erst nicht verstanden; es kann auch für Siedlungen stehen, die nie gebaut wurden, und deswegen dachte ich, du wärst zu einer rausgefahren, um nie zurückzukommen. Ich dachte, du liegst tot in einer dieser Bauruinen, und du willst aus irgendeinem Grund, dass ich dich finde. Also habe ich eine nach der anderen abgeklappert, auf der Suche nach dir. Aber dann habe ich die Landkarte in der Vitrine gefunden und mit den Reißzweckenlöchern in der Wand abgeglichen. Ich habe mir das Gedicht näher angesehen, und irgendwann bin ich dahintergekommen, dass du nicht über alle Berge bist, sondern dich irgendwo eingeigelt hast und Pläne schmiedest. In dein kleines schwarzes Buch schreibst. Ich habe Agloe gefunden, und dann habe ich deinen Kommentar auf der Omnictionary-Seite gesehen, habe die Zeugnisverleihung geschwänzt und bin hierhergefahren.«

Sie streicht sich die Haare vors Gesicht, aber sie sind nicht mehr lang genug, um es zu verdecken. »Ich hasse diese Frisur«, sagt sie. »Ich wollte anders aussehen, aber – jetzt sehe ich einfach nur doof aus.«

»Mir gefällt es«, sage ich. »Es umrahmt dein Gesicht.«

»Tut mir leid, wenn ich unverschämt war«, sagt sie. »Aber du musst das verstehen. Ich meine, aus heiterem Himmel hier reinzumarschieren – ihr habt mir einen Riesenschrecken eingejagt...«

»Du hättest einfach sagen können: ›Hey, Leute, ihr jagt mir einen Riesenschrecken ein‹«, sage ich.

Sie schnaubt. »Ja, ganz bestimmt, weil das die Margo Roth Spiegelman ist, die jeder kennt und liebt.« Einen Moment ist sie still, dann sagt sie: »Ich wusste, ich hätte den Kommentar auf Omnictionary weglassen sollen. Aber ich fand die Vorstellung lustig, wenn ihn später mal jemand liest. Ich dachte, die Polizei findet ihn vielleicht irgendwann, aber nicht rechtzeitig. Ich meine, auf Omnictionary gibt es eine Milliarde Seiten oder so. Ich hätte nicht gedacht...«

»Was?«

»Ich habe viel an dich gedacht, um deine Frage zu beantworten. Und an Ruthie. Und an meine Eltern. Natürlich habe ich an euch gedacht, okay? Vielleicht bin ich die mieseste, selbstsüchtigste Schlampe der Weltgeschichte. Aber, Mann, meinst du denn, ich hätte das alles getan, wenn es nicht absolut *notwendig* gewesen wäre?« Sie schüttelt den Kopf. Jetzt, endlich, dreht sie sich in meine Richtung, die Ellbogen auf den Knien, und wir unterhalten uns. Auf Distanz, aber immerhin. »Es gab einfach keine andere Möglichkeit abzuhauen, ohne die Gefahr, dass sie mich wieder zurückschleppen.«

»Ich bin froh, dass du nicht tot bist«, sage ich.

»Ja. Ich auch.« Sie grinst, und es ist das erste Mal, dass ich das Lächeln sehe, das ich so lange vermisst habe. »Deswegen musste ich weg. So schlimm das Leben manchmal ist, es ist immer besser als die Alternative.«

Mein Telefon klingelt. Es ist Ben. Ich gehe ran.
»Lacey will mit Margo reden«, sagte er zu mir.
Ich gehe zu Margo, reiche ihr das Telefon und stehe dabei, während sie mit hängenden Schultern dasitzt und zuhört. Ich höre das Gemurmel aus dem Telefon, dann unterbricht Margo sie und sagt: »Hör zu, Lacey, es tut mir wirklich leid. Ich war nur so erschrocken.« Dann ist es still. Irgendwann fängt Lacey wieder zu reden an, und Margo lacht und sagt etwas. Ich habe das Gefühl, die beiden brauchen Zeit für sich, und so mache ich einen Rundgang. Am anderen Ende der Wand hat Margo sich eine Art Bett gebaut – vier Gabelstaplerpaletten, auf denen eine orangene Luftmatratze liegt. Auf einer Palette daneben liegen ordentlich gefaltet die paar Kleider, die sie mitgenommen hat. Außerdem sind da eine Zahnbürste, eine Zahnpastatube und ein Plastikbecher von Subway. Darunter zwei Bücher: *Die Glasglocke* von Sylvia Plath und *Schlachthaus 5* von Kurt Vonnegut. Ich finde es unglaublich, dass sie so lebt, diese unvereinbare Mischung aus braver Ordnung und schockierender Verwahrlosung. Andererseits ist es auch unglaublich, wie viel Zeit ich darauf verschwendet habe, mir vorzustellen, dass sie irgendwie anders lebt.

»Sie sind in einem Motel im Nationalpark. Lacey lässt ausrichten, sie fahren morgen früh zurück, mit dir oder ohne dich«, sagt Margo hinter mir. Als sie von mir redet statt von uns, muss ich zum ersten Mal daran denken, was nach heute kommt.

»Ich bin mehr oder weniger Selbstversorger«, erklärt sie, als sie neben mir steht. »Es gibt ein Klohäuschen, aber es ist in keinem guten Zustand, so dass ich meistens den Waschraum in dieser Fernfahrerraststätte östlich von Roscoe benutze. Da gibt es auch Duschen, und die Mädchendusche ist sogar ziemlich sauber, weil es nicht besonders viele weibliche Fernfahrer gibt. Außerdem haben sie da Internetanschluss. Hier wohne ich, und die Raststätte ist mein Strandhaus.« Ich lache.

Sie geht an mir vorbei, kniet sich hin und späht in die Paletten unter dem Bett. Dann fischt sie eine Taschenlampe und einen flachen Plastikkasten heraus. »Das sind die einzigen Sachen, die ich mir den ganzen Monat geleistet habe, außer Benzin und Essen.« Ich nehme ihr den Plastikkasten ab und sehe, dass es ein batteriebetriebener Plattenspieler ist. »Ich hab ein paar Alben mitgebracht«, sagte sie, »aber in der City besorge ich mir noch mehr.«

»In der City?«

»Ja. Ich siedle heute nach New York über. Deswegen der Omnictionary-Kommentar. Jetzt geht die Reise erst richtig los. Ursprünglich sollte heute der Tag sein, an dem ich Orlando verlasse – ich wollte zur Zeugnisverleihung gehen, und dann wollte ich nachts mit dir die Streiche ausführen, die ich geplant hatte, und am nächsten Morgen wollte ich weg. Aber dann konnte ich einfach nicht mehr. Im Ernst, ich hätte es keine Stunde länger ausgehalten. Und als ich von der Sache mit Jason hörte, habe ich gedacht: ›Ist ja alles geplant. Ich brauche nur den Zeitpunkt vorzuziehen.‹ Tut mir leid, dass du dir Sorgen gemacht hast. Das wollte ich nicht, aber es musste alles so schnell gehen. War wohl nicht mein Meisterstück.«

Für einen übereilten Fluchtplan inklusive Hinweise ist es ziemlich beeindruckend, finde ich. Doch am meisten überrascht mich, dass ich auch in ihrem ursprünglichen Plan vorkam. »Vielleicht klärst du mich auf«, sage ich und bringe ein Lächeln zustande. »Ich habe mir ziemlich den Kopf zerbrochen, weißt du. Was war geplant und was nicht? Was hatte was zu bedeuten?

Warum hast du die Hinweise mir hinterlassen, warum bist du überhaupt abgehauen.«

»Hm, okay. Also. Dafür muss ich mit einer anderen Geschichte anfangen.« Sie steht auf, und ich folge ihren Schritten, als sie geschickt den morschen Stellen im Boden ausweicht. Wir gehen in ihr Büro zurück, wo sie in ihren Rucksack greift und das kleine schwarze Buch herausholt. Dann setzt sie sich im Schneidersitz auf den Boden und zeigt auf die Stelle neben sich. Ich setze mich. Sie klopft auf das geschlossene Buch. »Das hier«, sagt sie, »habe ich schon sehr, sehr lange. Ich war in der vierten Klasse oder so, als ich irgendwann angefangen habe, eine Geschichte hier reinzuschreiben. Eine Art Detektivgeschichte.«

Ich denke, wenn ich ihr das Buch wegnehme, könnte ich sie wahrscheinlich erpressen. Ich kann sie damit zwingen, nach Orlando zurückzukehren, und dann würde sie in den Sommerferien jobben und sich, bis das College anfängt, eine Wohnung nehmen, und dann hätten wir wenigstens den Sommer. Doch ich höre nur zu.

»Ich meine, Eigenlob stinkt, aber das hier ist wirklich ein brillantes Stück Literatur. Nein, nur ein Witz. Es ist das beknackte kitschige möchtegernmagische Gesülze einer Zehnjährigen. Die Hauptfigur ist ein Mädchen namens Margo Roth Spiegelman, das genau so ist, wie ich mit zehn war, nur dass ihre Eltern nett und reich sind und ihr alles kaufen, was sie will. Margo ist verknallt in einen Jungen namens Quentin, der genau so ist wie du mit zehn warst, nur dass er furchtlos ist und heldenhaft und bereit, für mich zu sterben, und so weiter. Außerdem kommt Myrna Mountweazel darin vor, die genau so wie Myrna Mountweazel ist, außer dass sie Zauberkräfte hat. Zum Beispiel muss jeder, der Myrna Mountweazel streichelt, zehn Minuten lang die Wahrheit sagen und kann nicht lügen. Und Myrna Mountweazel kann sprechen. Natürlich kann sie sprechen. Hat eine Zehnjährige je ein Buch geschrieben, in dem ein Hund vorkommt, der nicht sprechen kann?«

Ich lache, aber ich denke noch darüber nach, dass Margo mit zehn in mich mit zehn verknallt war.

»Also, in der Geschichte«, fährt sie fort, »stellen Quentin und Margo und Myrna Mountweazel Nachforschungen über den Tod von Robert Joyner an, der genauso gestorben ist wie im richtigen Leben, nur dass er sich nicht selbst eine Kugel in den Kopf gejagt hat, sondern dass ihm jemand anderes eine Kugel in den Kopf gejagt hat. Die Geschichte handelt davon, wie wir der Sache nachgehen.«

»Und, wer war der Mörder?«

Sie lacht. »Willst du, dass ich die Spannung kaputt mache?«

»Na ja«, sage ich, »ich würde die Geschichte natürlich lieber selbst lesen.« Sie schlägt das Buch auf und zeigt mir eine Seite. Der Text ist vollkommen unleserlich, nicht weil Margo keine schöne Schrift hat, sondern weil sie über die waagerechten Zeilen außerdem senkrechte Zeilen geschrieben hat. »Ich schreibe über Kreuz«, erklärt sie. »Sehr schwierig für Nicht-Margos, das zu entschlüsseln. Also gut, ich will dir die Lösung verraten, aber zuerst musst du mir versprechen, dass du nicht sauer auf mich bist.«

»Versprochen«, sage ich.

»Es kommt raus, dass der Bruder von Robert Joyners alkoholkranker Exfrau den Mord begangen hat, weil er verrückt geworden war, nachdem der Geist einer bösen alten ägyptischen Hauskatze von ihm Besitz ergriffen hatte. Wie gesagt, ganz hohe Literatur. Jedenfalls, in der Geschichte ziehen du und ich und

Myrna Mountweazel los und stellen den Mörder, und er versucht mich zu erschießen, aber du stürzt dich in die Schusslinie, und du stirbst überaus heroisch in meinen Armen.«

Ich lache. »Toll. Erst fängt die Geschichte so vielversprechend an – mit einem schönen Mädchen, das in mich verliebt ist, und mit einem Mord und lauter Verwicklungen, und dann werde ich am Ende einfach abgemurkst.«

»Stimmt.« Sie lächelt. »Aber ich musste dich abmurksen, denn das einzig mögliche andere Ende wäre gewesen, dass wir in die Kiste hüpfen, und dazu war ich mit zehn emotional nicht reif genug.«

»Na gut«, sage ich. »Aber bei der Neuauflage will ich ein bisschen Action.«

»Nachdem dich der Schurke erwischt hat, vielleicht. Ein Kuss, bevor du stirbst.«

»Sehr großzügig.« Ich könnte aufstehen und zu ihr gehen und sie küssen. Theoretisch. Aber da ist immer noch zu viel, was ich kaputt machen könnte.

»Also. In der fünften Klasse habe ich die Geschichte fertig geschrieben. Ein paar Jahre später beschließe ich abzuhauen und nach Mississippi zu gehen. Ich schreibe die ganze Planung zu diesem Großereignis in mein kleines schwarzes Buch, quer über die alte Geschichte, und dann setze ich es in die Tat um – nehme Mamas Auto, fahre tausend Kilometer und hinterlasse einen Wegweiser in der Buchstabensuppe. Die Fahrt hat nicht mal Spaß gemacht – war ziemlich einsam –, aber ich bin froh, dass ich es getan habe, verstehst du? Also schmiede ich weitere Pläne, die ich quer über die Seiten schreibe – Streiche und Ideen, wen ich mit wem verkupple, gigantische Klopapierkampagnen und geheime Autoausflüge und so weiter. Als die elfte Klasse anfängt, ist das Buch schon zur Hälfte voll, und da beschließe ich, noch eine Sache durchzuziehen, eine große, und dann ganz zu verschwinden.«

Sie will weiterreden, aber ich muss sie unterbrechen. »Was ich nicht verstehe, ist, ob es am Ort oder an den Leuten lag. Ich meine, was wäre passiert, wenn die Leute anders gewesen wären?«

»Wie kann man das voneinander trennen? Die Leute sind der Ort ist die Leute. Außerdem dachte ich, es gibt einfach keine Leute, mit denen ich befreundet sein könnte. Ich dachte, alle sind entweder Schisser wie du oder oberflächlich wie Lacey. Und dann...«

»Ich bin mutiger, als du denkst«, sage ich. Was stimmt. Das wird mir aber erst klar, als ich es gesagt habe.

»Dazu komme ich noch«, entgegnet sie beinahe vorwurfsvoll. »Also, als ich in die Neunte komme, nimmt Gus mich mit nach Osprey.« Ich sehe sie verwirrt an. »Die stillgelegten Läden. Irgendwann fange ich an allein rauszufahren. Ich hänge rum und mache Pläne. Und seit letztem Jahr drehen sich alle Pläne um den letzten großen Coup. Ich weiß nicht, ob es daran lag, dass ich die alte Geschichte noch mal gelesen habe, aber jedenfalls wollte ich dich dabeihaben. Meine Absicht war, dass wir zusammen auf den Putz hauen – in SeaWorld einbrechen, das war Teil des ursprünglichen Plans – und dass ich zum Abschluss einen richtigen Rowdy aus dir mache. Diese Nacht sollte so was wie deine Befreiung sein. Und dann würde ich verschwinden, und du würdest dein Leben lang an mich denken.

Jedenfalls hat der Plan plötzlich siebzig Seiten, und seine Umsetzung steht kurz bevor, und der Plan ist wirklich schön geworden. Aber dann finde ich das mit Jason raus und beschließe gleich abzuhauen. Sofort. Ich brauche den Schulabschluss nicht. Was nutzen mir die Zeugnisse? Aber zuerst habe ich noch ein paar Dinge zu erledigen. In der Schule habe ich also den ganzen Tag mein Buch auf dem Tisch und versuche, den Plan auf Becca und Jason und Lacey umzuschreiben, auf alle, die mich als Freunde enttäuscht haben, und überlege mir, wie ich ihnen einen Denkzettel verpassen kann, bevor ich mich für immer aus dem Staub mache.

Nur das mit dir wollte ich immer noch durchziehen. Irgendwie hing ich an der Idee, wenigstens den Ansatz des Teufelskerls aus meiner Kindergeschichte aus dir rauszuholen.

Und dann hast du mich überrascht«, sagt sie. »All die Jahre warst du ein Plastiktyp für mich – künstlich als Figur in meinem Buch und künstlich im richtigen Leben, anders künstlich, aber trotzdem nicht echt. Doch dann stellt sich in dieser Nacht raus, dass du aus Fleisch und Blut bist. Und am Ende ist alles so schräg und lustig und magisch mit dir, dass ich dich, als ich morgens wieder in meinem Zimmer bin, *vermisse*. Ich will rübergehen und mit dir rumhängen und reden, aber mein Aufbruch ist längst beschlossen, und das heißt, dass ich gehen *muss*. Und dann, in letzter Sekunde, kommt mir die Idee, dich nach Osprey zu locken. Ich will dir Osprey hinterlassen, damit du dort daran arbeiten kannst, nicht mehr so ein Angsthase zu sein.

Also schön. Das war's. Ich lasse mir schnell was einfallen. Klebe das Woody-Guthrie-Poster an die Rückseite des Rollos, kreise das Lied auf der Platte ein, unterstreiche die zwei Zeilen aus *Grashalme* in einer anderen Farbe als die Stellen, die ich beim Lesen angestrichen hatte. Dann, als du in der Schule bist, steige ich bei dir ein und stopfe den Zeitungsschnipsel in deine Türangel. Dann fahre ich erst mal nach Osprey, zum einen, weil ich noch nicht ganz abfahrbereit bin, und zum anderen, weil ich für dich aufräumen will. Ich wollte nicht, dass du dir Sorgen machst, verstehst du? Deswegen habe ich das Graffiti überpinselt; ich hätte nicht gedacht, dass man es trotzdem noch erkennen würde. Ich habe die Seiten vom Schreibtischkalender abgerissen, die ich benutzt hatte, und ich habe die Landkarte von der Wand genommen, die dort hing, seit ich Agloe darauf entdeckt hatte. Und dann habe ich da übernachtet, weil ich müde war und sonst nirgends hinkonnte. Am Ende bin ich sogar zwei Nächte geblieben, um all meinen Mut zusammenzunehmen, schätze ich. Keine Ahnung, vielleicht dachte ich auch, dass du ganz schnell dort auftauchst. Und dann bin ich losgefahren. Ich habe zwei Tage gebraucht. Seitdem bin ich hier.«

Anscheinend ist sie fertig, aber ich habe noch Fragen. »Warum ausgerechnet hier?«

»Eine falsche Stadt für ein Plastikmädchen«, erklärt sie. »Ich habe Agloe mit zehn oder elf in einem Buch über ›unglaubliche Tatsachen‹ entdeckt. Seitdem spukt es bei mir im Kopf rum. Jedes Mal, wenn ich oben auf dem SunTrust Building war – auch als wir zusammen da waren –, habe ich weniger daran gedacht, dass alles da unten aus Plastik ist. Ich habe runtergesehen und gedacht, dass *ich* aus Plastik bin. *Ich* war so hohl und so falsch, nicht die anderen. Das Seltsame ist, die Leute lieben Plastikmädchen. Das war schon immer so. Plastikmädchen sind Projektionsflächen. Und schlimmer noch, mir hat es auch gefallen. Ich habe es drauf angelegt, verstehst du?

Weil es irgendwie toll ist, etwas zu sein, das alle mögen. Nur dass ich nicht meine eigene Projektionsfläche sein konnte. Aber Agloe war für mich ein Ort, wo aus etwas Falschem etwas Echtes wird. Aus einem fiktiven Punkt auf der Landkarte ist ein echter

Ort geworden – echter, als seine Erfinder es sich je hätten träumen lassen. Ich dachte, vielleicht würde hier auch die Plastikfigur eines Mädchens Wirklichkeit werden. Und es schien mir die richtige Botschaft an das Plastikmädchen, dem seine Beliebtheit, seine Kleider und alles andere so wichtig waren: ›Am Ende gehst du in falsche Städte. Und kommst *nie* mehr zurück.‹«

»Das Graffiti«, sage ich. »Mein Gott, Margo, ich habe so viele Bauruinen abgeklappert, auf der Suche nach deiner Leiche. Ich dachte – ich habe wirklich gedacht, du bist tot.«

Sie steht auf und kramt in ihrem Rucksack herum, dann nimmt sie eins der Bücher von ihrem Nachttisch und liest mir aus *Die Glasglocke* vor: »Aber dann, als ich es tun wollte, sah die Haut an meinem Handgelenk so weiß und so wehrlos aus, dass ich es nicht tun konnte. Es war, als wollte ich nicht diese Haut oder den dünnen blauen Puls, der unter meinem Daumen zuckte, umbringen, sondern etwas anderes, das tiefer lag, das geheimer war und an das sehr viel schwerer heranzukommen war.« Sie setzt sich neben mich, ganz nah, sieht mich an, der Stoff unserer Hosen berührt sich, ohne dass sich unsere Beine berühren. Margo sagt: »Ich weiß genau, was sie meint. Dieses Etwas, das tiefer liegt und geheimer ist. Es ist wie ein Riss tief in dir drin. Wie ein Sprung, an dem die Teile nicht mehr richtig zusammenpassen.«

»Das gefällt mir«, sage ich. »Wie Risse im Bug eines Schiffs.«

»Ja, genau.«

»Irgendwann sinkt das Schiff deswegen.«

»Genau«, sagt sie. Wir reden immer schneller.

»Ich fasse es nicht, dass du nicht von mir gefunden werden wolltest.«

»Tut mir leid. Wenn es dich tröstet: Ich bin sehr beeindruckt.

Und es ist schön, dass du hier bist. Du bist ein guter Reisegefährte.«

»Ist das eine Einladung?«, frage ich.

»Vielleicht.« Sie lächelt.

Mein Herz flattert schon so lange in meinem Brustkorb, dass diese neue Art der Aufregung beinahe zu viel ist – aber nur beinahe. »Margo, du könntest doch für den Sommer nach Hause kommen. Meine Eltern haben gesagt, du kannst bei uns wohnen, oder du suchst dir einen Job und mietest dir im Sommer eine Wohnung, und im Herbst fängt das College an, und dann musst du nie wieder bei deinen Eltern wohnen.«

»Es sind nicht nur meine Eltern. Ich würde da versumpfen, wo ich vorher war«, sagt sie, »und käme nie mehr da raus. Es ist nicht nur der Tratsch und die Partys und der ganze Mist, sondern dieses Spießertum – die Vorgabe, wie man sein Leben zu leben hat, Ausbildung, Beruf, Ehemann, Kinder und so weiter.«

Für mich ist Spießertum etwas anderes. Ich glaube an Bildung und an Berufe und vielleicht eines Tages an Kinder. Ich glaube an die Zukunft. Vielleicht ist das spießig von mir, aber dann ist es ein Geburtsfehler. »Mit einer Ausbildung hast du mehr Möglichkeiten im Leben«, sage ich schließlich. »Das ist das Gegenteil von Einschränkung.«

Sie grinst. »Danke, Studienberater Jacobsen.« Dann wechselt sie das Thema. »Ich habe versucht mir vorzustellen, was du in Osprey machst. Ob du dich dran gewöhnst. Ob du die Angst vor den Ratten überwindest.«

»Das habe ich«, sage ich. »Ich habe tatsächlich angefangen mich dort wohlzufühlen. Ich habe sogar den Schulball dort verbracht.«

Sie lächelt. »Toll. Ich habe mir gedacht, dass es dir irgendwann gefällt. In Osprey habe ich mich nie gelangweilt, aber das lag vielleicht daran, dass ich immer irgendwann nach Hause musste. Als ich dann hier war, ist mir schnell langweilig geworden. Es gibt keine Ablenkung. Ich habe nur noch gelesen, seit ich hier bin. Außerdem hat es mich nervös gemacht – die Einsamkeit und das Unbehagen, niemanden zu kennen. Irgendwie habe ich gedacht, diese Nervosität würde mich vielleicht dazu bringen, doch noch umzukehren. Aber das ist nicht passiert. Umkehren ist etwas, was ich nicht tun kann, Q.«

Ich nicke. Das verstehe ich sogar. Ich kann mir vorstellen, dass es schwer ist umzukehren, wenn man mal mit den Händen Kontinente umfasst hat. Trotzdem versuche ich es noch einmal. »Aber was willst du nach dem Sommer machen? Willst du nicht aufs College? Was ist mit dem Rest deines Lebens?«

Sie zuckt die Schultern. »Was soll damit sein?«

»Hast du keine Angst vor, ich weiß nicht, vor dem *Immer*?«

»Das Immer besteht aus lauter Jetzts«, sagt sie. Dazu fällt mir nichts ein. Ich überlege noch, als Margo sagt: »Emily Dickinson. Wie gesagt, ich lese viel.«

Ich finde, die Zukunft verdient unsere Zuversicht. Aber es ist schwer, gegen eine geniale Dichterin wie Emily Dickinson anzureden. Margo steht auf, schultert den Rucksack, dann streckt sie mir die Hand entgegen. »Komm, wir machen einen Spaziergang.« Als wir draußen sind, leiht sie sich mein Telefon. Sie tippt eine Nummer ein, und ich gehe ein Stück vor, um sie reden zu lassen, doch sie hält mich am Arm fest, damit ich bei ihr bleibe. So schlendere ich neben ihr über die Wiese, während sie ihre Eltern anruft.

»Hallo, ich bin's, Margo ... Ich bin in Agloe in New York, mit Quentin ... Oh ... Hm ... Nein, Mama ... Ich versuche nur ehrlich auf deine Frage zu antworten... Komm schon, Mama... Ich weiß es nicht, Mama... Ich habe beschlossen, an einen fiktiven Ort zu ziehen, das ist passiert.... Ja... Nein... Ich glaube sowieso nicht, dass es mich in die Richtung verschlägt... Kann ich Ruthie sprechen?... Hallo, Kleine... Ja, aber ich hab dich schon länger lieb ... Ja, tut mir leid. Das war ein Fehler. Ich dachte – ich weiß auch nicht, was ich dachte, Ruthie, aber es war ein Fehler, und deshalb rufe ich jetzt an. Vielleicht rufe ich Mama nicht mehr an, aber dich rufe ich an... Jeden Mittwoch?... Mittwoch hast du keine Zeit. Hm. Okay. An welchem Tag passt es dir?... Gut, dann Dienstag... Ja, jeden Dienstag... Ja, auch diesen Dienstag.« Margo presst die Augen zusammen und beißt auf die Zähne. »Okay, Ruthie, kannst du mir Mama noch mal geben?... Ich hab dich lieb, Mama. Mir geht's gut. Ich schwöre... Ja, okay, du auch. Tschüs.«

Sie bleibt stehen und klappt das Telefon zu. Ich sehe, dass ihre Fingerspitzen rosa werden, so fest hält sie es, und dann wirft sie es auf den Boden. Ihr Schrei ist kurz, aber schrill, und danach spüre ich zum ersten Mal die unfassbare Stille von Agloe. »Sie denkt, es ist meine Aufgabe, ihr alles recht zu machen. Als müsste das mein einziger Wunsch sein, und wenn ich es ihr nicht recht mache – dann schließen sie mich aus. Sie hat die Schlösser austauschen lassen. Das war das Allererste, was sie gesagt hat. Mein Gott!«

»Tut mir leid«, sage ich und schiebe einen Büschel kniehohes gelbes Gras beiseite, um das Telefon aufzuheben. »Aber es war gut mit Ruthie zu sprechen, oder?«

»Ja, Ruthie ist ziemlich süß. Irgendwie hasse ich mich dafür... du weißt schon... dass ich mich nicht bei ihr gemeldet habe.«

»Ja«, sage ich. Sie schubst mich spielerisch.

»Du sollst mich *trösten*, nicht alles noch schlimmer machen!«, sagt sie. »Das ist dein Job.«

»Mir war nicht klar, dass es meine Aufgabe ist, dir alles recht zu machen, Mrs. Spiegelman.«

Sie lacht. »Oho, der Vergleich mit der Mutter. Volltreffer. Aber nur fair. Und, wie ist es dir so ergangen? Wenn Ben Lacey gekriegt hat, hattest du wahrscheinlich jede Nacht Orgien mit einem Dutzend Cheerleadern.«

Langsam schlendern wir über das holprige Erdreich. Das Feld wirkt nicht so groß, aber beim Gehen stelle ich fest, dass wir den Bäumen auf der andere Seite kein bisschen näher kommen. Ich erzähle Margo von unserem überstürzten Aufbruch vor der Zeugnisverleihung und von der wundersamen Pirouette des Kreisels. Ich erzähle ihr vom Abschlussball, von Laceys Streit mit Becca und von meinem Abend in Osprey. »In der Nacht wurde mir klar, dass du da gewesen sein musstest«, sage ich, »die Decke hat noch nach dir gerochen.«

Als ich es sage, berühren sich unsere Hände, und ich nehme ihre Hand, weil ich spüre, dass jetzt weniger kaputtgehen kann. Sie sieht mich an. »Ich musste weg. Ich hätte dir keine Angst organisieren sollen, das war dumm von mir, und ich hätte meinen Aufbruch besser machen sollen, aber weggehen musste ich. Verstehst du das jetzt?«

»Ja«, sage ich. »Aber ich finde, du kannst jetzt zurückkommen. Ehrlich.«

»Nein, findest du nicht«, erwidert sie, und sie hat recht. Sie sieht es mir an – ich habe verstanden, dass ich nicht sie sein kann und dass sie nicht ich sein kann. Vielleicht hatte Whitman eine Gabe, die mir fehlt. Aber was mich betrifft: Ich muss den Verwundeten fragen, wo er verletzt ist, denn ich kann nicht der Verwundete werden. Der einzige Verwundete, der ich sein kann, bin ich.

Ich trample das Gras nieder und setze mich. Sie legt sich neben mich, den Rucksack als Kissen. Auch ich lege mich zurück. Sie greift in den Rucksack und gibt mir ein paar Bücher als Kissen. *Ausgewählte Gedichte* von Emily Dickinson und *Grashalme*. »Das Buch hatte ich zweimal«, sagt sie lächelnd.

»Es ist ein verdammt gutes Buch«, sage ich zu ihr. »Du hättest kein besseres aussuchen können.«

»Eigentlich war es eine spontane Wahl an dem Morgen. Ich habe mich an die Stelle mit der Tür erinnert und fand, es passt. Aber als ich hier war, habe ich es noch mal gelesen. Das letzte Mal war in der Zehnten, und ja, ich fand es schön. Ich habe viele Gedichte gelesen. Ich wollte dahinterkommen – was es war, das mich an dir so überrascht hat in dieser Nacht? Lange dachte ich, es wäre das Zitat von T. S. Eliot.«

»Aber das war es nicht«, sage ich. »Es war mein Bizeps und wie elegant ich durchs Fenster klettern kann.«

Sie grinst. »Halt die Klappe und nimm das Kompliment an, du Dumpfbacke. Es war weder das Gedicht noch dein Bizeps. Was mich überrascht hat, war, dass du – trotz deiner Panikattacken und so weiter – genau wie der Quentin aus meinem Roman warst. Seit Jahren schreibe ich quer über die Geschichte, und beim Überschreiben lese ich die Seite noch mal, und ich muss jedes Mal lachen und denke – nimm's nicht persönlich: ›Wahnsinn, dass ich Quentin Jacobsen mal für einen supersüßen, supertapferen Kämpfer für die Gerechtigkeit gehalten habe.‹ Und dann warst du das wirklich.«

Ich könnte mich zu ihr umdrehen, und vielleicht würde sie sich zu mir umdrehen. Und dann könnten wir uns küssen. Aber was bringt es jetzt noch, sie zu küssen? Es führt nirgendwohin. Wir starren in den wolkenlosen Himmel. »Nichts passiert so, wie man es sich vorstellt«, sagt sie.

Der Himmel ist wie ein modernes monochromatisches Gemälde, das mich mit seiner Illusion von Tiefe einsaugt und emporhebt. »Ja, das stimmt«, sage ich, aber dann denke ich darüber nach. »Andererseits, wenn man sich nichts vorstellt, passiert auch nichts.« Die Vorstellung ist nie vollkommen. Man kann sich nicht ganz in einen anderen Menschen hineinversetzen. Ich hätte mir nie vorstellen können, dass Margo sauer ist, wenn wir sie finden, und auch die Geschichte nicht, die sie überschreibt. Aber sich vorzustellen, jemand anderes zu sein, oder sich vorzustellen, dass die Welt eine andere ist, ist trotzdem der einzige Weg. Das ist die Maschine, die Faschisten tötet.

Sie dreht sich zu mir und legt den Kopf auf meine Schulter, und wir liegen genau so da, wie ich es mir vor langer Zeit vorgestellt habe, auf der Wiese in SeaWorld. Es hat viele Tage und Tausende von Kilometern gedauert, aber jetzt ist es so: ihr Kopf auf meiner Schulter, mein Atem in ihrem Nacken, die Müdigkeit, die uns beide erfüllt. Es ist genau so, wie ich es mir damals gewünscht hatte, nur hier und jetzt.

Als ich aufwache, taucht die untergehende Sonne alles in bedeutungsvolles Licht, vom gelben Himmel bis zu den Grashalmen über meinem Kopf, die sich träge wiegen wie Schönheitsköniginnen. Ich rolle mich zur Seite und sehe Margo Roth Spiegelman auf allen vieren, einen Meter von mir entfernt. Ich brauche einen Moment, bis ich begreife, dass sie gräbt. Ich krabble zu ihr und helfe ihr. Die Erde unter dem Gras ist trocken wie Staub. Sie lächelt mich an. Mein Herz schlägt mit Schallgeschwindigkeit.

»Wonach graben wir?«, frage ich sie.

»Falsche Frage«, sagt sie. »Die Frage heißt: Wofür graben wir?«

»Na gut. Wofür graben wir?«

»Wir graben Gräber für die kleine Margo und den kleinen Quentin und die winzige Myrna Mountweazel und für den armen toten Robert Joyner«, sagt sie.

»Das sind Beerdigungen, die ich vertreten kann, glaube ich«, sage ich. Die Erde ist trocken und bröckelig und von Insektentunneln durchzogen wie ein verlassener Termitenbau. Immer wieder tauchen wir die Hände in die Erde ein, und jede Handvoll wird von einer kleinen Staubwolke begleitet. Wir graben ein großes, tiefes Loch. Es muss ein gutes Grab werden. Bald steckt mein Arm bis zum Ellbogen in der Erde. Als ich mir den Schweiß von der Stirn wische, wird mein Ärmel dreckig. Margos Wangen sind rot. Ich habe ihren Geruch in der Nase, und sie riecht genau wie in der Nacht, kurz bevor wir bei SeaWorld in den Graben gesprungen sind.

»Ich habe ihn mir nie als echten Menschen vorgestellt«, sagt sie.

Ich nutze die Gelegenheit für eine Pause und setze mich hin. »Wen, Robert Joyner?«

Sie gräbt weiter. »Ja. Für mich war er einfach etwas, was *mir* zugestoßen ist, weißt du, was ich meine? Aber bevor er zu dieser Nebenfigur in meinem Leben wurde, war er – du weißt schon, die Hauptfigur in seinem eigenen Leben.«

Ich hatte ihn auch nie als echten Menschen gesehen. Als Jungen, der im Sand buddelt wie ich. Als Teenager, der sich verliebt wie ich. Als Mann, dessen Saiten reißen und der seine Wurzeln nicht mehr spürt, als Mann mit Rissen. Wie ich. »Ja«, sage ich nach einer Weile, als ich weitergrabe. »Für mich war er auch immer nur ein Toter.«

»Ich wünschte, wir hätten etwas tun können«, sagt sie. »Ich wünschte, wir hätten beweisen können, dass wir Helden sind.«

»Es wäre schön, wenn wir ihm hätten sagen können, egal, was passiert ist, es muss nicht das Ende der Welt sein.«

»Ja, auch wenn irgendwann das Ende kommt.«

Ich zucke die Schultern. »Ja, klar. Man überlebt nicht alles. Aber alles bis auf das Letzte.« Wieder greife ich in die Erde, die hier viel schwärzer ist als zu Hause im Süden. Ich werfe eine Handvoll Erde auf den Haufen hinter uns und lehne mich zurück. Ich spüre, dass ich ganz nah an einer Idee bin, und versuche mich hineinzureden. So viele Worte am Stück habe ich, seit ich sie kenne, nicht zu Margo gesagt. Aber jetzt rede ich, mein letzter Auftritt für sie.

»Wenn ich daran dachte, wie er starb – was ich zugegebenermaßen nicht oft getan habe –, dachte ich immer an das, was du gesagt hast, dass die letzte Saite in ihm gerissen war. Aber man kann es auch anders sehen: Vielleicht reißen die Saiten, oder wir sind Luftballons an dünnen Schnüren oder Schiffe, die sinken, oder vielleicht sind wir wie das Gras – mit Wurzeln, die unendlich miteinander verbunden sind, so dass keiner stirbt, solange noch einer am Leben ist. Ich meine, es gibt so viele Metaphern. Aber wir müssen vorsichtig sein, welche Vergleiche wir uns aussuchen, denn es spielt eine Rolle. Wenn du von Saiten redest, stellst du dir eine Welt vor, in der du irreparabel kaputtgehen kannst. Wenn du das Gras nimmst, sagst du, dass wir alle zusammenhängen und durch unser Wurzelsystem nicht nur einander verstehen, sondern wie ein anderer sein können. Vergleiche haben Auswirkungen. Verstehst du, was ich meine?«

Sie nickt.

»Die Saiten gefallen mir. Weil es sich wirklich so anfühlt. Aber ich glaube, die Saiten machen unseren Kummer verhängnisvoller, als er sein muss. Wir gehen nicht so leicht kaputt. Auch das Gras gefällt mir. Das Gras hat mich zu dir geführt und mir geholfen, mir vorzustellen, wie du wirklich bist. Doch wir sind nicht verschiedene Halme der gleichen Pflanze. Ich kann nicht du sein. Du kannst nicht ich sein. Wir können uns einander vorstellen – aber nie völlig. Verstehst du?

Vielleicht ist es mehr so, wie du vorher gesagt hast, dass wir Risse bekommen. Am Anfang sind wir alle wasserdicht, aber dann passieren Dinge – Leute verlassen uns, lieben uns nicht oder verstehen uns nicht, oder wir verstehen sie nicht, und wir verlieren und scheitern und tun einander weh. Und so bekommen wir Risse. Und, ja, sobald ein Schiff leck ist, ist das Ende unvermeidlich. Nachdem es in Osprey reingeregnet hat, war es für jeden Umbau zu spät. Trotzdem – da ist eine Menge Zeit zwischen den ersten Rissen und dem Ende, wenn wir auseinanderbrechen. Und vielleicht ist gerade das die Zeit, in der wir einander sehen können, weil wir durch unsere Risse hinausblicken können und durch die Risse der anderen in sie hinein. Wann haben wir uns das erste Mal richtig wahrgenommen? Als du durch meine Risse gesehen hast und ich durch deine. Davor haben wir nur die Bilder angesehen, die wir voneinander hatten, so wie ich dein Rollo angesehen habe, aber nie dahinter. Erst wenn wir Risse haben, kommt das Licht herein. Und das Licht kann heraus.«

Sie legt sich die Finger an die Lippen, nachdenklich, oder als würde sie ihren Mund vor mir verstecken oder als wollte sie die Worte berühren, die sie spricht. »Du bist mir einer«, sagt sie schließlich. Sie sieht mich an, meine Augen und ihre Augen und nichts dazwischen. Ich habe nichts davon, wenn wir uns küssen. Aber ich will auch nichts mehr haben. »Da ist etwas, das ich tun muss«, sage ich, und sie nickt kaum merklich, als wüsste sie, was ich meine, und dann küsse ich sie.

Der Kuss endet eine ganze Weile später, als sie sagt: »Du könntest nach New York ziehen. Das wäre lustig. Es wäre wie küssen.«

Und ich sage: »Küssen ist schön.«

Und sie sagt: »Das heißt Nein.«

Und ich sage: »Margo, ich habe mein ganzes Leben da, und ich bin nicht du, und ich ...« Aber weiter komme ich nicht, denn sie küsst mich wieder, und in dem Augenblick, als sie mich küsst, weiß ich endgültig, dass wir verschiedene Richtungen einschlagen. Sie steht auf und geht an die Stelle, wo wir geschlafen haben. Dann holt sie das kleine schwarze Buch aus ihrem Rucksack, kommt zurück an das Grab und legt es hinein.

»Ich werde dich vermissen«, flüstert sie, und ich weiß nicht, ob sie mich oder das Buch meint. Ich weiß auch nicht, wen ich meine, als ich sage: »Ich auch.«

»Gute Reise, Robert Joyner«, sage ich und werfe eine Handvoll Erde auf das kleine schwarze Buch.

»Gute Reise, junger heldenhafter Quentin Jacobsen«, sagt sie und wirft eine Handvoll Erde in das Grab.

Bei der nächsten Handvoll sage ich: »Gute Reise, furchtlose Margo Roth Spiegelman aus Orlando.«

Und sie sagt: »Gute Reise, magischer Welpe Myrna Mountweazel.« Wir begraben das Buch, dann klopfen wir die Erde fest.

Bald wird Gras darüber wachsen. Für uns wird es das schöne, ungeschnittene Haar der Gräber sein.

Auf dem Rückweg zum Agloe General Store halten wir uns an den erdigen Händen. Ich helfe Margo, ihre Sachen zum Wagen zu tragen – einen Armvoll Kleider, ihr Waschzeug und den Bürosessel. Die Kostbarkeit des Augenblicks, die das Reden leichter machen sollte, macht es schwerer.

Wir stehen auf dem Parkplatz eines einstöckigen Motels, und der Abschied ist da. »Ich besorge mir ein Handy, und dann rufe ich dich an«, sagt sie. »Und wir schreiben uns E-Mails. Und posten geheimnisvolle Kommentare auf Omnictionary.«

Ich lächle. »Ich schreib dir eine E-Mail, sobald wir zu Hause sind«, sage ich. »Und ich erwarte eine Antwort.«

»Ich gebe dir mein Wort. Und wir sehen uns wieder. Wir sind noch nicht fertig miteinander.«

»Vielleicht nach dem Sommer. Wir könnten uns irgendwo treffen, bevor das College anfängt«, sage ich.

»Ja«, sagt sie. »Ja, das ist eine gute Idee.« Ich lächle und nicke. Sie dreht sich um, und ich frage mich, ob sie das alles ernst meint, als ich sehe, wie ihre Schultern zucken. Sie weint.

»Wir sehen uns wieder. Und bis dahin schreiben wir uns«, sage ich.

»Ja«, sagt sie mit erstickter Stimme, ohne sich umzudrehen. »Ich schreibe dir zurück.«

Wir sagen diese Dinge, um nicht zu zerbrechen. Vielleicht machen wir die Zukunft wahr, indem wir sie uns vorstellen, vielleicht auch nicht, aber wir müssen sie uns vorstellen.

Ich stehe auf dem Parkplatz, und mir fällt auf, dass ich noch nie so weit weg von zu Hause war, und da steht das Mädchen, das ich liebe, und ich kann ihr nicht folgen. Ich hoffe, dass ich ihr damit einen Dienst erweise, denn noch nie ist mir etwas so schwer gefallen.

Ich denke, dass sie ins Auto steigt, aber das tut sie nicht, und irgendwann dreht sie sich zu mir um, und ich sehe ihre nassen Augen. Der physische Raum zwischen uns löst sich auf. Ein letztes Mal spielen wir die zerrissenen Saiten unserer Instrumente.

Ich spüre ihre Hände auf meinem Rücken. Es ist dunkel, als ich sie küsse, aber meine Augen sind offen und Margos auch. Sie ist so nah, dass ich sie sehen kann, im Schein des unsichtbaren Lichts, selbst jetzt, selbst nachts auf diesem Parkplatz am Rand von Agloe. Nachdem wir uns küssen, drücken wir Stirn an Stirn und sehen uns an. Ja, in dieser rissigen Dunkelheit kann ich sie beinahe richtig sehen.

NACHBEMERKUNG DES AUTORS

Was Plagiatsfallen sind, erfuhr ich, als ich in meinem dritten Studienjahr eine Autoreise durch den Mittleren Westen machte. Auf der Suche nach einem Ort, der auf der Landkarte stand – soweit ich mich erinnere, hieß er Holen –, fuhren meine Begleiterin und ich immer wieder das gleiche Stück einer gottverlassenen Landstraße in South Dakota auf und ab. Irgendwann hielten wir an einem Haus und klingelten. Die freundliche Frau, die uns öffnete, beantwortete die Frage nicht zum ersten Mal. Geduldig erklärte sie uns, dass die Stadt, die wir suchten, nur auf der Landkarte existierte.

Die Geschichte von Agloe im Bundesstaat New York stimmt im Großen und Ganzen so, wie sie hier im Buch steht. Agloe begann als falsche Stadt, erfunden zum Schutz des Urheberrechts. Doch immer wieder kamen Leute mit alten Esso-Landkarten und suchten danach, und irgendwann hat jemand einen Laden an die Kreuzung gestellt und Agloe zum Leben erweckt. Auch wenn sich seit damals viel verändert hat, benutzen Landkartenhersteller auch heute noch falsche Städte als Plagiatsfallen in ihren Karten, wie meine verwirrende Erfahrung in South Dakota zeigt.

Der General Store, der Agloe war, steht nicht mehr. Doch ich bin überzeugt, wenn wir Agloe wieder auf unseren Karten einzeichnen, wird ihn irgendjemand wieder aufbauen.

DANKSAGUNGEN

Ich möchte mich bedanken bei:
- meinen Eltern Sydney und Mike Green. Ich hätte nicht gedacht, dass ich das mal sage, aber: Danke, dass ihr mich in Florida großgezogen habt;
- meinem Bruder und Lieblingsmitstreiter Hank Green;
- meiner Mentorin Ilene Cooper;
- allen Mitarbeitern von Dutton, vor allem meiner unvergleichlichen Lektorin Julie Strauss-Gabel, Lisa Yoskowitz, Sarah Shumway, Stephanie Owens Lurie, Christian Fünfhausen, Rosanne Lauer, Irene Vandervoort und Steve Meltzer;
- meiner wunderbar hartnäckigen Agentin Jodi Reamer;
- den Nerdfightern, die mir alles über die Bedeutung von »awesome« beigebracht haben, das sich in etwa mit »hammermäßig« übersetzen lässt;
- meinen Schreibpartnern Emily Jenkins, Scott Westerfield, Justine Larbalestier und Maureen Johnson;
- zwei besonders hilfreichen Büchern, die ich bei den Recherchen für *Margos Spuren* über das Verschwinden gelesen habe: William Dears *The Dungeon Master* und Jon Krakauers *In die Wildnis*; außerdem danke ich Cecil Adams, dem Kopf hinter straightdope.com, dessen kurzer Artikel über Plagiatsfallen meines Wissens die maßgebliche Quelle zu diesem Thema ist;
- meinen Großeltern: Henry und Billy Grace Goodrich und William und Jo Green;

- Emily Johnson, deren wiederholte Lektüre dieses Buches unschätzbar war; Joellen Hosler, der besten Therapeutin, die sich ein Schriftsteller wünschen kann; Schwiegercousin und -cousine Blake und Phyllis Johnson; Brian Lipson und Lis Rowinski bei Endeavor; Katie Else; Emily Blejwas, die bei der Suche nach der falschen Stadt dabei war; Levin O'Connor, der mir beigebracht hat, was Spaß bedeutet; Tobin Anderson und Sean, die mit mir auf urbane Höhlenforschung in Detroit gegangen sind; der Schulbibliothekarin Susan Hunt und all denen, die ihren Job riskieren, weil sie sich gegen die Zensur wehren; Shannon James; Markus Zusak; John Mauldin und meinen wundervollen Schwiegereltern Connie und Marshall Urist;
- Sarah Urist Green, meiner ersten Leserin und ersten Lektorin und besten Freundin und liebsten Mannschaftskameradin.